明人別集叢編

鄭利華 陳廣宏 錢振民 主編

祝允明集

【下册】

張明晶 點校 陳廣宏 審定

復旦大學出版社

祝氏集略卷十九

傳志

程文林誄

特授文林郎新安程君，名昭，字用顯，以弘治己未卒于家，正德丁卯葬于許龍川。子孫孝孺，願著先美，其甥庠士戴君昭致辭乞誄，遂爲詞曰：

周伯休父，肇氏于程。爰及忠壯，霆激雲升。黄墩奠居，世毓材英。有將于周，東密屯兵。以障鄉閈，臨溪是營。宣和再徙，建炎專城。宋季元杪，其居載更。天朝晏庥，始定而寧。文昌之坊，世華聿騰。比及于君，孝友性成。藏焉脩焉，斯用而行。春誦夏弦，秋螢冬雪。園無游迹，帳有燼涅。渾灝噩噩，遺書顓業。二帝精一，三五謨烈。有舉而措，千驥一轍。以逮餘編，群經宿牒。學海藝圃，肆功涉獵。青衿入泮，纔十有四。學殖雲烝，文瀾川至。伺時而升，姑飆而肆。歲戰文場，凡八校藝。縶之維之，驊騮亦躓。乃貢于廷，皇曰吾試。試而第之，允冠多士。君曰止矣，行藏有時。吾齒强矣，尚需來期。奈此居諸，曾不我稽。豈不榮仕，母髮皓垂。菽水幸充，五鼎未涯。忍曰違之，南北坐羈。觀其會通，孝忠互施。惟義所在，可固而迷。白之有司，聞之赤墀。皇曰善哉，其志可依。特賜寵命，七品秩階。爾其終養，遂烏鳥私。君拜服命，被章來歸。猗歟孝哉，古人一揆。乃築乃搆，乃登乃豆。承顔晨昏，身老若幼。今而已矣，高操不朽。周貧仁術，教子義方。有事西疇，屏迹公堂。朋從日集，崇論洋洋。和而不流，簡而有章。惟老成人，矜式于鄉。胡然不禄，先露溘亡。軒冕或來，死生浮休。孰不有終，身去聲留。子孫孝錫，安宅斯丘。有耀于遐，揭此文旒。

劉時制墓誌銘

時制葬，以其人應銘，以其世應銘。郡學張君承慶爲狀，似余曰：「執事銘時制，蓋猶王介甫於王逢原、黄魯直於邢惇夫然。夫爲逢原、惇夫，微二賢，不没没。

今知二子，亦多以二文。」余愧不及二賢文爾，然而述其實，或因人以考言，因言以尋人，言不爲無用。

據狀，劉出於汴，其隨宋國播南。始貫常熟者，曰亨，來贅長洲。産富道穀，遂奠且望者，曰希仲。希仲生啓東，華實益茂，皇封刑部主事。其子即山西按察僉事完庵府君玨，國之老，鄉之先生，家之烈祖，而時制之曾大父也。祖曰德儀。生父曰安簡處士傳，字紹伯，母錢氏，所後父曰元之。

時制生，性氣淳和，才具俊邁，賦咏圖寫，游泳藝圃，與群季争能，家學粲然。其仲兄時服，出治經於學官，登進士第。時制去，爲父任門户事，益有治局。筦鄉賦善徵抉弊，多裨縣官。力家督牟略田計，漫滅竄伏百狀，鈎滌還于初。法司覈軍田，部使者董水利，譁徒誣訐時制家，時制皆往直之。平時力穡廣産，散積濟乏，勤惠之迹，不能一二數。元之，安簡弟也。始無嗣，嗣時制。時制孝睦於兩族，充然諧也；廣及嫠嫂孤姪諸族屬，靡不禮以周。初，元之贅室錢先没，乃歸，繼取吴。及元之没葬，時制白諸長者，遷嫡母來合祔，人皆韙之。安簡固高亮特器，自謂時制惟肖也。蓋劉氏風流典刑，當吴中王、謝，諸郎嶷嶷。時制且有幹實，猶車騎遏也。時制始以成化丙申生，以正德辛未九月壬申卒，生三十六年爾。

妻鄒氏，生一男曰遇，聘王氏。女一，許聘張某。又明年某月某日，祔葬先兆本縣遠字圍之郊原。余先王父參政山西，與僉憲府君誼並兄弟，二氏媾好，迄今不減。余安敢辭銘，獨愧且恐文弗能永爾。時制諱度。詩云：

苗之夭夭，秀之翹翹。有尋其標，登厥實以饒。乃以霆以颮，腐于場以漂揺。嗚呼傷哉！大人昆季，號而招時制。歸來乎！歸來乎！其亡不之者，或化爲金璧芝桂，尚粲劉氏之芳馨。與聲以遥，慰爾父爾兄。勞心之忉，骨肉之復土也，誰則不雕？

志謝可節墓并銘

秀才謝可節之墓，嗟夫！書刻盡乃夜，華而萎，或燎之，膏竭以灺，何嗟之爲乎？玉完於璞，出作禮器，永用享已矣。既器矣，炎焚而泥沈之。繅繭以就杼，經緯既成，被服物庸。或染之青、黄、丹、縹、纁、緑，五采可絺繡，加益華貴已矣。未杼也，委之牛刀，寸截絶之，不悲失日炬，葩葉是也。不悲毁玉斷絲，豈物之情、天之理應爾歟？惟孝友于兄弟，閨庭粲温，益友際處，信金石，忠衺粟而氣蘭芝也，斯可節之玉也。功勤學廣，思新文蔚，先進者謂之球玉龍虎，董學使謂才高氣充，同儕之雋曰武庫也，斯可節之繡也。

可節爲吴縣生員，今年嘉靖乙酉秋，鄉試南京。群數百輩叢出棘垣，扉外萬牛馬走擁，可節寸步反側，行數十丈，跟及地曾不聯二三武。可節胸背抧塞，比能自展步，而血結鬲臆，固矣。强卧逆旅，同舍狂童，亦姻子也，肆妄語，自詫坐取名第。可節端直人，惡斥之。迨同舟，此狂益譸張不休，或繆侵可節。可節益疾憎且憤，氣鬱鬱，怒乘前淤，傷其肝。歸問醫，竟不可捄。冬十月二十四日死，此則其爲焚沈寸截也者。當悲不悲耶？漢悲賈生，唐悲歐陽詹、李賀，宋悲邢居實，今忽悲可節。可節於太傅固少讓，去詹、賀輩不甚遠，何代無此悲？此悲爲舛枉，問天不得其言，無若視子淵，悲可紓也。嗟夫！觀顔氏，誼可無悲；觀誼，詹輩可無悲；觀詹、賀等，可節可無悲。可節師顔、賈，友詹輩，死且同之，亦已矣已矣。人間事紛亂無限，何足銖寸校？余與可節五世交，可節父元和，余異姓老弟也。慟可節不止，作哀詩甚冤苦，以示余。余取其意，推闊之，使刻可節冢石。謝，長洲儒義家。可節曾祖會，舉人，祖炳，至元和爲七世同居之門。可節母吴，妻劉，二子濰、涵。涵後可節兄儼，女二。可節生弘治壬子十月卅晦，得年三十四。没後兩月爲十二月廿二日丙午，葬胥臺山。可節名僖，余既悲可節不已，寫爲楚詩慰元和，即兼以爲銘。

月幾望兮玄雲滅兔，蘭摧梓枯兮竹折桂蠹。殀鵷雛兮碎石麟，雎鳩吟雌兮鴻雁弔群。白楊蕭瑟兮，黄波東注無迴聲。空山窈窈兮宵冥冥，嘯山鬼兮舞狐狌。安得綵鳳鳴！噫，安得綵鳳鳴！

癡雲子葬銘

癡雲子朱氏，蒙名，大經字也，世居琴川。癡雲子天真不蠹，物藝呈標，清非絶群，和亦有立。研丹殺青，牢籠物狀。推宫敲徵，融陶性情。江海吾家，軒冕何物。蓋受之而用不罄，故有餘；貴任之而不必遂，故無留戀。庚申之秋，予曰遘止。無幾問子，人曰往矣。乃知以臘月二日，扁舟訪友，數酌之餘，醺然返棹，一卧不寤，竟成長歸。嘻！何其去來之際，如是快哉？其初，正統甲子八月十六日生，在世蓋五十八歲。明年三月某日，其子藏其魄于招真之原，請述幽石，從而刻云。

魄陽之于于，還游太虚，魄息玄廬。青松衣被，白雲滿墟。嘻！樂哉歸與。

張翁墓誌

張翁，非今時人也。醇醲醞其漓，沖簡夷其煩，函真擁樸，坐回古風，何必讀書，然後爲學？虛皇授契，寤寐玄綱。琳編瓊簡，童冠誦習。慈儉不先，允執三寶。耄壽卧疾，忽呼其孫。令誦聖號，家幼悲唤。返而吁曰，旌蓋既引，乃此邀沮。勉留期月，翛翛而逝。嘻！何應答之確歟？銘曰：

張爲姓，謚爲諱。曰宗學，乃其字。考孟璣，妣陳氏。陳蚤失，沈斯繼。室于王，始出贅。生子裔，毛氏儷。女一人，朱泰壻。亦有孫，兩昆弟。曰靈倫，顧龔配。出二雛，曾孫輩。秉夷長，執中次。曾之女，草蟲是。翁初生，辛丑歲。月春仲，日十二。及戊午，秋之季。其日十，乃奄逝。七十七，居人世。甲子年，月寅位。癸酉期，歸于窀。高景丘，魄永憩。白鶴導兮玄猿侍，參彌羅兮謁穹帝，睨塵區兮時下戲。

王宗肅墓誌銘

神仙之説，或者謂其久亦自息。然既從仙出，必有非俗情所測識者。吴城中街路有王省幹氏，惟以傳所謂遇仙丹者爲家。凡父子之承述率以是，其藉以生亦獨以是。而守先説甚閟靳，不輕以語人，至于今，施之遠猶良驗焉。予故識宗肅。

宗肅諱鏞，字宗肅，本出施，父孟文。國初，贅王氏，生宗肅。宗肅長而承王母業，故從其姓無易。省幹遇吕公事在宋乾道間，于宗肅輩當十一世。宗肅既服事其術，而其稟質本自淳懿，乃益專以任真處世，平生無分毫外願。每旦日，但課念二氏籤典，持戒修善，飯緇齋黄，未嘗有倦。歲以四月十四日吕公誕辰，修祀整飭，如承大祭。囊橐雖不盈溢，而矜孤恤窶，葺治街徑，若有餘者。其大節，則能養葬父母，孝敬誠篤，爲最可言。且其襟情夷坦，犯之無怒色，三尺孺子與接話，亦温實，未始欺之，而家計盈缺，一無所動于中。家人當缺時，爲之商評，則徐徐曰：「聽其自然而已。」其閒暇時，亦頗去讀書吟詩，接晤良友，杯榼時御，浹然甘適，貌古氣寧，予時接而愛之。昨弘治辛酉十一月某日乃卒，其生永樂甲辰三月二日，閲世七十九齡。

配潘氏，繼陸氏，生子男七人，洪、淮、濟、瀚、渭、洲、津。女二人，嫁吕淮、某。孫男一，㬥。女三。王之先塋在吴縣十一都冶字圩之原，諸子以乙丑歲某月日葬焉。豫事來請爲銘，乃按吕淮所纂狀敘之。銘曰：

氣揉賦醲鮮醇醲，醇之流衍亦有鍾。彦哉宗肅的其逢，涉世岌岌恒融融。志不愧承遺仙宗，享世七紀回塵蹤。蒼梧北海訪回公，儻其遇之攀而從。子孫勿隳此古風，予筆耀華題山宫。

孫功權墓誌

孫衡，字功權，以字行，其父自江陰避世來蘇，酸苦造家，功權繼之。幼輒勤確務生，居積書繪、文玩、今古珍器物，遷易爲殖，故所交接多大夫士間。然務是者，大率輔之以諛説求射中。功權動輒以莊直爲詞，質質然如老宿。嘗語人曰：「吾勝冠便戴此平定巾，歷壯、老，不肯一日以小帽自褻。」又遇人，不以前後貴賤富貧易心改禮，多直稱其名，人亦容之，且謂其自述，應非僞也。暇時或相與裁品人物，必曰：「某才能若某事某事，然無德；某寡才若某，然有德。」重重輕輕，有類儒史。晚年作一小亭，目之曰「安老」。多爲章表，而今吏部侍郎匏菴先生特寵之以詩，時在某年。功權既八十矣，氣血漸消，久不飯，日惟飲酒，啖少果物。某月日，奄然而盡，亦無大疾苦。初配顧氏，三十始娶。子男二，女四。明年月日，葬某山，長兒文拜乞銘墓。銘曰：

德以取人，而自亦少愧。勤以立功，而卒食勤味。七紀太平，生長老死。尚德之詞，猶若入耳。功權功權，亦安死矣。

陶孟實墓誌銘

王章曰：此輩與一把算子，不能用。史以示譏。余恒謂未然，仕學皆自有本末重輕，不可偏且倒耳。若盡去度數，塊然守理性，其亦何以集功？將全才不如是也。自士以經術從政，則往往略藝事，至不能遺也，而付諸彼，其果然哉？余因陶孟實家乞誌孟實而感之。

孟實姓陶氏，諱信，孟實字也。家吴縣吴苑鄉之陶家場，父仲融，母金氏。生孟實，抱賦簡質，不喜爲靡麗，然外闇中融，思致明締，深通九章之業，用以條析積聚，斤斤也。每縣令當饑年，計會裁損税賦，若稱停徭力，輒以屬孟實，蓋無窳事者，孟實亦足觀矣夫！夫所少於計籍之手者，懼侵牟也，苟司存既治，將之以端慎，則以何道黜之？兹孟實之始，不獨感焉，而誌之宜者。夫孟實以某年月日生，某年月日卒，年若干。其娶某，子男三，昂、某、某。女二。孫男四，某某。葬以某年月日，墓在某。其家之請因其友陳良玉以來，良玉且爲狀云耳。良玉，固信人。銘曰：

漢名元理，齊庸九九。求也之藝，從政何有。陶既才美，端慎將之。魄陽斯盡，重以吾詩。

承事郎欽君墓誌銘

信民姓欽，諱允言，字信民，吴縣人。五世祖銘，洪武間起家進士，授湖廣道監察御史，有直聲，坐謫，戍遼東。曾祖遜，祖禮，父士俊，母馬氏，生信民而父没。信民雖孤弱，賴母拊以長，輒克家治父故業，卓然而植，充然而肥也。其業主總商賈資本，散之機杼家，而斂其端匹，以歸於商，計會盈縮低昂而出入之。刻時審度，彼此以濟，皆信委帖服焉。蓋其資本聰明，識理道，又有材局幹能，又性倜儻，開誠布公，用是以得之。然爲行又良能孝親，痛養不及父，用情於母甚至。燕居無惰氣，與人不苟言，裁事多中節。後奉例賑饑，受冠帶之旌，召相公事，以勞病瘁，正德丙寅十二月九日，卒于家，生于成化丁亥四月廿三日，得年四十。娶孫氏。子男一人，曰冕，聘袁氏。女三人，長適郭恕，次未行。信民之卒，冕纔十齡，其婦翁袁君漢章爲相後事。五年丁卯十月既望，葬于靈巖鄉吴山陳灣村祖塋。奉塾師陳嘉甫之狀，請予爲銘。袁君高士，所譽必有試。嗚呼！世固有通明之材，將之以忠信，居然事事合理宜物，何必讀書然後爲學？信民唯其人也。袁君又云其病也，諸商來視，相弔曰：「子或不諱，吾屬將疇依？」灑泣而别。其動物至是，不亦信哉！嗚呼！銘曰：

莅物之要，知及仁守。豈巨則然，而細乃否。彼玩其細，或昧以苟。乃迷而躓，孰任厥咎？賀矣欽氏，美自性受。卒食其效，安安丘首。其才其生，偕酬不負。尚不負于來，以昌其後。

承事郎盧君墓表

弘治十八年九月某日，吴邑哀子盧慈，葬其考承事君於黄村平原之新窆，以知隨州史君引之所述行狀來拜，乞爲文詞，表樹墓上。盧出太公望，齊文公曾孫高傒以采地爲氏。中世望於范陽，號海内四姓，條分于吴亦既久，衍著爲盛族。

按狀，君諱棡，字熙遠。高祖廷震，曾祖子謙，祖文寶，父以傑。君既紹武先業，服賈居貨。嘗謂人之於世業有異，宜心有異存邪。故夷然以坦易，祁然以寬紓，擘然以敦厚。寧弗腴吾殖，勿瘠吾天君也。力可及物者，秉毅敏爲，以達吾義。他日，江南連郡洪潦，江湖氾漫。長吏勸分，君既應格被郎秩之旌，已而凡官有力役，則以命前受秩者，往董振之。會瀹白茆港，因簡君莅事。君捐家勵公，績用告成。退處井閈，操修謹謹，以飭于有家。年未耄荒而子姓蕃庶，駢事僇力，人間事無弗足者。歲在癸亥季夏上日，春秋告終，享世五十八年。

君之母爲范氏，妻爲史氏，即隨州使君女兄也。男子三人，女子一人。孫男四人，女五人。三子者，慈、恩、憲，卜地營壙，差此穀旦，舉柩窆焉。嗟夫！先師有言：「苟志於仁矣，無惡也。」君執心庬渾，不以業遷，不愧於善稱矣。又云：「不患無位，患所以立。」君賑凶之惠，滁川之勞，不赧於郎秩矣。又云：「積善之家，必有餘慶。」君子孫薨薨，勿替引之，不忝於祖系矣。率三者以始終，既順既安，殆非聖人之所與與？鄉邦僉悼，宜樹風聲，近慰嗣息，遠詔陵谷。其文曰：

抱淳懿，天無虧。赴民庸，亦有施。九屬洽，家之肥。粲于邦，靡愆儀。生爾死，鎂若饑。華身章，銜國階。蕃來胤，流祥禧。瑑遺芬，表山陲。安且耀，亡窮期。

趙君墓表

君子之表人，必其騁奇樹異，駭聳群聽，爲不可恒者，而後可乎？如是，則中庸之所以鮮也。聖人且歎之，何有於表乎？今俗情所最乏，無若廉與遜矣。夷於門，跖於室，而後利；羊其貌，狼其心，而後得。則莫不惟利與得之趣耳，而何廉遜之計？有人焉不食薇而毋以利遷，不脂韋而毋以得累，理如是，吾如是耳，則不曰誠廉若遜哉？誠廉若遜而不表之，得乎哉？吳趙君時憲氏，誠廉者矣！誠遜者矣！既卒，君子思欲表之，曰：「不可以無據。」會其子鎬，有舉而屬之余，余何敢以君子居？從而表之，君子意也。乃從同人陶君麟狀，述梗概一二。

君居南濠叢市中，爲醝賈。賈葉端誤溢直，既去，君復程厥金曰：「誤矣。」追歸焉。異時又有誤者，歸之如葉端，是非廉者歟？持躬遇物，虛襟沖然如弗任。鎬治易，爲吳學弟子員，君嘗取其書讀之，至「謙」，瞿然曰：「謙之理如斯乎？吾見人卑牧者，恒契於懷。今幸窺大道指歸，吾敢不服膺？」終身誦之，乃以「謙」署其齋，是非遜者歟？帥二道也，表而傳之，可也，君他行稱是。慎重温雅，事父廷宏善養志，事母王克以巽裕，解其嚴卞之性。日用儉約，奢俗不能移，待夫人嘉善而矜不能。其歸金事既著，後自亦嘗誤溢金他商，他商亦歸之。人之善易感應也如此。君之質尤敏，於醫、卜、形相、五行諸家言多所通解。少獨以病弱，不能事進用之業耳。君生天順己卯，卒正德丁卯，年四十九。一男子，即鎬，承考揚顯器也。以己巳正月三日，葬君陳灣村原，故爲書穹石如右，以表諸其墓前。

盛至剛墓誌銘

盛氏，世爲安慶桐城人，居鳳儀坊，以善世濟而弗用於時。至華二生茂，茂生君，諱健，字至剛，八歲而孤。出就外傅，即克自持，異同隊。少長，資尚恬雅。初，先業甚豐，至是少落，君能益自約，脱略紈袴態。既冠娶，力綜家政，業浸以復故。茂始配燕氏，出三女。燕没，繼胡，出君及一女。又一弟泰，一女弟，出庶母張。於是上有二母，下有弟姊妹，六輩咸未立，所以養事撫給，甘脆燠涼，奩具之屬皆出君，種種周緻，孝友之風藹如也。自以幹蠱弗終學，篤意教三子，延良師，禮賢賓，夾輔之。其季曰德，蜚聲頖序。戊午，當試京闈，咸謂其可拾取。君曰：「學優則仕，若固可行，盍姑養以伺之乎？」德不敢違。辛酉猶然，迨甲子，曰：「可矣。」德承令一往，果峻捷。時以八月晦，揭榜南都，去家不五日。德歸，舟阻於石尤，十月四日纔抵舍，是日即君生辰也。有司、鄉縉紳交賀君，播爲雙喜詩什，君敬受，而所以勖德者尤切。君美姿儀，中懷沖厚，外度散朗。當衢恤時，三惡奴乘紛披，攘資畜叛去，易姓而處，猶齊民。比其後，奴死家且赤，還粥其子孫，又歸君家，君亦不究其往。人信天之好還，而稱君之長者也。君善飲酒，喜賓客。正德丁卯正月二十日卒，生正統癸亥十月四日，年六十三。

配同邑王氏，先卒。三子者，長曰隆，娶周；次曰儀，娶張；次即德，娶倪。二女，婿胡文敏、汪溉，皆王出也。孫男五，悉幼。德以先輩無錫丁君所爲狀乞墓銘，乃摭敍而銘之。初王之葬在烏石崗，至是諸子筮地以合王兆者，遇臨，其繇曰：「元亨利貞。至于八月有凶。」以祔祖塋之側者，遇豫之坤，其繇曰：「由豫，大有得，勿疑，朋盍簪。」乃從祔法，筮日曰：某年月日吉，乃窆。銘曰：

天道益謙，無往弗還。循昃而午，厥理常然。於昭盛君，弗眯于是。既槁而萌，乃壅而潰。彼以蠱亂，我幹而治。彼以趨躓，我徐而至。弗弛于道，弗張于欲。有祐自天，實受那福。有松在澗，鬱翠于晚。君實所之，觀化長返。虎魄菟伏，有煒其文。世需既顯，歸耀靈根。

崔孝婦傳

崔孝婦諱某，烏程棲梧里詩書家黄庭晼長女。十三失母，執禮如賢丈夫，三年不葷。十七嫁吴江崔文友，其孝動二老者。姑曰：「孝婦哉！猶吾懷褓出也。」舅曰：「孝婦哉！猶吾良子昌吾門。」姑疫將死，竊刲股肉和藥，姑飲訖，即瘉。越五日，其子澂始知之而哭，孝婦掩澂口，曰：「此非合理道事，毋使人知。」他日姑死，孝婦哭失音，不能言，纍月始復。孝婦父母墓地爲貴家奪，孝婦力不能外施，俾澂請於尊長，以簪珥營他地遷葬，遂以憂憤病死，年四十九。

論曰：孝因心生，不以賢愚殊，聖人作禮，以輔其偏。故曰刲膚非孝事，若女婦類鮮聞道，雖少過，亦足賢矣。崔孝婦又能知此，其可謂知道哉！其他行，則亡弗合理，稱孝宜矣！稱孝宜矣！

陳子中室李氏墓誌銘

允明於陳爲母族之親，稔知令人賢。其卒而葬也，子天貴請爲銘，其所纂行狀益贍悉，約而述之。曰：

李，長洲著族，令人，處士景清妃金氏出也，諱秀寧。十一失父，外静而中穎，不與群幼女類，季父光禄丞景洪賞之。十九歸同邑陳君子中。子中父志道先生，爲萊陽訓導，子中攜令人往侍。或慰其少而遠母，不能無悲思，令人曰：「吾始獲事舅姑，惟失驩是虞，而曷有於他懷？」萊陽有充耳，以賜令人。令人謹其服藏，或曰：「石耳，奚過謹？」令人曰：「嘻！匪物之謹，賜命是謹。」聞者韙之。及萊陽歸田，家少謝。令人相子中致養，滋味不減焉。比萊陽没，送死尤飭而厚。子中嘗疾瀕革，令人罄所有求治。或諭：「疾不可爲，徒費耳。盍存縮爲後計？」令人曰：「與費産，縱不效，吾且能縮於獨守時。惡有豫謀一軀，而坐伺其殆乎？」已而子中竟起。子中兄弟欲分養母，子中謂母安令人，請獨終養。令人亦曰：「然。」遂迄如志。洎子中爲兩弟娶婦，爲女弟治喪，令人力亦厚。鄰夜火，子中不在舍，令人弗顧其室，左捧萊陽遺照，右扶姑以避。子中慤而儉，善治生，又賴令人内相之，家寖裕。喜周施，有勢家奴持主財失諸途，將求死，子中見之，謀及令人，欲爲償之，令人即舉篋以奉。他多似此。陳故以儒業授受，子中初務學，以體弱不仕。迨令人生天貴，子中遺游邑庠，令人所以輔迪之尤篤。平生勤慎莊嚴，不妄言笑，不憙矯飾，約而不求，盈而不汰，壺彝具焉。姑嘗稱曰：「吾獲此孝婦，愧無以報之。」姻連家納婦者至假服於令人，曰：「使新婦被之，庶幾肖其人也。」其見重於内外若此。其生成化丁亥正月甲戌，卒以正德丁卯十二月壬午，年四十一。生子男一，即天貴，勤敏博文，顯庸器也，娶楊氏，潊浦令子行之女。女二，猶幼。孫男一，曰科孫。子中以卒後二年庚午二月壬寅，葬武丘鄉皇字圩之原。銘曰：

令族難爲女，令家難爲婦。令夫難爲妻，令子難爲母。難者緊惟人，天彝本舉羽。陳李兩華玉，左珩聯右瑀。媲德允若兹，胡不偕遲暮。靈原閟藏櫝，光氣燭九土。尚有登席珍，粲粲者瓊樹。

賢婦吕王氏墓銘

賢婦王氏，吴吕禹平妻也。死且葬，禹平寫其行爲狀，請爲銘。評其行，謚以賢，而述之。凡爲賢之云，所以爲褒。褒者，將以榮之也。令不公知者不信之，且或議之，則何以榮、何以褒爲哉？若稱吕賢婦，必有知信者，余豈佞者乎？

狀之道賢婦懿淑工能甚多，余語其最大、人難能者三。一曰孝順。禹平家與賢婦家，世連壁居，吕之祖父、王之父誼猶骨肉，兒女髫亂，結爲婚姻。及吕母將死，欲見賢婦。婦倉皇來嬪，儀物闕如，賢婦無少慊。姑死無幾，舅亦死，賢婦與禹平治葬祭慎誠。兹不謂孝順邪？二曰安貧。始，禹平治舉業，賢婦固望得仕進，庶幾且富貴，收之桑榆。已而吕又失不成，復無以爲商，乃爲童子師，守筆硯，坐一席二十年。賢婦虀鹽荆綀，井臼晨夕，胼胝瘁枯，與禹平相視驩然，曾不吐一片憾語，視姻里華首纘軀，泊如也。兹不爲安貧耶？三曰厚倫。禹平既失父母蚤，又有二幼妹。長者同母，未十歲；次庶出，纔五齡。賢婦拊育，教之女事。比長，輔禹平資嫁之。奩裝雖簡，盡其心與力焉，且無庶貳視之。兹不謂厚倫邪？至其性資柔仁，手不刃牲，遇蟲豸，未嘗輒殺之。持度謹肅，識文字，成誦孝經、小學書，爲嘉言啓導童蒙，諸行無足備云者。嗚呼！頹俗群嫗，蒙成于夫。富則驕，貧則怨，慢其尊章而不恤夫，同氣十而九也。賢婦總三大行，而細德周令，謚之賢，不可邪？不謚之賢，亦何以銘爲？

賢婦諱秀寧，父曰宗肅，母陸氏。賢婦生成化庚寅二月四日，正德壬申病脾肺，癸酉六月某日卒，得年四十四。生子男一，曰繹，尚幼。女二，長嫁周敦，次亦幼。葬以甲戌歲某月日，墓在橫山先塋次，俗謂薦福山九龍塢。銘曰：

凡銘者以示後，冀知者敬且憐，以勿壞而延。敬且憐者匪以位以年，而維厥賢。賢哉吕婦王，殆一十于百千。慷慨更生之筆，髣髴黔婁之室，庶幾遺風之爽然。

舉人謝君妻盧氏合祔誌銘

天下之事，往往難得其當，或實盈而聲微，形細而名夸，蓋亦有勢以驅之於不容不然者矣。凡今人之貴富强達者，多收亡稽之譽，而閨冓幽貞之操，則傳者百一。即傳也，亦不究而章。是豈惟人情之難得其當哉？亦勢而已矣。允明先參政仕給舍時，長洲謝君會游學京師，來受時業，遂中鄉試以歸，連會試不中。入監，堅存遠大之志數年，朝廷有風憲之拔，而君先一日死矣。時君妻盧氏守道於家，寒静斂默，不下古之節媛，至于今四十有二年，竟完璧以見往者。嗚呼，豈不賢哉！士君子激一日之義，慷慨挺烈，鼎鑊河海者，則孰不曰難矣？乃若履跪卼，閱世紀，硜硜然恒其德以終身，是不難於一日之激者哉？而其聲上不可登邦國之策，遠不可及四海之誦，非勢也哉？始盧之未亡也，教孤兒昞以父之行，教諸女婦以身之德，撫育夫弟之孤勳，擇孫睦，讀祖書，爲縣學生，凡丈夫所應務於家者，優務之。逮其亡也，昞能無違，雍、睦能述遺懿，凴金石以圖私傳於永久，是又善福之理，無關於勢者邪。凡睦所述甚詳，故撮敍大歸而系銘其墓，俾蘊焉。

盧氏，諱妙定，吴縣人。父曰志善，母李氏。生男獨昞，娶魏氏。女二人。孫男二人，雍、睦。女一人。曾孫男五人，儀、儼、侃、倆、僖。其生永樂十五年四月二十九日，年七十五。弘治四年正月六日卒，其年九月九日壬午，祔胥臺山謝君兆，謝之字維貞也。銘曰：

家運時蠱存滅際，引先啓後維婦繫。碩人其然功則大，黄泉有目四十祀。相見並瞑在兹歲，悁悁餘望積秀嗣，玄宅永寧伺封賁。

祝氏集略卷二十

傳志

賀節婦家傳

節婦吴氏，吴縣洞庭西山吴寬之女，東山賀君元良之妻，今儒士良之母也。其名某，年十六歸賀君，琴瑟雍宜，裁八年而賀君病以卒。節婦棄耀飾，極哀毁，用誠喪葬，致力合禮。族黨已賢之，然謂少，復弗子也，徐之當徙其志。暇日，因稍導覘之，節婦潸然涕曰：「聞女一天耳，古今以不貳媾爲禮訓。抑吾心本自願此不願彼，愛惡去取自天性，非他人所得裁量。又先良人，士類而大夫族也，不幸不禄，吾又能以匪貞黷之邪？具三不可，而本性尤顓，固不可解者，謝女意，休矣。」於是群居意息而且誒之，節婦亦益安之。事姑孝謹外，寂謐閨寢。久之，族黨爲節婦貞。既越二紀，生春秋。越三紀，志行既定矣，如岳不移，井不波。今兹當不爲厥終焉謀邪？乃選於幼，得佳兒，爲告于先良人若祖考，族人立爲嗣，用承賀君祏祠，即良也。既峻事，節婦欣動中臆：「我今兹可以媞媞畢姑孝，篤子教，無隊賀君業。異時能完心面，見良人也已。」由愈閉户，茹澹被麄，劬績以厲良。良又秀良，隱抱遠器，未遽量。皇帝登極，詔郡縣舉孝順義節來聞，下旌表。於是族里以節婦事上邑，邑上府，將升于朝，時爲嘉靖初元。先是，府以諏於邑學官，合學之士友以實對，而且徵古高行，鉅鹿之操烈、重孤存祀之義以爲方。良持其語示余，以余素友良而欽母，或計有以傳母事、附家牒者，因遂謹據述之爲傳。贊曰：

人聞道全，節婦稱善，一嘖嘖哆口已矣。或傳一子，剺肌廬墓，士危言來黜辱，必聳歎不休，如激忠不懷其軀，固難。亦或自賈聲，以痛寸咫膚，苦息中野，視弔景寒閨，畢生不有笑歌懽虞，半亡人或凍餒交病。婁鄰死，絶難易假，誠獨且奈何哉？賀節婦如是，抑非覬有今日爲暴廣之者，其何爲哉？斯天人之完者也。以身爲賢，夫爲令妻，子爲嚴母，族爲保傅，家爲福慶，國爲瑞，天下爲治俗，載傒之廷典，來而爲聖王君師，政教風四海，爲益與繁鉅，且繁廓哉！堂堂乎！兹惟厥本柢，臯其鑒于兹傳。

李碩人墓誌銘

故廣東參政棕園劉先生欽謨，用其文學，日月海内，允明弱冠寔朝夕之。始公近中歲，頗隱商瞿之憂。後得冢嗣于李碩人，曰嘉績。嘉績生十二年而公長往，亦既連有二弟。無數年，嘉績輒大秀發，章采煒然，便復淵邁，驚駴老長。余益比焉，有芝蘭之好，無幾而殞。遺一息，曰稚孫。踰三十年，一日，稚孫來曰：「自先人之亡，不肖與嫠母銜荼負罶，勉事孤大母，唯鮮甘綺是慊。幸而日月斯永，於昨歲而終，則既八十二矣。今兹將治長寢于府君玄扃之側，離而祔之。以舊以文石銘，無外執事者，亦碩人意也請。」

按碩人姓李氏，諱柔，字柔貞，長洲人。考某，母柳氏。碩人在室，女紅攸閑，文籍亦涉。府君初仕南京工部虞衡司主事，召修兩代史，居中秘，與楊夫人偕。無幾，安人亡，史事亦罷。返初政，乃納碩人，生二女。家綍是相，府君攸宜。既而得男，曰熙學，輒即殤。府君復娶于賀，不身。碩人又得雄，曰鶴壽，而又殤，乃又生一女。府君以署郎中事員外郎，擢河南按察司副使。碩人乃二妊，一男一女。男，嘉績也。府君遷廣東左參政，謂地厲，二親皆八十外，留碩人事二親。復納趙氏，與賀往，賀終不身以死。趙育二男，曰嘉緝、嘉績。已而府君捐館舍，唯碩人與趙二嫠乳三孤，持家畢葬，聘婚遣嫁，外辛中酸，户閫閨凜，力踰丈夫。且不肯落儒宦事，遣二幼並游學，隸弟子員。績特英拔，而復劬刻，少之，竟病斮不禄，於是碩人之苦薑轉倍前日。語績室曰：「少寡老獨，女之烈釁。我寔不淑，閔凶是罹，復連新婦。新婦能知我心，知而能一，一而能定。夫氣有福禍，行有慝良，世有休釁，情有甘愠。故良而禍釁，釁而不愠者，安天而盡人者也。我女也，而勉克己矣！婦其克我也乎？」婦亦能之，遂與以有終焉。碩人懿明如此，性復婉巽，或逢怒於長，侵侮於儕，無校意，寒窘偕年愈深，而甘勤不怠。正德歲庚辰六月某日，體病，纔二日便盡，七月甲子朔也。比没，襟神爽然，遺詞尤善，飲茗一杯而瞑。

其初生正統己未七月某日。三男子：嘉績爲縣學生，娶贛州守顧公晦之女；嘉緝，府學生，娶金；嘉績娶夏。亦皆先卒。女四：秀整，適江西布政崑山項公之子貢士拱辰；秀齊，適丁文禎；秀嚴，適孫璠；秀肅，適吏部尚書松江錢文通公原溥之子孍。孫男六：長即稚孫，娶温州守文公之孫徵静之女；次寉孫、竹孫、櫝孫、蘭孫、桂孫，皆出嘉緝。女三。曾孫男某某。女某某。葬以嘉靖癸未十月某日，墓在仰天山。銘曰：

女不朽三，餘德容工言。高節義，貴孰與封位？秀子孫，富孰與琛珍？淑聞烈，壽孰與日月？儒宫宦閥，有婦人焉。德四者全，三不朽不愆，碩人亶其然乎？

姜氏誌銘

誌曰：兹惟吴張鳳妻姜氏玉蓮，成化戊戌五月丁亥生，弘治乙卯十月癸亥以生女卒于蓐，明年三月丙午，葬此横山之下。嗚呼！十四而婦，十八而母，母五十日而止。然而女不失愛於親，婦克送尊者死，祀奠纂組，割烹無廢政，以英齡處富室，能斂焉。幼習閨態不形見，亦無慚於壯老者。銘曰：

不缺也，其性也乎？不盈也，其命也乎？月晦川逝，雲散華落。大化衮衮，隨乎委乎，而莫之問乎？嗚呼！翠案虚眉，朱絲斷瑟。漆焰幽眠，千秋婉骨。

故袁天禄妻王氏令人墓誌銘

令人者，長洲袁君天禄之妻也。其德行既淑良，遭家不造，凶喪頻仍，其功力倍艱，而又不幸身以繼殁，僅倍殤折。嗚呼！君子以爲誠可賢又可悲，且闡揚之也。

已將葬，其子胤文等捧其從兄郡庠髦士胤昌所屬行狀，乞爲銘，乃薦其稱曰令人而誌之云。

令人諱正賢，父廷儀，母馮氏。其族與袁同望于邑里，廷儀嘉天禄也，婿之。令人賦性深沈嚴恪，不苟言語。十九入袁，事舅姑合道禮，侍夫又莊謹，值事能裁治無忒差，而無擅制獨成之過。遇人且雝巽，中外敬羨，謂爲四德之式焉。爲婦財十年而舅没，少之，夫没。令人上存煢姑，下系二孱兒，且喪且家。喪未訖，少之，姑復没，於是以三十二歲之嫠持三喪，支一門事，無幾而殯，一旦訖。三大故無違禮，亦無倦狀，觀者咸相愕眙仰歎。於乎，非材矣！夫喪後，家政周秩，若不乏丈夫者，而又減略容飾，迹不踰庭。昏嫁子女，秉禮而去泰；督莅奴婢，嚴默而幹戢。臨教二孺，轉加深篤，復延老師，守而訓之。比長，咸有老成人風，斯特其力之烈而道之茂者也。正德壬申正月某日卒，生成化戊子六月某日，年僅四十五。所生六子，三男三女。男曰胤文、胤武、胤章。文娶王，繼喻。章娶劉。女長適李泰，幼適許淮。中男中女皆未及嫁娶而卒。孫男一，曰尚絅。女一。令人歸土，以本年十二月某日，墓在武丘鄉之袁家涇。銘曰：

結髮事君兮，晏晏笑言。上堂饋服兮，式敬且閑。割酷忽罹兮，禍極并連。殍氣銷骨兮，大典以完。繁霜屠林兮，玉石一炎。善不蒙福兮，誰持物權。君嗣在室兮，卬身在泉。終君信誓兮，卬復何冤？存亡禄兮没亡年，身則缺兮道斯全。薄蒼旻兮漏黄淵，萬斯霜兮神栗然。

張廷潤妻錢氏墓誌銘

張氏以富善聞于嘉定之三槎里。頃，廷潤没，葬於泗瀝河南之原。守瑞州邑人李君堯臣爲銘。兹正德辛未九月四日，其嬪錢卒，其孤錦等以祔葬者，頗紊于位，更度地於先兆之左。卜歲壬申某月某日窆母，因遂遷廷潤之櫬而合焉。乃進唐解元子畏事狀，謁爲銘。

據狀及前誌，謂廷潤剛勁孝睦，御家嚴，居鄉惠，而錢寔能左右之。敬釋老，樂幽寂，而錢能順適之。室雄而善持，祉繁而能安，固君子之嘉匹、右閭之良相也已。生乎宣德庚戌十一月四日，年凡八十有二。男子四人，錦、鉞、鏷、鎧，其婦蘇、吴、李、趙。女子一人，其婿金樑。孫男十人，曾五，玄一。孫曰淮、濟、沂、津、湘、沐、澐、潛、某、某，津爲功臣教讀。曾曰彬、郴、橋、梓、楫，彬、橋爲國子監生。嗟夫！子以親成，親以子顯。家室同穴，存亡備徵。粲夥揭遐，匪文曷寄？爰約銘詩，鑱附牆翣。其詞曰：

嬪兮淑修，君子是逑。柔風内扇，剛操外彪。白茅藉地，豐纊襲裘。余華垂裔，百世用休。

陸德芳室謝氏孺人墓誌銘

世每謂女婦不外見，然不見非病，病不究其道。爲道也者，心本之，理明之，志達之，見之行焉，而道成矣。即士亦然，茫昧澌陋，百不踐于十，斯可病也，曷有踐而弗著者哉？余讀雲間高企爲孺人陸謝氏狀，曰：「美哉！謝之道也。」剽聞之當廣焉，矧以屬我爲傳遠計，則曷以辭？栝其事，述之曰：

謝氏，上海富室翁某與室某生，凡四女，生長輒贅壻至。孺人最幼，其壻曰華亭陸德芳。德芳性闊略，不閑小德，與婦翁媪異操尚，孺人視諸女兄，若不倫，然孺人無怨色。然德芳亦不有謝氏財，赤手作生業，以致大盈。逮於後，孺人或更分以贍諸女兄家，亦無德色。世俗女贅者多乘陽，或獨知親而不知舅姑，孺人執孝敬如外從，矯俗以合禮。德芳多妾媵，孺人逮之惠且均，遇其子無異情。冢婦蚤寡守義，孺人愛保尤至，以安其志。德芳不仕，以貲授仕章服。子憲爲太學生，欲急得榮禄

祭王文恪公文

嘉靖三年，歲在甲申，十一月辛酉朔二十日庚辰，門生前承直郎、應天府通判祝允明，謹以柔毛、庶羞、清酤，奉祭于柱國太傅户部尚書武英殿大學士文恪王公尊師守溪先生之靈。

嗚呼！小子將哭公以公也，郊麟歲龍，聖賢亦窮，騎箕蝕璧，揆相必終，何傷於吾公與？將哭公以私也，鑄金百冶，擢桂千枝，賜也奔走，商也贊辭，何戚於吾師與？惟士之節，報死于知，何不才有如小子，而蒙被乃超於等夷，待以國士，要以遠期。所謂春澍膏萌，蕭蘭同德，而焦枯之栯倍榮；秋月揚彩，遐邇齊昭，而迷塗之夫加賴。昔者允明上公之語，公既諒之矣，幽明有殊，心口豈異？所最痛者，生無所立以光公之教，又不即能死以從公之遊。悵進退以無據，徒銜知而弗酬。用此負公，雖哭毁以絶，亦何補而何贖？祖載即期，敢藉茅匭，因薦心曲。贊德頌業，銘不朽而鏗無窮者，出在天子，興在四海，職在國史，非小子之事也。嗚呼！小子崩摧迷絶，奈何奈何！惟公尚饗。

兢兢僶僶，歸於考終，亦云福善備矣。銘曰：

碩人温温，嬪陪令門。淑儀玉潤，秀韻蘭芬。澣練視約，甘薺彰勤。孝無匱獨，公可徵均。鍾儀有詔，郝法猶存。聲蜚右族，榮起來昆。引蜚不匱，不在斯文。

告殤穴從叔弟侄遷葬文

告于從叔二官人，弟慶元，從姪五壽之靈：允明今將飭治塋域，相地之宜，以翌日丙午遷葬叔等於原瘞之南十餘步許。用先告啓，其毋震驚，往即新宅。謹告。

南海回祭先墓文

允明嗣承宗祏，黽勉負荷。兹以宦游過家，霜露既降，瞻掃封塋。

淪，次適許漢相，又次適縣學生曹鴻。又次一，幼，出側室。濟用某歲某月某日，葬于城西花臺新營地。文聲先一年没，寔同日葬，用魯人祔。

初，左氏生，性質聰慧，姿容秀雅，而中有材用。十三失母，與弟妹居，祖母王賞愛，言：「此女必不碌碌。」事繼母仝氏謹。二十三年，始嫁張君。事舅姑同父母，持心飭履，以和順爲主，奉己持家，以勤約爲素。女紅精良，旁通書數，人不能欺，姻里女婦，多宗師焉。文聲治貿，遷川塗多於室家，而家觀修整，閨門和肅，皆左之爲也。江揚紛華之區，臨之泊然。一疏衣或五六年不易，婦曹姤集，見盛飾金寶，錦繡璀璨，然漠不悦慕。且曰：「如此奢汰，豈長守富貴之道邪？」姑死無幾，舅卧疾，憒弗省，左侍藥食，晝夜不懈，祝天懇禱。一日，舅瘖絶，左立榻側，飲泣達曙。舅蘇，視之曰：「新婦猶在此耶？然我終不起。婦善事汝夫，保愛汝兒，汝能孝順，天必有報汝。我獨以望汝，不與諸婦同也。」舅姑既葬，睦娣姒，尤有恩義。文聲季畀欲異産，文聲諏於左。左曰：「吾親之遺，皆匱于彼。今産吾創，何當分之？」左曰：「雖然，君睇彼寒飢，寧能獨享安之乎？」文聲曰：「亦試若爾。」事即定，教子女甚篤，而不以檟楚，自然畏服。不喜私蓄，用財豐約宜于度。重賓祭，恤灾窶。平居相文聲，將順美善，消解詬怨，操辛慮患，不少暇逸，唯恐家業隤落，嗣息無成。

及親，每可行，輒即病。孺人曰：「凡仕，内視學，外視時，何可以情徇之？兒無熱中爲。」孺人平日少言笑，待宗姻鄰里有恩，嫁孤姪女二人，凡其端亮識理道類如是，皆與世俗愚婦人反，非所謂究而著者邪？正德辛未三月二十日卒，生景泰乙亥十一月十一日，年五十七。明年壬申十一月丙申，葬其家之旁祖塋内。孺人有子男四，愈先卒，次即憲，次忠，次恕。忠、恕，庶出也。孫男五，曰鎧，曰鐳，曰鏶，曰銓，曰錞。女二。銘曰：

愛不余翕，余乃不悒。產弗余集，余則躬立。更衆之及，以莫不給。舅姑夫子，我事我執。媵娣粲者，衾裯有輯。螽薨棟隆，一表數襲。用順爲貞，是曰從一。謝風弗泯，千媛之挹。

張文聲妻左氏墓誌銘

揚之江都，有張、左二族，張以善聞，左亦儒舊。張之子濟廪于邑學官，爲弟子員。比者渡江來吴中，拜予門，請銘其母墓，手敍母行以進。按而誌之曰：

左氏諱某，其父曰宜，母曰吴，以成化元年十一月十九日亥時生左氏，享年六十，嘉靖三年五月二十六日申時卒。所生子男一，即濟。女三，長適進士知蒲州高

趙姑夫啓殯祭文

維嘉靖二年，歲次癸未，正月癸卯朔十四日丙辰，内姪祝某兹以尊姑夫厚齋趙公將安厝靈魄於玄宅，謹陳牲醴，哭奠几筵而告曰：

嗚呼！公之心愛我如子者在，而公身亡矣；公之言教我以善者在，而公身亡矣；公之力輔我之家者在，而公身亡矣。是在尊卑常分，猶自哀毁不勝，而況加受諸德者乎？日月不留，往即長夜，某之沈痛，如何可云？若乃死生定命，公復達者，又胡必計菲肴薄酤。奠訣筵下，痛何可言！尚享。

祭錢處士文

淵潘集鱗，枳枸來巢。風義之樹，景附之招。昔者小子，求仁而親。耆年逸德，惟吾丈人。杖屨未執，車馬先及。世好之念，葑菲斯拾。乃拜乃從，敢不敬恭？熙熙趙日，泱泱齊風。小山游盤，高樓燕息。頻侍豆觴，屢賡篇什。大儀撰物，惟氣是憑。或近或久，或革或仍。有發于錢，光肇武肅。式仍且久，百世猶復。唐風既衰，五姓紛綸。孑孑周餘，故依桓文。來歸于宋，以文輔世。跨元入明，曾弗少替。

分條吴越，采食世家。綿綿千瓞，煒煒三華。以逮公輩，又三珠樹。公爲其季，引於晚暮。我内外祖，咸兹託交。蘭馨互襲，松韻無彫。公寔父行，視予小友。幸附清塵，期終皓首。豈伊旦夕，而遽幽明。獨有教言，心腑長銘。辟如大樹，厥蔭乃廣。十載懷思，恒共俛仰。載入公門，載上公堂。清流嘉木，宛然不亡。瞻公遺容，薄奠三酒。豈曰懷惠，聊以藉口。野人時來，小子慚後。

兒婦祭其母文

母乎母乎，痛哉痛哉！嗚呼！資生受體，何如其尊也？嗚呼！昊天罔極，何如其德也？嗚呼！下壽痛盡，何如其割也？嗚呼！號擗崩絶，何如其酷也？嗚呼！壻仕甥幼，孤孱伏奠也。嗚呼！知耶不知？形存心死也。嗚呼！母乎母乎，痛哉痛哉！尚享。

祭王廷瑞文

歲月日，友生祝允明祭于廷瑞揮使尊契。嗚呼，廷瑞哉！今其何往，豈能化星辰，附河岳，植爲芝蘭，行爲鳳麟，或更降爲賢良君子，名仕高隱，以祥人間乎？如是，則古今聖賢才傑，當無不然而未必然。子固思齊賢者，吾又不敢必也。豈隨氣任化，消沈澌蕩，與草木俱槁耶？如是，則造物初無清濁尨懿，無必美者貴而劣者輕，吾又不敢然也。豈存則有立，而没則無知，其生也可榮，而死弗足計乎？如是，則君子求諸己，此自應爾。彼爲世道謀者，初無揚搉之權於其間，不怠善而遂惡乎？吾亦不謂然也。嗚呼！子於是又何必抗而爲上瑞，汙而爲廢物。大氏前二途者，付之無意，後之所謂實子之志，而予儕之責。銘誌傳表，言者滿卷，子長不死，又何倐促之拘也乎？嗚呼！日月代序，草木歲榮，故者不必恒留，新者引而延，萬物芸芸然，何必今至於子而始貳吾識？去年登君門，館君室，君已抱疴，猶旦暮論心而促膝。悲乎哉！一往更弗覿。風颼颼兮樹陰陰，美人逝兮傷我心。壺俎列筵兮，安得與子而同斟？嗚呼，廷瑞哉彷彿！尚饗。

吴氏新阡敍銘

丘兆之典之於古也，大司徒族之墓，大夫掌之圖之，厝禁有令，訟有聽，厲有巡，守有室，何重也！然而曰不墳也，不樹也，不倐且不易，又何簡也！夫非簡也，或曰：「殷周禮異。」然古之所不爲者，皆有義焉，皆損益乎事者也。亡損有益乎事者，古則不爲，而後世爲之，不改其義，又爲之重者焉，夫子曷爲而弗由也？夫人之用情，必有至焉。古之於親也至，今之於身也至。至於親者，由生而養，由死而葬、祭，無有益而不思爲也，亡有損而弗思去也。弗計而簡，弗矯而重，備物安情，中禮焉耳矣。若夫至於身者，曾何有乎是？豐觴匕而略簠簋，腴妻孥而瘠嚴慈，崇宫寢而荒隴塋，諉而曰：「古不冢，事重也。」噫！其何有於重簡，非孝而已矣。予觀今之如是者，蓋有之矣。甚者竊瘞以覬利達，用夷以水火先軀，其又無累於言矣，獨奈何哉？其有獨異於是。至於親，備物安情而中禮焉，獨不爲孝，而君子重予之乎哉？

歙吴遠芳以考思恩之祔丙村祖域者已隘，匪遷而始之，則難乎其後，乃慎求而得其土於永豐鄉之察塘山，營而遷焉。既得大宗伯無錫邵公詳紀其事，復問於予，善其用情，過篤不能已，爲抉其能居今求古，至於親，備物安情而中禮，可以爲孝焉。敍而銘，期諸大而遠。

至其親，不至其身，是謂曰子，是謂曰人。有一子子於家，一郡國有子子也。子孫承而家，郡國視而勸，家之郡，郡之天下，天下皆子子，今與古一風也，其道甚大而名亦巍。子孝矣乎哉！子懼矣乎哉！予俾子銘，銘之墓門，子懼哉！欽子懼哉！欽子墓之目而室之心。

王昌傳

義興人王昌，有奇力，治田不以牛，身犁而耕。妻駕之，昌一奮，土去數尺，或抵睦，睦爲之動。嘗餽運，昌肩舟之桅而擔焉，前後堇十鍾，達數百里。他舟人不知昌，乃或侮昌。昌曰：「若欲以衆懾我耶？雖百人胡能爲？」衆恚，集鄰船得百許人，争欲擊昌，昌持檣拂左右，左右及拂者無弗溺者。昌山行，見蠅蚋紛然起叢薄間，眡之，有巨蛇長幾十尋，昌走不竟蛇。蛇將尾而寘之口，昌怒，捉蛇尾振之，舉投空中，逮地死矣。途間遇搏虎者，持槍戟來，昌弱其具，都折而置之。自拔巨竹，削其端，使廉甚，水以和之，火以堅之，方俯僂治竹未就，虎突至後。昌不及運竹，便以兩手揞虎兩膊，又交執於一掌，抽腰間竹，刺虎喉，信手一擲，踰其背後樹杪斃焉。昌或久虚其力，輒手足撼掉不自休，速犇山中，擢林木數株運弄之，或提頑石行百匝。雨無爲于室，則索綯如杵數十丈，寸寸掐斷之，力稍解云。昌有女，力肖其父。陸有修艦，衆莫致之水，造昌廬命昌，昌病，命女，女往。辟人獨盪舟，手及舟，舟在水矣。昌行四，人以行連其名呼曰「昌四」。白石翁云聞之其鄉人。

義虎傳

荆溪有二人髫丱交，壯而貧富不同。窶子以故宴安，無他技，獨微解書數，妻且豔。富子乃設謀，謂言：「若困甚，盍圖濟乎？」窶告以不能故。富子曰：「固知也，某山某甲豐於賄，乏主計吏，覓久矣。若才正應膺此耳！若欲吾爲若策之邪？」窶感謝。富子即具舟費，并載其豔者以去。抵山，又謂言：「吾故未嘗夙語彼，彼突見若夫婦，得無少忤乎？一忤，且不可復進，留而内守舟。吾若先容焉計也。」窶從之，偕上山。富子宛轉引行險惡溪林中，窶胼胝碎破，血出被踝踵不已。至極寂處，乃蹴而委之地，出腰鉞斫之，隕絶。富子謂死矣，哭下山，謂豔者：「若夫君噬於虎矣，若之何？」婦惟哭，富子又謂言：「哭無爲，吾試同若往，檢覓不見，乃更造計耳。」婦亦從之，偕上山。富子又宛轉引行别險惡溪林中，至極寂處，擁而求淫之。婦未答，忽虎出叢柯間，咆哮奮前，噬富子去，斃焉。

婦驚定，心念彼習行且爾，吾夫其果在虎腹中矣，不怨客。轉身而歸，迷故途。順塗而哭，倏見一人步于傍，問故，婦陳之。人言：「爾勿哭，當返諸舟，可歸，爾舟在彼。」遂導之返，見舟而滅，蓋神云。婦登舟，莫爲計。俄而山中又一人哭以出，遥察之，厥雄也。婦疑駭其夫鬼與？夫亦疑婦當爲賊收矣，何尚獨存哉！既相逼，果夫果妻也。相攜大慟而甦，各道故。夫曰：「彼圖淫若，固未淫若；圖死我，固未死我。則我可置我憾也。」婦曰：「吾苦若死，若固不死；圖報賊，賊固自得報矣。我憾亦何不可置邪？」於是更悲而慰，哭而笑，終歸完於鄉。

祝子曰：視賊始謀時，何義哉？已乃以巧敗，受不義之誅於虎，虎亦巧矣。非虎也，天也！使婦不遇虎，得理於人，而報賊且未必遂，遂且未若此快也。故巧不足以盡虎，以義表焉可也。

祝氏集略卷二十一

紀敍

丁未年生日序

余夢庚庚辰之歲，今丁丁未之臘，日爲初六，年蓋四七矣。人生實難，天運何遽？質自俶降，無變乎空疏；貌與時移，轉淪於蒼濁。聚螢愧學，倚馬非才。傷哉貧也，非爲養生歎；軒乎舞之，未以竭精玄。激義而氣貫白日，廓量而心略滄海。思詒遠也，通八遐之表；願處高也，立千仞之上。洗滌日月，披拂風雲，谷雉之死而靡它，山雞顧景而自愛。一履獨往，千折弗橈者矣，然而志匪乎內，謗屢興外。放意溟涬，則埃壒不容；帖息滓穢，則肝腎弗克。茫茫下土，誰則同心？湯湯巨波，獨也遐逝。蓋白賁非衆目之悦，而清角乃曠代之響，亦可謂天閟國寶，神淹世駿者乎？故逸落垢溷，超詣冥極，見古哲於迹外，期知我於後來。觀其玩習握琬琰，謳吟振鐘球，譚吐散璣琲，遨衍流煙雲。對曲牖而瞻天光，坐委巷而聆軒縣。白室洞然，光宇昭若，亦囂囂而得焉。兹辰也，風日高潔，氣候澄肅，凡英泯没而梅呈皓顔，雜喙寂謐而鵠矯黄翮。拜聖善而悰慕，參先祠以目泫，遂冥坐文寮，敍其懷境。

自送會試序

成賢不肖者五：身，輿也；世，塗也；才，馬也；心，御也；理，御之法度也。蓋才出乎心，身乘之以臨世〔一〕。岐徑交雜〔二〕，百軔争發，或以達，或以覆，績敗著焉。以非馬也、非御者也而敗焉，宜矣。抑以荆榛磽埆，則將孰歸尤？吾嘗視古人事，類是者不可勝計。其幸不幸，可勝道哉？然而賢譽惡謚，留之萬年，則可不爲鑒歟？吾嘗勉於静地，人或不謂之然，吾任之，吾所操者無遷也。兹當行，吾加懼焉。於乎！今之世固康莊也，吾獨不得爲王良其人，故懼焉。雖然，逐禽過表之度，不秘於古訓〔三〕，吾勉之爾矣！於乎！吾行矣。青山白雲，吾與若姑相離，異時不知無醜於再見與否？於乎，悠悠吾懷！

【校勘記】

〔一〕「乘」，祝氏文集作「輿」。

〔二〕「徑」，原作「經」，據四庫本改。

〔三〕「古訓」，祝氏文集作「書」。

偶然書

秋日，與客午食罷，客去，席地而卧。既交鬬未息，喜怒亘懷，寐去易境，情隨見遷。寤而更追昔事，以爲真喜怒，亦能知其妄矣。時仰視庭下，木陰過半，日加申矣，内外寂謐，悦懌無限。謂境加美加惡，咸不是適焉。世何負於人哉？廓然感荷，第未及坐忘耳。

夢述

環東南數千里，無不可居之山，無不可釣之川，無不可耕之壤。山皆奇，川皆媚，壤皆腴，而居者不終于山，釣者不恒于川，耕者不老于壤。故地負人也十一，人負地也十九，而後迺隸于有司。右七十二言，癸亥九月辛卯夜，宿留都黄輕車齋閣，夢中文思騰發，對人隨口成此語，來思方涌，觸響而寤。天既曙矣，徐思之，不得其祥。余夙抱遐懷，詞於是多矣，而身未決，豈造物以是決余與？終其篇云：敍賦征，節樵漁，經括于都魁里胥，以爲兹地羞。人不盡地，地亦罔克自盡與盡人也。嗚呼！名於常主，誰兹黜陟？利於自然，何斯予奪？安於隨身，孰其調移？不然也已夫，奚地之罪哉？夢辭頗佳，不審後指當果在此否？以意爲近，聊戲附會之。

丁卯年生日記

舟自東海西歸，冬曦滿船，逆風栗栗，引滿一醆，擁被篷底。嗟乎！吾與斯人之徒四十八年，汩汩其湛湛，擾擾其止止。誰爲之哉？我爲之哉！噫！且奈何，亦無必如何矣。自其近也，吾生有終，闔闢亦有終；自其遠也，闔闢無涯，吾生亦無涯。吾嘗有闚焉，如斯而已矣。是日爲予生辰，故語至此。

所事儒教鬼神解

事鬼神者，不外祈報。余既老，構宫以居，乃用一室爲事，爲西方導師，以其屬生死所依歸也。三清境以及覆載等，亦生死所由，與儒氏通者。今世事者止是，或出入之，或一二稱士者都廢之，謂吾教當然，此非我所知，然都無事儒氏諸先聖哲者。余乃謂不然，迺爲此。宣聖外，爲首陽二子，爲其不肯活。叛世與大讓，老、莊爲大道之本所存，與外身齊物。長庚以秕糠萬有，香山以夷曠，贊皇不應舉，千載真傑一人，斯皆志之師也。丘明、班、馬暨餘子爲其文，屈、宋、蘇、李、四傑、温、韋暨諸子爲詩賦調詞，二王、張、鍾、率更餘子爲書，皆學之師也。希文、君實逮諸子，以爲人行之師也，稱諸心師。匪古人盡師，必有神受，若命面焉。故心自所服膺，非遍于先民，亦罔可枚偁，故謂諸取舍不得與人同，以誠非聲也。題不以官師，匪是也，或特表之。其重切者，柱下兩出教異也，餘亦有重互焉同也，皆報而亡祈焉。二祔以親尊，亦用范志，范亦有多寡焉。嘉靖三年三月既望，吴郡祝允明謹記。

祝文

維嘉靖五年，歲次丙戌，九月辛巳朔，越七日丁亥，哀子允明敢昭告于顯妣陳氏。日月不居，禫期已及。禮當遷主入廟，謹用牲醴粢盛，哀薦祔事。追遠無及，不勝感愴。尚享。

又

年月日云云，孝曾孫云云。兹以繼妣陳氏，禫期已及，遷主入廟，不勝感愴，謹以酒果用申虔告。尚享。

窅冥記

大象亡象，至形無形。羲和不征，晨夕無紀。若追夢，若握鬼，長谷之暄，熻然而不得其本也。發廣莫，次具茨，寢空同。無何氏之野有神人焉，雲體而月目，山河作腑，環流不息。吾見之，其容佥然，其聲哾然，愈行而不動其趾，是天下之物具其手足焉。盤古得之而造天地，羲、農、軒、媧氏得之而理，尼父得之而一切，吾見焉而弗得也。南方有域曰扶輿，城曰依元。由東門而之南以西，其北至者即死。西南列山九萬，躡風入林，黝墨無容，飛禽翔肩，犇蹶挾脛，草木比軀，人皆嬰兒，與吾連共五藏，互借耳目。山九竇，竇九窟，窟爲高門崇廉，堂房九重，房九室，室九閣，閣九屏，青黄、黼黻、宫商、鹵淡、容臭、水火、日月、卵刃、夫婦、父子、君臣焉，悉綴于是，往者而中迷焉者十九。

動静記

物之動静，動静二；吾之動静，動静一。静無初終；動，初之先，終之後，其於静何哉？固無殊爾，獨其動之中際爲異。彼物之中際，與其後先則殊矣，故曰二。吾循先而迎，初不見其入；由終而歸，後不見其出。中與後齊，初與終偕，如投土石，入于長津；津身平流，投處自沸，雖彼自稽天流者，無别也。吾嘗從静以觀動，動起動滅，忽勞忽常，勞過常住，而無損益於静本。以物校吾，吾亦然耳。而物以動爲動，以静爲静。吾以動静皆爲静，如吾坐觀時吾之動，動者自明於此，此者静也，是吾動静一矣。勞常變滅者，死之屬也；明一者，生之徒也。吾以静觀動，是以生觀死也，而物且反之；吾執其生，反其反，庸詎物諸。歲辛亥九秋四日，晝寢書寮，幾覺時，一鳥嘲哢櫩楝，遂豁然而寤。萬動湊耳，偶出此想，因筆之。

建康觀雲記

昔之稱觀者，以山雲水月禽樹之徒最焉。雕繪色澤，張皇情藴，至工矣。比居建康之雞鳴，每日濱于二春，萬雲流西，閣輝而夕，姿態橫生，一晡百變，因得劇觀焉。將稱之而頻吃，蓋無超乎昔詞者矣；又不能噤，始語其約略焉。

夫巒者、巖者、岫者、陂者、窪者、潮者、瀾者、湍者、揖者、坐者、拱者、駢者、舞者、戲者、鬬者、翔者、馳者、泳者、輪者、楫者、燒者、縠者、綺者、匹者、絢者，以青，以丹，以黄，以碧，以緋，以赤，以蒼，以紫，以緑，以素，以組雜，以斑錯，而婷焉，而姤焉，而恚焉，而懼焉，而偶妃焉，而麗附焉，而乖睽焉，而攘排焉，而雜支雜傖囊焉，而無恒焉，察之而益繁，況之而不窮。蓋其孕自鍾山、大江、華陽、句曲、八公、三君，崇巘浩漾之犇湊阻洩，故其觀雄以弦；其發自山君川后，靈天洞地，仙神魑鬼之呿呀揮霍，故其觀赫以怪；在朱明長嬴、盛陽麗舒之候，故其觀昭以文。有皇闈、帝座、日月、鉤陳、蒼龍、朱鳥、龜虎之依衛翕張，故瑞以華；有蔣尉、卞將軍之剛憤，故崛奇；有王、謝諸人之風流，故玄逸；有六代徐、唐煙花脂黛、綺樓玉樹之妖淫怪蠱，故粲而治。其情也叢以支，其變也疾以滋，而其薄於人也，戚欣以歧。而獨畸人佚客，函章抱潤，與時沈浮，流而未沛、渟而未晦者，觸而忪焉。不可以笑，不可以泣，於是乎傷吟寫騷，敍物賦事，繡腸綺舌，搜幽剔秘，以爲雲貌一真於是乎？雲不得逃其情，而余也殆欲從之而未能矣夫。嘻，雲乎雲乎！無骸而貌呈，無性而情生，無服而飾形，奇乎哉！奇乎哉！夫由有是也，而憎憐發焉，寵辱別焉，忭嗟勃焉。又因之以儆予，又欽之爲禎妖，戴之爲澤恩，禮之爲師神，其有知乎哉？其無知乎哉？於乎，皆冥冥而已乎！

冬夕起坐小記

夕坐恒多，爲夕坐語亦多，又奚嘖哉？乃己歲子月旁死魄，在京旅，宵分起，星簷風牖，與神鬼語。枯簡黟編，尋聖人迹，混極造運，河山、蒸黎、禽蟲、道器、政治，今昔事行，百千萬億，何爲其紛紛棼絲、飛塵、野馬乎？吾無百千萬億情，曰治于一，吾適於此討之。

譙樓鼓聲記

居卧龍街之黄土曲，北鼓出郡譙，聲自西南來，騰騰沈沈，如莫知其所在。嗚呼！嗚霜叫月，浮空摩遠，敲寒擊熱，察公儆私。若哀者，若怨者，若煩寃者，若木然寡情者，徒能煎人肺腸，枯人毛髮，催名而逐利，弔寒人，惋孤娥，戚戚焉。天涯之薄宦，嶺海之放臣，巖竇之枯禪，沙塞之窮戍，江湖之游女，以至惸孽背燈之泣，畸幽玩劍之憤，壯俠撫肉之歎，迨於悲雅苦犬，愁蛩困蚓，且嗚號不能已。嗚呼，鼓聲之凄感極矣！歲庚戌五月十八日丙夜聞之以爲記。

興寧縣城隍廟碑

唐李陽冰記縉雲城隍神，言祀典無之。宋史謂城隍諸祠，由禱祈感應而封賜之，非通祠。魏慕容儼有一事，云其地先有城隍神，言有亦非常祀也。陸游記寧德廟，言自唐以來郡縣皆祭之。又云社稷雖尊，特以令式從事，明此非令式。故城隍歷代咸不在祀典，至本朝乃甚重。洪武初，以公、侯、伯三等分封府、州、縣，其號皆曰「鑒察司民顯佑」。後復去之，而列常典，與社稷均禮。凡小大守臣禮上夙祭誓於神，然後莅民施政。朔望走謁祠祀，厲則牒邀神共臨之。每行事，拜以四，皆懸著令甲，盛之至矣。而民之私事者，尤極恭肅，遇事禱祈，匍匐控扣，即無事亦以時瞻頓，凜凜如事生，遠近之所同也。

歲乙亥，予來宰興寧，率國章，弗敢弗虔於神。邑地陋，意事鬼而於神特嚴。予以其正，弗止也。凡民有事，兩自謂直，不肯下，家族鄉侶判以理，未遽服，寧並走廟，號於神矢之，願福直禍枉，乃遂釋去。雖沈痛重貨，寘不復校，以爲神司之矣。至兩造於訟庭，或有疑，須左驗，而人若券劑不存，官將諏於衆，不願，願即神共誓後，便聽如所擬，無復嘩，其崇信祇畏如此。然其始蓋誠然，既習以玩，則曲者亦恬然爲之，又黷而已矣。戊寅之歲，予初考將盈，每謁祠，見頗有未葺飾處，稍以私錢整之，因文于碑，終爲民儆于神，且以儆民焉。

夫甲乙儷詛，豈雙直乎？必有一欺神矣。神不章別善淫，久將弛厥敬信焉。又凡曲者，既繆爲之，至不肖之舉，殺、劫、姦、偷，亦瀆神以倖免請焉。若是者，彼固自爲黠，然實頑冥不靈，不知神之聰明正直，不爾聽也，今而後，願神直之。小子才躓德涼，臨事闇鈍，政爲多迷，用弗闖于治，或者信其愛人，而不獲乎上下者，又有之矣！茲惟庸愚之效，然而如傷之心，絲縷眇眇，可質于神，神鑒之矣！行當去此，斯民者，神之民也。神既洞灼物隱於素，以予所知，斯土汙習多歧。有如刦禾奪婚，侵防冒田，誣冢墓，屠耕犍，輕生自毒，是則最繁。其甚者，乃囂訐健訟，陵弱暴寡，又甚者，乃寇掠劉殺。斯二大慝，冒聲于邑，亦孔之醜。惟神樞機其間，先導之趨辟，後布之祥殃。煌赫震厲，俾潛遷於良，良人益安，歲穰物熙，邑用大康。兹惟神之休，長吏之志，而黎人之攸企。願欽事亡斁，敢因以薦聞，神其采諸！

興寧水記

昔者夫子之稱水曰：「美哉水，洋洋乎！」水之美，能濟物也，澤百穀，煦群動，利舟楫，飪鮮食，濟之庸無涯，唯田功大焉。使無水無稼，絶飲廢粒，人物且盡，舟楫焉往？

興寧小邑，一障不可舒舞袖，然四郊皆平疇，千山鎖合，民稼環堵中。水出山爲泉，四壁雜下，曳練縈帶，信土分走。注而爲溪，廣而爲湖，障而爲陂，遏而爲塘，瀦而爲潭，通而爲河，砂而爲灘，涉而爲渡，穿而爲池，皆有濟也，而農之利不啻十九。自其一源一流，游阡泳陌，涵禾潤壤，灌沃滋蔭，達自然之才以爲庸者，動越千畝。見者徒覺其或平渟而静，或奔湊以勇，與物曠然無情。第澄懷爽氣，一暢耳目，而未覺其恬行默運，輔吾烝人，尺浸萬鈞力也。其或高卑勢違，乃稍助以人力，輪而挈之，澤乃亦罔缺。凡水之力，大小必與田稱，蓋凡兹邑之水，勺勺滴滴，無不濟人者，勳莫之與京已。視他邑或水踰土，功病參半，若全病者，尤善倍蓰焉。大海之鉅，江河之遠，殖財利涉，事狀信雄闊，能無墊溺之眚歟？唯兹邑之水，無小無大，靡不有善無害，育萬生口。甚矣乎，美哉！洋洋者歟！

然民以私決壅，利己病物，以起訟者每不免。嗚呼！井法不存，溝洫亡制，水克恒濟人，人有弗克用水。悲夫！予既美水功，又傷其局於斯域而弗溥，又傷夫人乃有更弗克用水。聊列焉，以飏於其邑之人。

游羅浮記

山踞廣、惠二郡左，行人沿博羅、增城、龍川大塗往來，江船中見山卧江裏，若甚近實遠，若甚易登，實不可卒然。蓋以其大，故遠似近；寂，故非宦艦商舶所肯迂程而入也。余亦逸者，而處粤五載，無慮十過，猶趾違心口。戊寅小吏，解符入會府，乃始克之。

七月廿三日午，至李村，村叟黄老爲覓小舠，同泛入沙河，夜到徐老門泊。明日，徐老供飯後同登陸。須臾便過梅花村，無一樹，徒名在爾。便已循山足，望山色異甚，狀亦絶詭。奇山横亘，盤盤如巨屏，略無林樾。然而神氣岋岋，若與天爲徒，高處峰崖，接次不斷，下則傑石植建，或數枚，或數十百枚，各離立若士伍。魚鶴不叢雜，猶將帥，猶卒徒，猶纓冕，猶王朝君臣，公司官隸列侍，猶天仙道士臨醮，儼其威儀。然玄皓異章，危頂如飛雲、麻姑、仙女諸名峰，朱陵、青霞諸洞，君子、通天諸巖，皆時覩一二。從者指説乃得之，不暇按記歷認也。近洞天下，乃是密林匝合，穹壁下僅通一徑，稍詘曲，前後行者不相接見。又前爲大池，荷滿其中千萬計，而花已過，巨葉如大車蓋，微風鼓之，交舞搣搣，如玉石切磋之音。及門前，稍治爲甬唐，旁大樹列夾之，地亦漸高，頗似虎丘。下車而前，一道士出迎導，其道院之外門，大題金書曰「朱明洞天」，又重門署曰「敕賜沖虚之觀」。欲諦扣境物，道士姓鄧，不甚了了。命召他道士，云主者李生下山，已趣召。俄而來，果秀粹，皃亦腴泰，問姓，曰李。乃隨扣而得入門，便是一廣庭。中存方坻，高尺許，李道士曰：「玉簡殿址也。」殿故制如亭，中爲壇，藏歷朝所賜玉簡。殿熄燼而壇夷，堇存三級，云簡瘞壇基下，未知實否也。址前當右陛下爲丹竈基，即稚川之遺。深廣纔二三尺，中稍窪，上及旁以瓴甋圍覆之，外過三四尺。道士談説其異，謂暵不燥，潦弗溢，抔其底泥爲丸，投潔水中，輒有微漚起，謂百年前投者，猶有白氣煙衝而升。今乃特有泡，是丹氣在土中以爾，驗之，信然。廢玉簡後爲三清殿，三清後新構一殿，未訖。後便是山坡，削爲大横，級二三上，則雄木怒石，勢蔚然矣。前除之右一門，入旁廬，乃羽流室。寢、庖、庾等與其他從舍率小而陋頗甚。始莫道士缺〔一〕。已而微雨下，與二道士坐一幽室中，意頗不快。道士與從行二老重疊設酒饌，予意不在之。髀趾數動躍，亟欲遍步岡洞，峻陟顛領，盡飽平生饑饞，不得。乃索山經繙按，隨所見細問道士，答亦不過如書所云云也。

午後，雨少止，謂道士決欲登躋。道士言此暑時，林氣鬱菀不可入，即山中人，歲歲年年亦然，唯但第三時可耳。凡諸靈藥異卉草，雖實者，多以寒，若敷華發秀，必在二三月，獨其時蕃鮮塞望，咸奇植也，乃可騁目界。余曰：「雖不有芳馥，政唯欲目瞻怪狀，足詣仙土，結超想飛魂，盪性爽靈，爲不孤兹行。奈何至此棘我足？」語迴厲，意殆若狂。道士乃曲從予舉趾，步步沮滑，林木濕不可攀，迄弗遂。徒睇空而懷，因更指點問名處一二，如石樓鐵梁，飛雲絶頂，皆眇眇見之。漸夜，道士更具飯，細話山事。李生屢自道其興復之力，謂唐宋來，山所入積藏誠極豐，近百年來無復檀施，土田割于暴客殆盡，又經劫灰，寂寞特甚。昨來身奮勇走京師，列牘訴天子，三四上，始得恩命，下有司，稍清復故業百一，歸尚未久，今方謀興起而未克也。其言雖所欲聞，終以不盡見諸奇傑如舊所傳，輒即數問，如古名仙逸迹，已多載紀，乃不消云云。近者至于今，亦有入山脩習若鍊養等異人無？云無。神化變現有之無？云無。然而獨何以異于他巒，不覩古稱邪？李乃悉數山所産，却便便不休。又出黄紙，印列萬物性用、形狀如圖經以贈予。其間最者九品，曰丹竈泥丸，即前説曰竹葉符。劉真人脩道時，弟子苦蛇虎蟲，劉即竹上一葉書符，惡類悉絶。後此一叢竹葉皆有天生符，青黄篆青葉上如枯，他竹不爾也。曰過山風，似缺。此數品皆尋常，以餉游客，即投予數囊。其他如雲母、九節蒲缺，不可殫紀。至如孔翠缺，唯所謂五色雀，云時見之。既夜深，各就榻。

明日，天氣尚陰沈，晨餐罷，出山，殊依依不堪舍。小立樹下，徒御忽呼門左竹上有綵鳥，道士即舉頭曰：「信此即五色雀也。」予亦隨睇之，不見。蓋其物隱見不定，故謂異物所云。余襄公來，一見後缺，以爲貴人至，乃出。嘻！余非時所謂貴人，其出何意？抑漫然邪？戲邪？或非所謂者邪？遂還游二日，得詩四篇〔二〕。

知山六十年，此日僅攀緣。仙事不全見，世人争共傳。眼猶疑昨夢，身已到中天。

羽輅璇霄任所之，鐵梁雲頂渺無期。若教鶴信終傳在，未恨蓬輪此到遲。事極靈奇難盡目，神游沖漠不能詩。浮來若復能浮去，便卧苔階更不移。

贈李道士

今古神仙窟，羅浮道士家。藜牀掛星斗，芒屩帶煙霞。曾見橋横鐵，應知竈伏砂。此中成道易，遺履莫教賒。

羅浮聲壓海内，到矣，宿矣，不能登焉。鄙邪？懦邪？仙梯難攀，世情必憾。去喜愠，冥得喪，乃本道耳。班堯廷者，惡得皆九官？入孔門者，豈其盡回、賜？無乃冠顱髠頭〔三〕，居仙棲佛場，盡爲真人四果者與？夫慕靈虚者嗤覓富貴者，覓富貴者又都秦檜、王元寶等輩乎？

【校勘記】

〔一〕「始莫道士缺」，四庫本作「欲止步」。

〔二〕「四」，四庫本作「二」。

〔三〕「乃」，原作「万」，據四庫本改。

越臺諸游序

顧公丙子秋來僉廣東提刑按察事，至旬日，即往潮州督捕漳州賊。帳籌戎衣，月七朒朓而賊平。歸于臺一日，即往視清遠賊，見其情，授略於裨校。歸于臺一日，允明用部吏規見公。問管内事若某某，允明對爾爾；問文章事某某，允明對爾爾。遂問全廣風俗物産等，因言地多靈山傑水，足以誇足目於四方者，允明對若大庾之鉅，浴日、海珠輩之細，羅浮、白雲、浮丘之居仙，曹溪、峽寺之居佛，至乎韶石、韓山之居聖賢，厓門之繫乎興滅，類未足盡數。公謂姑徵最近且古者，允明以越井當焉。公曰：「明日與子陟之。」

明日，公果召允明從。至臺下，即有屋首之，蓋所謂悟性寺門，步以上臺，爲樓殿者三，餘爲從寮。樓不甚軒敞，拊前檻，雖可矚遠，上逼簷，下蔽於林，不能大廣豁。寺外亦無餘隙壤，無大奇處，實不滿其名。蓋一臺盡爲室廬滿之，凡佗尉之棲，屢稱於名輩者，亦惟其遠焉耳。時其僧庸狡，畏供游人爲忙，頻誇望海樓之勝，以捭闔之。公與允明亦欲遍及可覽處，因遂舍之去。陟望海，望海盤卧，厚堞飛欄，五成四墉，鑿牖凴其前而睇之，東南之海，西北之江，廣狹帶束，省郛遠近山纍纍然。省郛衷萬室擁樓下，乃足爲大觀。稍盤旋下，從人導而東，至迎真觀。小憩其外一丘亭間，解衣微觴，縱話古今，大率深淺事物，意悠然遠。日影漸下，遂不入觀。去將歸，導者言路便崇報僧舍，乃少過之。得一軒，略坐啜茗。允明挈坡公寫丹元復傳李謫仙仙後二詩卷在懷，因展閲之，須臾乃返。

明日往謝公，因謂公：「今之人，游事亦多以聲，吾嘗蹴某仙厓佛石，識某聖轍賢武，營營以趨，眩眩以尋，而逐逐以詡之，何游乎？夫唯勤之可朝，佚之可野，張之可武，弛之可文，動之可議，静之可默，徐之可置，疾之可即，於是遍天下局一壑，莫非勝眺，是故宗公之謂觀，固云道焉。以公之負者厚，濟者深，允明幸從今之游，以有其大者。」

懷星堂記

懷星堂，在蘇州闔閭子城中之乾隅日華里襲美街，有明逸士祝允明之所作也。清嘉左抱，吴趨右擁，二曲名。面控邑公之室，背倚能仁之刹。斯其表環，尤有襟密，則西接旃林，王中書空室家以宅三寶者也；南臨樂圃，朱秘書屬淵孝杜瓊先生以棲雙高者也。至於堂之奠趾，懿惟少保左丞石林葉公少蘊之缺一字也。宣德中，曾爲先外王父柱國大學士尚書武功公之所茇。正德之杪，中表群從將遷于他。嘉靖俶落，余自南粵還履，丘園乃歸于我焉。於是存先廬以繫思，築新棲而萃衆。厥壤也，奠隆而夷，嚮明而邃，堂構聿起，旁舍景從，梁棟有截，缺一字櫳附麗，軒窗洞明，院落舒曠。其内則圖書矗矗以周列，琴瑟閑閑而在御，筵案肆設，鐘鼓静縣，月旦藏家人之儀，晨暮集高朋之駕，芝蘭滿坐，雲霏盈耳。

若夫星鳥殷仲，則西林百舌，吹笙鼓簧；東苑千芳，飛紅泛翠。至於朱明長嬴，則緑陰晝合，靈飈潛襲，朝雲縈棟，千峰獻奇。乃若西郊迎帝，萬物咸説，則瑶津挂角，金波瀲空，遥岑削碧，以淡影黄華，傲年而依人。暨於玄冥羲軒，北陸缺，斯亦四序之呈妙缺五字者也。或孤據屏几，崇朝忘興；或甘瞑枕席，踰辰乃寤；或缺八字；或研磨竹素，丹爈紛紜。周、孔之禮樂，洋洋上下；淵、賜之音容，誾誾左右。遨春秋而友辭令，蹈戰國而參機辯。炎劉與賈、董缺二字，卿雲缺二字典午共，嵇、阮缺二字，王、謝分標，缺四字於六代，缺四字於李唐。缺一字兮惚兮恍兮，缺二字乎？靈飛渾澒，神潛窈冥，孤若禪祖，寂如洞穴，萬如紓網，一若執象。江山不異，風月依然，俯仰平遠，皇羲何在？千古在目，萬玄集膺，雖則一扉隔而道俗懸，百英對而今古接。至於求獲腎腸之合契，猶恨齒牙之不宣，未嘗不廢簡而歎，反袂而悲者矣。嗟夫！事蓋有圖難而昧易，情蓋有褻遠而忘邇，故家在東而呼丘，珠含裾而犇覓。於是窮而不岸，忽悟返而内尋，旦暮之間，嘻！遇之矣。乃假昔人睹洛懷禹之意，著餐羹覿堯之義，巍榜大題，謂之「懷星」。且夫少微煜煜，炯蒼缺一字之表，二王拂榮，空塵玄覽，真歸處士之特也；六符煌煌，謚紫垣之位，左丞讜謨，卓識絶黨，安止弼辛之光也。而彼德辰下注，賢人般集，則又秘校惇碩，厖耇之餘彩矣。有如武功雄標峻缺一字，偕少藴以賓主；用嘉諶孝懿節，揖長文而友于。矧是數公，莫不宫羽鏗鏘，旒卷華爛，玆文斯盛，顓蒙得師，頫仰醉心，欽承虚己。且則昂瞻衡察，冠屨儼然，左拱右挹，鬚眉䩅爾。堂戺有踐，玉趾之所布武；江山留照，缺二字之所睇賞。宵則凝薰廣除，虔禮霄落，璇田縣象以錯落，諸老之精英缺一字如，雕甍延景而晶熒，小子之缺四字。可以親炙，缺四字涕洟時塵者矣。慨惟西鄰淨土，邇爲有司攘其强半以爲書院。事言游氏，固亦洙泗之流風可親，武城之弦歌成想，聖科文學，故在余鄉。吾黨狂簡，益存缺二字。傷哉！王子曠代之鑒，缺四字之缺一字。風流轉衰，音徽銷滅，法聖退處於下室，嗣徒散託於旁廬。儀矩蕭蕭，香煙漠漠。鐘磬時韻，若含悽楚之音；梵唄有作，少謝溟潮之響。愈足以增前幻之浩歎，彌虚襟而莫已。

雖然，華嚴華藏，海芥無擇；妙心寶性，飛沈不迷。實獲我心，安足翳眼？歸投竟了，損益何存也哉！按石林避暑話〔一〕，云朱伯原居在吾黄牛坊第之前，號「樂圃」。又云珦瑁宅在日華里，今景德寺是。又云余大父舊廬與寺爲鄰。盧氏郡志載珦宅與葉録同，蓋本其言以筆。而「鄉都」條乃云鳳皇鄉集祥里，今俗亦惟知稱爲集祥，豈日華即集祥舊名邪？或鳳凰不止一里，而盧獨得其一邪？黄牛之稱，不知其故與始。余以吴趨清嘉，吴中雅觀，坤爲之物，曷可辱厠？後先名哲，映接相望，因創斯襲美之呼焉。嗟夫！擇仁而處者，智也；安土樂天者，達也；求古而歸契者，尚賢也。是之謂三善。有美而不知得師者，蒙也；懷居膠有、將爲其後之恒守者，魯也。是之謂二繆。循三善而屏二繆，居室之理，其殆庶幾乎！爰用聲其胥暘，登筆垣屏，時余齡六十七矣。嘉靖紀元之五祀，蒼龍駕于降婁，幹麗于柔兆月，惟宵中星虚，哉生魄，丁卯文成。

【校勘記】

〔一〕「按」，原作「接」，據四庫本改。

祝氏集略卷二十二

紀敍

游福昌寺入佛殿後記 甲寅

六月二十日，與洪子詣福昌釋院逃暑。洪子還出，具飲膳。僧人不來，以俗貌侵擾，意已虛闊。又能開佛殿導入，乃稍入後門。已褫服，不復作禮。坐檻側瞻相，皆圓滿，猶欲垂言者，又不可褻玩。因回首看庭落，牽豆蔓作頂障日，風微微來，時院内外極寂謐，不聞一聲音，不獨解體，亦解心暑。四體尚有縈被物，乃漸以去巾，次去手翣，次去小拭巾，次去屐，意漸隨去物以泰。因悟夫佛之理，以漸去爲得者，其大是也。又思吾之教，如幹世輔物者，底於至有以爲力，至其終而吾故無有，則今日之空，無煩至於其終而同也，使人蕩蕩焉無累矣。洪矣！佛之理歟？一二刻際，乃力爾歟？是不可思議大弘重也。又回瞻相，即如真軀，限一木臬，如別聖凡焉，一時皈願無極。既而飲食來，思靈者超存而混溷不足記已。殿中相者，正坐三世尊，後三大士，旁先二十天，次十八應真尊者，次下達磨師、地藏菩薩、宋本刹慧感陸夫人及護伽藍神二。

再游福昌談卧記

二十二日，又與洪子、侯二、王郎入前地。王郎具麥飯，飯後悉卧地，漸次縱談人間事，間及一二出人間事，未及究細。瞻佛相益熟，若有會許者。

游雍熙寺雜記

二游後幽想不息。二十四日，侯君偕洪來，期往玄妙觀。斯須，吕學究不速以至，遂偕行。會道士脩事，不可留，即返。往漢壽亭侯廟，亦有礙。又往雍熙，遂登大殿。沈靚弘窅，其前廣庭，左右夾室，重樓可蔽日。面北縛檜爲屏數丈，蒼翁生冷氣，是日極熱，此若不知者。予家故爲寺門徒。諸比丘並坐，道二十年來事，興人懷耿耿。齋食後，釋客請作詩書扇甚多。書後更少食，到前殿各房院，往往轉清勝。湜師誦予十五六歲時所贈詩，如在夢内。漸次迫暮，乃歸。

杭州夏日以文會諸君從聘宅序

凡士居以學，展策凴几，或受教聖賢，辨難英傑，閉户終日，恐一塵客撓也。出而游，到一境，便應脱檣馬，遍求是邦之彦而扣之。或登汎山水，訪覽往迹，唯恐程役日力不足以給耳目。儻遇合契，與晤答一室，若居學然，又佳也。余於三者皆然，而二静處益深也。

乙亥暮春，至杭州，事其大夫之賢者，友其士之仁者，目饜川壑，耳實忠愛。至于夏首，幾行，諸子從聘自吴興歸，遂亟相往來。積思之餘，一日一面，猶謂闊阻。乃四月廿一，訪君里仁坊之隱居。君釋之服，飲之茗，發笈抱策，堆積几案，珍編秘典，大道碎事，談辯勘校，鉤索指擿，雄論轉廣，精搜益冥。探元化之幽眇，覓鬼神之情狀，研象數之鈐軌，誦皇王之治業，徵才哲之景行，訂文章之作述，攬百子之秀實，獵虞稗之小説。及夫明堂、金匱、鍾律、符印、藝玩之言，穿貫今古，雖六時之趣，而神游略遍。於時錮霖小霽，緒風清和，虚堂洞簷，草木秀媚，市無喧音，宛在巖野，快哉，兹集之愜也！迫暮言返，明日移僑吴山道廬。君復來，連榻再宿。别去，江船遂南。旬月坐卧湍瀨，懷憶風猷，殆無間刻，予亦不自知其綢繆締結何以至于是也。因細紀于篇，候因順風，翔以似焉。

言醫贈葛君汝敬

世還道裂，人習苟陋，口以耳言，足以目行，胥四海而一其能，廓玄見以躅古、積功力以給用者無幾，繇小大之務，人皆若人，習皆若習，萬事如何而治哉？又甚者以僞襲之，昧自曰解，卑自曰高，繆自曰是。噫！若之何哉？余將平騭今古，固不勝慨。因葛君療疾，將贈之言而觸於懷，由醫而發也，姑寄辭於醫。

醫之道大歟？細歟？醫之道非大，古之爲醫者，其人大也。炎、農、軒后而下，作之述之，飛聲千載者，皆大聖神仁智英傑賢人也。以斯人用醫，烏獲之振羽也，烏乎而不大？故醫之用，與耕者、植者並濟養人生，其道略等，非甚高大，而其人皆大也。病乎後世之爲醫者，良百一而庸十九，是人病醫，非醫病人矣。余少讀經史子傳，期爲用世，學固不遑暇於是。間時或獵觀樞、素、難、脈、明堂、内照、千金、本草書，覺意中有一種言也。又觀諸醫師治效，扁鵲、倉公、華陀、褚澄、徐秋夫輩，以底于孫氏，則多契前旨。又後稍觀張、劉書而因驗其人，又有一種意也。又下及李明之言與朱彦脩，并得其人，又□一種意也〔一〕。又下及勝國、國初名家，如吾郡葛氏、張氏、盛氏、韓氏、王氏，猶然也。今天下稱良醫師紛紛，以余不習其法，所不敢知，然其以名者，則以能持李説也。持李者謂之王，持張、劉者謂之伯，況孫以上哉？邇年始得千金翼讀之，益契舊聞，大發蒙塞，或以其旨索諸今人，爲之駭然，亦不敢言也。今人家子弟爲科舉之術，必持程、朱，不持漢儒。爲醫師必持李，不持前人，何昔之大儒、上醫甚艱有，今正叔、元晦、明之盈天下閭巷也？今稱良醫師，多江南。余舊有戲語，謂北人乏醫。試以户曹版籍校計，何生死者之略相當歟？嘻！堯、舜以揖讓，湯、武以干戈，苟合道濟世，何必曰禪？道不同不相爲謀，有語則吐，亦焉知其爲是爲妄邪？知我罪我，皆所不辭。微葛君也，吾其鬼矣。葛君生我，我知報之，申吾感，因述吾志而已。

葛君字汝敬，其爲道，吾能識其超拔高妙，所謂廓玄見以躅古、積功力以給用者，而不能指言之。因稱以語人曰：仁哉，汝敬乎！活今人之心。智哉，汝敬乎！得先聖之道。蓋汝敬，可久玄孫也，知可久，知汝敬矣。

【校勘記】

〔一〕「□」，四庫本作「有」。

知山堂雅集詩序

夕拜溧陽史君，纓冕世華，煙蘿自性，含香南舍，飛襟北山。乃築知山堂于長安東陌，藏林谷於皇州，奪聲色於藝圃，來往偕適，朋遊共之。乃巳之歲子之月，笋輿復寓，蘭賓還集，斜陽來而合座，宵柝半而分襟。賓凡六人：吏部郎建鄴王、顧二公，新除延平使君淮海朱君三進士，秣陵陳、羅二先輩，吴門祝允明也。各成詩一篇，又近體聯句四篇，通十篇，列書之，允明序之。

太倉州儒學記

初，兵部尚書徐公晞言：天下武衛無有司可附者，得輒立學官便，詔從之。正統戊午，太倉衛士查用純以衛與鎮海二武守共一城，請如制合建一學，報可。巡撫周文襄公忱董于成，張内翰益、沈處士魯紀其事。弘治丁巳，昉造州，緒正百度，學制隨以更。初，守襄陽李侯爲之補缺飾敝，又添辟仁惠齋，事事維力。他日，學正甘君澤等請於侯，諉允明記之。

惟天下之治，在君臣相遇，其治之道一，而古今之用殊。古之用人者二：曰士，曰民；今之用人者二：曰文，曰武。古之爲學也，由明德知類，由弦誦，由論政以及於師旅、獄訟，咸是焉出。凡民之秀者業於是，爲士逮入官則文武具矣。隨用以成勣，其民則官者教而用之，故於時文武不角立，甲胄無專官，繇學校一地盡之矣。後世裂而兩之，苟手任五兵，則不必讀書爲從政。然其後也，勢終不可若是以班，故復爲之齊量挈束，俾文可綜武，而武不得以獵文，如官之分典也六，而兵、刑各其一。刑者，小兵；兵者，大刑。是皆武道，纔萬幾一耳。至於鎮巡藩牧，凡百有位，孰可不執干戈以衛社稷？若是者，咸來自學校，是竟不違先王之所以教也。惟如是，所以教之地，若術弗可異，而文弗可以弗右，聖人鏡機而操樞，乃地術合于一，右文焉，勣庸以收。始時無學，士就邑校以興，洎學設，乃彌盛。於是文學政業，詰戎祥刑，麗六官，襄萬幾，後先煒然有功，稱由得地與術，厥效校然著已。今更一甲子而學還文制，聖人右文之意逾至，則士也大厥奮興鋪閎，勳歸鴻稱，以稱聖人意也，應復奚若？詩曰：「周雖舊邦，其命維新。」其斯之謂與？

小子幸列下士，仰沐皇澤，敢不是贊？凡宫頖規度，前纂有揭。及陸大參容嘗疑所傳禮殿爲宋故構，與學址爲萬户官第者，當失實。州志已具其説，維兹更制之間，所以仍舊貫，作新民，承聖人意，以通吾君臣相遇之機者，厥功在當道。昔季路將以民社廢學，而夫子惡之，兹又何敢弗著？綱維者，都御史朱公瑄、彭公禮，監察御史方公誌、王公鼎、劉公昺、王公約、袁公經，郡太守曹公鳳及李侯端也。參佐其務者，州同知丁君隆、周君明，判官陳君璽、龔君詔、黄君譜。而典教席者，甘君及訓導林君垍、鄒君紈、李君相、周君幹云。

重濬湖川塘記

水生於天，行乎地，而假人以治。治無所用於私，私則鑿，物失其理而亂，吾更以鑿加之，是益其亂也。惟知及之，而以勇成之，則雖不必創作其績，有以相時聖后，配古聖臣，以康黎民，何也？得其理故也。孔子稱舜、禹之有天下也，不與而無爲。觀舜命禹，禹盡溝洫，力至胼胝，八年若是，謂無爲不與者邪？爲不爲，咸以理，理爲而爲，雖甚勞煩焉，猶無爲也。天下之水，十五在江南，去禹踰三千年，而三江失入，震澤不定，昔之議治者，棼若聚訟，繇范文正、蘇文忠，迨二郟、單、任等，言人人殊。至就其理而理之，狹者廣之，高者下之，塞者通之，乃不能異也。則今日循故理，成新功，不以鉅微、古今而間。然爲之者，其舜、禹事歟？

太倉州北數里，有塘曰湖川，延袤九萬七千一百尺有奇。西分源於太湖，歷婁江而下，由巴城湖新塘以來匯，東連小塘子，貫石婆港，以達劉家河。海潮西突，巴城東注，清濁交嚙。又劉家潮之緯州而西出者，由鹽鐵塘到湖川而定，東北自七丫港而花浦，而楊林塘。潮之來者，亦及湖川，而尼當地與時之會。故渾沙迎合，澱壅澱洿，可立而待。傍田藉沃泄者，頻病之。天順間，民沈定奏，可下郡縣濬治。時治塘，面廣二百四十尺，底半之，隄深丈有二尺，輔隄之廣殺二尺，潮歸枝川，傍田以利，迄今久且復淤。東至堈身十里餘，塘成夷壤，草茭糾盤，小汛絶滴。西至金雞河口，亦僅沮洳。民吴紀復奏，可下郡縣濬治。郡縣以役寡工薄，稍疏陿，中纔如溝，無幾何，輒已漲平，佃涉兼病。歲庚申，民吴賢等牒陳於今巡撫南畿都察院左副都御史彭公禮、提督浙西水利工部郎中傅公潮，乞裁治，活赤民。二公曰：「俞！」屬之治農官蘇州府通判陳君暐，率太倉州判官黄君譜往，相度得其理。乃鳩州萬有五千夫、崑山千二百夫，挑抉塗泥，導誘線路，畚鍤任扉，雲集蟻運。二公躬臨視之。初，塘身既闢，而兩岸夾立，相去直與下等。彭公曰：「是不然，岸稍遇潦，當即潰，塘立塞耳。」乃命削其廉隅，俾夷而固。啓役於冬十二月上旬，訖事於明年春三月十三日。凡濬自徐昌橋至于金雞之口，八萬五千一百尺，入崑山西段，又六千尺，廣一百尺，底廣四十四尺，深九尺。尤以民造新州，積勞日給，導河夫官銀糜三千二百五十兩有奇。於是水道流利，而田野辟，舟楫便，租賦復，上下賴焉。彭公命允明記其事。

允明民於郡，郡大利病，固無越水事。竊嘗究研今昔諸賢緒論，每病其異同。然以爲水之綱要，不過宣、防二道。至於理之一言，貫萬物，亘宇宙，弗可易者。有物於此，失其理而亂，無事更張，復之則還於治，玆塘是也。復之者，宜之也。假令舜、禹復起，其於是能舍濬瀹而他爲乎？大哉二公！知及而勇成之，五行既陳，六府迺脩，有以相后皇，補天地。蓋其根柢所在，獨操一理，以宰割百度。故不以鉅微，循而不鑿，有爲而若無爲，若禹之於虞也。烏乎！勸今規來，永古作者之澤，以申吾民之刓鏤，固小子幸願。且承命也，不敢辭，謹用鋪勒成烈，俾職於後者。時消息以斯理，將萬世是賴。是役也，承引而挈提者，知府曹公鳳、知太倉州李侯端，董莅于成者，陳君專職之力，及黄君也，外參事於是者，系聯以書。

邦侯晏海頌

林侯爲吴邦之四年，狗鼠餘魂，弄兵東島。屢天子赫命，相時拊禽，一時文武小大之臣，集思用命，罔弗奔走，而要會于侯，期年底定。鶩波載夷，三錫焕被，萬口銜頌，其爲士者，各文其詞，彙題之曰晏海之什。小子矢厥終始，標其最者，曰伐謀，曰精忠，曰除器，曰餉給，曰整暇，曰揚武，曰來安，曰信賞，曰旋凱，曰勞謙，凡爲十目，目爲頌一首。蓋丙寅之績，莫巍于侯，而侯力莫重于十事，我不敢佞。

縠豐于畬，蟊則賊之。蟊賊于年，侯則伐之。伐匪厷矛，上兵之謀。惟此英斷，炳于潛幽。魁則以殲，來則以安。脅則罔治，帝聞曰然。謀之定矣，以發以帥。孰逃其機，曰戰則克。

右伐謀一首，十六句，第一。

維此邦畿，地夷民熙。昔者我后，煩侯卧治。戴星之勤，既道既齊。跂兹小醜，警在吾鄙。郊之有壘，吾且以耻。乃厲于精，浩氣雲横。乃奮于忠，丹臺熒熒。干城禦侮，惟王藎臣。

右精忠一首，十六句，第二。

侯命良工，除此戎器。干將區冶，民有素伎。作之鏦鏦，集之叢叢。吴鉤東箭，雲麾扇紅。林列洪流，天山失鋒。孟勞煌煌，以血元兇。

右除器一首，十二句，第三。

桓桓虎士，旅萬旅千。雲屯霆飛，啓行連連。陳紅青錢，充槖蔽船。餉于東道，舳艫相屬。不斂而集，不疾而速。以食以兵，以莫不足。神哉蕭相，千祀一躅。

右餉給一首，十四句，第四。

鯨沸日闐，兵形屢遷。試覘于侯，香寢晏然。侯襟侯度，溟含嶽峙。蠢爾麽膂，固難芥蔕。羊公雅歌，寇君雷鼾。侯力兼之，爾何足算。

右鏊暇一首，十二句，第五。

古亦有訓，報虐以威。我武維揚，耀于天池。貔貅洸洸，雲合星張。山摧卵壓，春挺擊撞。靡執不降，靡馘不從。梟鯢𣂪鯨，鼃粉老雄。老雄既終，脅徒既窮。知侯功乎，萬兵在胸。

右揚武一首，十六句，第六。

侯有凜霜，秋飛殺稗。侯有膏澍，春濡作解。招之來之，係頸纍纍。告歸天子，請滌而綏。援數千夫，還于版圖。

右來安一首，十句，第七。

凡此英勳，集于信賞。俎有酒肉，案有金鏹。來之益衆，給之靡爽。大信皦如，天澄日朗。

右信賞一首，八句，第八。

狗鼠盪定，魚龍奠居。伯若効職，俯鬣而趨。籍獻于王，請省群俘。王曰釋脅，肆厥冥渠。宛宛赤子，既惕而蘇。泰和蒸薰，協于唐虞。

右旋凱一首，十二句，第九。

於戲噫嘻！形弘受廣，山崇藴卑。奕奕新功，予其敢私。元后之祉，群公之爲。勞而不伐，豐而不持。豈伊駿勳，德以將之。執以往哉，百工一揆。揖讓堯廷，左禹右夔。侯則安行，登崇在兹。天王聖明，父母煦慈。海隅蒼生，誠讙誠嬉。皇圖晏完，大慶方來。草莽作頌，以烜亡涯。

右勞謙一首，二十五句，第十。

江淮平亂事狀

正德五年秋，大憝伏誅，瘡痍向復，國憲昭振，文武吐氣。萬邦蒼生，方仰頌皇烈，奠鴻寶于無疆。未幾，群盜復起，或兇醜所遺，或餘虐所激，呼嘯團絡，動至千萬。最厥渠魁，所謂劉六、劉七、齊彦名、楊虎者，倡亂於霸州，遂至狼戾四方。上薄畿輔，横行齊、魯，旁延荆、豫，下靡徐、沛。屠城破邑，發庾潰獄，殺人如麻，燒廬空野，鈔敓市旅，姦掠子女。以至竊名號，攻宗藩，戕百官，由盜而逆，梗爲國疾。始於辛未之春，逮乎壬申之夏。皇帝屢命内外文武大臣分閫專鉞，四出征討，雖其東撲西燎，左翦右蔓，然而卒藉廟社之靈、聖后之德，臣工宣力，將士用命，凡彼諸酋先後戡戮，與其夷類悉同汛掃。惟劉七與彦名鞠頑負固，奔迸後誅，乃七年七月癸巳，竟授首於南通州之狼山。於是妖孽蕩滌，王路載夷，江河晏澄，井邑綢繆，兵休於伍，民返其業，喜極而鳴，驩然一情。淮安守羅君循、貳守胡君軒、揚州貳守于君利，來屬允明，纂次其事，將請諸太史先生，碑勒崖滸。

允明以爲殘逆殄除，固將登紀史注，題名太常，以示有截而懸無窮。惟斯一捷，獨在二兇。禍始于西北，而終於東南。故特按蕩平之迹，凡事聯江淮者，繫時敍録，以爲狀據。而其他偉績，地屬殊方，時非此日，特書有在，兹故略焉。

劉六、劉七者，霸州之民兵也。初，六年之春，朝廷以其故實劇盜，下命捕之，圍困於霸纔三十人。他盜齊彦名劫圍而出，與俱奔東兖，轉上湖廣，復來山東。五月，寇大名等地。六月甲申，寇日照，遂寇諸城。自甲申至于庚寅，凡破州縣十三。辛卯，入文安，趨霸州。壬申，寇武定。至于丙午，又破州縣十六。七月己酉朔，寇齊河。至于乙卯，又破州縣八。丙辰，寇冀州。先是，他魁楊虎流劫山西，轉掠而南，亦以六月甲申寇武安。後爲都憲陳公天祥所蹙，乃來大名，與六、七合群，其後或分或併。至是，二黨方聚。丁巳，遂同圍棗强。衆二千騎，燒殺慘毒，知縣段豸死之。自是狂焰轉熾。戊午，六、七、彦名寇景州。至于甲戌，又破州縣八。丁丑，虎寇滄州，至于八月己卯，方解去。自桑園入平原，而劉七踵至，復圍之，癸未始解。滄被圍凡七日，焚掠死傷不可以數，燬漕舸三百艘。六、七、彦名亦自桑園寇陵縣，由穆陵關而東，至沂州攻城，犯藩府。數日，由嶧縣、兖州出至濟寧，燒運艦千五百餘艘。徑趨大名，往來山東，縱横殘燬。

初，都御史馬中錫被命捕賊，布招安之令。六、七來以受招罔馬，馬聽之，遂至猖獗。於是朝廷逮馬還，以都憲陸公完代之。復命中貴谷、張二公監總戎務，少司徒楊公缺一字督理餉給。陸公以是月辛巳受命視師。癸未，陛辭而出，首命各郡縣募集民兵，修濬城池，自是賊至不能入城。又令諸鄉村拘收馬騾入城，自是賊至野無所掠。乃相機運算，簡將練士，師律明肅，出輒有功。丁亥，宣府副總兵許侯泰、遊擊將軍郤侯永等與賊戰于霸州之平口，斬首百一十有奇。副總兵張侯俊、兵備少卿陳公天祥與戰於信安鎮，斬首二百一十有奇，生擒百一十有奇。辛丑，許副總又破之於阜城之半壁店，斬首百九十有奇，生擒百一十有奇。甲辰，郤遊擊又破之於景州之鑑橋集，斬首百五十有奇。其他小戰，往往皆捷，於是軍威始振，民之從賊者始有畏心。陸公乃乘機布令以曉諭之，又於軍前立招幟以散脅從，於是散去者甚衆。九月戊申朔，延綏副參將馮侯禎及郤永等兵擊賊於景州之宋門店，丙寅，又擊之於曹州之裴子巖，皆大破之。宋門之級千有五百，裴子之級二千有奇，其他小戰亦無不克。賊魁朱千户爲沙長孫所戮，劉四、齊仲德皆被殺死。四即劉七弟，仲德，彦名弟也。賊既屢敗，十一月甲辰，又爲馮副參及參將李侯瑾破之於鄆城，斬首五百六十有奇。丙辰，郤遊擊破之於高麗店，斬首七百七十有奇。由是其勢益衰。六、七、彦名先自霸州渡河，時十二月丁丑朔，乘輿方出郊省牲。賊奄至新城、涿州之界，大肆燒劫，以摇京師，復往至大名之小灘。甲午，馮、許二公又破之於彰德之何家屯，斬首七百有奇。乃奔至山東之桐城驛，復上文安。

時七年正月，駕將郊，賊窺伏近地，而迫於官兵，不能肆也。始楊虎之解滄圍而入平原也，乃由高唐以西隨地寇鈔。既數爲陸公部兵所破，遂流掠兖州、邳、宿上下。十月壬辰，寇永城，轉寇夏邑、虞城。丙申，寇歸德，遂寇亳州，總漕巡撫都憲張公縉，遣永平衛指揮石堅、夏時，知亳州張思齊等策禦之。丁酉，堅破賊於盧家廟，擒其魁楊經等二十六人，斬首四級。賊退屯泥臺店，二將移兵，伏白龍王廟集伺之。己亥，賊來奪船，將渡渦河。堅至，擊破一船，溺死其衆，賊乃返北岸，與我相持。堅之父璽急命指揮沈勇以其部兵、張亳州遣其民兵俱來援。潁州兵備僉事李君天衢亦遣指揮鞏臣、丌麟以兵千餘并至戰禦，賊乃退。庚子，收溺屍，得四軀。令所俘賊參伍驗之，一乃虎也，一爲李隆，與前所擒虎之孫經，皆僭王也。餘賊乃由蒙城、太和行劫，入河南境，後推其首劉三、趙風子等，脅從甚衆，時號「河南賊」，亦爲都憲彭公澤、咸寧伯仇公鉞勦滅無幾。

正月辛酉，邵遊擊等大破六、七、彦名之衆於穆陵關，斬首六百，賊愈耗衄逋迸，自後遇官軍，不敢肆敵，陸公益遣兵，分道擊禦。是月甲子，河南餘黨賈勉兒寇碭山。丙寅，寇蕭。二月己卯，寇睢寧，典史袁浩死之。張公帥兵往襲。甲申，賊至宿遷，欲渡，公所遣指揮周正拒之，乃退往桃源，公追至白洋河。壬辰，勉等由靈璧、虹縣遁去，而劉七之衆萬有七千，又自文安南下，以是月辛卯，由郯城、贛榆而西，將寇沭陽。張公得報，當河南賊甫去，急引而東。丙申，入邳。戊戌，賊至沭陽，公遣千户張瀛帥數十騎往覘，道遇賊三百騎，瀛力戰，斬三人，賊去。公所遣他兵追襲，亦多斬獲。復遣兵下清河、淮安以捍之。辛丑，賊寇邳州，以八百騎三面薄城，餘衆充塞郊野。公視城惟南門、東稍門二重要害，命瀛守之，持兵扼門之險。賊破外門，瀛并開其内，戰殺四賊，賊不能入，乃退。遺僨馬騾百餘近水沮洳中，以餌我軍。公曰：「此莫敖伐絞故智。」命勿取，賊計不得行，不三時，竟去，城以完。癸卯，賊過吕梁，殺官民，燒署舍。張公帥兵三千追襲之，賊奔至滕縣。甲辰，遼東副總兵劉侯暉遇於吕孟社，大敗之，斬級九百有奇。賊趨徐，又爲張公遣兵備憲副馮君顯所搤，乃東至邳之馬古城，遇許副總及參將李侯鋐之兵。三月庚戌夜半，與戰，賊且戰且却，至魚頭集，敗之，斬首百三十有奇，奪回虜衆，賊乃東奔登州、海套。雖經數敗，隨在脅聚，寡而復衆。陸公乃大集諸路之師畢至，分道屯襲，彌布遠近。公麾霍諸將，各授成算而往，動合機宜，料決若神。于是郤、劉、李鋐三公及副參將温侯恭之兵，并各郡縣官校諸軍並進，與賊遇於嵩淺坡、古縣集等處，咸奮勇鏖戰，凡斬首三千級，竄遁千餘，傷殘死没不可勝紀。四月丁丑等日也，前後滅其酋豪殆盡。六、七、彦名獨挾所餘驍猛僅三百騎，間道而逸，馳至河西，務其勢莫禦，復下至臨清之南。陸公策調官軍邀擊之。癸卯，劉、温二副參將等與戰於冠縣等處，大敗之，斬首二百四十有奇。於是止遺劇徒二百而已，遂奔河南。是月之初，河南舊黨來寇定遠、六安，哨騎東躪巢、滁，驚偪陵寢，已而復西。戊戌，遺二千餘騎竊渡白洋，又爲周正所拒。庚子，越邳州，漸北至雙溝，頻欲渡，不得。癸卯，乃復由靈、虹西南遁去，而六、七、彦名復以五月丁未渡棗林。庚戌，夜渡邳，纔三百人，從光山、確山奔上湖廣。乙丑，至陽邏、團風，舍騎而舟。丙寅，遇都御史馬炳然，脅迫之，馬怒駡賊，遂遇害。而劉六隨溺水死，惟七與彦名沿江掠聚，其勢復盛，至七百人。閏五月己丑，突來瓜洲、京口，寄巢於常熟之福山港、通州之狼山，遂淩鶩江面，通州之皋、濱江之區，咸被創殘。於時張公洞機研慮，隨勢應變，數遣將校守吏遏截，衛防通、泰、儀真、瓜洲、海門諸要害地，募兵萬有五千，分屯應援，儲粟積芻，除器修堤，數出奇略，爲必勝之計。胡貳守及揚守孫君禄，皆承檄以集事。賊不安水居，日上通州城外游掠。城守甚堅，賊潛謀掠馬，竄亂淮北、海州。

張公得偵報，急申嚴防禦，拘藏馬騾。

賊既窘，六月辛亥，乃驀海門而上。甲寅，越瓜洲，過南京。丙辰，過采石，泊蕪湖。乙丑，在段腰，遂自湖口縣乘風而西，寇南康，迤邐蘄、黄以及九江、安慶，肆暴益甚。七月壬午，復越瓜洲而南。先是，陸公自海套、冠縣捷後，身統中軍，劄鎮臨清，以控制上下。至是，朝廷以賊勢且南，復賜璽書，令公南下，直抵蘇、浙，以窮逋魁，務期殄絶。公以六月戊申受命，即留監督中貴陸公監鎗、尹公駐扼通海要衝，以遏賊奔，而自馳以南。是日至揚州，會張公議兵所向，邏騎報賊將犯儀真，張公乃往赴之，并温副參之軍以從，陸公督劉副總之軍，趨瓜洲。比二公各至壩上，而賊已東，陸公乃急渡江，駐京口守截。時總督水利都御史俞公諫亦被敕同捕賊，陸公分兵與之，并命劉、郤及都指揮陳璠等往襲。賊將犯鎮江，璠禦之。陸公又移巡撫都憲王公鎮來駐京口，區畫備賊南衝。時羅君方守鎮江，乃集水工千人，治戰舸百艘，以周戎事惟力。諸軍俱赴太倉，會仇公與參將金侯輔各以兵來，陸公因與仇議，以副總兵時侯源守鎮江，金與遊擊將軍陳侯珣守瓜洲。部分定，彭公且至，而陸公已督諸軍水陸並東矣。丁亥，賊泊狼山，劉七妾丁氏、阮氏逸入通州，守兵執之。己丑，賊令狼山寺奴持書來索，不與，遂帥衆二百餘來攻我軍。擊之，敗歸入船。其夕大風發，烈甚，賊船皆解壞飄落，其衆顛踣不支，僅存八舟，將竄而過於風勢兵威，惶惑弗能前，乃登狼山團聚，或下崖散逸，輒爲通州諸處守兵指揮劉葵、胡鎮，千户王詔，通判高昇等邀逐，擒斬不絶。庚寅，斬首六十一，俘口四十七。辛卯，俘十七。有漂船至西洋港，升岸擄掠。遼東官軍執之，又斬首二十九，俘二十。壬辰，陸公在江陰，會諸將指揮方略。其夕三更，劉副總帥遼東兵、千總官任璽帥大同兵副之，郤遊擊帥宣府兵及諸從校並進。癸巳，與守兵主客齊集。日比午，與賊戰，我軍聲焰震天，風雨交作，賊披靡大潰，奔躋山顛。古垣峻甚，馮高據險，槍矢瓦石雨下。鏖敵至于申際，劉副總引其部領張椿、蕭滓、高雲、李春美、饒徵等誓死決戰。分軍爲三，劉任在山北，郤在山南，皆戴盾踸行而上，手施槍礮，且上且攻，盾上矢集如蝟，將士有被數箭中數石者不退，遂奪其地。賊墜崖死者無算，劉七下山入舴艋將遁，劉侯列兵崖下，百矢齊發，艦中礮矢并集。七墮水死，彦名爲宣府游兵小旗張鑑所殺。劉公擒斬餘賊馘，截沈水賊級，有泅而北者，高雲追斬之皆盡。巳夜息兵。甲午，諸軍復登山搜檢，賊已無類，乃旋師。凡斬級四百七十有奇，俘百八十有奇，間有逃匿，復爲通州守兵等擒斬。先後三日内所獲，并前共爲級五百八十九，俘二百四十八。其俘曰劉惠、吴漢，則皆僭王也。遭虜脅從，釋歸其家，而江南官兵，前後所獲，又不與焉。

於是一時平亂諸公獻俘奏馘，朝于京師，而黄門柴君奇、侍御吴君堂紀次功伐上之，陸公亦具實以聞。天子嘉悦，特降德音，賜賚文武之臣，以酬薄伐之勳勞，鼎建江海之祠，以申捍患之報祀。蓋是役也，坐役飛籌，知人善任，料無不中，發無不克者，陸公之烈也。保障京輔，臥護東南，先幾豫防，部屬死守者，張公之績也。以至天心助順以效靈，將士鞠躬而盡瘁，用能千臣一心，膚公協奏，夫豈偶然者哉！草莽臣不佞，目爍盛業于生長之邦，敢因請者，以敍狀如右。正德八年夏六月一日狀。

河源尹鄭侯旌奬政績序

史家傳人，或累舉其事，或獨徵一二端，而必言其性氣。大致人建行立政，必自其中主發之。得其本外，可灼知多寡，一而已矣，此史氏之法。余行四方，見君子便思親之，往往辱先焉。懷義抱益，盈吾懷焉。

正德乙亥，來長興寧，獲與知河源莆陽鄭君游。君始以公事一至敝邑，承顔色，接辭令，甚幸得君子爲僚。居一二日，歷受教，與求治心行己之方，若放論仕學、謨策、功用、禮樂、文翰、法度，權度古人，議其德行爲低昂，每閎大精覈，充充而來，甚幸得君子爲友朋。既數離合，凡一見，未始無新，益久益隆，殆有師道焉。益欽傾敬恭，不敢懈，乃卒甚幸得君子爲師云。侯宰邑僅二年，善政不可盡書，績熙聲翔，上官周聞。丙子六月，總鎮尚書中丞陳公、總兵武定侯郭公、巡按侍御陳公檄藩省下之郡，獨以其禽戮逋寇魁某事，功利曒然閎雄，令遣官假使持幣，簪花被綵，羊酒到縣，獎勞之。士民感悦動地，士能言又申之以賀慶，鋪爲文詩。更私列羊酒拜庭下，呼頌功德，以侈上澤恩。庠學師徐君某、鍾君某與凡邑屬僚復扣予乞文言之。

余曰：君政無獨以剪盜，上官旌其一，而百著千勸矣。百姓衣食，侯心德功利，與諸君與予所欲言，君亦無獨祛害事，從上所舉，申其一，百可隨焉。余欲盡稱君善，又曷獨是？勢亦且因事爲語，是故尋史家意云爾，知者其自得焉。若我鄭河源君，則允君子之英，其何績不英？群言中如謝進士稱君業實，崇文奮武，省刑虚獄，緩賊禁奢，宣王德，諭民俗，時使節力，諸件目最詳，抑猶未究。予勢既未可究，稍微引之。

祝氏集略卷二十三

紀敍

周氏隨侍龍飛序

皇明御宇一百五十有四年，歲在辛巳夏四月某日，皇帝自興藩入紹大統。聖人既作，萬物咸睹，臣時以王禮朝京師，日伏闕下。目日月，耳雷霆，而身雨露。既事竣，往謁宫詹鄉先生周公詔及其從子大鴻臚丞璧、其子序班琾。寺丞以公命，持一牘謂允明，請爲序，列以申感，戴示後人。允明視其目曰「隨侍龍飛」，讀其詞曰：「某以成化庚子舉鄉進士，授山東之嘉祥教諭。九年，先獻王建國于興，天官曹選，某入藩府事先王，爲伴讀，薦歷紀善，加五品俸。璧始由引禮歷典儀，琾亦官引禮。

先王薨，繼事今皇帝。於是臣詔在犬馬列已三十餘年，璧十有六年，珵亦數年矣。乃是年，武宗皇帝晏駕，文武大臣奉遺詔及太皇后命，來迎今皇帝。三月辛巳，至藩國合符。四月壬午朔，今上詣松林山，謁辭先王寢園。癸未，發行，遴國僚文武二十餘人以從。四月壬寅，至京師，翌日癸卯昧爽，臣某等扈從上入禁中。日午，上御奉天殿即位。詔下罷行大小政事，既乃頒賚從官，賜第暫居，大官日給餼廩有差。五月乙卯，吏部言隨龍諸臣在王國侯服，皆守法奉公，克效勞勩。如周詔，逮事陛下讀書講學，輔成聖德，出治有本，忠勤尤著。請以詔兼中秘，近侍職任，俾得朝昃侍左右，緝熙舊學，用日新聖德，詔可。遂擢詔詹事府少詹事，兼翰林院侍讀。璧、珵亦皆進秩如前云。」臣允明讀之，既颺言曰：

臣之於君也，以問學導於先，德業輔於後，兹惟良士；君之於臣也，學而臣之，師而相之，則爲聖后。故踆烏颺彩於層霄，顧兔摇輝於碧落，岳峻而雲高，幹喬而枝聳，洗光咸池而夾飛天衢，理之恒也。然昔君疇之於堯，務成昭之於舜，西王國之於禹，甘盤之於高宗，則舊學矣，而未聞爰立而置左右；馮異、薛振等以隨龍寵任，而未聞其初有翊導緝熙之勞。若兼二者，如史浩輩，亦難乎純全，至宋昌、張説等，弄臣狎客，則尤不足言。惟張燕公之於玄宗，若稍可述焉，爲世美談。我朝則如楊尚書仲舉亦然。尚書尤以厚德懿學重於時。尚書亦吴人也，今周公何其似之。而今日龍飛之中正，隨侍之親從，又非楊尚書可比，其勳名禄位，當不多讓。缺一字公圖所以報我后者，惟終始典于學，復祖治貽王業于億萬年，如君疇輩以堯、舜、禹而顯，如張燕公以玄宗而貴，國華巍焕，家芳附垂於無疆。於惟休哉！

潘君子大水勸農圖記

闔閭城西郭逾一舍而遠爲香山，隸吴縣，山左爲胥口，潘氏著姓於其間。農業而儒，行世於善，今之著者曰半巖處士崇禮父，與予爲金石交四十年矣。今復有連，其行極淳古，將所謂澄之不清、撓之不濁者與？知者咸以善人稱之。予曰未也，其殆所謂君子人歟？君子人也，何以言之？其人明，明則必有嘉謀；其人仁，仁則當有義勇。謀嘉而勇義，必有所樹，有樹曰才；才、德兼有曰君子，聞者識之。

乃弘治壬子，吴大水，方春，腐麥及菜，穀苗始萌，溺湖漲中。衆惕號，不知所以救之。處士帥畯甿，負土築防，桔槔雷運，不舍晝夜。越五日，水殺二尺。然而苗腐者半矣，間未敗者，卧巨浸，與敗者擁積，將同歸于壞。處士教人絡竹爲大櫛，疏而立之，去其斁，扶其良，苗復長，乃得以蒔，終少獲焉。他非力所及者，人不能效爲之，遂歸蕩然。事竣，處士去，斂手緘舌，畝行而畝止，無所見也。

乃正德庚午，吳又大水，倏忽若神鬼至，勢獰甚，人益不得治之。方處士趣衆急從水底掇苗壅之，它埴壤將俟潦怒泄而種之。俄而水益洚，加壬子者二尺，狂白渺然。不辯牛馬。衆益自懈，分今年無復穡事已耳。處士教多泛小艇，取坻京之土，循岸趾覆益之。日勞百人力，不能成尋丈，而風浪又去之矣。衆愈瘁，必且委棄。處士厲聲遍呼：「而等毋憚爲瘁人，猶可免作餒鬼！」衆問計，乃令編葦卷土，復投趾上，力既速，趾漸隆，稍出水外，即復以白茅苫其兩旁，以拒風浪，堤卒用成。因集少壯，布桔槔十百具，并力排水，大出堤外，外水浮於內二尺。處士乘舠巡視，補缺塞漏，益增土培且築，日夕毋少懈，堤愈固，乃不潰。禾則盡實，竟全稔。事既，處士還于默，安常而處順，無所見也。

逮嘉靖初，辛、壬、癸、甲歲比凶，乙酉乃和，春播夏芸，勢勃然盛矣。至于秋七月，忽螽，農初視稼，疥焉，瘻焉，若重疢，不悟何也。處士俯察之，有見焉，爲蠅焉，蚊焉，叢于禾。處士曰：「蝗也。」吳田故多病，病獨多溢，不解所謂蝗，況解療術？束手哭曰：「天實殄我，其奚以爲哉？」處士曰：「惡何自棄云？蒼蒼之生天，用俾我后牧，后付之我令長。今天災流行，豈不當援于君長？吾今幸遇天子聖，令長仁，曷爲以自窮？」即爲小綱綱蟲，括之輕綃囊，奔縣中呈示。令南閩楊侯曰：「微若云我，固將言之。然而言之吾君，敢不慎而審之。二蟲也，其能罄吾稼與？吾見且惑，盍諦諸？」處士曰：「唯。」亟返，更察禾曰：「蟲在穗若葉，胡根幹是蹶？」因取稿苗，破其根，食者如螬蠐，曰：「爾其蝨者歟？」裂其節莖，食者如螻，曰：「爾其賊者歟？」夫向之見者，螟爾、蟦爾。傷哉！一蠹之不可禦，而四具焉，禾將焉遁？即復上于令。令持白巡按監察御史朱君。君奮作奏，繪蟲之形并櫝蟲，馳控黼扆，乞減租之半，且多其圖櫝遍示財賦之曹及中掖大臣。天子戚然，飛詔如御史言，吴縣得免什四。

于是士民戴天子之聖暨御史之德、令長之惠，而感其建舉於處士也。其爲士者，將圖永其感者。會處士年逾六十，將如俗寫其容，所謂行樂像者以壽之。處士聞之曰：「歲事如此，吾黽勉救凶以苟免，忍謂行樂云哉？」或曰：「否。當亦肖之以遺子孫。」處士曰：「吾觀今傳真者，或金紫待漏，蟒玉榮鄉，縫掖以爲儒，藜藿以爲隱。吾農也，今且老，顔枯而態憊。寫之，當毳服布褛，芒屩竹枝，後人想像容止，亦何爲益？苟無已，則盍爲披蓑戴笠、勤甿捍災之狀，以寄訓厲，或因以固志安土而保吾業。且古士農一，故無不農之士，後世不盡爾，亦大校然。有能偕者，不妨朱紱方來，吾獨以素服入家廟，厥亦無怍于我衷。」請者韙之。比其子鋹之京師，翰林待詔文仲子以衆譽諏鋹。鋹述之仲子，乃手寫之，目曰「大水勸農圖」。俾包山蔡君衍述其事，乞予記于圖。予固喜吾之知處士也，鄉者才德之論之譽，今有所試，寔獲我心。亟爲書，曰潘君子大水勸農之圖，而詳言之。

梁推郡善政記

宇宙間元氣之浩然以闊、竦然以特者，瀦而爲大川，峙而爲穹崖，猶未之能盡也，則必鍾靈發秀，出之乎魁岸之才，奮立斯世，以不負天意，而物之蒙其澤者，亦隨地而滂焉。世稱瓊山，不恒産才，産則拔萃，信然哉！舉今日之所知，則梁君其人也。

君字紹甫，登癸卯鄉薦。天子俾推徽郡事，治績粲然，既而以詿誤解任。未幾，公道昭白，復其位，移節于嚴陵，其治績亦粲然。上下交服，一時名公取其所聽淳安民訟事者，著之詩文，以播遐邇。他日，予得君所自書淳安事，感歎無斁。既而曰：「前什固善，特君政之一端，他尚多也。」乃載舉一二大者述之。初，梁之族有恒産，而惟君室爲給，他支稍乏。君乃斟酌彼此，以贏補不足，歲分而日割，房至而口及，其族之飲惠者甚衆。其在於徽，則不茹柔吐剛，寬猛水火，弛張韋弦，持平守正，事必求諸心與理，以底乎大公而後已。紫陽之裔孫與人争田，公私皆右朱。君察其直在彼也，曰：「文公之氣所以不泯於天地，亦以公耳。其肯以黨者望乎吾徒哉？」爲直於法。及考績于朝，還至張秋，逢一寓公，家人倉皇若無告者。蓋寓公暴卒，室無眷屬自隨，猝無與治後事者。君之槖本廉，力爲營辦，得善棺衾以成斂，喪事具檢，諭其下而遣之，乃不失所。寓公者，弋陽汪君俊也。仲氏翰林先生偉欽公之義，屢稱諸人，搢紳從而贊頌之者不一。及新安之去，夷然無所校，人益難之。比在嚴，淳安民錢文才惑後妻，析産遺三子，偏繆多狀。錢子嫡子貫始鳴于官，二少晃、昱私議稍歸其贏，以復于官，貫復姑隱之。君至，貫乃來白求直，時晃死矣。君取其父遺券推察之，得其曲狀了了，因諭昱與晃子純云云。皆扣頭，曰：「誠如公言，無絲髮遁情。願從公判，以歸于直而各守之。」晃下猶有田，當返昱，昱感，發願畀純以恤其孤弱。於是久疑以釋，曲以直，即諸公所爲稱之者也。

甿誦

余静居有款扉，謁者數十輩，方巾緇衫，鶩旅而進，揖而曰：「吾儕爲查鼎祥等，皆郡郭之民長役於井里者也。凡井里之長，其在城者，長洲、吴通三十有六人，即某等，是瘡痏之藪也。間者少息焉，今益息焉。父子女稚相面以慶揆所自，自我邦守君天水公。」語至是，余止之，問：「且將奈何？」曰：「民德公在心，固罔蘄公知，能不令郡上下衆及遐外知耶？然而吾儕小人，口不文。文群心于口，而傳之廣且速也，非執事能耶？」余曰：「諾。其狀奈何？」曰：「蓋不可勝稱焉，然而自吾身受者誦之。始凡送徒部遞囚赴上官，唯吾儕是遣。甲乙以往，環循而無窮，費不訾。公置吾弗遣，遣健步，少須飲食，用省不翅十九。始諸官船、茵帟百器，吾儕是供；公爲它規，措吾以免。始旱溢，長官則亦罔弗禱，禱亦罔應，公則亦罔弗禱，禱亦罔弗用應。雨不雨，霽不霽，其來若吸也，其去若擲也。乃今年乙酉八月，螽蟊西北旁郡以及我，蝨、螟、蟦偕焉，公一禜于社，若先稷，逮山川，絛㥶霿雨降，氣候凜嚴，蟲立死，不死者還翼以西。民繇以益神公，乃德之不諼，而斯謀用作。」

余曰：「善矣信矣，而未究也。公德庸詎是？是一民之知也。知德公者，士有之，農有之，工、賈有之，吾黨蓋有志焉。矢詩陳風，建碑銘器，乃茲昉于若數子。數子之述局矣，然而獨本其躬者，乃諶以公矣。余特爲若誦之，權輿爾，前驅爾。如予所知究者，微綴其大目，若飭禮，若興樂，若勤政，若儉享，若崇祀，若教士，若養老，若正俗，若講武，若表先哲，若脩庠校，若鈎校擿伏府史諸在官者宿劇弊，章章然多矣。至問學文翰，璀璀霏霏，黼黻我江山草木，又咳謦餘也。其或繼兹者，野人猶能言之。」

江右平寇詩什刻行本後序

三代之後，凡稱元宰國老、具文謨武勳之閎傑震赫者，若張子房、諸葛忠武侯、杜當陽、謝太傅、裴晉公、韓忠獻、范文正。上下千載，最者僅是數公，何也？彼古今小大百僚、武弁勁卒，亦每能有所就，何以最儒文爵且甚鮮乎？彼非必無成武弁之雄者，亦以與大臣者合，餘大帥隨焉、偶焉而已耳。乃如大臣者，當無事時，淵然靖共于重位，即有事會之，至我后錫命，是倚是委。於是乃視義若時，不可爲，則卧不應；義合時至，必奮然起，不緩終日。謀必完，用必當，發必驗。出于帷幄之沈密，而徵于執訊攸馘連連安安之煌耀；克于一封之境，而收對于天下之豐烈。盛矣哉！豈若是漫而出，嘗試而行，倖以成，委以戮者乎哉？其要也，智燭之，勇達之。黄帝、湯、武、師尚父、宣父，皆是術也，而况乎後數公者哉！

皇帝初載，江人病寇，厥亂孔熾，厥延至數歲，前後受戡伐寄者，成僨間錯，竟弗底于靖夷。皇帝若曰：「我有元宰國老，惟大司徒陳公，惟今師尚父，予惟以棟石，我邦家是居，不可瀆以干戈。然若兹之時，江之區，非司徒焉克之？」爰即起公于居廬中，授以旄鉞。公視義若時，奮以應，不緩終日，往即戎。謀而完，用而當，發而驗，出而徵，克而成烈。期年而三捷，數歲之熾寇，靖以夷焉。於乎！如是者，一散吏、介胄士辦之邪？智自上施，勇自下承，施以燭先，承以達後，發笥探物之謂也，而又奚疑焉？

公之詩，所謂「都道書生難作相，誰知野老亦談兵」，其素定亦斷可識矣。豈誠方憂忽喜，任成敗于倖委者哉？三捷者，先平撫之東鄉，次平饒之姚源，次平瑞之華林。凡平一地，天下稱慶，而其地之君子、野人皆歌頌之。撫有缺三字，瑞有缺三字，皆鏤刻以行。惟撫之後，饒之先，公嘗自爲律詩十四篇，以言志紀事。饒既平，其爲歌頌者，因即公韻和之。餘干令徐冠集之，將刻，而冠被召去，今某乃訖其事。初，冠既請前中丞艾公敘之，今就刻，藩參張公乃命小子述其故，以授某，不得辭，敢系云爾。

諏政

崑陽大夫鄧君顧臨於予，辱諏政焉。愚則何知？然素嘗鑽研故册，觀古人與今之所以異況，塵蹤土迹，未及有位，亦嘗稍從傍觀之，雖不達也，願以所聞對。

甚矣，古今之異勢，而難易以之也。古者賢君良臣，上下相孚，雖地分遠絶，不若是其亡情也。而賢君以守令爲共天職，凡百有位，尤切要者，故加察於是，其付之則重也，其待之則厚也，其處之則久也。付之重則德刑專，德刑專則恩威達；待之厚則人莫間，人莫間則道志行；處之久則民情孚，民情孚則服從誠。以是而有爲，沛然也。雖不得乎此，而必契於彼，雖有梗於一，而莫違乎衆。由是政成譽起而澤廣身榮，流汗青之芳矣。如董宣强項，而光武莫之屈；又戒任延以善事上官，無失名譽，而延且以爲不然。此其上下之情，何如也？二子之所恃，皆以光武與吾同此情也。吾且直言之，直行之，帝不違也；非特不違，而加美焉。由其本同，他不得而間也。今之勢其然乎？百需交責，日取民之所以養者而歸之上官，朝責之藩郡，藩郡責之州縣，凡所斂散行止，縣未之能專也。未能專而實親其事，彼赤子日所見，徵求督校於我者，獨縣官耳。于是有恩則歸於上，有怨則委於縣，其責之也極嚴，而付之者弗重。民有善如嘉禾者，令得而舉之乎？舉之則以爲私矣；有惡如稂莠者，令得而誅之乎？誅之則罹於法矣。昔人有言：「鳴琴堂上，將貽不治事之譏；投巫水中，必得擅殺人之罪。」政斯謂也。故曰：恩威不達，由付之不重，此一難也。

夫昔之欲得守令之實者，亦嘗有刺察之使矣。然多出于公，故或書名内屏，知虎渡河，由夫刺察者公而詢之切也。今也愛憎出於上官，以至於遊客，甚至於權幸、憸細。吾秉吾公，彼則弗知；吾拂彼私，彼必騰謗。萋兮菲兮，亦可畏也。故曰：道志之不行，由待之不厚，此二難也。

古之任者，必久其期，伺其效著澤流，則峻遷之。雖其前之淹而後顯之峻，故得殫心畢力，令德化浹洽，如卓茂以一令遂封侯，此循良所以特盛於漢代也。今往往未久而遷，其遷之當者，固不負其所志，而百姓已失望矣。誠使必久其任，其在任而績效已著者，不伺其滿，而先加以臺部之擢，乃莅其事，既可以久化，又易於伸志，一旦期滿，更崇其秩，亦何不可？而今不然，故任之不久，亦一難也。

雖然，此皆在外者耳，賢人君子抱負高遠，固不以是沮。先後有人，焉敢厚誣，有如明公，其一也。巍階要地，匪朝伊夕，此上下之至公也，豈曰鄙人之諛？

中丞周公致政詩什後序

隨而不可違者，時也；卓而不可亂者，志也；終身由之而不可悠者，禮與義也。

時違則戾，志亂則忒。事以從時，志以建事，而皆以禮義準之，斯不愆矣。細行且然，而況於出處乎？古之人出處合禮義者，位高如裴晉公，卑如陶彭澤等，標映來葉，非以果去爲善，良以不愆禮義，志獲時合，蓋有得夫易之道焉。故名不緣位而重輕，一彭澤令且然，而況于尊者乎？今天下十三牧，天子命大臣督帥若撫民，一牧以一人或至二三人。廣之東西藩，初各一人或二人，三數年來，以議者乃并命一人。建臺於梧州，總督兩藩軍務，兼巡撫焉。蓋其重踰它藩數倍，非宿望元老莫之輕命，而莅之者，進退之際，其爲重輕稱否，則又視其人焉耳。

正德乙亥，縉雲周公膺右都御史簡命，銜敕來鎮。有以奠之，爲泰山之安也；有以煦之，爲春澍之膏也；有以肅之，爲秋霜之凜也。百度澄謐，提封晏熙。凡爲兩藩長吏，大小百執事，若黔首、卒伍以及夷獠，咸倚公爲師帥生息。明年，公遽疏請老，朝廷弗能舍，不允。疏屢上，上始從其志。錫以温綸，俾致政，乘傳而歸，且給月俸從騶，凡優老異數悉備，公遂行。山河動色，歌謡載塗，公感遇愜志，不能自已。乃即事命題，十有二題爲一詩，且自序之，以贈餞客。於是東藩諸公和之盈卷，方伯吴公、憲副汪公彙之以歸于公，仍命小子識諸卷尾。伏惟公遭逢雲龍之盛，自持風操之高，與諸公分攜之懷，赤子去思之勤，舉無煩於瀆言，獨以公之出處一準乎禮義，志獲而時合，敢颺言俾誦此詩者，無曰公之高而已矣。是禮義之典度，榮軌之法程，得乎易之道也已。

休寧孫氏孝友堂後記

巍巍乎，洋洋乎！帝衷罔墜，民倫恒敍。家猷永華，代勸攸屬。休寧孫氏，孝友之居。益遐益彰，厥惟重哉。始在勝國時，惟伯深父承先開來，號稱亢宗。既卒，而三子子恭、子純、子茂，養祭豐慎，友弟肫至，世觀偉然。其母之弟，靖江推官某君爲詩美之，翰林學士錢仁友始大題其堂，曰「孝友」，與虞文靖公輩播以文記。一時文獻蔚然，此堂之始彰而重也。繼在國初時，子恭以喪亂之餘，家彝周完，世觀不渝，而先時文獻，則已不足，乃請於先契之存者，侍郎朱公大同、春坊江公睿輩續爲詩文，卷軸完存，以迄于今，此堂之再彰而重也。繼在宣、英時，其族屬益蕃，世觀亦彌盛，而詩文嗣作大富，不可枚數，此堂之又彰而重也。今其諸孫永正寔來以後記請，蓋子恭四世，曰彦達、彦昇。彦達生三子，曰志仁、志義、志謀。而彦達卒，三子事亡養存，友季悌晜，益力益篤，世觀益華。而三子咸卒，三子之子共七人。永正爲志謀之長男，與六子者所以事亡養存，友季悌晜，猶三子也。是故益以彰重先志，而垂之無窮，以求大鳴於時作者。於乎！言言閌閌，有隆棟梁，築理義而房，宅天紀而居人綱，四海之廣，百世之遠，尚公有重於茲堂也。

歙許氏孝義序

許氏出太岳之後，望於高陽，文武代著，布在方策。歙之有家，蓋昉乎前宋，盛乎其後，而尤著於今日。吾聞諸廷德者，道其父事若某某善哉。父名思，字功顯，少有至性，質敏而志遐。父客遠外，功顯年十六，輒往代事。及父在宣城蹶傷足，功顯一日夜馳三百里，往負之返。逮卒，哀致如禮，祥忌奠獻，慟擗猶在，虞殯時過，封塋亦然。母病，思牛脯，猝莫致，遂爲大恨，終身不啖牛，并絶葷酒。常時養祭悃悃，退友群季，氣性惇翕。季曰龍，具士材，勸助尤篤，遂取科名。推而濟空，裂券者有之，或者相齟校，聽一語多散去。由是鄉井以孝義先生稱，易其字，蓋所爲大著於今者若此，不亦善哉！

廷德又歷孝義以上若大父者，曰其諱忠，字思正。以父士良非辜失命南都，縲紲間，孤嬰奮立，追痛不衰，且積而能散。若曾大父者即士良。而高大父者曰諱寧，始徙邑西潭湖，亦輕財士也。寧之出則曰順一，順一之出曰文，文之出則鵬程也，與弟鵬舉、鵬南皆宋景定進士。鵬程官終國子祭酒。又上幾葉曰賓，則始徙邑北之昉溪，而族最盛，許村之名之始也。又上二葉曰會，則始來寓邑而占籍焉者。其考曰原，官轉運使，是有詩名，與歐、梅友。其考曰遜，官監察御史。其考曰規，是在宋前守池陽，有循政，民肖像祀之九華山，而家於池之始也。又上二葉曰儒，則自雍徙江南。又上二葉則寔李唐元忠，睢陽守協忠公遠也。

凡廷德之自述如此，然則於茂哉！鋪覽今昔，君以此啓，必以此承。天人迭應，幽顯連理，濟美之永，胚之錫類，廷德知之善矣。如其善之善者，獨非存乎不匱矣哉！鄉井能稱之，吾聞也，能序而廣之，惟有伺乎其徵焉者。廷德曰：「既有之矣。」因進豐册，蓋今昔之衆言彙焉。予閱領有間，曰：「果茂矣，宜爲四方誦之。」遂掇書以表其始。

許氏感慈記

天下之母，皆慈也。胎教之周審，孕産之譆劬，乳哺之勤瘁，保抱顧復之勞密，衣之，食之，教之，冠而昏之，有不慈之母耶？天下之母之慈，皆當感也。不生於空桑，不無湩而能食食，不無襁而能冠裳，不去懷提劍，負而能立、行、動、息以爲人，有不當感之慈耶？以遺體所出，或弃林寘巷，寡恩且虐焉，以出乎天綱秉彝，而感自不已，殀有加于是乎？

嗚呼！予特悲夫母無不慈，而慈有弗感者也。天也無遷，人或蹄翼也，甚者曰寄瓶嚙臂，極乎梟獍，而非人類可口已。徽許巖禄，爲母程氏之季子，幼少，比長，受程罔極之德，固不必言。比程没，而巖禄方商於外，歸不及矣。用是送死之餘，其爲感倍益恒類，蓋有不可勝喻者。屬者語之予，予慰之曰：「感慈天下一也，而於此信子之倍益，宜爾也。然而有天也者，有人也者。今夫事君於朝，治民莅政於班列，或徇節絶域，或成仁王事，或游學，或行貨，或公家事于役，於是失易簀淈含，能無斯感乎？然而天也何尤，彼有異乎此而亡感也者，則亦寄瓶嚙臂之不遠矣。子既知之，能之，子孝矣。予喜，且申望以慰子。詩云孝子錫類，吾知子之子孫必賢矣；經云孝弟之至通神明，吾知子之家必來禎祥矣；易云積善家有餘慶，吾知子之室由是而益富穀熾昌也。」又可識矣。

謝氏世德記

長洲有世美之族，曰謝氏，自其始祖濤生知制誥絳，絳生司封郎中景初，五傳至東山，代引令緒。東山生祐之，沖夷守道，元季離騷，寄尚林壑，入國朝終老，閒散稽岳。王彝作松泉居士序贊，稱其視天下理亂欣戚，猶寒暑晝夜之相代，一不動於中，有道者也。

是生彦達，孝弟執義，母嬰末疾，保之如嬰兒，欲有行則抱擁以往，踰十年，無少懈，卒葬如禮。事兄文華極恭順，皓顛同服食，不少相違。兄卒，子亦先死，哀撫孤嫠，尤爲懇款。擇士爲侄女館贅于家，以慰亡志。爲人沈毅質厚而不循枉，或與物迕。鄉有亡賴子欲撓侮之，彦達報之以直，亡賴子遂誣以匠役，赴京，盡瘁二十年不怨尤。同事有欲妄援怨家者，彦達曰：「吾爲人誣以及此，而更誣人乎？」自號誠真，事具誠真道人小傳。

生以澄，資賦敏利，動必以先人爲法，工算數、禄命、雜藝，善計事，而不愆禮義。繼匠事于京，他人惰且黠，率愆期，覬倖免，以澄獨不失尺寸，然家不以匱，而彼更不及焉。從兄淵没，事嫂湯有禮。教二子讀書脩行，長子成名。將卒留訓，大率謂：「吾宗數世，持孝義以爲家，吾少歷囏劬，從兄蚤世，二子淪謝。雖其間嘗竊科名，吾視之猶煙雲之過眼，人間事若不足，然自揆素日所爲，無大不善者。寧人負我，我無負人。且喜二孫能順吾指，趨吾實，無厚積以累之，所望同心亢宗，不得棄先人敝廬，分門析爨，以辱世敗家耳。」

以澄生會及朴，會字惟貞，朴字惟德。惟貞稟抱尤超傑，少有遠志，從先參政維清受易，厲業勤苦。母恐其疲憊，每爲節縮膏蠟，惟貞默誦帳中。登景泰甲子鄉薦，入太學，一日內旨拔爲風憲官，命下，先一日死矣。立行卓特，巋然老宿之氣，有容庵集存家，吴文定公原博爲之序，其行概見杜淵孝先生所爲墓志。與惟德守先訓，敦友于之誼。惟貞在京，惟德思之不寘，徑往候視，號爲難弟兄，皆早卒。其婦陳與盧，皆守操不貳。予頃志盧墓，嘗道其事。

惟貞子昺，惟德子勳，雖隔一從，無别同氣。昺字明仲，外訥中朗，含淳蹈坦，澄然莊雅，而孝友特甚，堂有連服，室無私藏。勳字賢仲，其爲人亦稱是，終身無一日誶語。明仲二男，曰雍，曰睦，元和、幼和，其字也。元和子三，幼和子二。賢仲嘗育而夭，以元和之季嗣。

蓋自東山至于元和之行，已歷七世，而房户不析，饔飧無二。譜於家，籍於官，傳志題贊咏歌，於君子之言同然無異辭者。而其第八世，亦既聯五人，駸駸長立，情協勢固，世美之濟，可徵不誣。噫！其何積而至於斯也。余嘗謂是有二道焉：有懸諸天，有維諸人，不可謂天之自然，不可謂人之矯强。謂天自然，胡彼不然？

謂人之矯，何循之者？若竊脂鶵虞，若是乎其利也，蓋當視諸稼者而得之。種之良者，天之故也；獲之豐者，人之力也。恃天而弗人，不苗者也；倍力於磽確，闢荒者也。不苗者罔，闢荒者薄，故種之良，則力愈效，力之深，則獲愈穰。相古先民，乃多有之，謝氏其允紹矣。自羲、堯遐逝，風不盡醇，聖人踵而承之，表里樹聲，其制繼立。蓋聖人之慮後世，萬古畢於一矚矣。予故私列而竊傳之，非敢必期徹諸上下，有聞而起，亦作者衛世功也。天無易運，人不遷性，嘵嘵之言，不爲謝氏。

感慈詩什記

初，歙許君志室芝横程氏，許出太守某，程出文簡公卓。宗望駢映，士女彦嘉，饋修謹蠲，琴瑟雍諧，而螽羽不徵，璋瓦絶夢。程心謀曰：「唯陰德集祥，唯至誠感神，唯積善有餘慶。婢子將僥嗣事于蒼蒼，釋兹焉圖，乃唯是之樹。」許，義人也，凡義每病於内吝，於是程加以裨贊，故許之建事，殆振羽焉。有瘠於塗，許惠之金，歸道于程。程曰：「由妾略之，無若即醫之愈焉。」使遄以往，客終以是生。此其義且智最可言者，一以概衆，他固無庸枚稱也。然卒亡兆，則又診于許，曰：「君豈其以一姬故，斬百世文獻系歟？婢子聞君舅疾之革也，絶口於望孫，婢子其敢以忘治令？」爰内淑女以薦於許。遂踵生三男，其嫡曰志，次曰梓、全。程於是鞠摩顧怙三兒，不啻其身出也。比長，各因其材而篤焉。志麗籍頖宫，餘力田行賈。屬者程逝，三惠銜教茹恩，鐫琢心骨，弗可以口。志業士也，得以罄于文，乃布母德，書數十百簡，挾之走四方，遘善言者即求焉。或總其旨，標之曰「感慈」。比學于蘇，捧言拜余，屬以紀事。

若夫皇帝降衷，慈孝恒性，無爲而慈，無爲而孝，天人一機，道器均流，非有利焉，自然之謂矣。如其交强互貴，徇聲而務，伺感而慈，須慈而孝，是質劑之術也。於是寓瓶誓泉，嘩惡于炙青，又況嫡孽之判，娼疾之酷，殄家瘁國，不可以耳，又烏以言爲哉？故許氏之感，程氏之慈，皆天云爾，而烏有所爲乎哉？嗟乎！天道流達，一日不斁。程往而慈留，三惠存而感追，疇實使之，昊穹樞焉。如其有　髮僞也，而不憒者幾希矣！諸爲感慈之言者，心聲成文，風雅盈耳，已極勸懲之義矣。君子曰：總厥旨，無越乎天。于是徵其微，屬斯文以爲記。

祝氏集略卷二十四

紀敍

王氏復墓碑陰記

王氏居吴郡最久且顯，儒統、文業、宦績、醫功，大之於孝忠，細之於方術，五百年來不匱，而方滋盛矣哉！其盍簪坊之居第，桃花塢之塋冢，皆即宋代之遺也。頃承事惟顒，又得復其先丘之中失者，知者爲之喜，而中丞劉公大書之石矣。然主在復地，故所敍不及其餘，因復請爲詳列其陰云。所謂大墳者，其封五，七奉議仲舉與配方，著作蘋先妻蔡，十八儒林府君大中與配陳也。北墳之封四，十一府君藴與配徐、楊、袁也。參議墳之封二，十一參議大本與配陸也。石安人墳之封一，即安人，乃參議之先妻也。南墳之封四，十三府君大成與配趙，一講書府君楙與配葛也。新墳之封二十有幾，承節提幹府君德文、子雲嶠府君敉，以逮諸子孫，若光庵府君賓、某某皆在也。至如所謂二十官人墳者，在路家山，其封五，即二十府君大方與配方，百三十府君霦、八府君蘗與配吴也。六孺人墳之封二，六府君之淵與配郭，即孺人也。凡此皆舊地也。其外於今又有四：曰新南墳，其封四，瞶齋府君孜與先配嚴，長子鼎，仲子節也；曰大姑娘墳，其封二，瞶齋之女弟與繼室谷也；曰三節推墳，其封一，節推泰也；曰三娘子墳，其封一，節推先配文也。凡此皆新地也，而悉在一山，承事別購數畝其間，將伺百年之藏焉。嘻！塋冢之久且蕃，善守而能復若王氏者，其多見乎哉？宜中丞之特筆也。凡所以美今而勸後者已備，予無以加贅。惟述此以垂示，庶覽者如指掌焉。若諸封之域址、坐向、殯袝、歲月在圖乘，銘志藏其家。

卧病頗究醫理略説其意三首

其一言人病凡自我，醫亦由我。

夫人有百體，養之用之，不可過與不及，有愆其度，則病矣。若守而役之，咸奉自然之候，安得而有疾也？然使湛溢酒醴，饜飫牢羞，奔騁弋獵，鬬擊凶狠，盜竊闇險，荒耗男女，姦逆刑獄，以是獲病，非由我乎？或以饑貧枵餒，寒暑涷暍，竭力養親，官府徒作，公役奔迸，征戰鋒鏑，天爲六淫，地有震溺，時氣癘疫，鳥獸蹄踶啄嚙，食啖誤潛毒，若是病者，非自作孽，然其生亦出吾身。故謂病悉自我，固校然矣。苟將治之，安用外覓？尋其所來，察其所證。過者損之，弗及益之，虛者填之，實者疏之。或反其愆，或導其故，或用摩引，或以砭焫，或藉服餌，要去其缺一字，復其本然而已矣。斯術也，猶水潤木，猶火伐金，動無不克。醫者得之而以奏績，烏有自弗可爲哉？如其術，則固有科格，而非不學可解者，斯不足深論。吾獨悲夫人萃造物靈氣，成而弗知守與役之之道，以至爲疾，是何無勇也！既病又尚不能自治，屬之人而復且昧之，又無勇也。逮痼而不可爲，又不能還委造物，廓然偃逝，至死戚戚遑遑，不忍舍釋，含怨挾憾而往，又無勇爾。三不勇并集，遂奄忽爲懦鬼。悲夫！

其二言古今世醫人，各有五難。

缺五十餘字余謂今世醫人，此五者外，復有五難。病家貴驕，不肯敬從，一也；病人愚愎，强謂自知，不能服從，二也；愚下之輩，略不能辨良庸，衹馮耳聒，時有劣工，繆得俗譽，此下輩者，必棄上匠而委時庸，三也；劣繆之徒，信其妄施，偶中他力，自執爲是，或亦自知非是，而恃其屢中，安然發之，以人嘗倖，良醫洞燭，而恥於自列，重於構怨，或陳之而反逢怒招誚，枉自憤厄，四也；良雖薦藥，服者他參，用而復疑，愈不專功，敗乃分謗，五也。噫！古有五難，而功弗完，五而復五，并受而望免責集績，則如之何？

其三言時人不知醫者。

京師絶無佳醫，南方醫工之絶下不用於鄉者，則之京師，不幾時必盛行。公卿大夫以歆其功德，金帛文詞，輦填其邸，甚者鳴其良于朝，輒即取供奉上禁，亦輒有中得爲官，然實繆也。人以卿相貴，不敢非，亦不敢問。或問之相，相曰：「彼信庸也，然而必功。吾誠不知醫，惟知其驗爾。即知之，亦取其驗耳。彼雖庸，亦不害也。」嗚呼！相任人，當如是乎哉？醫極小伎，不知醫，又安能知士哉？治其身，死生且弗慮，姑任其繆治天下，不任其繆矣乎？

書述

檢坎草中有書述一段〔一〕，不記誰作，或自作，戲録之：

書理極乎張、王、鍾、索，後人則而象之，小異膚澤，無復改變，知其至也。迺逮唐氏，遵執家彝，初焉微區爾我，已乃浸闊步趨。宋初，能者尚秉昔矩。爰至中葉，大換顔面。雖神骨少含晉度，九往一居，在其躬尚可爾。來徒靡從，瀾倒風下，違宗戾祖，乃以大變。千載典模，崇朝敗之，何暇哂之？亦應太息流涕耳！曁夫海濱殘趙，顛繆百出。一二守文之外，怪形盈世，吾於是不能已於痛哭矣。蒙古數子，未定甲乙。虞、夔等輩可爾，樞、鄧與餘人無足語。吴興獨振國手，遍友歷代，歸宿晉唐，良是獨步，然亦不免「奴書」之眩。自列門閥，亦爲盡善小累，固盡美矣。饒、周之屬，且亦可觀。二宋在國初，故當最勝。克、昌裔。昌裔熟媚，猶亞於克。宋氏父子，不失邯鄲。濂、燧。詹、解鳴于朝，盧熊、周砥守于野，如滕公等尤多，未遑繁舉，非棄之也。朝者乃當讓野，而希原榦力本超，更以時趨律縛耳。自餘彬斑甚衆，夫則不暇。二沈蜚耀墨林，昌辰高步，自任人推，皆謂絶景。大君宸譽，遂極衮華，抑在一時，誠亦然耳。學士功力深篤，其所發越，十九在朝，乃亦薄有繩削之拘，非其神之全也。或有閒窗散筆，輒入妙品，人罕睹爾。棘寺正書傷媚，行草傷輕，因成儇浮，自遠大雅。危帽輕衫，少年毬鞠，又如豔質明妝，倩笑相對。朱、夏榜署紛紜，易於馳譽，孔昜、仲昭。下及廷輝、養正之流，烟煤塞眼，悉俗工也。其間太常稍近清潤，吏部蔣頗主沈雄，惜乎不肯自脱孔昜掾史手耳。養正，吾不知也。不知當時何以得列書苑。二陳璧傷矜局，登略上之。亦有宜黄吴餘慶、崑山衛靖，少自出塵，趣向甚正，恨不廓且老耳。程氏父子，篆隸擅名，斯業既鮮，不得不與。其後左參、李相，頗爲青冰，左贊與長沙公。李牧、楊師不以書名，亦有可觀。昌祺、文貞。洎乎近朝，所稱如黄翰、二錢、張汝弼，皆松人也。松人以沈氏遺聲留情豪墨，迄今猶然，然荆玉一出而已。小錢大致亦可。翰與東海，人絶薰蕕，而藝斯魯、衛。張公始者尚近前規，繼而幡然飄肆，雖名走海宇，而知音歎駭，今且以人而重與。黄人行伎俱下，非吾徒也。又有天駿者，亦將婢學夫人，咄哉！樵爨厮養，醜惡臭穢，忍涴齒牙，恐異時或得其名、失其迹，妄冒誤人。且爲贅列紫薇郎署、分科木天、執事左閣，綵綸後先，匪此能悉。談者謂任道遜、姜立綱及邇日周文通宜攀詹、沈，蓋亦依俙。若徐武功、劉西臺、吴文定、李太僕，咸爲近士瞻望。吴公不負書名，故非當家，愛人及烏，貴在起雅去俗，斯亦牽筆，勿訝不倫。徐、劉與吴并馬刑部、蕭黄門愈、顯，亦皆師模宋元之撰而已。徐放米，劉趙，吴蘇，馬亦米，蕭自成狀而近彦修。於中劉無一筆失步，亦可慨舍文武而攀成康也。太僕資力故高，乃特違衆，既遠群從，宋人。并去根源，或從孫枝翻出己性，離立筋骨，别安眉目，蓋其所發「奴書」之論，乃其胸懷自憙者也。

【校勘記】

〔一〕「坎」，疑爲「故」之誤。

太倉州新志序

慎哉！劉侯之作其州之史也，其古之遺教乎？書與春秋之志也。都氏之筆，亦有以成其志焉。舜肇州，封山浚川；禹敷土，奠山川，貞田賦作貢；盤庚治亳，周人宅洛，政之大倫也。右史記其績，仲尼述以縣訓，又筆削魯紀，城社山川，宫廟門觀，臺榭廄囿，軍戍税甲之間，粲然矣。而特加志於人材，務褒善斥惡。二典者，立功與言之法程也。今之從政君子，自孔氏者，類知所範模，則善矣。其或未盡者，訛其政，誇其言，言卑若貨券，言高若鳳鷟，不知慎也，故君子難之。劉侯之爲政與言也，覽斯策志可睹矣。侯，越人也，名龍，字允卿。以進士來二年，政成，而爲之史。都君名穆，字玄敬，仕太僕少卿，吴人也。始州未建，陸大參容作太倉志，陳丞仲作太倉事迹，其他散在崑山、常熟、嘉定三邑書。李君端初守州，即屬桑郡判悦爲志。今志蓋總諸策而登黜之，其旨主簡核，故寡失而可觀。書成，都且病革，不及自序，故稍爲詳之。雖然，書、春秋，天子事也。劉侯事功以位限不盡見，見者其志。嗣此有爲，執之以往，易之翼升，曰：「南征吉，志行也。」其漸曰：「進得位，往有功也。」嘻！九官十亂，兹其階也歟？

重刻鄂州小集後序

聖人没，六經絶，而文章之法垂。春秋以還，述者孰不欲襲芳貽猷、傳信來葉？未始匱於方策，其稱者可知也。左氏、孟軻、孫卿而降，代不數君。近世有唐宋四家之號，遂令初學膠固耳評，他若罔聞知。愚嘗以爲不必，然諸子咸師孔氏，誠理至辭達，可名世也。即如仕績，世史所録，胡寧一士？今稱輔相若蕭、曹，長民若龔、黄之屬，亦率若無復餘子，夫其然乎？蓋銓藻人品，宜揭其冠冕，至尚友得師，靡遺可也。趙籙既南，氣靡文細，朱、吕數君子説理之外，稱者僅僅有如新安二羅先生，鄂州端良，郢州端規，蓋未之前聞也。今讀其書，則異矣。鄂州之文，誠齋、攻愧當家二老固稱之，朱子又稱之，以至于今。宋太史、王忠文輩，累稱而益崇。噫！信乎是也。愚言詎非一得乎哉？舉其尤者，而厠諸四家，亦復奚愧？理致嚴實，規模爾雅，太史所謂與秦漢并，知言哉！至其政績可見，又何嘗自讓龔、黄諸人？談者睹是，宜無容易矣。先生之集，前後彙刊，傳泯顛末，具存衆敍。弘治己未，其十二世孫惟善等重刻之，請允明紀事，輒申狂簡焉耳。今集凡五卷，郢州文十一首附焉，此惟善之新志也，亦善圖也。歲在庚申正月上日。

新刻龍筋鳳髓判序

龍筋鳳髓判二卷，唐司門員外郎張鷟撰。近時少傳。允明得之先外大父武功徐府君家，乃元人録本。嘗以示沈津潤卿，會吾邑大夫舂陵歐陽君東之，以進士來試雞割，富民教士，化理大著。鳴弦之餘，益思有以助仕學者。謂是書其一也，將取而刻之。津進曰：「民請任之，不足煩我公。」乃手謄登於木。工完，倩述其故。漢惟昔先王議事以制，故鄭之刑書，頗詒時誚。至秦燔聖典，專吏師，一切深刻。漢矯其枉，雖入官者，儒吏並進，而斷獄必貴引經，尚有近於先王議制及春秋誅意之微旨，其後乃有判辭。然往往蕪萎而闊於事情。至唐制，四銓判專其一。鷟在當時，藻翰敏豔，有「青錢學士」之號。史稱其八舉甲科，四參選判，策爲銓府最，宜是筆之美也。宋元承襲，國朝因之，試於士，行於官，咸有可觀。中間崇篤經學，或稍未遑精選。邇來文教彌振，英才駿騰，秉政者裁駁詳允，賓王者章藻粲發。優而從事，仕學交懋，是書固無所與讓，而亦可以策筌蹄之勳焉。惟我大夫，秋月懸胸，而南山在筆，然且己達達人，嘉惠來學，此其學道愛人之一端。行復大施，以輔國家弼教造士之德意，厥功不亦茂哉？輒申狂簡，以爲先驅，而津之好義能文，亦從見云。

重刊王著作文集序

吴郡王氏，祖唐水部府君粲，至觀爲十九世，實惟聞孫，力振先澤。間取典籍之存者，彙整刻之，於是著作之集，亦復行世。著作者，水部之九世孫，觀之十一世祖也。其集自寶祐中，其曾孫進士思文，取福清邑庠墨本刊於吴學，迄今傳者甚鮮。觀因其舊，復取象贊之屬附之，第爲八卷。授允明，特序其成，而寶祐之序跋所以論先生之道與文者，既詳矣。今觀集中所載，不過狀劄數篇，餘文五首，與周、宋二弟子所録語耳。蓋程氏之教，不尚詞章固如此，然豈唯是哉？嘗竊求諸孔氏之書，如論語中齊魯諸君之問答，即後世之狀劄也。門人所述，微言緒論，即後世之語録也。則聖人之文亦若是焉耳。論語不朽於兩間，是集雖其言有遠近殊，學者能不保守付畀，期於不朽也哉！先生亦有論語解，刻成，當有敍其旨者，庶以見先生之全焉。弘治三年，里中後學祝允明謹序。

伯時父史圖記

伯時父圖史事八端：其一，沛公坐文榻，隆冠長裾，一手卷按榻厠，一手疏其髯，意韻凝遠，垂兩足以洗。右一女捧持足，左執而濯，並踞蹲，姿質窈窕。一童佩劍立榻後，去稍遠。酈生高視挺立，舉兩手傲對沛公，眉目、鼻舌皆豁朗，須髟飄搖，宛然長者情度。其二，文帝傍瑟緩立，垂襟引髭，若歌徹而思者。慎夫人却立帝後，婉孌密倚瑟首，張廷尉秉簡拜奏座側，巖巖有大臣氣。其三，爲孝元據牀，熊突而前，馮媛颺其軀，正面交手，臨熊屹立。傅氏回身上旁，斂唇蹙額，四體展布，意愬愬將趨辟者，上一手按膝攝裳，一手舉向婕妤，定婕妤意，亦略似動志者，而風神固自安確也。其四，唐明皇帝散步中立，拂髯握帶，危巾麗裳，風態逸甚，猶在天府。一從官遥捧大鑑對值，又三輩在鑑後，執杖者二，叉手者一，皆傴僂嚴畏。上後一人抱龍文坐墩，一人操鉞，乃瘠於韓丞相時也。其五，博陸侯夜將奪璽，郎時子孟握劍而來，從以六士。一士把巨燎以先，二夾掖之，一髯持旌，前後各一人，拔劍向外，前者特驍獰，挺臆怒齒，刃直衝人，反一掌背後，將承霍氏之劍，儼如肆劫奪之詞，而索雙鍔以舞進者。郎對立凝顧，右手横劍，左指撫之，倜毅特甚〔一〕，而更謚定於大將軍之徒也，後一人密擁之。其六，騎者寬巾大袍，半俯其首，醉思蒙漠，兩足推鐙而前，左腕猶揚鞭，右肩垂垂，一奚在馬邊肩荷之。隨行人三，其一髽髻負罌〔二〕，其一冠裳，想是侄兒輩，一童子被髮擎一爵，以進爵。有籍馬爲乘者，髀壓其絡，俛亂急頸，不能以遽馳，馬前兒四，齊開掌奔繞而闌之，兩脚開者一，立一，蹺者一，曳向後一。將失下跪軟不勝者、髮四垂者、覆額者、髡者、數螺纍纍者，長衫者、半長衫者、裹者、引縛者，凡與後四從者悉大笑，而形模略不雷同焉，此山公也。其七，二才對坐而談，戴幘曳舄，面目疏秀，美髭髯。兩手叉握按一膝者，桓公也。褐博垂臂，一手入懷臆間，瀟然沈雅者，王景略也。老温後髯參短簿，偕立以侍，一長面趣頷，一頗豐腯〔三〕。别一執事人，免冠加鞾，捧劍植立于後，一蒼頭雙髽徒跣，握如意一〔四〕，背負蒲籍，口眼寒苦可匊，而自温之桀拔其溢乎容者，亦無若工君之充衍也。其八，玄宗遺張韜光視太真妃於私第，而妃獻髮事也。肢體婉轉，鬒雲高蟠，猶蔚然如生。垂一細縷，殆長逾其身，左手持，右手剪，精玄入神，玩之疑便欲斷然。小女子跪托一盤承之，面貌結束，亦復飛動，韜光執挺遥立，別一侍擎奩盒之屬，意狀幽憫而莊敬。

凡事八則，係李氏澄心紙白描，人長不過今五寸，每紙不過三尺。通爲丈夫三十六，女婦六，嬰稚四，君臣、夫婦、僚佐、賓友、侍從之異品，喜怒悲壯、談笑奉事之異情，憂勤、忠節、才略、放逸、委附之異務，人能識之。伯時父又自疏節史文，手鈔每册之後，覽者瞭然矣。所以重者，伯時父之藝其一，而又託以鑒古之爲世勸懲也。予既獲觀，因思所以解其嗜想於一矚之後，故志之云耳〔五〕。

【校勘記】

〔一〕「倜」，祝氏文集作「强」。

〔二〕「髽髻負罌」，祝氏文集作「髽髻未御，負罌殿之」。

〔三〕「二」，祝氏文集作「貌」。

〔四〕「二」下，祝氏文集有「枚」字。

〔五〕「予既獲觀」至文末，祝氏文集作「獲觀於王隱君元瑀宅，因竊以爲事不煩於文，圖不賴於贊，而所以解其嗜想於一矚之後者，則非筆牘不能。故不嫌於陋劣而輒撮志之如此，非謂足以附蠅於宇宙之靈跡也。弘治四年夏六月五日記」。

宋徽宗畫猫記

畫猫一幅，用箋紙，今尺高二尺有六寸，闊半之。爲猫三：一質純黄，面特白，立前足正視；一雜斑質，爲瑇瑁文，攣足回尾繞其腹；一白者，正面熟寐。二軀相支依，毛彩錯互，細察乃辨。神狀生發，若將鳴。下有錦藉，上方題曰「宣和殿制」，次行曰「賜貫」，「貫」字下印曰「御書之印」，蓋賜童瑠者。爲某寺僧所藏，紙質多黯黟。僧云：「繇初藏迨今三百年，師遞傳護，護太密，故多經梅蒸以然。」豈貫括花石時行李所遺耶？嗚呼！其爲具微矣，而余感六焉。固陵與瑠相得極深密，賜受之頃，張夸赫赫，運去物革，君臣意契漠然，而物迹斯存焉。以貫娱玩，更以此爲貫娱玩，爲情篤矣。而貫終以饕啖赤子，酬禍於君，報之反也如是。當其時，厠廷列，食太倉，多不捕之輩，相乳釁恩，與義府柔害等類，不足以禁囷鼠輩。帝之不察焉，而牝牡驪黄之計，亦失其類矣哉。故曰：「帝王之學也綴藝，帝不知以藝而尾其首矣。」然而今世學士藝工，何臻是之寡哉？浮圖氏法以空爲宰，其守執之力，乃更嚴於俗；此又俗劫之，可慨於空門者邪？感惻既繁，因復托諸謡諷焉。其詞曰：

宣和殿裏多鼷鼯，一遣三往願驅除。錦韉綺質光煌煌，鼠曹憑社乃相乳。風流君王趙八郎，奎文炯燦浮貂璫。玉府一斑墜九土，返壁不隨花石綱。茂苑伽藍慎扃護，夜夜愁防六丁取。葉公之龍未躍去，老僧高眠哭群鼠。

陳氏藏宋元名畫記〔一〕

册聚宋元名畫，自徽廟而下，凡若干事〔二〕，皆只赤方圓小幅，題咏悉舊迹。陽羡陳子徵之〔三〕，以豐賈積歲而成焉。眠山川，坐木石，通語百載之上，趼足酸目，衡著心腑不可除，謂予幸敍列之〔四〕。

嗚呼！天地山川，陰陽鬼神，人倫隱顯，動植生化，龍象魑魅之凝涣，軒舉挺露，無名之與師，罔象之與尸，太鴻之與期，孰得而知？惟人焉，而參之法象奇偶，利用出入，英靈之發，掠彼樞軸，注我心手，而圖繪興焉。無聲之造運著而圖繪作，後世不傳，其死也者，而造運亂。昊犧之巛川，蒼史之⊙[illegible]，吾未及論。陶、虞星辰山龍作明以來，頂漢踵唐，文生秀人之玄迹，邈乎悠然。而二代君臣典刑之存，有如兹册所萃，其圖繪之錚錚矣。夫其存之難，其萃之難，夫人喻焉〔五〕，居然無煩詞矣。惟諸老甲乙昈聚，其精神流行兩間，微之顯，競爽錯彩，更互師友，虹發鬼護，信爲重於有家之文獻。而吾陳子遨遊其間，始見蔑面，繼見蔑心，終以棄去肖貌而結融萬有，與造運者偕，則兹册之重吾陳子也，庸詎供兩瞳子夫？

【校勘記】

〔一〕按，是篇又見祝氏文集卷一，題作「陳徵之藏宋元名畫記」。

〔二〕「若干」，祝氏文集無。

〔三〕「陽羡」上，祝氏文集多「余友」二字。

〔四〕「予」，祝氏文集作「允明」。

〔五〕「夫人喻焉」，祝氏文集作「人喻」。

九歌圖記

杜君九歌圖，向僑余舍手造，藏四十年矣，今持歸吾子儋。以詞賦不遇者靈均，以詞賦遇者長卿，長卿視屈，猶子視父也，蓋才爲時低昂如此。今士生盛世，苟抱一藝必庸焉，至有獵極華要者，尚何云遇不遇哉？子儋才氣與年皆似賈生初遇漢文時，一蹴千里在朝夕，長卿不足云也；至探幽寄野，斫青光而寫騷，時歷屈壇，或不盡一級。余所以遺之者，殆將以屈況其才，司馬況其遇云爾。

畫魚記

畫雜魚，繒一幅，衡六尺，縮三尺有半。爲水滿繒中，作大鯉堇三尺，昂首振鬣，尾撥刺掉而未申，遠觀巍然，蓋以主群鱗也。餘魚散處四旁：鯽三，金鱖各二，鱓、鮧、鰷各一，鮡五，鯊九。餘悉鯝而别其狀，體員而鋭喙，如鯽之數，體如鮡，差巨而有赤文，數亦如之。首體特豐，囷蠢而色穢雜者一，體極細，鱗鬣未具而微紅者十有五，直者、横者、順者、倒者、躍而疾者、伏定者，大者贏尺、小至於寸分，鱗之類如是，而不覺其多焉。蝤、蜂、蝦各一，介類止是而不知其爲少焉。芠、葉、蘋、藁淹沍溶漾，甚有真意。其隅識曰：「直仁智殿安成劉節寫。」知節爲官司人，未知何朝，意宣、英間也。外大父陳公持視允明，竊觀乎鱗之大，有脊千里，鬣千仞，以逮乎尋丈尺只。澒洞泱漭之間，升沈怪幻，厥爲雄標奇觀，超兹圖者闊矣，而未有貴者焉。曾不如毫栖墨寄，乃得文章以傳，非繆乎哉？又胡有於真假之擇，幸焉耳？不幸焉耳？是未足以知夫人之所遇然哉！即觀乎其假者，昔之名圖神繪又孰少哉？往往雲飄花墮矣。而兹圖也，得君子焉而宗之，應弗遽腐滅已，又未足以知夫幸不幸之不出於良庸哉！允明承教久，莫爲復，暇日諦觀而感焉，因托爲記云爾。

新刻震澤紀善録序

宋史言著作王先生信伯不著書，然木鐘之扣，門人不能無書紳之圖也，故周憲氏有兹編。然以爲先生之道盡於是，固不可；以爲不須是，亦不然也。使憲輩聞而不録，先生之道，遂無聞於世乎？雨露之濡也，不能一日而遍天下，苟有被之者，欣欣然向榮矣。兹編一話一言，類有以淑人心，啓聖謨，審理義。天下後世人得見其一言，一言之澤也；其言及於一人，一人之澤也。豈獨一家文獻之徵，爲子孫百世之幸而已乎？初淳熙間，蘄守施君以兹編與先生文集同刻之郡庠。今先生十一世孫觀既重刊文集，復别録此，俾可孤行焉。嗚呼！去先生四百年，而其言復爲世惠。觀之心，即憲之心，亦先生之心也。又可以見君子之澤，不斬于五世，而賢子孫之所繫不輕矣。新本既就，允明謹敍其故，以爲被先生之澤者告云。

高陵編序

宋滕峸作孫王墓記，洪武中，盧舍人熊辨之諸賢表跋歌詩前後，班班亦可以觀。堇綴一編，鐫諸東邑黄文學應龍之私笥，吾黨朱堯民取第次附益之，而沈潤卿以入刻，然後不泯。夫封干祠孔，昔君用譽，史郡國者，丘壟之載，不可缺已。而爲事至於無所爲者，而義見焉，於是亦有以識堯民之義也。吾郡新志，屢艱于成，異時有良史治郡書，則是編其中流一壺也歟？

考德録後序

太子太保、禮部尚書、翰林學士延陵文定公没，既葬，嗣子中書舍人嗣盛，取所受兩朝誥、敕、諭、祭文及碑誌、銘狀、誄挽之屬，類爲書曰考德録。允明從二三子讀之。或曰：「言止於書乎？」曰：「書不盡言，其要也。」「德止于言乎？」曰：「言不盡德，其稽也。」蓋凡公之發於家，則教淑於士，惠飲于州閭。其立於朝，則道格於天子，義孚於百辟，而福蒙於天下，咸無得而稱焉。及其既往，而孚者思義，淑者思教，飲者思惠，蒙者思福，不能自塞而始爲之言。蓋其德猶風雨之澤草木，巖壑、苑囿施被無間，而得者各自以爲懷。言之者猶濟者之誦江河，憧憧皆是，而不必人人之能言也。雖聖人於是，亦付其全節，備績於公，萬世之信，書至贈奠，易名之際，且概致其旌勞崇舊之大略耳，此其勢也。昔之哀三良者，黄鳥三章；哀公誄孔，亦三數語。有煒一編，天綸昭回，宗工皇士，鴻製森列，布之四方，維公生榮死言公之全者，倘以愚言而少慰焉。

哀之繫。蓋曰言之文者行之遠，軼秦風，儷魯記，以縣諸不刊。或讀者終卷而思見

遥溪詩集序

西川熊君氣韻粹清，少以毛氏詩取科名，天子使爲學者師。先主蘄之武陵，改薊之房山，又改吾郡之吴，今轉于長洲。雖所職在經術，而故抱詩癖，不一日廢吟事。宦踪之所履，東西南北，撫心觸物，臨人接事，歡欣而感憤，抃蹈而戚嗟，流達而沮縮，酸醎而甘苦，以至飲食夢寐，謔浪笑傲，一寄於聲焉。既久而富，次成數卷。謂予可以參印，授以乞序。

試觀之，祁祁乎晴雲之多態也，湛湛乎秋川之濯石也，款款乎、亹亹乎布粟之惠利人也。蓋其志在兼善，故其情和而不流；其守廉謹，故其詞怨而不怒；其行己孝友忠信，故其氣惇厚而有容。余恒怪時之人娟唐而娟宋。元人學唐而靡，今之工者，乃猶不能追之，反師宋，而又失故步，遂致連卷傖囊，地自爲派，人自爲格，其升也若譫，其沈也若粘，如是者亦獨何哉？君之詩尤長於五言，蓋非唐莫擬，擬之久而化焉。每若合契，夐出他作之上，耿耿乎劘長卿之長城，蕩信明之楓江，予謂

可孤行焉。君名永昌，字某，世家忠州之酆都，遥溪，其因所居地而爲别號者也。

重刻中原音韻序

有文韻，有詩韻，有詞韻、曲韻，有古韻，有今韻。古韻出於六經，作文者用之，古選詩用之；今韻出於沈氏，近體詩用之。詞始于唐，盛于宋，以迄于今，其用韻猶詩也。惟金元北曲，乃用所謂中原之韻，蓋因其國都在幽燕之區，河洛相去不遥，其方言如是也。故爲其言者，每詆詩韻之偏，而爲詩者，則至今猶不從之。我洪武聖人，亦既命儒碩定正韻，如其説矣。詩韻姑未論，若北調之製，可不嚴於此耶？余也好樂，故嘗自負知音，謂四十年接賓友，無一人至此者，頗有言樂之書。兹未遑似諸人，每浩歎今日事，惟樂爲大壞，未論雅部，祇日用十七宫調，識其美劣是非者幾士？數十年前尚有之，今殆絶矣。不幸又有南宋温浙戲文之調，殆禽噪爾，其調果在何處？噫嘻，陋哉！大河王將軍廷瑞，俊邁士也。既刻詩韻，復欲取周德清中原韻入板，以示予，予爲之喜甚。凡正音之説，德清全書言之甚詳，因稍爲括取要旨數節授之，令列諸前，庶覽者可得其概也。繕畢就梓，稍引之云爾。

刻沈石田詩序

唐人以詩爲學、爲仕，風聲大同，情性略近。其間李、杜數子傑出，然而格有高下，音非遼絶，猶十五國各爲一風，可按辭而知地，唐亦然爾，斯其美也。宋劣於唐，居然已。其有傑出若楊、劉、歐、梅、錢惟演、王元之、林君復、魏仲先、蘇子美、晏同叔、王介甫、惠崇之流，猶唐聲也。無已刻志少陵，蘇、黄亦爾。雖門行若别，而堂室暗符，故能豪擅自任。然使孔子復生，則有若瞠乎避席矣。流及國南，曾、戴、去非數子，猶師道也。洎至能、務觀、廷秀，又自蘇、黄而變，然轉奥宛而趨暢愜，或傷率易而鄰訟辨矣。或以宋可與唐同科，至有謂過之者。吾不知其何謂也，猶不能服區區之一得，何以服天下後世哉？國朝詩人，其始如劉崧、林鴻輩，以至四傑、十才而來，班班然可知也，有不以宗唐而勝與？

沈公獨釃涓流，横放四海，一時風騷，讓以右席。嘗試觀之，唐與？宋與？衆或未知，我獨知之。蓋其家法固主放翁，而神度所寄，唯浣花耳。是以興觀群怨、君父動植，已發之而自愜，人推之而莫辭，號爲我朝詩人，謂其音異唐而猶挾其骨也。不然，徒以其語，將不足以望前輩諸子，況其上者乎？公始愛予深，其子雲鴻，又余表姊之家也。辱公置年而友，昔命雲鴻持詩八編，倩爲簡次，皆公壯歲之作，純唐格也。後更自不足，卒老於宋，悉索舊編毁去，後學者皆不知此，余猶爲惜之不已。今人重公詩，亦多震於聲爾。公學練左氏傳，平生語言義理，皆左與杜也。其集稿甚富，稍有華氏、沈氏二刻本，淮陰王揮使廷瑞又以所得百數篇成刻，請序，聊爲一言之。廷瑞好作義惠事，觀沈集中贈其詩，可以得其人。

潛庵游戲引

王潛庵有成己成物之惠，有獨樂同樂之趣。才人韻士爲樂府以美之者成卷，潛庵亦有答報雙調一章，并自述諭俗南曲數首，主器蓋臣衛使彙而梓之。噫！方潛庵在時，吾輩相與舉杯歌嘯，命童子撥弦度拍，以樂青春。桃雨落紅，麗日將暮，此詞足以發胸中之耿耿。今潛庵往矣，子敬之琴，山陽之笛，吾儕固不勝感慨。然潛庵達者也，吾輩臨風對月，試理舊腔，潛庵得不又爲赤壁之鶴，敲門之竹，與我等賡和於形骸之表耶？因爲引之，目之曰潛庵游戲。

祝氏集略卷二十五

紀敍

杜慜古易序

門人杜慜以爲晁氏、吕氏、朱子所定古易，但復漢初之本，皆爲近之而未合孔氏之舊，乃出己意，謂羲易獨八卦象，有畫無文，亦未立名因重，因重出於三代。文王命名而作彖，周公作爻辭，孔子十翼以説敍，雜彖傳、象傳、繫辭、文言爲次，亦皆有旨，此乃漢前未亂之易古文本也。乃定以羲皇三畫八象爲一篇，文彖上下二篇，周爻上下二篇，孔翼十篇，共十五篇。書成，不以示人，獨持謁余請序。余雖一日長慜，治業不尚章句。慜質穎力勇，一旦發此，具有敍例，又作辨注圖説，以發撝輔翼，其書曰周易餘毳，以成一家言。自云入山啖虀，幾三十年方得之，其勤苦如此，亦勤矣。

大率聖人之言，簡而遠，裕而周，學者隨其所近，求之無弗得，會之無弗通，況易之精深幾微，豈庸士能測？由孔子後至于唐，述者如是其繁，雖其書今在無幾，其間英玄之流，邃詣曠得，亦安可誣？吾意非無知此者，要在鈎發賾隱，置略章句，擢玄緼而遺粗迹，得意忘象。如負苓笑王通之魚兔，即康成、輔嗣、康伯、仲達輩，其遐邁顓確如是，迺不知乎？蓋亦姑從簡便，以爲無損易之大致云爾。且昔人之講，重卦命名之説亦多矣，憗此本固亦宜存，以備後來參訂，其廣之勿秘也。杜爲吴中世儒高隱之家，憗爲淵孝先生之孫，余師僉憲先生之子。志奡而行狷，篤學力貧，不苟諧一人一事，游神風埃之上，有軒舉霞外想，奇士也。

西洋朝貢典録序

西洋朝貢典録者，所以敍海表列國之事，辨方域，列山川，計道里，陳土風，紀産育，述朝貢，以闡王化，録建設，以美使才，備國典之實録，寄通覽之遐志者也。若昔先王乘龍守寶，則莫不重于輿乘。夏貢周方，涉筆聖作；史漢志地，粲在指掌。後史繼起，損益可知。大概成於革代之士，掇當時之聞見，以附前典之同異。至于元氏，撫有天下，號稱廣拓，然此西溟南漲，挺而不賓。我高皇帝出震行乾，威德邁古，率土來王，不貴遠物。太宗修文，爰務通道，始有剖符之命、包茅之徵。中人鄭和等，飛星舶於天池，耀皇華於鰲極。然後章、亥舊步，載纒縢幬；張騫異域，倍收筐匭。前後輶軒，互形方策，雖稱實録，猶未會通，言而不文，行之豈遠？

黄子勉之，生乎華文之區，而遥攬恢詭之觀；隱乎一尺之几，而慮經六宇之闊；游乎熙安之代，而慕馳奔奏之辰。間氣龐博，時而出之，握槧隨襟，是有此作。其爲書也，法班、馬敍國境所在、風俗所殊；法周官敍田畜；法山海經敍山水、鳥獸、草木；法禹貢敍貢物。每一島末，復著論以該未盡。事事有徵，言言非億。剛柔錯布，譬繁星之麗紫霄；綱綱有條，爛璇珠之綴藻冕。信乎逐南左之良斤，追卿雲而我儀者矣。嗟夫！斯今之世，作者寂寥，或辨性較禮，附麗經師；或獵瑣浮尖，依俙文苑。以子之器，何不高譚五經，富眩千軸，豈其憙役于裔荒恢奇之形，而甘似於齊諧志怪之見也哉？吾又悲夫得黄子之心者寡也，將其明發有懷，思輔明王，弘際天盤地之治也；思效使能，以達居中馭外之策也；思豁耳目，以抒籠山絡海之氣也。而重慨夫横絶英雄，徽纆於三場二試、腐章屑句之條律，曾不若奄尹儓臣，銜天言，蹈地維，行志吐氣，以琭琭珞珞如也。故去彼取此，裹糧躡屩，孤蹤千里，訪鞮人於海澨，諏黎老於蔀廬，閲七龍，易七稿，而編始成。前史異今，置而弗溷，或涉疑舛，時議及之，以於西洋特詳，故題目云爾。其間演論，數右張旃，能無隱憂，豈徒騁藝？

曩時太傅太原文恪公嘗謂黄子，中秘亦無諸國風土之書，春官所掌，不過朝聘表章方物。聞有此撰，愛賞良深，而未矚其就。黄子不妄比人，上唯王公，下猥及我。今王公既没，我當敍之。是故望英主，豔偉功，愛才猷，乘桴非願，放海皆準，進繹宣尼之麟管，退颺子長之轡絲，則典録之用，是黄子之志也。

書漢唐秘史後

寧獻王撰漢唐秘史二卷，自敍及安王跋，言太祖皇帝觀唐史後胡寅斷辭，因命王爲之書，大意主於戒偏，詳於怪亂。淮南、王母、張果輩，凡後人所稱二代雜怪詭事，徵采最繁，多不自正史出也。至極鄙褻，若武氏如意君，高力士假妻，小説之至靡者。往看稗書，猶以爲設托，此悉入大筆，載述鑿覈，又特承宸旨而爲，其敢以無稽云者剿淆之邪？蓋王憙纂輯，奇編閟牘，叢萃其邸，王浩獵而爲之，固易。若徒出不經之策，外人亦能之，更不敢爾。

約齋閒録序

約齋先生俞君寬甫，吴之鄉校師也。秉操貞介，守道篤學，慎交簡出，泊然安素。其爲學也，好劇飧飴，勤彰逐月外，視權要若仇，聲利若漚，黄卷賓主，墨訂朱讎，日與古哲者游，蓋皇甫玄宴之流也。寄業函文，姑應童蒙之求，僅五十年，鄉邦之徒先後百數，去而化之，嚮善知恥，殆有潛助風教之功焉。嘗結同袍爲社，以相切磨，若張雲槎南伯而下，凡十餘輩。月以朔望，一人爲主，具雞黍脯脩，宴會齋館，必有詩篇唱酬，雅歌高談，以畢舒景，餘三十霜，其樂有王公不能得者。已而漸以彫落，今獨君巋然存爾。

予自布素交君，亦且四紀，今或二毛相顧，襟禮不異曩昔。其嗣弁，字子容，鳳毛蘭種，世其儒業，尤益親予。比持君所爲約齋閒録二十卷示閲屬序，蓋君綈簡倉箱，充飫耳目，暇日以其胸中千卷，摘類爲此，皆其平素繙玩有契意處，便爲劄記，至是因整比而成之，非其學之全也。然覽者蠡測，亦足以得其鑒裁之高，而有勸懲之益矣。唐人爲稗虞之册，各徵見聞，不事剽襲。宋之述者倍縏，自一二大丰外，竊掠復疊，多有可厭，君書每少引故典，而收拾當代爲多，此吾所謂高者。書之部類第次，亦有微旨，觀者當復得之。

洚溪崔氏族譜序

洚溪崔氏族譜，重修於處士雲，其孫太學生瀓又益續其世，捧副見示。閱之譜，凡十有一世，始于五八秀才，雲當八世。瀓之言曰：「瀓聞諸大父，大父聞諸族中之長，曰先世揚州人，本姓鄭，至六七朝奉府君爲宋武臣，靖康避地東南，僑湖州之長興，遂易姓崔。其子百九秀，恐失本姓，因兩存之。而徙吴江之洚溪，以迄今，而姓則竟從朝奉之易。瀓又稽諸廟主之陷，自六世以上，皆題崔鄭氏，其後乃止曰崔。又稽諸舊譜，一世祖曰鄭五八秀才，其子曰崔鄭六七朝奉，則知加崔始于朝奉無疑，鄭爲本姓亦無疑，今當削崔而還鄭，又無疑矣。今譜第因舊本而繼書之，前無所與變，維兹説則非言不章。抑凡作者、續者之旨，皆覬于執事者，以詔吾後人。」允明曰：「審然，則曷爲不正言以明示之乎？」瀓曰：「慎傳疑也。」允明曰：「善哉！譜一言以蔽之，所謂慎而已矣。」氏姓，譜中第一事，失今不明，後則必亂。然與斷焉，萬分一有誤，則固不若傳疑之爲愈也。庸妄者至冒先他人，則傳疑之善，子其勿惑。抑豈特氏姓一端，世次慎則昭穆正矣，稱號慎則傳遠信矣，行治慎則功德著矣，矢身慎則懲戒生矣，行第慎則宗支定矣、嫡庶察矣、疏密彰矣，承傳慎則永以弗隊矣。凡此皆譜之具，皆以慎焉，則譜之善其至矣。若夫根柢於親親尊尊，合異而同，以之崇天常而維有家，則固必繇此善也以出，而作者、續者之旨，悉萃於兹矣。凡爾後人，尚相與鑒諸。

蘄州甘氏重輯族譜序

甘侯於夏以其國氏，至盤爲殷王師，周以國封子帶，或曰姓始此。入春秋有德，秦有茂、羅，居丹陽，漢有延壽，吴有寧，晉有卓，咸昭列世史。至戰從許遜學神仙圖經，言上升。逮五季，從矩仕南唐左鈐轄，始自潤遷豐城。生禎，仕武功大夫右軍衛前總管，充左平野指揮第一部副兵馬使，申報本部公事，檢校國子祭酒，兼監察御史、上柱國，後佐宋祖，封豐城縣開國伯。生宗，襲爵。生令緒，居唐福。生茂筠。茂筠生熹，熹生量，量生靖，靖生禮，禮生遐，遐生宗明，宗明生有文，有文生永堅，永堅生景山，乃徙蘄。生叔杰，叔杰生正德，正德生雨，雨生應模，應模生文燾，文燾生某，某生某，某生廷震，廷震生仕英，仕英生倣，倣生瑩，瑩生澤，仕吴縣儒學訓導。所受世系，獨宣德間應模墓爲人發，纔得文熹所著碑陰誌，稱禎一世祖，應模當十六世。弘治丁巳，澤遷太倉州儒學學正。一日，與同寅臨川鄒君元潔語及家世，鄒君曰：「予内氏即豐城之甘也。」澤曰：「嘆，豈是哉？」鄒君固好義者，立邀舅氏希聖挾譜以來參對，誌、譜果吻合，而向之闕者以續，世次不爽，且圖傳登載詳甚。澤捧讀歡愕，以爲自天而下，乃悉授允明，乞訂輯之。乃爲統併植本而剖剔枝條，造爲蘄州派，定譜如左。

凡譜揭圖於首，表綱也；傳次之，疏目也；誥、誌次之，備事也；舊序述又次之，廣稽也；他支尾焉，周遠也，傳則否，略也。禎，載豐城譜明甚，而誌作「積」。蓋時族人争掩穴，苟遽傳録而舛，或塗沙迷漫，文畫亥豕，乃類「積」，未可知也。誌謂永堅爲十一世，今自禎數之當爲十二，蓋其誤亦猶「禎」「積」二端之類，而此從譜追始於從矩，則實乃十三世，而應模乃十七世，爲真也。誌言正德生雨，雨生應模，而譜作正德生百七，百七生慶孫，繼百七爲雨行無疑，而慶孫繼孰爲應模，亦未可知也。又譜書「允堅」，誌作「永」，譜書「叔杰」，誌作「傑」，此則「永」「允」訛於聲相近，「杰」即「傑」異文也。凡此詳説之，而傳疑不決焉，慎也。若夫譜之隱而顯與離而合，則皆天也。天者，理也。莫之爲而爲，若不與於理而輔彝教長孝仁，一家之私而大化回合，若有意焉，實理之自然也。於乎！莫之爲也，而契諸理，且曰天意也，當承之。矧上帝初降我衷，孝仁彝教之根柢，其理質核而付畀執持之綿固，終吾生不可一日違焉。以承天意者，宜何如也？於乎！宜何如也？作譜序。

莆陽林氏世德圖序

海内林氏，皆出黄帝，而祖比干。上下數百年，今無盛於閩之莆矣。允明嘗從今南臺中丞公待用翻察世籙，本柢條枚，乘載甚詳密。蓋自銅盤銘、丘汗竹演派，景龍氏族表、元和姓纂、名士傳、人物志，温彦博、李習之等碑述，三仁建德，九牧流慶，煌熾昌蔓。噫，其盛矣！公又示歷世繪象，昉於睦州，繼以九牧，以底于公，纍二十輩，爲之列贊，目曰「世德」，俾作敍。系自或者以程叔子疑繆於一髮之論，往往後此。夫芻靈、木俑靡矣，彼鑄金懷忠，雕木廣孝，君子不廢。至于麒麟、雲臺、凌烟之作，驅逐旁求之華塵，吾獨不得以是比於裳衣、宗器之萬一歟？故曰君子不廢也。意者君子之所以孝也，則因而進之。其骨榦忠孝，膚肉遺則，血脈典秩，毛髮文華，而秉執精神，含蓄元氣，以致象賢保遺之力，來冪雲仍，後世萬子孫無替也。則圖也者，直羹墻乎哉？中丞公禎符當世，其出處如睦州，勁節如邵州，文業如江陵，餘並無忝。於乎！其坐食於是也久矣夫。予敢集詩以謂公以至其後人，蓋曰：「惟其有之，是以似之。」「子子孫孫，勿替引之。」

江陰夏氏新輯族譜序

維嘉靖三年春，江陰習里夏氏再輯族譜成，請其友長洲祝氏敍記之。於戲，善夫，夏之爲斯譜也！其文獻之咸而展者歟？

昔先王懼斯人之淆其生類而禽也，薄所厚，厚所薄，用弗戚戚疏疏而顛也，懷膝室宮，遂必至於塗陌而草木也。於是乎有宗法之建，以尊其祖，以敬其宗，以繫聳其條枚，以長其仁愛忠敬之心，而成其孝慈友睦之行，以迪于皇彝，民是用乂。而勰聖澤涸，王章僨而世政苟；宗事斁焉，宗法廢而譜諜起。自魏晉以至隋唐，凡厥士庶姓氏族望，官有簿狀，家有譜系。簿狀定選舉，譜系别婚姻，立局署，置圖籍，郎令史掌之，中正功曹據之。於是乎民無弗譜之族，而又公有知撰之士，私有輯述之儒，若王僧孺、徐勉、何承天、高士廉、柳沖、路淳、韋述、柳芳、張九齡、林寶之徒，百家、百官譜、姓苑、官氏志、氏族志、姓系録，開元、永泰、衣冠諸譜，韻略、姓纂、姓解之類，篇卷詳博，薦振斯道。爰及其後，國萃民散，棄而弗庸。迨於歐陽修氏，用其略以表唐之君相，仍自作其家書。蘇洵亦創爲之，其規小異。近世大夫士或作或否，作者惟放二家而爲之，非先王之制，亦先王之意也。是故先王之於人也，聯其散以堅其合，後世任其一而趨於分。至於今之所作，則亦略隨近體，而存其意云爾矣。然猶有不爲者，非先王之所糾，以自棄於皇彝之外者乎？若夫爲之則美矣，奈何好聲誇俗，熾乎其胸懷？乃且文晉實，私尚公，僞滅誠，以敗其仁愛忠敬之始志，於是乎簡編具而心行違，其尤至乎搜華祖異，以易背其先，始以廣孝而不孝，是終又將焉用譜爲？以余之見，觀今之俗，愚賤不爲已，富不穀不爲已。富穀而爲，則多踐於誇以僞，庸弗悼與？蓋夏氏於是乎免矣。

夏實聖後，莫非文命之流，而譜弗援焉，乃始乎竦而弗諱遷焉。風聲麗於王言，行誼燦於文苑，天敍有惇，典禮攸行，不亦善乎？斯文也，始作於處士雪洲覲，繼修於雲溪蒙，玆乃再輯於太學諒，帥其父易軒順之教而爲之。書既善矣，繇文以稽物，仁愛忠敬之心茂焉！慈孝睦婣之行阜焉！冠昏時禮，重其世也；生養没藏，備其孝也；齋祭時思，追其遠也；義倉苞筐，博其惠也；詩書瑟琴，章其教也；俎豆宴享，浹其黨也；笏綬夙夜，移其忠也。無墻鬩蟆，無牝晨蠹，無色博鼠，中胖外，上型下，前矩後，可以修身，可以齊家，可以化鄉，可以達天下。故君子曰：「夏氏之斯譜也，善夫！可謂文獻之咸而展者乎？」信斯言也，可謂文獻之咸而展者矣。

跋鍾元常薦焦季直表真迹

弘治初，客從越來，持鍾元常書薦焦季直表示予，察驗真僞，將售諸博文家。予未敢決，亦以歲月綿闊已甚，不能不傳疑也。後乃歸之沈先生啓南家。先生長子雲鴻，爲予中表姊夫，更諏於予。予應之：「猶是也。」他日，外舅太僕李公閱而賞歎不置，特爲鑒定，題曰：「此千二百年之真迹，希世之寶也。」然後衆論乃定。公又言曩於秘府見二王書，二王書則人間未聞影響。二十年前，有以十八字爲右軍書，嘉興人以重賈購去，然固亦未能決者也。

跋定武蘭亭

聞爲定武刻，謂必神彩英豔，發閱乃如木本，大不然者。徐察之，然後見至神極彩，在太素渾涵中，蓋事物之聖者必如此。定武本有肥瘦，此或是肥者。又前有二郡名字，此無之，而名賢標記，來自甚明，真當爲世寶。今藏吾黨良惠沈氏，屢觀，敬記。

跋王方慶進唐臨晉帖

萬歲通天二年四月三日，銀青光禄大夫行鳳閣侍郎同鳳閣鸞臺平章事上柱國琅琊縣開國男臣王方慶進。

宋太宗刻閣帖，皆當時善書者摹真迹，故唐臨不入雕鏤。數百年來，猶在人間，然亦不完矣。描貌之手爲冉、閔，具體上也，有若之似亞也，後來多陽虎耳。華公藏之，真是絶寶。予曰：「幸哉！今日得從公見冉、閔。」

跋藏真千文

藏真書，向獨見婦翁太僕李公所藏一帖耳。今復觀此，蓋方岳顧君所藏，玩之不足，謹志歲月，以自幸耳。辛酉二月望日。

跋王右丞畫真迹

嗟乎！魏晉六朝之迹，予不得而見之矣。入唐，固當以輞川爲宗祖，山西有摩詰四景山水石本四方，方尺有只，薛尚功輩題識遍其上。繪事豈金石所能辦？亦存其骨肉大都耳。可見在當時已稀闊珍貴之至，故謀及琢磨，而況於今乎？倘能見之，非人生大慶快邪？邇來聞有一軸在親軍黄君所，昨者乃得捧閲。大内後宰門有丹漆巨挺一，以支北扉，不知幾何年矣。成化間，挺偶墮地破，乃髹竹也。中藏卷三，其一即此。事聞進御，重瞳一閲。明日，左右請所歸掌，時親軍伯父司禮侍側，上遂以賜之親軍云爾。圖用細練，高尺二寸，長四尺奇，前後周完，末下正書三言曰：「王維製。」

跋褚摹右軍枯樹賦

河南存筆在人間者，數十年來特傳有禊敘一本，在故祭酒陳緝熙先生家，號爲真迹，而今亡矣。此外雖贋本，亦罕經見。此枯樹賦殆是元人翻拓，其中不勝褰裳濡足之苦。其外正若桓大將軍之於劉司空，甚多似而多遺恨者。後有晁補之跋，却是真手筆，辭氣筆勢，皆極超拔，矯然游龍。金陵人家蓄之，請予鑒玩，因書云爾。予見晁書前此止一小牘，不知其精絶如此也。

跋東坡草書千文

北鄙之夫居鄰大閲之場，旬朔見大將軍帥數百士入場校獵，數騎張弓發矢，馳馬回旋幾匝，鼓進而金退，頃刻而止。曰：戰陣如是已甚，則彎桑折柳效之，自以爲不大相遠。一旦此將軍統十萬衆出塞，横行匈奴中，魚麗鶴列，噏忽開闔，變化若神，戈矛弓矢之具，擊刺向背之法，與向來故步如不相關者。鄙夫見之，然後魄隕魂越，始知兵法乃如此。今之學坡書者，故未嘗見其稿法，使觀此帖，其隕越失措，何可免也？帖在練川沈文元，因出共閲，輒附此語，何日相與請正於閣老延陵先生，必有教吾二人者。

跋米元章泛海等九帖

范至能説米書初自沈傳師來，後入大令之室。此九帖當時已入秘苑，後有元輝跋，今在黄輕車家。前後具完，尚昔之粘綴也。其一帖評唐人始言草法，不入晉格，徒爲下品。此固通論，殆亦其實録邪？麝煤鼠尾，熏染終歲，所成若此，今之學者亦知之乎？

跋米九帖後又書

米九帖中，其一乃所作海岱樓望月絶句，三四云：「天上若無修月户，桂枝撑破向東輪。」一詩凡書三過，最後者又繞書其旁，云：「凡四五寫，方有三兩字佳，信書亦一難事。」其用意如此。海岱，即海岳之謂，又知嘗有此樓。「東」字旁又作「西」

字，猶自未定。

跋東坡王仲儀哀辭

長公王仲儀哀辭，淡黄綾界，蘭亭行書，前題「武寧軍節度推官蘇某」。體度莊安，氣象雍裕，中和大成，書之聖者也。

跋蘇滄浪草

蘇氏父子兄弟以文學鳴汴都，盛時傳家筆劄，擅聲翰府。子美尤稱獨步，贊者謂：「花發上林，月滉淮水。」其既遭一網之打，殘章碎簡，留迹極寡。後朝廷重購於其家，家哀數簡上之，皆才翁筆也。朝廷不知，其家亦不知也。此帖董良史氏所藏，今存中丞陸君家。允明在南京，中丞出示，撫玩竟日，平生昉見之耳。意謂根本大令而得于張長史爲多，第前人未嘗論如此，如其鋒穎秀削，清勁動蕩，則「花月」二語，亦頗得之。

跋米拓蘭亭

褉叙真本，自温韜棄擲人間，雖淳化之君購募而不得，故不列於閣帖。當時士大夫各以所見本臨搨，各因其材所偏近者而得之，然每披閲，未嘗不見右軍之一斑，蓋如大成之聖，爲其徒者，具體一支，皆有益於後人。老米此本，全不縛律，雖結體大小，亦不合契，蓋彼以胸中氣韻稍步驟乃祖而法之耳，上下精神相爲流通。吾輩試窺其同異之際，必有可言者，此正輪臺妙處也，今欲拈出。噫！欲識柳下季，只看魯男子。

跋文潞公三帖

右潞公手劄三，劄不過數十字，而辭意藹然，資政一帖，國謀、友誼，尤見素懷。字雖不甚置意，亦時有唐人風致，非無師法者。蘇文忠謂公綜細務，雖精練少年不如；貫古今，雖專門不逮。二者於此帖亦皆可見。

跋華光禄藏宋代遺墨

右宋代遺墨，十有三人，思陵二，米南宫二，歐陽文忠公、韓康公、張魏公、山谷老人、林和靖、陳簡齋、張樗寮、朱文公、岳侍郎珂、陳參政自强各一，而秦檜以當時人，元𡠻子山、柯敬仲、蘇昌齡、倪元鎮以題識，皆附之，通十八紙。國朝李布政昌祺詳系卷尾，今爲光禄華公汝德所藏。高宗所書是李詩，米是王略帖贊中語及太宗御書贊。餘皆劄啓，忠定與趙忠簡，簡齋與向薌林，餘皆一時僚友姻眷，或衲子輩，大抵謁謝報答日常事。然如歐、林、黄、朱，上不諂，下不瀆，自然可慕。張、岳雖徇時儀，尚多忠實。魏公、簡齋專談國事，簡齋間及時政，魏公憂其君之目疾，喜椿錢之多入，勸忠簡以戎務責成於己，而專養氣以伺之，其忠亮皦然特殊；簡齋報薌林，以廟堂用其名，而召曹成，畀薌林宫祠，又報李忠定帥湖南，且云李在福州，已令分韓世忠一軍，便由汀州去，朝旨甚嚴，必已就道，亦喜辭也。諸人以書名者，如米、黄、張三氏，人多見之。此帖黄當是盛年書，然云「失牛兒」，「牛兒」是知命子，知命已先亡，歲月亦可考，今未遑爾。昌祺云米詩不類其書，余審察實是，但淺目不識。𡠻、倪所稱辨右軍之説，是跋王略語也。又「太宗」作「真宗」，亦誤。樗寮數筆，特豐潤茂密，輕重得所，卓異他日書。他如六一則莊安寬博，晦翁則真率簡古，林處士、岳倦翁類歐公，而林稍馳驟，岳尤矜持，猶存翰墨家法。子華任意而已，德遠、去非、自强，皆晚宋一種字。陳稍藻飾，忠定轉柔弱，蓋功不暇也。秦老想亦效米，而不勝寒穤之態。大率觀古人手劄，可以四科求之，言語、文學一覽先得，或諳官業，謀家務，可以知政事，理致短長，意度寬猛大小，可以觀德行。今求之斯卷，其具者亦多矣。獨奸檜厠之，多欲削去。余語光禄曰：「勿削，此他山之石也。」

跋蘇文忠五帖

右蘇文忠五帖。其一與郭廷平，二與中玉提刑。廷平不知名，提刑不知姓，所言報答小事外，獻蚝帖極言蚝之美，至令叔黨勿宣傳北方君子，恐求謫海南以分其味。蘇鈞秀才帖言歙研發墨滑潤，雖非絶品，亦不必他求。閔仲叔不以口腹累人，公人品絶世，豈以一蚝秘於人？大率寄其高逸之韻，如以啖荔欲長作嶺南人，游事奇絶而不恨死，皆此意也。然復以此望於人，可見其視世，滿目皆同志君子也。即品研之旨亦然，何其閎博大人！至如此帖在朱子儋所，後一紙爲叔黨題郭熙「平遠三絶」，氣度正爾與乃公相綴屬，尤可敬愛。

跋米書天馬賦

南宫與眉山、豫章、莆陽擅聲宋室，近時學者寡。師王氏宗祖，必先事四家，爲襄陽之學者，大抵步入狂狠。允明亦願學，而資力兼乏，乃不易爾。而亦不易以語人。此天馬帖爲梁溪錢氏世藏，其孫昌言出示，舒玩未終，第覺法度森出，與尋常之論大異，高陽馮几之口，不幾於誤人邪？昌言請識跋，稍附爾爾。異時締觀著力，或得畦徑一二，當爲再議，以易此語。

跋宋人聚帖

右宋人遺墨，聚爲一册，通若干紙。書者凡十九人，今藏予姻沈潤卿家。其人爲蘇文忠公、王荆公、米南宫、趙王孫令畤、吕吉甫、蔡翛、王巖叟、范文穆公、韓侂胄、蔣宣卿，外名無咎一、覿一、克家一而不氏，想是晁補之、孫仲益、梁叔子，又名光一，衡一，正夫一，未詳其人。前兩人，或是温公與葉夢錫，未可知。又某鄉一，某一，結字草異不可辨，大帥皆自仁宗至寧宗時人也。以君子小人雜列，故署題不稱賢。所書雖皆尋常與人諏報事情小簡札，自高賢名家外，其他小有才者，詞義字體之間，亦往往可觀。視後世群輩，不獨德不勝才而并亡之者，又不侔矣，此亦係時運之歎。然而薰蕕之臭，果孰得而亂諸？千載而下，覽者猶惡其共器，且猶累善類之稱題也。人心之嚴，竟如何哉？則其在當時，凡爲彰癉旌别于朝野者，其心即今日無少異，抑又何患乎天理之有泯時哉？然彼且得以其藝文之末，而附厠珠玉之側，以竊壽於人間世，則後之論者，或曰質而已矣。而何以文爲者，又如何哉？此聖人之教，必曰：「文行忠信。」又曰：「志於道，據於德，依於仁，游於藝，所以本末了然。」嗚呼，斯其歷萬世而無弊也夫！

跋山谷書李詩

雙井之學，大抵以韻勝，文章、詩、樂、書、畫皆然。姑論其書，積功固深，所得固别，要之得晉人之韻，故形貌若懸，而神爽冥會歟？此卷馳驟藏真，殆有奪胎之妙，非有若據孔子比也，其故乃是與素同得晉韻然耳。今之師素者，率鹵莽求諸其外，動至狂惡，又是優孟爲叔敖，抵掌變幻，眩亂人鬼，只能惑楚豎子耳，亦獨何哉？可恨可恨！卷迹英氣横發於其本書，故是平生神品。尚古光禄藏護過於至寶,老谷不死之神,在華氏矣。

題米老著色桃花障子

元章畫故未見,一日過閶門,姜氏壁間縣桃花圖一軸,漫即視之,見其絹極縝細,却看其筆,正作樹一本。上發花葉茂密,丹粉傅染,瑩然妍爛,氣勢盎鬱,甚異之。徐見下左角一印,察之,方堇二寸,作繆篆,其文曰「楚國米黻」,始知爲公之筆。更締玩之,益悟其妙。以語主人,亦始知珍秘。後幾日過之,不在壁矣。今其人已亡,便從其家索之,料亦不可見矣。暇日臆其筆法,以世不多見其畫,漫志云爾。

跋宋儒林郎王大本遺墨

右門狀二紙、請支米呈一紙,皆王大本存稿。予嘗觀王氏世譜,大本字立之,官終朝請郎浙西安撫參議。今按此狀,前紙與米呈具銜同,獨辭判府狀易「奉議」作「承議」耳。宋制階官,承議在奉議之上。蓋前狀淳熙三年六月所爲,後紙則九月也,以是知大本轉階在六月九月之間。當時遷轉之制,四年一轉。以是知大本前任蓋已四年,無出身人逐資轉,有則超資,至奉議則並逐資,是未知大本出身何如也。米呈無年號，然稱乾道九年職田米，則應是淳熙元年初。紹興間舉行元祐之法，階分左、右。史謂淳熙初，宗室善俊請去「左右」字，從之。觀此，則善俊之言，當在春夏，大抵古人遺墨，類可以參稽國政家事。凡此數端皆小節，無庸深論，然亦可以補家乘之一缺。故先世遺墨之當重，不特以手澤之繫孝思然也。承議九世孫觀請余題其故，因識此。觀又謂米呈後銜書不完，想以此不發。此恐别自有故，亦不必求。

跋重勒宋太學生陳公少陽書草石刻後

陳公一死，光燭千古，史紀其所語高宗者，在留李忠定斥汪、黄，及下親征之詔，罪不進兵之將，毋幸金陵二事，其後乃言忠定請都江寧，初奏之誤，宜從後説，即此書也。今人見其碎諫鼓，孌内豎，至興櫬伺戮，疑其所言必巉絶近訐。觀此稿，開陳事體，展轉曲暢，豈若是者哉？史言八月壬午，用黄潛善議殺東，此稿書「八月二十五日所作」，其日即壬午也。然則具草録進與遇禍，皆一日也。書中辭理明徹，與其笑語收吏之言，皆神度淵澄，真善處死生者哉！書云：「儻蒙賜盡於陛下之威命，則死實甘心；或恐遭害於權臣之毒手，則死不瞑目。故盡言以求死生之決，庶父母遺體，不至曖昧而没於是。」其死果得其素心矣。書草石刻在鎮江郡庠，四方學士猶罕見之。太學孫育思和取拓本，摹入木刻，以便流布。其志嘉而力勞，天下良心之同也。予與贊其事，刻成，因稍志其故。正德庚午十一月三日，吴郡祝允明題。

祝氏集略卷二十六

紀敍

跋宋高宗付岳武穆手敕

宋藝祖得天下，雖不以兵車，要爲英武之君也。至於端王以浪子而失之於前，康王以昏懦而不能全復之於後，二君之文藝，皆有可觀，獨無爲國之才耳。丹青翰墨，藝祖豈有是哉！而天下得失之效乃爾，何哉？二君明其小，藝祖明其大也。此紹興與岳少保手敕，中間付屬之重、處分之均、期望之深，非愚者所能。然檜讒而岳死，於前敕猶兩人，由其明小故反而大暗焉。回視厥祖，所以用曹彬、趙普與斥雷德驤之事，其得失粲然矣。敕爲光禄華公汝德藏，不獨興君子之歎，其亦君人者之永鑒乎！

跋宋高宗付岳武穆手札石刻

由三代而後，先君蒙塵失國，而繼體者中興，則其賢不肖，率由以分。然究其理道，是不可以成敗論，蓋縣乎其智勇矣。昔人有言，項籍臨死，歸恨天亡，耀射殺追，以示非戰罪，斯羽繆也。彼以攻戰爲取天下之務，不知善戰者乃將帥事，取天下在仁智。仁來遠人，智收英傑，羽不知也。斯言政可以爲若喻。蓋創業以仁智，中興以智勇，校然矣。由三代而後，試舉數世以參伍之，蓋如元始毒，建安禪，懷、愍執，天寶犇，以至於徽、欽之狩者，彼昭烈、元帝，卒不全復版章，肅宗幸復而有間，然唯光武爲能盡道。究而論之，則智勇深淺、有亡之間而已矣。智非鈎箝陰謀，勇非戰克攻取，自其秉不共戴天之大義，以爲智之根本；而至於擇相簡將，相時審勢，知幾決策，燭姦破詐，察君子、小人之分，嚴理欲界至之辨，皆智也。自夫厲卧薪味膽之苦志，以爲勇之根本。而至夫訓武練兵，信賞必罰，任賢去邪，不爲勢回利疚，皆勇也，視權謀攻戰而大者也。是道也，得之完者，其效亦完，而譽騰亦久，漢世祖是也。得之而未完，效亦視之，而譽亦視之，昭烈、元帝、肅宗是也。

若建炎之人品，其去光武遠矣，校諸蜀、晉與唐，疑可伯仲，而實不及焉。何也？智之大者不及也。昭烈之任孔明，晉元之任茂弘，肅宗之任長源，則可謂不貳者矣。凡其武功之耆，繇廟謨之定，廟謨之定，智勇是也。其有偏全之間者，則所謂成敗之天，而其後來之得失，又係乎既平之後之敬怠，此别一理也。若高宗者，則異矣。其君臣之間，日夕之所論議，未始不以中興爲辭，蓋不勝其紛厖錯雜。前三君之時，不聞費冗若是也，而效卒不逮焉，豈非智勇之大者未聞乎？智勇之大者蓋如彼，而高宗昧焉。宜夫顛之倒之，自壞以資敵，而委其事於豐敗，大恥終其身與子孫數世而莫之贖也，亦可痛哉！岳、檜之不同立，誰不知之？談者迄于今不二，而反復其故，職由諸此。有國與家者，宜不是鑒哉？而儒生斷史案，亦可以旁證互佐，而得其情矣。武穆受建炎手敕甚多，當時皆入檢括，此一紙壽春帖，不知何一好事者鑱之石，正足以重鵬舉之忠寃，悼九哥之昏風。吾姻氏沈潤卿治地得之，以表于時。諸文章家題述已富，予綴此論相參焉。

跋宋賜江賓王進士出身敕

句曲江秀才永年爲宋進士賓王十三世孫，持賓王所被敕及同年小録示予。賓王紹興十八年登第，注授左迪功郎、揚州泰興主簿，官終翰林編修。江氏胄蕃，且華望其邑，然賓王行業閲履，他無考見其詳，尋縣志無傳。志近時所爲，極蕪陋不足觀。即問之永年，亦曰：「歷世藏先遺物甚多，三厄於火，遂失十八九。」所知者，如熙寧九年進士適道，紹興十二年進士漢，建炎三年鄉貢進士通道，至大二年鄉貢進士鎮，國初處士東輩，與賓王略著於志，而凡公牒、傳誌、金石之屬，具守數百年，而一旦亡之，又傳兵戈時，失之溝瀆。惟此敕録并他房所留世系圖巨軸在爾。即録，亦已焚其一。後造室，於舊壁中得之。蓋當時有二本，一手傳於外，一寘壁。乃知昔人藏保之圖，亦已周謹，然非易墻，亦亡耳。宋人敕告，傳于今甚多，敕中語無必論。嘗謂前代命官必有詞，至卑遠若降謫亦然，雖似過文，然上下間情文固宜，頗近俞咈之風。本朝極簡重，雖高位重寄，若非綸綍之被，不過佩片紙往莅事，行即上之。使有豐德茂勳，而非私家傳誌之播，則一時後輩，亦往往不諦其踐履，況後世乎？此亦事之宜討論者也。雖然，士果志乎建德植業，而樹聲亦固不以此，就如賓王令聞之存，亦不繫斯一卷也。永年好學善文，其耀世華祖者已自立，行當褎然，此固其弓玉，亦紳盤也與？

跋趙子昂書文賦

觀古人文可得書法，觀書可得文法，此具目者之能事也，此卷所具亦多矣。

跋趙書團扇賦

子昂書團扇賦，近來頓見兩本。此小字者先出，精微妙麗，所謂不能贊一辭。

跋趙書韓詩

韓公「山石」句，浩爛豪擅，非細軟筆墨能發之。而學士此筆，亦復襟宇跌蕩，情度濃至，脱去平常姿媚百倍，譬如聖后封岳省方，德容正大，琚衮和博，擯相明習，儀履安閑，所謂「從心所欲不逾矩」，可望不可學也。

跋趙松雪管夫人與中峰手帖

右趙承旨手牘十一紙，魏國管夫人一紙，皆與天目幻住公者。承旨所云悉爲夫人没後與住商評，欲修事薦嚴，時承旨老矣。音辭宛惻，讀之可爲興感，不知當時本老答語，何以寫其憂也。夫人以書般若得公讚歎，致謝云云，皈依之誠，尤爲迫切。本之徒永定通作一卷，今歸黄輕車，間以相示。余謂三士咸從菩薩地來，所謂應以比丘宰官信女身而得度者，因緣聚會乃如此。今皆還浄土矣，學士、夫人不能釋然於現在之時。予乃爲勘破於過去之日，相對一笑，摩挲移日，不獨以其翰墨之妙而已也。

跋錢舜舉明皇擊梧桐圖

趙飛燕舞在掌上，楊玉環比昭陽微有肌，爲盤中舞，宜也。謝阿蠻等奏樂其旁，而潞州别駕所按與之諧，則其素習可知。雖微楊玉環，獨無一盤中之人哉？來漁陽之鼙鼓，不專在羽衣一婆娑也。吾惜楊玉環受誣已久，漫因錢吴興爲一舉末減之手。

題顧司封藏舊人畫卷

舊人筆雖有高下，必走法度中，其下者凡耳。今人縱佳者，多以脱略法度自爲高，沈畦滅徑，指作意外境，直愚耳。凡可也，愚不可也。此段不知何舊人作。

跋石勒問法圖

右石勒問法於佛圖澄圖一段，元人遺製也。自騰蘭來，法輪通流東華無礙，時諸比丘亦接現神通，而十六國紛亂之際最盛。姑以西來者言之，如鳩摩羅什、佛陀邪舍、竺佛念之在姚秦，菩提達摩之在拓跋魏，曇無讖之在沮渠涼，菩提流支之在元魏，求那跋陀羅之在劉宋等，或以禪定，或以咒術，或以翻譯，隨機應緣，未可悉稱。如帛公之在石趙，尤神也。當時諸國之君，類皆憍慢頑凶，在十不善業中爲生活，而往往崇事此數公者，世恒謂神者莫盛於寶誌，崇者莫盛於蕭武，而禍身敗國，亦莫甚焉，則其餘可知矣。抑不然也。釋伽文自以逃儲棄國而得道者，其道成後，謂其力可以利物福世，猶之拾芥，而不以爲能事也。故從之者寧問以無生之法，奉持恭敬，唯恐不得一聞，而謂家國之濁惡非其所與。非惟不問，而且懼其以此舍我也。其於此，猶所謂是不爲也，非不能也。吾儒之教，自身而家國天下，本末周具，爲法判然而不相謀。以正邪、是非決之，則有説矣。而此則其勢，猶參贊位育，莫非本具，而唯以用行舍藏爲至義，蓋視人而行己，不以具而不遂者爲累，其勢然也。延陵相國捧揭日月，著蔡四海，其言治國平天下之道也。予也亦不佞佛，亦不逃儒，因其教而陳其事云爾矣。唐子無心應世之語，略見大致。予也復一鼓喙，亦聊以游戲三昧，繪筆工能，好事博雅者珍收之。此嗣昭之美也，無勞于煩辭。

題元人寫崔鶯鶯真

崔娘鶯鶯真像，乃舊傳本，非宋即元人名手之所摹也。予向者都下曾從一見之，繼於睻城僧院中見一本，大略相類，妖妍宛約，故猶動人，第似微傷肥耳。陶南村説曾於武林見崔麗人遺照，因命盛子昭臨一本，且有趙宜之等題咏甚詳，此豈即其物歟？盛君之臨本歟？或好事者重番盛本，抑因陶説而想像之，以暗中摸索而爲之者歟？既識蔑面，游藝之隙，漫書以記吾曾云耳。噫！尤物移人，在微之猶不能當，予之德不足以勝妖孽，恐貽趙顔之戚，姑未暇引爾歸丹青也。

跋元末諸人帖

由元末入國初，一時文學，無盛於浙西，此皆遺陳秩維寅，如倪瓚元鎮、王蒙叔明、謝應芳子蘭、楊基孟載、張羽來儀、虞堪勝伯、陳植叔方、郯韶九成、王行止仲，其著者。他不啻十倍，群材茂發。蒙古既不能有，零落蔓草，或幸顯於天朝，未之盡也。卷藏尚古，覽之既多，室蘭之羨，亦饒黄楊之歎耳。

跋太宰王先生藏饒參政書罪言後

杜舍人以當時措置亡術，失山東巨鎮，作罪言，信善論大事者邪！饒參岐以高才受藩寄，與僭據者居，其時又不若唐季，其亦有牧之之隱憂乎？然又不敢有所論述，因寓懷於揮寫間，是固非漫浪爲之者矣。太宰太原公取而珍玩之，蓋特重其書耳。其事其文，皆非今日所取者。噫！是亦公録善庸藝之餘旨歟？

二研志

少宰太原公示客二研，允明獲從觀焉。其一形中規，有柄可提，銘以「璧海」而系之辭，魏文靖公遺也。一正圓若鏡，山人耕土得之以呈公，而公自銘者也。二石皆良材，固當甲品。然而材之良不止是，獨是著焉，以其屬之公也。即公之蓄，固亦不止是，獨是著焉，以公嘗取而表之也。天下之物之良而繫乎、取而表之斯著焉者，亦多矣乎。夫流發磅礴而異厥鍾者，天之氣也；凝合以成、質粹雜高下不可以遷者，地之宜也；隨其稟以效用、過則敗嗇之而不究者，物之材也；求之乃獲、表之乃貴，利器以善事者，人之術也。天下之撰，則皆若是也矣，而豈惟二研然哉！於是，亦有以察公之莅斯世也。夫研之遇取而表也，以放之則山龍一人，以卷之則衮撻百王，此其不負公者。如以辭而已也，殆非研之所以望於公而自效者也，非天地之所以生研而屬之公之意也，小子敢云。

跋元末國初人帖

元至國初，善書者甚多，此册數人，華光祿藏，今試因所聚，取其尤者爲評曰：虞集如鹵簿禮官，贊導應節，結束弄姿，稍遠大雅。鮮于樞如三河壯俠，長袖善舞，豪鶩自擅，時落俗體。鄧文原如疊甓層城，不勝沈實。饒介如時花沐雨，枝葉都新。張雨如道士醮祠，雖禮而野。倪瓚如金錢野菊，略存别韻。楊維禎如吴歌楚些，時露方言。陳璧如有若據坐，尚有典刑。宋克如初筵卣彝，忽見三代。解縉如盾郎執戟，列侍明光。

題王安道華山圖後

畸叟學術淵邃，吐露奇傑，惜不見其至文。士輩傳述仰重，固知其不没没，竟獨從其醫理之籍推測云爾。滄洲武將軍家藏得其華山圖子，凡數十段，詩文數百首。首尾爛然整完，發卷便攜人到異境。詩句巉窅，模象深古，敍記脱邁人間世，藝事有如此者，俊哉！近代當有幾何？許西岳雄詭精神，與人蹤迹言語間相警發者，韓公、杜老、潘子、陳先生後，乃始得叟。

跋沈書徐公歸田賦

祖宗崇文教，詞林鉅公，黼黻皇度者，後先照映，至宣、英間而極盛。大理先生之翰墨，外大父武功公之文章，皆一時獨步也。然作者能事類多兼之，徐之書，沈之辭，又稱盡美。此卷所具，蓋其勢若勍敵，而其妙若合璧者矣。吾友顧啓東寶愛甚至，其得之固多矣。抑今日文化彌盛，君之志其將兼而有之，以續國華於無窮者歟？

跋俞陳二先生遺稿

吴故稱多材，蓋不特以一藝云，然醇德雅操，篤行善政，每多兼之。至於文學，其一也。有如都昌、五經二先生，一時師友倡和，嘻，其盛矣！今鄉後進，多知其學耳，若二先生之德、之操、之行，與都昌之政，則皆兼而有之。謂之君子儒可也，謂之卓行可也，謂之循吏可也，而豈一材之云乎？若夫文章之間，愼守矩矱，有德之言，則既知之矣，而何足以盡之？因閲子容所藏二先生遺文，輒系云爾。

記錢長史答鄒處士書事

初，洪武間，錫山鄒處士伯陽有昆季五人，曰某某。伯陽惇同氣，署其堂曰「聚玉」，取庾氏「金昆玉季」語也。伯陽廣交納，滕尚書用亨爲作篆書刻枋間，而同邑錢長史仲益時爲太常博士，伯陽以文記屬之，太常報書云：「吾長官少卿高公士敏及侍講方公希直，方操今日文印，且不苟作，其言能重輕人，非其筆也，無足以崇茲堂者，既爲請之，高公業已許矣。須其成也，則更求諸翰苑、史館、國監諸詞員詩之，而王紀善尹實篆題，王舍人孟端爲圖，庶乎可也。」錢語如此，第不審當時竟就緒否？或得而復失之否？伯陽既往，三傳以至今時用。時用失親蚤，於時故堂之存者惟業，業家東偏空壁幾堵耳，子孫亦惟知家有聚玉堂而已，文紀之徵，漠如也。他日，時用偶語諸人，乃得滕扁於一鄰家，已而裒他故劄，又得錢之報章三數紙，其間道堂名事者屢屢，大率如前所云。時用近鼎構家舍，咸請予爲題名，而以故扁示，屬摹而大之，以持揭於一堂。復倩述錢書，以見當時事勢，爲曉後來。乃爲備紀，復系之曰：友于之重，文章之重，友道之重，兹堂所繫信善矣。以今百年上下，隱顯之間而言之，吾固善乎昔人之振當時也，吾又善乎昔人之望後人也。吾既善乎今人之承昔人也，吾又善乎今人之望後人也，若夫後人之於今人也，吾又未知其善之何如也。時用悠悠，吾能引之，引之于言者，如斯而已矣。

跋侍御成公紀行集

先公舉正統己未進士，其年僅百人。其後以德操、材略、政業、文學顯耀朝野，登列史籍者，蓋不可勝紀。始以文學言，如侍御毗陵成公始終、尚書文通華亭錢公溥、文僖錢唐倪公謙、都憲錫山楊公璇、大參崑山張公和、修撰吴邑施公槃、尚書餘杭鄒公幹、都憲三山林公聰、尚書關西楊公鼎、大尹吴江莫公震，與先公皆倡和賡載。美哉，渢渢乎鳴于遠也！侍御、文通、先公，尤以雅道自負，交裁互贊，推許不易。文通謂先公古、選尤傑，稱爲「祝選」。先公所稱諸公者各有在，其於侍御，甚至也。允明兒時習聞之，後來所見諸家集亦多，獨未得侍御也。比道平原，侍御諸孫尚書冬官屬都水君周，始以紀行編見惠。歸舟，亟誦之。一月三千里，至家，未嘗一日廢。甚矣，公之能言也！蓋其中誠抱氣操，勤勞國家，寢食子美。又所歷秦、隴、湘、桂，迹亦躅杜，肺腸耳目皆出没開元、天寶間。故其言與合者，居然妙契，與强捧心顰眉者殊，當不長留天地間邪？然又意公不顓在是，唐英之語，蓋博參焉。故其他多與杜異，而竟不嘗違唐，又與後來媚宋者不同科。卞和知之，不必爲彼談也。集有聶臨川大年敍，道此意而未盡。小子喜遂昔望，因題其後云爾。正德辛未，通家兒長洲祝允明題。

朱氏家藏手劄序

故山西按察僉事鈍庵先生雲間朱公没後，諸子咸紹世業，起科第，躋膴仕，游太學，繩繩不匱。間取公存時所得交游寅宷諸公手墨，彙裝爲卷。比太學君以其一示允明，題曰「見似羹墻」。允明閲之，皆簡牘也。其間如文安劉公主静、中丞楊公叔璣、太守張公汝弼輩及先參政公，皆宿德鉅公，餘亦一時名流，凡數十通，類多手翰。太學命允明序之，允明竊多感焉。

諸劄固皆訊答一時情事，非命題創意之制，而詞情諄確，視其他泛泛貢諛者不同。間或有及於君臣、夫婦之典者，讀之可見輔仁隆禮、友道藹然，亦可以爲衆勸，而非獨其後人之宜重也。蓋公以名進士起家爲侍御史，乃遷西臬，所莅聲績暾然，風裁澄耀，又以其緒餘發於文藝，舂容詞林，滌去俗吏之塵，故所與者，無非文章政事勝流，而與中丞及先公契結特厚。餘光逸響，輝映三晉，及乎恩賜養老，優游淞泖，康享上壽以終，而遺澤所霈，爰及諸君，蔚然繼起，觀斯卷之題旨，亦可以占一斑矣。太學之孝秀，端不可揜，而其榮達方始，所以顯公者，尤未可涯也。至于餘風所激，以迨小子，則衹益感愧，而得師思齊之力，抑又多矣。命不可辭，漫書以復，且以祝其後此者，益勿替引之云爾。

跋雪夜聯句

徵雪事，於文如梁園之賦，於武如蔡州之捷，偉然者也。宋人之咏至詒時宰合鬭之嫌，雪繫時事有如此，其言可窺人又如此。至吾中丞公與吾内外二祖武功、參政諸公所賦長句，詞華情致，又極一時之偉矣。迨卒章曰「望已慰三農，功尚脩六府」，嘻！愛國憂民，一言盡之。此兼將相事也，時諸公皆在休散，獨中丞方受國寄，將建方叔之勳，宜斯言之出於公也。後數十年，爲正德己巳端午日，中丞孫勳示觀，敬記。

跋諸田藏賀氏帖

公宣名振，父也，美之名甫，子也，此爲吴中賀氏二儒。此帖與江陰諸田，皆尋常還往雜事，然其詞氣愨實則爲厚，往復諄益則爲勤，豪楮廉約則爲儉，厚與儉、勤，皆人所可法也。

題馬刑曹畫草石後

清癡君赴地下修文之代，僕常墮騷壇落星之泪。今日見此遺墨，高木荆棘，忽已移君土饅頭上，轉爲酸鼻。

跋亡友劉嘉絹秀才手帖

協中赴長吉之召久矣，僕常哭東南死却靈氣。今日在孫氏，又復酸鼻，見此遺玉。

書文選呂大夫祖邦夔詩卷後

詩有以時異者，繇漢魏迄今，代自不同，唐一朝且四三變焉。有以地異者，周太師歌列國風，延州子能辨之。今之能言者多矣。天官大夫呂公夔，獨不逐時地，雷然同也，其能言之，尤與所謂豪傑也已。此數卷中，咄咄劘唐賢之壘而奪其氣，可窺者，或夷澹爲輞川，或木强爲昌黎，或雄擅爲杜陵，其合處往往亂之。

寫各體書與顧司勳後系

僕學書，苦無積累功，所幸獨蒙先人之教，自髫丱以來，絶不令學近時人書，目所接皆晉唐帖也。然不肖頑懶，略無十日力，今效諸家裁製，皆臨書以意構之爾。知者乃或妄許爲能書，殊用愧恨而已。此在建康，爲顧司勳所强，黄庭、蘭亭、急就章草、二王、歐、顔、蘇、黄、米、趙，追逐錯離，時迫歸程，無暇豫之興，又乏佳筆，只饒得孺子態耳。欲且捲去，司勳臨之，勢有不可。姑記日月，爾後倘有餘力，期書一二來，幸肯换之。

跋爲葛汝敬書武功游靈巖山詞後

外祖武功公爲此遊此詞時，允明以垂髫在側，於斯僅五十年矣。當時縉紳之盛、合并之契、談論之雅、游衍之適，五十年中予所接遇，皆不復見有相似者，真可浩歎。獨此詞，士口盛傳，風趣常新，又可喜耳。會閒舟作圖，倩書其顛，因系此感。如閒舟瀟散，得此一段情味於辭墨間，蓋自有甚樂者。又閒舟守道簡古，其所得復有在此外。鄉郡美風前，後輩綴旒，亦嘗有在閒舟耳。

戴文進畫菊贊

有明畫家推錢唐戴生，筆墨淋漉，以雄老特名。少作花草，紅翠媚榮，忽復見此，藏之毛卿，丹黄交加，與石争廉稜，奇哉！秀哉！亦如誇妍寫冶宋廣平。我思菊黨，陶泠陸野，故是鐵石朋。戴史得其顔，毛子同其情也哉。

題池州章汝愚秀才藏履吉九華山歌

九華之勝，余與履吉父好同，好而未見，恨亦同。余數往來池陽，阻俗而止，饒恨矣。汝愚寢食其中，又廣之於吴。吴山水不多避舍，汝愚兼得之，又得履吉父瓊玖盈懷，何汝愚得之已富，余二人之劣耶？系之曰：九華吾不得而見之矣，得見汝愚者，斯可矣。汝愚秀而敏，華而雅，吾得多於見九華矣。

書相人金生卷後

金生以相人鳴久。一日，以書介走堂下，延之。閱書已，進數大軸，復閱之，皆一時名貴所贈言，侈其富而重其重於人也。坐定，生請説相事，乃止之，非以矯異，大帥子亦素多學鄙事，惟二三事不甚著意。最不喜者宅葬，相亦不著意事也。生既去，旦旦謁問之，亦欲予言，曰：「不得不已，一得即往耳。」問所如，曰：「將浮海，遊朱崖，亟回。更欲北走都，西走陜，臨諸邊塞，廣聞見。」予固不自靳言，然而以術，則生已鳴一世；以人，則觀諸公之言，亦得之矣。故言無足重生，將不言又拂其意。漫墨卷尾：凡生術既可重，人又可重，由是更莫有少生者，予獨重其趣耳。迹已半天下，而猶飄飄然不自縈縛，何壯歟？何奇歟？予行歸吴，異時生或能來，當别有相與言者，非今日之所能盡也。

爲徐博士草書題卷後

右爲邑博徐君書，礬紙不納墨，益乏神彩，略存大勢耳，然無乃醜面嫌脂粉乎？

題草書後

予舊草書，不甚慕山谷。比入廣，諸書帖皆不挈，獨甲秀堂一卷在，日夕相對，甚熟，略不曾舉筆效之也。昨歸吴，知友多索書，因戲用其法，得者輒謂近之，亦大可笑也。此爲抑庵寫，寫過自視，殊不佳，然而抑庵亦且以爲好也，知如之何？時爲辛巳六月一日，在天津官舟雨中。

題草書後

多處不可多，少處不可少。大處不可大，小處不可小。胸中要説話，句句無不好。筆墨幾曾知，閉眼一任掃。書此卷頗得意，隨手寫此數句在尾，亦似書訣乎？

題人求書卷

今評書者，皆知祖羲、獻，而決不學羲、獻，此旨吾未解也。士之整飭，於文房尤不可廢，如剌札之屬，後生往往好割截餘空，以充塗抹，甚拂人意。此殊可窺遠大也，不可不戒。

至於册籍几案，肆情穢汙，更是狼狽。余舊亦好懶散，然此實出心惡。

題楊允福藏余舊書盧仝詩卷

余於書頗識畦徑，獨恨無工。每臨紙，意態横出，前規溢瞳，落管便失，每自怫然。然知其病只是前説。至乎絃誦修辭，尋討道理制度，爲行裁事，無不皆然，所以負志隳業，汙陋乖躓，復何疑哉！此卷不省爲阿誰作，視他少愜意，亦不逮所思議也。來南六千里，久别四友。楊君得之，亦復偕六千里來。閲之怳然，又有離合之感，識而還之。卷得楊君，暫免醬缶之廢，不保其往也。

題草書後

大令自謂過於右軍，南宫又云得大令妙處，皆是顛倒语。米大略近褚河南耳。學者只當從逸少，他皆可自致之。

題草書後

來索書者，動粘數幅，欲誇人爲多得。遥望輿殘，臨几手恕，安得而佳？及此卷，趣高而筆偶乏，即用二文羊氄，落墨爲之。乙酉年九月，六十六歲書。

書與王希賢秀才寫卷後跋

循州無筆，判案牘者，江人販鬻，殆不能勝山谷三錢雞毛管。王宗顔請書，幸有一蘇毫，亦下品也，不得已用之。宗顔喜學書，尤喜趙體，因戲效，漫揮唐風數篇還之。余不專師趙，素無三日積功，聊以慰其意耳。平日東鄰，一旦欲似西家施，豈能之哉？

送楊松泉序

松泉鯁介，不苟言笑；又慷慨雅暢，嘯歌超適。至救人過失，侃侃法語不顧忌，是爲令人，以與之周旋，則益友也。余交最少，而東西南北間之，是故合歡鮮，離憶多。兹同旅南海濱，乃款密甚勤，亦足以償所恨矣。及同行，又贈之言。夫方舟殆當兩月，旦夜趣膝笑晤，又烏復假此。予恐一抵故園，更會稀矣，故謀及言，亦以自爲也。何則？蓋予最多過，别君則箴規薄已，從誰而拜昌乎？所以拳拳無舍君，寧煩其辭，存草時亦自展省，若對面也。一劄既呈，雙槳遂舞。夫偕行而有餞言，亦古今所未有者，新格也。

送進士秦君詩序

弘治八年，天官侍郎延陵公丁太夫人哀，來歸，帝遣進士台州秦君從簡來治葬。明年，事竣去。公猶子奕合群從以及鄉諸詩人，爲詩送之。蓋公於進士君意有勞謝，而禮不得以言，奕等得言而不盡，諸人士得盡言之。於是可以觀禮，可以觀詩，可以觀貴族之教、交黨之助矣。至其所自，則非進士君之有重也者，有是也乎？是事實云爾。

重可以觀使華之皇皇矣。僕勉將附詞而命其意，無越於諸君也，乃止而獨爲序其

送梁道夫序

別之事不一，而爲情殊。有可重，有可壯，有可悦，有可奇，有可戚，後人一於戚，非也。大率別以倫典則宜重，以遠游宜壯，以清晏宜悦，以觴歌宜奇。戚者出乎四者之外，不得已者也，何足言？南海梁君道夫之尊人，推守於浙之嚴郡，君來省之，道出吴門。未幾去，吴士之辱君傾蓋班荆者，同餞諸金閶之外，爲詩遺之，而託予序。

嘻！君之此行，英山秀水，登臨數千里，足目雙飽，時覓同襟，吊古獵幽，開口論天下事，高歌起舞，歸力於上。兹又轉而之他，其於別之勝，蓋盡得之，無不足者。吾儕於是而重之，而壯之，而悦之，而奇之，皆宜矣。其不能無戚，戚者情耳，何足言？雖然，君知之乎？四者皆宜，而最重者以寧親，寧親之外更有重者，在乎挾治安策，請纓扣閽，謁帝承明之廬，而需其抱耳。如是也，尚何有于一解手耿耿乎哉？長風甚利，劍光煜然，君請往。

祝氏集略卷二十七

紀敍

奉餞大方伯方公朝覲序

皇帝十有二載春月正元日受覲禮，天下方伯十有三，牧帥、郡公、邑尹厥屬千官入闕下。廣東大方伯方公，先半載戒行，寅屬交從，得以禮通者，帥致寅餞則有言。公謂小子允明：「亦能言與？」小子惟古者言不以上下，唯其賢則言。今小子愚，不敢以道知；小子不肖，不敢以告賢；小子卑，不敢以瀆尊；小子賤，不敢以煩貴。小子不敢。公意未俞，乃敢進曰：

古之善爲送人之言者，無若尹氏之於樊侯。然今言于公，誠宜若是，抑衆言率先之矣。小子思獨以所封之民望利者，祈公爲天子言求興之，瘼求瘳之，庶不出位。然是蕞然小土，曷敢煩公爲？迺探百姓之懷，颺言曰：天子必以己先民、内重外留公，置諸其左右，公則以式是百辟，王躬是保，出納王命，賦政于外，四方爰發。吾人第不耳目公儀音耳，尚實被其風澤。或上念遠人，載假公來，終活我裔氓，實唯更生，德群赤子，怙慈母也。抑又不敢貪天之私，以爲我公必。悠悠我思，小子既述焉，復矢詩謡于祖衢之下，公庶幾聽之。詩云：

䳘䳘公馬，驤雲于天。雲從龍兮，雨彼八埏。于行于南，終膏我田。雲之緜緜兮，不可從以旋兮，我思不可諠兮。

東巡歸朝序

王制：天下藩十有三，治有易難。廣外際海，内檻以延領，天氣地物皆純駁參錯，故稱治在易難間。邇歲天下十有三者稱并難，大端有二，以斯人良者窮，暴者横。廣雖缺九字，然二者兩各趣其趣，實益實，虚益虚，於實於虚，寔日深，厥難亦特明已。小子乙亥來長古循一小壘，蒿目藩事蓋若此。

丙子春，監察御史陳公來巡按此藩。始至，不用察察自襮，唯墨墨取前積事，甲乙裁遣，去若風馳，雷擊雨注，自朝至于日中昃，遂向晦不息，越丙丁夜，纔少休以息衆。日出而作，胥録案檄，數夫手不給。旦旦案簿疊山，晡而空焉。嘩囂牒，投匭縞庭，實目一過，百斥一聽。曰：「吾豈弗志除貪螟、乳虎若狼狸輩歟？此嘩囂不情，是螟、虎、狼、狸尤也。傾之，政乃枯，枯乃窳，不可。重楚之，去取真螟、虎、狼、狸焉者；重辟之，無怵焉。」群昉懾息以伏。公有洞秋毛之晰，不灼于細；有摧冰岳之威，不搖于微；有肉白骨之仁，不姑于缺一字。學殖山蘊，文章葩發。其君子仰之，孤鳳翔于千仞，咸游德輝之内；其小人窺之，虎豹踞于九巖，弭伏林坰之外。孔子曰：「知及之，仁守之，莊以莅之，動之以禮。」又曰：「道之以德，齊之以禮，有恥且格。」是則公之謂也。於是廣封得公二三祀，且不稱難國。度近臣不久，外滿一歲，當還柱下。屬吏雷然以公之道若澤，嗚圖永焉。小子隨之，既而曰：公之道，其得以一地一時止之乎？蓋卑者分，可止是。公之官立乎朝，可以舉乎天下；莅乎天下，可以舉乎朝。此本職中事，公又加舉者，而奚俟於此？且缺二字言之，蓋亦嘗知其舉乎朝者，巍矣赫矣，而非所敢盡。

送憲副黄公按察八閩序

士用世者，憂民之深，無若持身之亮也；建勳之華，無若克念之誠也；拯時之雄，無若拔志之卓也。皆美也，以爲有重輕，又若不相類然。然乎哉？夫憂必行之，則出入之防，將弗遑審矣；建必暴之，則四三之術，或莫知愧矣；拯必遂之，則枉直之度，殆不免亂矣。苟不爲角階序，耽肥輕，如是爲之，亦足施一時，濟群類，耀聲於榮塗，然而爲孔氏者不爲也。

江陰小江先生黄公，起家進士，拜夏官大夫，道行偉然。或弗諧於志，還卧丘渚。起僉廣東提刑按察司事，視民隱猶美疢，寤寐不忘去。治牢盆，治戍人屯田，治分巡諸道事，無爲烈烈聲，無不潤植槁枯，剪削薈棘，務至到，協理愜心，譚御世乂物大裁制，如拾粱擲稗，即用其譚罔乏，庸其天下完鉅材而邦之榦楨也已。然而有出乎是，衆或知而未殫。寧空抱伊稷耒耜時憂，不以斯汩吾防，寧建有弗章於人，不能以自欺，每浩嘆誠之艱立於今日。仕軺之塵，後驅者多先騰焉。倓然嘯紓，未曾有淹駿之歎，此何爲者邪？爲孔氏云也。丁丑夏，天子升之，自嶺臬遷按察閩建而進位貳使。行色之光，上有天王之寵音，次有當路群公之雅頌。惟是有未盡者，曰亮，曰誠，曰卓，爲孔氏則然，斯其本，允明敢云。

送王禄之會試詩敍

禄之與余家交久而婣密。禄之少韞璩，囊鍔輝，未弗見，識者窺其國器也。既從今翰林文仲子游，爲古人之文學，久之日章，不得以自揜。今年乙酉，稍以其時學領鄉舉，將赴會試，别我。允明雖偃卧蓬林，畏辟榮轍，喜吾婣契之進取，吾古人之文學之得伸也，起而餞之。時學在禄之不足譽，其取上第易易。時學最所極，不過在能尋記後世所謂經義，追逐而徇從，稍以利才熟語發之，得之者，自有科舉來，何可勝數？此不足重禄之。古學若山海，出納無所窮際。禄之往取上第，若翰林當最稱，去爲他官，以此古學達之，霈如也。子游曰：「君子學道則愛人，小人學道則易使。」此所謂古人之文學，禄之既知之，吾兹以言餞，非期祝禄之，蓋示先知云也。有詩系之：

丹丘有彩鳳，紫庭有神龍。龍飛御乾極，威鳳乃來從。阿閣覽垂衣，蒲宫聽笙鏞。五文離焕爛，七始叶雝雝。翊帝宣文化，四海扇薰風。滄洲有鵬運，覩爾盛遭逢。

贈錢君醫效序

錢氏以顱顖醫世名吴中，郡之人，孩而活之以長老者，不知幾千萬指也。與余家友誼尤厚，余之幼蓋亦活於其門之一人也。近年來，家有求活者，則多之孔徵。比余有二息孫，每多疾，遇大疾則奔告焉，小疾則奔告焉。孔徵聞告，審其疾，當視也，則亟來視焉；當藥，則畀之服焉。其來視也，余輒從同視。孔徵問證，切脈，察色，揣肌，審聲，曰：「其來也，以是其驗也，若是其治也，宜是爲之校計。」乳哺之節，涼燠之候，襁負眠坐，溲便之度，與其母服食之宜，導諭周悉諄至，然後使藥之。蓋其用心施術，匪伊良醫師、慈母、賢保傅不易及也。噫嘻！世間人臣負主，官怠政厲民，士背先師，衆庶交欺賣，至有天屬詐忍賊倫者，何如哉？殆皆孔徵罪人。孔徵術既精，澤既廣，不伺余語。語直以伸報德之懷，而活人受福，且爲孔徵必之慶之，亦報德中意也。

將赴京師與朱正言

余觀物之稟良於天而用殊也，可勝道哉？世多爲咎於人，嗚呼天也！今大玉，地理色澤不相遼，爲璣衡與天爲徒，等而下之，極至爲含於死愚人，以臭爛同歸。又若同作器飾，或賢人小人、貴賤、重不重，不同用之。又若並雜惡石，抑揚倒錯施置，其悖亂何如也？今夫以士入衆庶，而商農且獵而仕，獨且奈何哉！余郡朱正守中，蓋璣衡玉也，亦彫於玉人已。而今在野，余接之，良粹之氣充充爾。嗚呼！余觀今人，妄庸顯而尊，盡甴礫也。以視守中，獨且奈何哉？吾茲當與守中别，相爲言之。嗚呼！守中無以繆亂而敗脩矣，抑或當有後期。

杭州奎上人署書贊

雄穎偉墨，突如其來。云誰之爲，緇師宗奎。佛有三昧，散在百觀。子以其餘，戲入書翰。天宫寶樹，截萬楨榦。昆刀瑚珠，鈎鉞鏁鑽。縱衡闔闢，締構輾轉。按規拊矩，束帶頂冕。千力萬氣，曳斫不斷。平原風骨，溥光首面。耳目警聳，誰敢褻玩。衆夫瞻仰，老史作贊。

三望一首贈杜子

吾鄉杜子鍾，資甚秀，志甚高，世其醫業，英年活人，績已不勝録。余愛之篤，乃願之至，作三望張之。一望，望濟其世之美。杜用醫著吴數世，若某某前輩名老，以文字傳之甚富，余望杜子齊之。雖然，杜子已武之，不足止。二望，望襲吾邦之休。吴由宋元來，最多上醫，甲四方。若韓、盛、張、王、葛等，皆挺然于時，與北之張、李，南之朱、戴，齊不齊，亦各擅其時也。然在子鍾度中，不足止。三望，望陟于儒。儒中醫一事，世將進醫援附儒，非也。儒之道通天人，醫握天人樞者也，非聖不作，非賢不行。後代攻而弗振者，或良其伎而醜其行，空抱聖術爲不肖，歸或習而庸累道以入伎。余望杜子奮興啚于儒，告子以其方，中且徑者可治一室，將詩、書、周易、戴禮、春秋、論語、孝經、公、穀、周官、爾雅注疏敷之几，學之，問之，思之，辨之，居之，行之，宋以下傳解勿接目。舉業士講論毋涉耳，儒體立矣。又將史、漢下十七史，暇而擇閲之，儒用達矣，足矣。外且又將老、列、莊周、荀、揚、國語、淮南、吕覽、劉向書博吾識，又將文選、文粹、唐音、鼓吹昌吾聲，又將閣、絳諸名帖升吾藝，餘無煩矣。異時出列班序，被金紫，分中事，不足語，即在野作鄉碩耆，豈不偉哉！

隱士贊

外彪日章，豹華斑彪。中立不倚，華嵩嶙峋。江湖有憂，天子不臣。神隨下筆，鬼莫窮文。藏之清朝，山川不貧。

朱母大耋頌

家肥國阜，爰有慈母。婉嫕静直，令儀令色。德氣垂委，迺生孝子。以養以順，以莫不致。居適食豐，滋味充充。鼎鼎春秋，九十其崇。龍在大淵獻，月在玄枵，吉日戊戌，俶降兹朝。酒食衎衎，言笑晏晏。跪拜款款，祈頌大算。大算維何？維葑溪之水。淵德不撓，流美不涘。壽母維何？維令人周氏。孝子維何？長洲朱顥。七十之孝，終身是保。孰歸孝稱，天子有詔。文孫存理，曾玄弁髦。五世之澤，膝抱而教。允明作頌，以勸慈孝。

蔣外生西樓讀易圖記

易道大者，聖人以窮理盡性而至命，天地大德生物，聖人位大寶，前民開物成務，革命無不在。其細至行庭窺户，刲羊見豕亦爾。其爲物雖定於卦六十四，爻三百八十四，而其爲用，斂千萬而一亦可，取一而爲萬億亦可。曰六十有四，三百八十有四，易也。是讀易，非得乎易者也。前之云大者，聖人之讀易也；細者，百姓之讀易也。聖人得之，百姓或得或弗得。今之讀易者，借倩之買名利官禄耳。

長洲官校髦士蔣扆子重，予中表外甥也，家吴淞之濱，治業西樓，中有爲西樓讀易圖，懸其壁。生請予著數語。生質厚重而氣爽秀，志功甚勤，因略語此，而書其上。昔生叔祖，予之姨之夫樂亭府君，以易取科名，而修身爲政，事君起家，咸得易道。以爲名卿大君子。生畢時業，蚤入官，紹前人而大今之道，望聖賢爲歸，則亦予之勖子。生也層檷江湄，西爽映帷，敷策而呻，拱襟以思，旦斯圖，夕斯辭，綽乎淵哉，著龜。

甘泉陸氏藏書目録序

故浙江參政式齋陸先生文量，以雅德碩學、偉才高識，立功立言於憲、孝兩朝間。平生蓄書甚富，既没，其子鄉貢進士安甫彙列其目，并己所得者通繫之，凡爲經史子集合若干卷，以示僕，請序。

夫自高論者，以皐、夔、稷、卨，無假讀書，而視藏書爲羨餘事，不知書以道出，道原於天，發於聖人。皐、稷聖人，道所出，亦書所出也。皐、稷不伺書以聖，而欲人皆聖，不能以無書。今人不皆皐、稷，而欲舍書，是將舍道，道可舍乎哉？又皐、稷之聖，著於典謨，孔子删舊册以成書。有典與謨，又安知皐、稷時不嘗有書也？人饑寒則需食與衣，病則需藥，富則需珠玉異玩。食、衣與藥以活身，寶玩以娱耳目。智於活身者，猶能棄珠寶以易食、衣與藥，故稻菽裘布、參苓豨勃兼收焉，而況智於脩身，以期配玄黄、均爲才者，當舍書乎哉？故人不皆聖，而聖人不能無書，我不聖而不能舍書。不能無饑寒而不能舍食、衣，不能無病而不能舍藥者也。弢藥活身，身活或不肖，猶爲不活。書以脩身，身脩道立，生將參玄黄，夕死可矣，又特藥等邪？故善積者，與積寶玩，寧積食、衣、藥？積食、衣、藥，無寧積書也。式齋先生之書，躬積而躬發之，其德學才識所立已如是，是將雖不迨皋、稷，而當其徒矣。至以是教安甫，安甫用以進取，德學才識，與先生惟肖。異時所立，當躅武繼響，是積書之徵，行之校著也已。於乎！無怪乎其愛重章表至如是也。

陸啓明暘谷敍

林屋洞有三門，同會一穴。其左爲暘谷，下復有子洞，通林屋之腹，西包之要處也。道書爲左神幽虚之天，其中可居有金庭銀室，啖有白芝乳泉，讀有素書。大道所存，即不能到，居其表，呑雲吐霞，衣流冠石，襟波袂月，賓鶂鶴，飫梅橘，醉泉荈，何地可以越此？又勝者，今有師相元老、才大夫士或隱君子、高僧處其間，足師友，闊聞見，以長人品。又勝者，有佳子弟，茂學業，翹菁英，將貴顯時代。於是居之，乃至有數者之益如此。由遂以號稱，或從而爲之辭，蹈厲奮紓，豈不宜且美哉？

今陸君啓明，惟厥一人焉，抑復有進者。聞啓明最静默，身康家泰矣。且恬然不用外物，飈炎其中，金人三緘，匿大銛於至質。其潛脩密養，將必有自得，非予所知者。以是主張勝居，標揭靈域，優優乎卓哉，何有於予數十語爲？姑敍致之，蓋其子吴學官弟子員鵠來請之。

慎齋記

有雙舟偕濟川，甲乙操者，颶鼓濤怒，甲濟乙溺焉。甲檣柁楫碇，罔弗飭，師兢兢各備事。乙否也。二人者患疾，候證一，醫一，一死一生。生者飲其藥，遵其戒，衾服涼燠，興居用時，節食禁色。死者藥而已矣。是何也？慎不慎之辨也。昔者吴、越並有國，吴亡而越存，越慎也。又有甚者，齊桓公始伯諸侯，萬國推長，而末淫蠱以死，潰骸二月而斂。唐明皇初治齊貞觀，卒遂乃困而殂。此二君，一人而後先殊，亦由是已。故身與家國天下，無不生安於慎，而死敗於不慎。凡慎之道，具經傳，事效列史、集，不可勝道，人莫不知之，習焉而弗能用。徽人孫武，求予記其婦翁程氏慎齋者。予亦未識其翁能稱果能用以否？然而審其自有可言者。

翁名讓，字廷敬，慎齋其別爲號者。武又言其爲人簡默厚重。夫讓、敬、慎，皆一道也。然名幼取諸父，字賓以名起，固望而未卜者。若至自號，乃志所趣，行所安，豈以無所得而苟稱之乎哉？因其稱而求其行，見其行而知其人，藉白茅，繫包桑，意城瓶口，不出户庭，廷敬亦誠善美矣乎！武又言，程自篁墩遷率東，六世祖神叟有方山樓，朱風林爲之記。廷敬居既鄰方山，亦建松雲樓以繼之。其肯構繩武以保澤，蓋亦慎之推也。於是翁之爲慎，志日益得，業日益固，而名將日益起，以永其家聲也夫。

從一堂記

皇帝若曰：爲國在振綱常風民。民有以節義孝順著者，所司以聞。蘇州衛奉詔言於巡按御史，故衛士楊貴妻唐氏，二十一而嫁，二十七而寡，褓厥遺孤子女清等三人，守操嚴苦，於今逾三十六年，合官格，請表門以旌如制。御史下其事於府，府與衛交覈覆驗，具實以復御史，御史乃與府衛臣各保明以聞。詔可，下有司如請，乃正德己巳。郡命爲表樹第前，其署曰「貞節之門」。於是清且强矣。後數年，作堂以奉母，語其友臣允明乞名堂，而系之言，用侈上恩，曉子孫世世，葵藿于天王。允明曰：「唯。」

表厥宅里，樹之風聲，書之言也。婦人貞吉，從一而終，易之教也。肆我后敕天之命，以惇典庸禮。我邦臣工將順皇典，以溥澤勸衆，節婦峻完天明，用迪于壺彝。清事母孝，又慎修不隊母志，若事以及於署紀。允明因友道以敷言，謹援易義，題之曰「從一之堂」。於戲！君臣、夫婦、父子、朋友，交發兼盡，五典備飭，以享于唐、虞，若此惟楊氏之有，維楊氏之光。迺拜手歌頌，式銘于其堂。其詞曰：

寒霜矯節，皎日全誓。歸猷承后，肯構懋嗣。臣友紀綱，敢效勒記。尚幾類錫，天明不匱。貞吉而終，媚于天子。

夢墨亭記

子畏天授奇穎，才鋒無前，百俊千傑，式當其選。形拔而勢孤，立峻則武狹。童幼所志，以爲世勳時位，茂禄侈富，一不足爲我謀。少長，縱横古今，肆恣千氏。一日，忽念欲了其先人之遺望，且以畢近易事，遂乃苞銛坊滔，萃神於科第業。閉户一歲，信步闈場，遂録薦籍，爲南甸十三郡士冠。人駭之，而子畏自顧折草爾，由益信人間事無必煩智慮者。當是時，且以爲崇爵顯章，晨金午玉，階升而矢流耳。曾儌朕於閩之神，所謂九鯉湖者，夢神惠之墨萬箇，子畏謂塗楮畫素，或但成細瑣藝玩，殆溷儒腐生之業，亦何直？許云：「是殆匪如嚮者也。」領薦之明年，會試禮署，乃用文法詿誤，卒落薦籍。人又駭之，而子畏夷如也。去褭求神鈐天軌，至理極事，山負海茹，鑽琢窈惚，於是心益精，學益大，而迹益放。或布濩餘蓄以爲圖，繪日月、山河、霄漢、風氣、煙雲、霧雨、花鳥、樹石、仙崖、鬼竇、奇夫、曠人、俠子、媚女、薪釣、戎胡、墟市、舟騎，千形萬模，皆務爲凌誇横突，峻掘譎詭，周曲碎雜，無不求詣，各至妥帖地。必將躪古人之轒蹤，惴惴然懼一失足俗駕。當其妙解，超然冥會，乃復以爲業無小大，神適斯貴，是誠可以陶寫浩素，我心獲兮。比自四方而歸，結亭閶門桃花塢中，目之曰「夢墨」，章神符也。謂獨余爲可記，陳前故以來請。

於乎！子畏自以爲志暢矣，神符章矣。余忖度之，其果謂之然哉？於乎！然而不盡者也。往者，王子安嘗夢墨而以文章名，余亦嘗夢墨，未知以何名。審子畏之夢墨，其果以畫名哉？墨之用，獨畫哉？子畏之文，豈特余等？亦豈特欲勃等第哉？子畏不謂符文，以爲符畫，子畏格氣，乃果獨是哉？以爲符文，余且謂不盡，而又卑於文者哉。子畏以文自居，余猶進之，有盡墨之用者，猶爲非子畏志之真也，又以畫，余肯謂之真哉？設余第徇子畏云爾已矣，當不畏人笑失倫，又不畏神怒忽略，苟且阿人哉？神之祥，子畏不唯是也，必然矣。然而人之志最易止，止子畏之志，無亦果本爾乎？或是，則不可。不可必進以從余，如子畏不然，又何煩以余文爲哉？

保和堂記

唐王殿下於承運殿之東墀構堂，以爲燕學之所，名之曰「保和」。洞户延室，弘敞沈穆，圖書列架，琴瑟在御。堂之四隅，翼以齋舍，其名曰「由訓」，曰「秉嚴」，曰「若虛」，曰「無逸」。堂外嘉景羅布，名其大者有六，曰「振雅」，曰「采風」，曰「文華」，曰「翰海」，曰「椽牀」，曰「霜髓」。殿下朝政之暇，則御于是，蓋所以養心典訓，以廣睿學、隆德業而保天命也。有命某記。

某聞之，保合、太和，天之所以貞萬物也。懷保咸和，文王之所以綏民也。殿下英睿天成，親賢地重，勤兼四庫，樂唯一善。陋炎漢之間、平，儷蒼姬之旦、奭，而且志崇索馭，功存宥坐。洞神襟以納物，謹周防以宅心，於是新儆湯盤，敬彰武牖。觀其所名，而天與聖人之心可見矣。然其窺淵算之所依，測鴻稱之攸指，蓋取諸孝典云。在上不驕，制節謹度，所以長守富貴，不離其身，然後能保其社稷而和其民人者也。夫保和之道，兼内外而貫巨細，通上下而徹幽明，某試條其概焉。殿下緝熙之餘，飛神探賾，於是時也，近取諸身，玉體寧與？夜氣清與？志光明與？遠取諸人，琴瑟戢與？宮府一與？臣工謐與？廣及于家邦，民樂生與？黍稷登與？郊壘平與？禎祥興與？屬屬乎，邕邕乎，思之得矣，行之獲矣，金甌無疆，玉燭輯矣。書云：「欲至于萬年，惟王子子孫孫永保民。」此之謂也。

寶善堂記

物至於必不可少也而後貴，而聖賢之擇物，則詳審調酌，寧近疏迂，而要期於亡弊焉。人之所寶，大率存乎美麗、貴重、罕有之間，是故金玉之徒最之，而聖賢之言寶則必曰善。舍夫美麗、貴重、罕有之間，而更取於簡淡、寂寞、苦強之具，聖賢豈咈人之性，而昧擇物之智哉？蓋意期於亡弊，而審夫人之必不可少者，獨在此也。比屋可封之政行，則珠玉爲公具；采薇啜菽之義建，則金貝乃廢物。況務貨未必豐，謀道未必窶，苟能事事，則富貴皆完人，窮達悉天民，而靈於萬物之寶，恒無涼薄之憂矣。不必財而殖，不必力而備，無事於假借，無慮於匱盡，多藏而不亡，呈露而莫竊。有於身而身貴，充於家而家肥，積於子孫而子孫吉，被之人而人康，以澤善之不可少也。如此，吾非至愚，安能收護其可少者，而翻棄夫不可少者乎哉？故取捨之間，自不能不爾。蓋聖賢精於擇物，要期於亡弊也。然從事者故寡，則亦不知而已矣。

包山蔡進之獨知之，不惟行之於其身，而又稱之於其居，曰「寶善之堂」。間語於予，請述諸簡。予聞君志行清古，食禮義而衣詩、書者有年，其爲是，非苟以知及之而云也，蓋行之而效，不能去之而他圖也。予則能不是與？抑有問者，是義也，君行之於身，及之於物，而根之於心，足矣。又何事於屋廬表暴之間，而疑乎贅也？進之曰：「唯。走亦知之。獨念夫時遷世易，則將容有墜忘者。唯若是，則使彼仰瞻茲堂，留訓赫赫，庶幾乎睹墻而懷堯，睇洛而慕禹。使茲堂爲蔡氏命脈所屬，而歷代猶吾之身焉耳。」嗚呼！審然此其志，又行之無窮，而堂之力益厚矣，尚何以贅疑而已諸！嗚呼！予又能不是與？

燕翼堂記

闔閭北城外荻水之東，自宋王氏所止，中更消息，居業非故。今日隱君元禹俶，以充辟建作，聿成中堂，五楹七介，其袤十丈，入深十二，高二十二尺。容中三間壁東，外翼西格，合爲閣室，重疏崇廉，脩弄夾延，其餘屋稱之。所以致安親尊，止息心體，别睦宗屬，省敕胤系。宅有家之典，停詩禮之具，浹倫友之通往，寓遐曠之風氣者也。復又總萃旨理，豫備憂虞，法規先民，取義詩人，歸名正堂，謂之「燕翼」焉。弘治五年，予詣訪公，公之二子攀求銘戒。

夫經營以振先者，孝人之志也；因效以垂功者，長慮之教也；知志而思永者，述人之善也；附物以立道者，智者之務也。名義之宜，安敬之訓，講玩明熟，居然無煩申矣。是故新言每宜於警耳，近指信可以起心。故曰新者以盤，洗濯之類也；行德者以帶，動服之屬也。故公之立旨主於垂後。二子思承前業，鑒兹堂乎？非柱則不立，非棟則不架，非題桷榱杙則不連，非牖户則不通，非欂櫨棁楔瑣細則不完，非基則不容，非室閣廉弄則不尊。巨碎之繆施，隆卑之倒安，上下之失宜，其豈以成堂哉？二子求燕翼之術，在堂而已矣。且夫棟柱之群，用爲室之事也。室非能自爲，皆公精神心思之所經至而出之也，稱名之本，繇此而已。二子審之，强勉之。詩曰：「子子孫孫，弗替引之。」此之謂也。

懷振堂記

詹氏，先中山人，國初以功授錦衣衛指揮，後從駕遷行在府軍衛，今襲任居北都者曰輝。府軍之從孫曰濟，字澤民，居吾蘇久矣。其爲人，年壯好脩，澡躬暴名，不肯落人後。其勉義勖惠，求符契其名若字者，亦久矣。比者，慨然以「懷振」號其堂，識者詰之，澤民曰：「吾嘗誦范忠宣對文正公語，因寤寐郭代公之爲人。慕焉而欲希，希焉而懼遺，故竊即公之名而寓以懷。蓋謂稱之弗切，則志之弗專云爾，非敢僭且褻也。」詰者賞之。澤民因與之來謁予，以記請，曰：「幸託諸文筆，以厲吾力云。」

噫！斯道也，今也或是之，亡也又久矣，幸而得澤民，不亦善乎？且爲是者，不必以事，以其志也，亦足以醇彼澆醨矣。今而事又然，不又善乎？大抵今人之病於是也，非其獨無仁愛之性之於帝降也，是其於貨賄者，其生之也孤，其爲之也劬，而其爲計也吝以愚，故用之也自弗能以舒矣。如代公之事，非智仁勇之兼具者，固難矣夫。於乎！在文正且未可先決忠宣，忠宣亦且未能必時人之有也，而況於他乎？況於今日乎？今日之從事也，蓋必始乎激，激久則利，利久則安，故曰夫仁亦在乎，熟之而已矣。於乎！郭代公果何人哉？予深以望諸澤民，澤民力焉！

賓山堂記

葉君民服居具區東山之下，其人溫澤流達，知其得樂水功也。他日，以其堂記請，乃曰「賓山」。詰之，蓋以居藉山爲東道主，而志藉居以發，故云爾。民服因問予宜否。予曰：「靈神之區，所産多傑特。而傑人者，亦必擇勝境以居。人卜居，居助人，宜哉！取居以目人也。今夫絫土石，附枝葉，嵚巖葱蘢，拔地而黨天宅，仙鬼而興寶藏，具區之山又東南表然者，而吾子舉數十棟宇，六尺之體以臨之，其小大不倫，而賓主適相當。猶一客據座，而主人雖王公子姓，擯從千萬人，無加焉。則子之賓山，山不得而辭主。雖然，賓主，猶名也。子達者，予略名實，爲子廣言之。子以先有山也，而自待以賓。不知兹山寂寞孤處千萬年，而今始遇子，以契以名，庸詎知山之不以子爲主乎？又從大塊者觀之，子無族屬於山，山無倫品於子，庸詎知夫子與山皆可賓乎？皆可主乎？而又況乎名者實之賓，而又況乎言又主乎名實者哉？皆瘦疣也。子歸，勿觀於數十楹外土石枝葉，瞑視塞聽，窅窅兮其凝其盲，必别有一山，嶷然爲主於子者。」

寄寄堂記

扶風馬世用，家太湖之洲，山川之與身，魚龍之與鄰，視草木之附著，猶曰：「奚其凝也，余其寄。」他日，以家終不能脱城府而營營别家焉，又曰：「奚别于湖家，余其寄。」即大書二文，爲堂名云「寄寄」。謂予曰：「知請契諸是非述之文。」

嘻！余斯人者，之寄者之特者也，果知之？馬氏發其一，發其二，未發其累轉而無窮。木寄土，工寄木，構寄工，曰家。家寄湖，湖寄城，曰别。堂寄别，名寄堂，曰寄寄。吾將累轉至於我，我固無寄乎？寄諸骨肌膚毛，骨肌膚毛奚其寄？故寄亦寄也。「寄寄」名者，寄「寄寄」實者也，統名實之致，會儒老之趣，賢馬氏之鑒，開方來之績。余謂馬氏宜無察乎寄。無寄而察乎寄，無寄之名實，如察骨肌膚毛之寄名，而任亂其實，則能以肌立，以膚毛内傅輔其立，而以骨焉外包裹乎？故亦終無能焉，是名實之辨也。又及于堂，家湖城，邑天地也，誰不然？故馬氏察寄名，毋亂寄實。馬氏契于余，余必進馬氏。馬氏進者與？馬氏不止問，知馬氏進也。旅氏之山，有小石焉，群飛止之，人旦朝逐止之名。名之鶡鴇、鷙磌、鵂魄、鷙磋，歷者瞑而不覩。明日，群飛之長止之，遂名之曰鳳凰之臺。弗覩者，因取懷而歸珍之，故石一止群而名生。名美惡殊，實定而愛憎生。群名者，「寄寄」名也；群飛者，「寄寄」實也。「寄寄」名者，人可亂也；「寄寄」實者，我不可亂也。故可亂者，「寄寄」之寄者也；不可亂者，「寄寄」之不寄者也。故馬氏之知在「寄寄」之寄、「寄寄」之不寄，知「寄寄」之不寄而馬氏進。

祝氏集略卷二十八

紀敍

存義堂記

故崑山費君宗善，負義氣，所勇爲事，歷歷振人耳。少贅于張，婦翁死，畢其喪，植其孤，嫁娶其士女，乃去自居，居廬器服一不取。先事其兄甚弟，兄數勸歸，君謂兄：「殆不忍吾窶，欲以歸裕吾乎？吾何有于是？」不從也。父産竟不霑毫毛。比兄卧病永平，君亦客通州，去省視，兄則死矣。君哭之累絶而穌，咽閉不能食。扶喪至通，亦竟長逝。嘗客湖湘，寓鄰李生以事坐獄，君矜之，輒哺之食，并哺其家。其家獨有豔妻，人疑君意在是也，李且出，亦謂然爾。感之既甚，一夕，挈妻來謝，請以妻酬，君勃然斥去，其平生事可見者如此。它固未悉也。既卒，遠近以義稱之，千舌一辭焉。君有子紘，爲郡學生，文行兼美，甚稱君，因構堂，名之曰「存義」，尊先烈也。作者攟發已富，紘特屬纂記之筆於我。

嗟乎！石而介，水而流，性也；染而蒼，染而黄，習也。故性於義，孰能水其石？習於不義，孰能石其水？寥寥古今，獨稱展季、王徽之，彼何人哉？後之稱是，踵費可也，抑紘所立如此，其大達而揚顯之也。將天意自定者耳，我不敢佞。

嘉靖堂記

去闔閭北郭二十里許，黄埭之西，漕湖之南，逍遥湖之傍，有美壤焉。予友顧君朝周家於是。通川經緯，沃野環衍，城市非遥而囂塵夐隔，軒冕時集而騶訶不擾，誠郊居之最也。邇者重築新第，門巷舒邃，垣廡寬雅，崇堂中建，無雕績之繁縟，而宏敞靚深，莊秩昈章，言言如也，于于如也，登之者耳目朗潔，意氣寧謐，有以消樸鄙而滌喧煩焉。君署之曰「嘉靖」，且屬予記。

夫嘉，美也；靖，安也。書曰：「嘉靖殷邦。」斯堂則誠美且安，本此以署之，固甚宜然。堂以嘉靖宜人，人則宜之，宜而不法之，則不盡人；不盡人，人且不能爲堂宜。故欲宜者在法。今夫堂之爲嘉靖者，以其高也；法之以高，吾志以廣也；法之以廣，吾度以深也；法之以深，吾思以莊直也；法之以莊直，吾心以强幹也；法之以强幹，吾行以虛明也；法之以虛明，吾氣以群材小大不遺，位置有定也；法之以周，吾百行而有恒。每法之而居焉，以睦宗族，以樹綱紀，以施條目，以勤作息，以飭威儀，則罔不美以安矣。典禮行於斯而序，聲樂奏於斯而和，文學成於斯而著。操履寓焉，風氣宅焉，聲華起焉，安常處順之間，收禮樂教化之懿，尚逮於方來。子子孫孫，弗替引之。堂之爲「嘉靖」，大矣哉！君才局英邁，尚志脩業，自期高遠。辟齋堂隅，積書滿其中，以肆蒐討，所得日深，其豐獲大就，得斯堂之助。而與堂交宜也，亦審矣。嘉賓日覿，敬恭周旋。秋秋提提，以㽞于文。必多有銘贊賦歌，以相堂事，而堂之爲「嘉靖」益廣矣。

保堂記

沈君惟時以「保」署堂，乞允明記。允明曰：「保之時義大矣。」身無以保將恐隳，家無以保將恐摧。卿士能保，以有其位；諸侯能保，以有其國；天子能保，以有四海。保則得，弗保則失。保者，盛之始也，興之繇也，安固長永之基也，保之時義大矣。然求其切者，身爾，家爾。保身之事二，其道九；保家之事三，其道八。德也，躬也，身之事也；倫也，聲也，物也，家之事也。是故信以保言，敬以保行，仁以保心，義以保事，智以保患，是之謂保德。内視保目，反聽保耳，節食保口，安重保四體，是之謂保躬。倫之保，存乎親義别序；信聲之保，存乎積善；物之保，存乎儉勤。保之時義大矣，事亦繁矣，然其要可知也。君子欲保其家，先保其身；欲保其躬，先保其德。身治而家否者，鮮矣；德脩而躬不寧者，未之有也。嗟夫！保所以守其固有而永其方來也。惟時之族，爲長洲甲，所謂五事，勿庸論。其遥胄，蓋自介軒保之，以詒同齋；同齋保之，以詒石田；石田保之，以逮惟時。惟時知此，而存之心，署之堂，託之文章，可謂孝矣。然保之難，而保之終尤難，惟時其必知所以終其保者矣。朝焉夕焉，陟降有嚴，愛護而仰瞻，不猶見羹墻，佩韋弦，以自免於弗構之愆者邪？惟時之意遠矣。

雪堂記

堂以雪名何？進人而天也。雪，天也，宜人也。天人判矣，而一之何？其本同也。其同也奈何？三才一陰陽也。然則人，天地中也，清陽濁陰，不聞偏受以生，而謂可以一於清何？理同而氣異，異天人以氣形，清理一也。清理一，濁亦理一，必欲去濁而即清何？陰陽類異而美惡殊。清，美也。扶陽抑陰，屏惡而遵美，欲爲君子也。雪則何以爲清？何以爲陽？雪、雨、雲皆水，而雪因寒以凝，從風而成，陰極而趨陽者也。是故雨重而雪輕，雨濡而雪燥，雨柔而雪剛，雨黑而雪白，凡以趨陽故也。陽則清，固本理也，夫人則曷爲而比於雪之趨陽乎？人自强則輕，去染則燥，力善則剛，寡欲則白，皆治理以帥氣，去陰而陽之道也。故鄭氏之稱「雪堂」，君子取之，取其君子徒也。

鄭氏名祐，字惟恩，吴之沙頭人。美質好脩，白賁素節，是故君子取之。

葛秀才小樓記

將以宣豁風抱，紓和志節，則必得長津闊野，以極其大；將内觀心語，玩索理性，則必得窟室奥寢，以極其小。若夫欲大可放，欲小可斂，欲事崇廣而遐曠，自致於尺寸之地，則以據境之要乎？葛秀才家葑門外，臨河構重屋三間，間闊不十尺，深不二十尺，北窗一開，則有十數里野意。樓面壬背丙，危城引目而遠轉，有假于峰巖；修隍浸趾而廣漾，疑意於洲漵。丹霞麗譙，清流白鳥，風牖吐納，月榭迎餞，此其外也。一几僅容數十策，而上下幾千載事理者備；一榻僅息一骸，而能彌綸萬務者具。食不能方丈而觴者樂，題桷不敵於從室，而自外百步望之，可以指而趨，此其内也。秀才居而自樂之，請予記。

夫秀才居小而得大，讀書於樓而求用於世，是秀才以一心治百政於異時者，玆樓比也。地要而得多，學要而功博，樓之助我大矣哉！彼若分情魚鳥，結好川石，爲若不類所當者。乃不然，致用推發，存乎養中。是故息焉游焉，半藏脩之力，浴沂風雩，尼父與曾氏子。

訥齋記

子曰：「君子欲訥於言。」訥亦多狀焉。當語而已者，心欲語而口不克者，能之而以他止者，皆非也。已者狡，不克者愚，他止者詐，皆似之焉耳，奚訥乎？必其時而言，時而默，簡而理達，訒而中節焉，斯訥道之貴耳。以此守口，猶有成虎鑠金以亂物者。徽羅惟周，以訥名齋，乞爲記。

噫！時方鼓簧，子寧緘金。鞘大銛於無形，櫝龜玉於莫覿，囊神穎於不試。蹙儀、秦，謝華士，却少正卯，又進焉求若子騫之有中，望元聖之似不能，而想像乎蒼蒼之何言，斯訥之無弊而至善。有如不然，惟訥司牧，而無計其宜不宜焉，將愚、狡與詐三過者集，乃將無逃焉，而又何君子之有？惟周誠厚易良，操已與物渾焉斂焉，足以存無名璞，泳鴻蒙津，其訥不過也。蓋抱真守天，求益師聖賢者耳。予以其訥志甚鋭，求其理過計焉，爲兹談答之。

審齋記

昔讀莊周曰：「水之守土，影之守人，物之守物也審。而耳目之於聰明，心之於殉也殆。」以爲名言，已而曰未，耳目之聰明，則物之與物也，何審與殆之反别？蓋無若陶唐之語審殆也。曰：「人心惟危，道心惟微。惟精惟一，允執厥中。」危，殆也；微、精一，審也；執，守也。莊舉揉而堯精，雖周未瑩，然審自二科。有審也者，有審之也者。本然，審者也；力而然，審之者也。本然而然，聖也；本然而不然，而知然而力然之，賢君子士也，是審之者也。審其審，乃自審，繇士陟聖，今之務審者宜爾矣。晉陵胡君志於是，遂假居齋以名，偲力遺焉。頃爲予學道，期有長之者，嘗問焉。

予謂君於是，其迹者當得之，其根委剖涣，如堯、莊之純揉不可忽，故聊爲疏之，迹者當得之矣。君曰：「曷爲迹言審乎？」誠僞行審乎善惡，視聽審乎正邪，取予審乎義，行藏審乎時，持家審乎禮，與人審乎恭，御世審乎法，詘信審乎天命。君曰：「唯唯，信矣，將學而未能。」予曰：「此君之所以能也，書斯言齋垣，君亦更審之。」

斐齋記

「斐」爲字，從文，非諧聲。許祭酒謂「分別文」也。引易：「君子豹變，其文斐也。」按，今文作「蔚」。虎變稱文炳，豹乃異虎，蔚亦殊炳。其初作「斐」，固以分別爲義。又論語：「斐然成章。」徐散騎亦以爲「分別之」也。宋儒直云文貌。鄭司農釋衛詩「有斐」爲文章貌，小雅「斐兮」爲文章相錯，周禮「斐色」注爲采貌。大帥斐者，文采分錯而可觀之貌也。太學顧君朝鎮，以「斐」顔其齋，意亦主於文厥身歟？

夫文大矣。古之曰文者，動乎四體，宣乎言辭，懿行暢諸躬，天典粲諸家，而禮樂聲明華諸國與天下，皆是也。其著於漆簡紙筆之間，以布治化，以述聖道，以紀世史，以詔來學，以至乎言志敘事。凡號爲文者，文之一端也，必咸備而後全。古之人得其全，而一端者存；今人之必由其一端者，以求其全。一端者莫大乎十三經，莫備乎十九史，以極於百氏言，斐多矣。即經之言亦有異焉，學者宜始乎成章求裁焉，而中乎赫喧瑟僩則發焉，以終乎豹變，斯爲斐之道也。貝錦之華，乃所戒焉。朝鎮抱質昭穎而方力乎是，其必探性道之根，咀理義之英，擷辭章之藻，學聚而問辯，寬居而仁行。務令五品順，百行懿，容貌莊，威儀飭，辭令美。如金既冶，如玉斯琢，卿雲絢乎篇章，春葩爛乎行墨，其文分錯而可觀，則斐道得矣。異時庸顯于朝，敷施益弘，鳳儀虞廷，麟游黄郊，於是斐效乃益大以全。余也不足以盡此。朝鎮蓄書滿齋中，居而求之，日衣錦也。以朝鎮有請，勢且鋭邁，姑以是爲執殳。

恬隱齋記

恬隱者，黄巖戴先生齋名也。先生名璉，字尚重。其先由閩遷台，世擅詩名，宋東臯、石屏父子尤著。諸孫如竹洲、蘭谷、宓軒、東野、漁村、秋泉、樗巢、介軒，累累不絶。今家太平之嶠山，先生讀書龍鳴山，避喧庵中，以此自呼，或寄爲齋名，觴歌自得，莫測涯際。行年七十有六，鄉邦倚爲瞻式主器。先生於允明有師道，使爲記之。

蓋位南都太學丞□□□□□□□□□人之情，動勝静者十九，静勝動者十一。隱，静之至也，而復何有於恬不恬耶？世下矣，名至静者而猶有不恬，不恬而猶曰隱，妄也。不恬而曰隱者妄，吾固不能忘恬而隱也。不恬而隱者妄，則恬於隱者，誠至矣。恬於隱者誠至，而又何有於標著乎？是亦將固其至者而已，欲忘恬而先之者也。故觀恬隱之稱，而知爲真隱，知爲真忘恬者也。至矣哉！戴先生之號「恬隱」，愚不能贊焉。繹而爲歌，敢以獻先生：

隱乎隱乎，奚其岐？恬乎恬乎，隱之不欺。隱乎恬乎，繄先生之全乎？

坦軒記

賜僉蘇州衛指揮使司事隆亭華君世宏，以「坦」名其軒，乞記於予。

坦，安也，平也。嘗得其義於孔子之書曰：「君子坦蕩蕩。」循天理而無外慮，無往而不平也，君子以之。又得其義於周公之書曰：「履道坦坦，幽人貞吉。」居中安下，履道而正者也，幽人以之。又求其義於天地萬物，皆然也。暑寒之代序，高卑之相因，未嘗偏極而不反，惟人也可不坦乎？書曰：「王道平平。」詩曰：「周道如砥。」由天子以至于庶人，有可以不坦者乎？彼不然者，秦政、漢徹，以求仙并夷，病天子之坦；七雄、劉濞之徒，以逆紀兼類，病諸侯之坦；儀、秦、鞅、睢、莽、卓之屬，以攘位竊國，病公卿大夫之坦；王衍、宋齊丘之輩，以矯名竊利，病士之坦；以至乎蚩蚩之氓，干紀厲衆，越分以自恣者，病庶人之坦。皆以坦爲不足而抗之張之，以極其私欲者也。然卒之有不賈禍而并亡其坦者乎？故坦不可不由也。

今華君之才，豪敏而果利，行之必達。其世以孝義傳襲甚華，其身受國家三品爵，冠弁金紫，昂然榮其家，廣第宅，連阡陌，厚生用，無欲而弗遂。自他人視之，高遠闊大，不可易得而兼有也，而皆君之常耳。使君不自安之，而每欲凌跨超越以爲快，則未必不能而違道遠矣。君乃不然，唯執一坦以自居，此其盡道迪吉，度越於人遠甚。故平定沖易以坦其心，敦本務實以坦其行，恬澹貞静以坦其志，典雅誠信以坦其言，儉勤莊睦以坦其家，謙和直諒以坦其與人。彼高岱嵩，吾坦夷壤；彼危太行，吾坦康衢；彼深九疑，吾坦曠野。以是日用而自然，其心寧，其行達，其志申，其言從，其家肥，其鄉邦重而尊之，一身泰康，百福應集，蓋坦之效大而遠也本如是，而君獨能獲之。君殆知天地萬物之道，而周公之所謂「幽人」，孔子之所謂「君子」者乎？述之以贊於久。

招隱亭記

招隱亭，在無錫之甘露，作之者曰西野華君文潤。文潤抱局疏雅，含薄風素，高居遐攬，同心者稀，於是寓劉淮南之志於兹亭焉。人莫不高之，予也惑。夫安以王孫之華赫，不足以尚其曠逸之想，故使八公者造二山，以諷引沮、溺，招援黄、綺，孤標靈韻，激興後來，自是以還，必斯爲美。或雲卧以終身，或拂袖於中路，任南、董者傳隱列逸，與勳勞以齊芳，信高尚矣。抑皆執是，則將蔑禮崩樂，廢養亂刑，五臣遐舉，十人行遁，唐、虞不就，夏、周不興，而後我獨貴乎？聖賢之情，其亦異矣。嗚呼！蓋嘗徐察而深求之，然後知君子之居心御世所執微矣。蓋曰三代以還，極亂可隱，極治亦可隱也。三數君固已有説，今君臣明良，時事泰清，而文潤爲是，則所謂極治之隱者也。百僚充備，績效既徵，揭吾一人，獨見林下，以助化贊理，默與弼教，致世者同功焉，不亦可乎？故唐、虞有巢、許，周有夷、齊，先民予五臣十人，而不奪四子，則招隱於治世者，可知矣。故曰道并行而不相悖，文潤殆知道者，非邪？既敍以助志，復爲詩，琢亭石，時歌而招焉。詞曰：

山有木兮木有枝，木山之陽兮山木賁思。糾崟巖兮，樛單柯兮矯窅，君不來兮木以老。

於牣亭記

長洲郭汝載，家城北綵雲里。汝載治士，有恒心恒産。去家東鑿疏壤爲沼，循沼内爲副堤，築内爲中洲，内外堤匝以嘉木，柳枝、桃花，緋緑互焕亭洲之中。以主張衆美，謂生意無若群鱗之繁且妙也，名亭以「於牣」。僕游焉而樂，汝載曰：「吾不爲賓謀也者而爲是。吾樂而之是而樂益，憂而之是而憂損。吾謂魚獨吾樂，今而後知其衆，而斯名之宜夫。」予曰：「然。執道以御物，道不精失物情。徵物於往者之於道也，則居可知矣。古之言魚之樂，一也。莊周、公孫僑、子思之徒與周之爲雅者二，其爲樂一也。夫枯轍旱陸，易煦沫而斗津。吾邃然樂其樂，而況方舍繼縱，遊乎伐冰之家之池，洋洋悠悠，又況躍沼于淵極，與翔摩戾空者咸察焉，又況泳洄德涯，遨盤道川，微鱗巨鬣，左右充盈，其爲情無以尚之者乎？故稱魚之至者，古今底于平王，子善稱哉。然吾始樂之，今有憂焉。魚吾之盡性，皆以遇聖人。今魚遇聖人，處乎沼，情盡耳。吾與子生聖人時，被聖人教，將求爲聖人用，能若魚之恝然無爲乎？若是，則負聖人矣。夫魚滿沼，賢才滿天下，吾與子於是不可以賢才自居，不可以滿自恕。居則驕，驕則傾；恕則怠，怠則斁。傾與斁，非魚所知，吾與子罪也。故於是當脩焉，無作魚羞。」子曰：「諾。」予曰：「夫魚且勿可羞，而況室居名言之張爹乎？」汝載瞿然，請記之。

清兮亭記

居天下名山水，性氣不足以充發之。且當與闤坐市立者殊科，矧抱質澄雅，又知讀書事，隱是境之爲其專且名也，亦不辱矣。洞庭，天下名區也。金作之山，玉作之水，不肯受塵土一點。羅氏居之，哦山嘯水，吞煙吐霞，衣流冠石，作一亭，儲群勝，號之曰「清兮」，來邀予志心地之接者於亭楣。

噫！去孺子二千年，不聞洞庭有擅兹名者。蓋天勝不遷，知契而取者自寡。或有之矣，而我未之見也。未之見而昉見之，又烏得而忘言也？噫！毋緇而衣，毋棘而足，吾他時占子舊纓，當無一絲髮垢濁。

吹緑亭記

錢氏有大圃焉，一方池居前，旁爲亭面東，軒豁疏徹，不受一泥壒入。每坐欄臨流，四檐草木生氣翕合，翔禽交呼，波菱水荇，膏碧亂擲，游鱗潛鬣，時時撥剌，出入水面，水痕散而爲羅，激而爲珠，澄而爲練，一坐便廢晝夜。酣暢之餘，取五柳先生巾，漉蘇州蓮花白，時噏饒州一白盞。旋入池，采菱剥蓮菂飽啖，手自垂綸釣鮮魴，兼洞庭橘子皮酒，烹之以薦。抱阮咸，作一兩曲，熙熙而醺，冥冥而眠，仰面看碧落，高歌歸去來。歌已長嘯，流雲數聲，却夢與點也、接與沂雩一境，然後寤。亭之趣，大略如此，主人澄、徹二兄弟得之最深。夏日，予過之，以爲趣，頗分請名亭而文之。予大意以爲亭趣惟有生意故勝，遂用韓吏部詩語，摘二字題之曰「吹緑」。

楊氏祭田記

曲禮曰：「禮從宜。」禮器曰：「禮時爲大，順次之，稱次之。」禮之重於祭，久矣。若夫士祭之田，其在于王制，既曰：「有田則祭，無田則薦。」而又曰：「圭田無征。」在於孟軻氏之書，既曰：「卿以下必有圭田五十畝。」而又曰：「士無田，亦不祭。」然則田之有無，未決也。觀周禮地官任土之法，有士田、圭田。鄭司農以士謂仕，謂仕則賜圭田。然則圭田亦以賜否爲有無與？夫制之存乎籍者如此，後世何居乎？自井田廢而禮隨以遷，近世朱氏所述以立祠堂，置祭田，冠乎有家之四典。今士誦法聖賢，知重於是矣。然必執而望之上之人之賜乎？則禮無時而行矣。蓋聖朝調酌古今，仕者禄而不田，至大勳庸之賜間出焉，亦先王意也。士於是得爲而爲之，弗禁也；不得爲而不爲，弗讓也。得不得者，力之謂也。然則士於是得爲而爲之，亦近於所謂時者歟？近於所謂天地之祭、宗廟之事、父子之道、君臣之義而順者歟？近於所謂君子大牢而祭，謂之禮而稱者歟？皆從宜者也，亦爲之而已矣。嗚呼！吾獨慨夫爲之者之寡也。夫得爲而爲之，上也；不得爲而爲之，次也；不得爲而不爲，又其次也；得爲而不爲，斯下矣。

某郡楊某，室既侈富，禮典周舉，屬求予記其祭田，夫人則知祭矣。祭而以禮者，寡也；禮而知以時，又寡也；禮亡時，得而能調酌建置，以不失先王之意，不悖時王之宜，又益寡也。是所謂上焉者，其可嘉哉！蓋世以其得爲者而他爲焉，又多也，不亦重可嘉哉？雖然，萬物之情，外必自中，某之所爲，蓋不特是。樂其發，慎其獨，所謂外心内心，其必能交致矣。夫田之度，籍之石陰。

南山隱居記

孫居潤殆五百年，當大江之濆，嚴莊之郊，依山北而家。天順中，故處士大章有三子，各授以業。季氏公正君得山南地，地廣而薈。君時壯且敏，視其地若玉未琢也，力治之，薙其蕪，夷其垤，爐其埴，整其繚，築其領爲第，易其幅爲疇，藝其裔爲圃。第之屬敞而爲堂，密而爲室，重而爲樓，虚而爲亭，敞者主之，餘者從之。其制無飛題藻繢之靡，其貯惟琴書耕織之具。疇之屬有畎有畝，有溝有瀦，其種秔、秫、麥、菽。圃之屬鑿曰沼，疊曰山，障曰籬，通曰徑，其植柹栗、桐漆、松杉、竹蔬、麻枲。大率居尚樸固而等威有章，物可游玩而材實給用，美足暢適而規可示後。於是地事乃盡，而安處焉。犁鉏共簡編并持，樂道與治生偕事，子姓日侍，賓朋時集，安之而不遷，享之而亡怍，信居室之善者也。君標其稱曰「南山小隱」。相國長沙公而下，多爲題署，復請予記。

夫深山大澤，惟材之依。故嵩、華有虎豹，而蟻封無梗椅，然得而不知居之，耀華於郊，饕啖於野，其招伐而就禽也立至。故周顒、種放中道而廢，以爲其地羞，此又地之依夫人者也，惟知道者得焉而守之。大穎闊力，函擁不散，乃治地以自宅，心綜而躬理，盈而爲虚，泰而爲約，卒食其報。積於尺寸之力，而收於億塵之獲，樂於充贏之享，而免於悖出之虞，得於今之尋常，而流於後之無窮也。此則爲隱之道，而獨君以之。長江大麓，非斯人其疇依哉？君有二子方、育，皆植志媚學，拔類材也。方領薦於鄉，育業辟雍，行且争驅，一日千里，此又山川不舍者。予特從君請也，本其雅意如是者而言之。

石田記

君子之心，望於世也廉，而自治也勤。其望之廉，故甘爲未輯之瑞；治之勤，則不寧耀其生，耀無窮焉。蓋有不度而試者，以杙爲楹，以撓人之堂殿。君子視人恒若餘，視己恒若虚，每退一武，曰：「吾弗彼若，則弗可以試。」非謙也。其自期者遐，而更覺其斂，而不知其已度越餘子遠矣。

伍員之喻石田，以弗稼猶無田也。沈先生則弗稼者與？其以爲名，所謂君子之心也。先生者，巢、許其居服，而禹、稷其腎腸。既自退，曰：「吾不敢豐望於世，爲是名已，乃去以道自治。削蕭莠，抉沮洳，揭其堅白，以對日月，爽然風塵之表。璆琳琅玕，從厥自生自潤，吾亦不强自鍵閉，唯不爲太倉玉食之需，安於寬閑之野，壽於寂寞之濱焉耳，吾何恧乎哉？」或曰：「審爾，先生亦獨潔者矣！而亦烏乎耀？弢無窮與？」余曰：「先生之植志操節也不可窺，吾試與若窺其詩。非孝忠節義也無觸於膺，無寄於聲，油油乎茁元化之嘉種，粒烝民於終古，其不類杜少陵與？杜之位，不過一員郎，無片事自振當時，而自方稷、契，人不笑之以『詩史』耀也。而先生又烏乎恧哉？」先生之爲斯稱也在少，而小子言之於其老。凡言諸先者，當以期今，則定矣。敢以垂贊無止。

東山竹屋記

國家有耇成股肱之臣，曰大理卿金壇虞公，歷輔祖、宗、仁、宣四朝，率典憲，弼教用，平慎閎雅，以格于乂。既没，而遺休垂光，肆達于胤人，實覃且訏，其曰邑釁之彦。來鳳君孝秀凝特，益振世華，用維紹先開來者是承是荷。嘗割父授口分之業爲祊田，繼兩走闕下，上疏請明先公延賞之典，不報。請賜謚，又不報。猶以言直迕權奸，謫東裔。踰年，天子誅奸賊，宥流人，來鳳得釋歸。辛未春月，予遘于京師，唁且慶之，視其氣浩然，直熏然充也。問來故，來鳳曰：「遇明天子，將復申先公事。」予曰：「不其懲歟？」來鳳曰：「吾以直，奚懲乎？抑先公之道，其豈和玉之類，顧不能三獻哉？」予甚壯之。明日，以其所謂「東山竹屋」者求記，亦自已有言。言辛酉之秋，由下第歸，游莊城之東，得其地勝，有山水之雄秀、竹木之茂悦，因旁竹結屋而居，以討古今，索名理，養節氣。於是有朝陽之況、虛心子之稱，且上尋先公有玉雪之軒，亦以竹喻，玉以温栗，雪以潔，先公以喻，吾以指言，其將因地以獲先公之心。獲其心，尚武其道云爾。凡其言之大校若此。

嘻！既盡之矣，予不足助來鳳。所不能忘言者，悦來鳳之氣也。夫玉所以温栗，雪所以潔，竹所以似二者，所以具是姿性節操，先公與來鳳之所以有取之，皆以得此氣耳。至如衡古今而觀之，瑟兮僩兮，赫兮喧兮，衛武之竹也。邦有道如矢，邦無道如矢，史魚之竹也。筆則筆，削則削，春秋成，亂賊懼，孔子之竹也。其在于今，則出諧箾韶，處光汗青，惟虞氏之竹乎？此殆可以贊來鳳之志。彼其留眺於緑槍金鏁之狀，注聽於瓊琚玉佩之韻，與東山之佳、衡宇之適，以極語言風咏之工者，可語衆人，非所以記來鳳。

眼空臺記

鴻山自棲梁伯鸞以來，居者不易稱可知已。樵豎耨夫，何有於地乎？逮西野華公德始能居之，亦始能稱之。闡古構新，名其特勝者，至十有八。嘻，盛矣哉！山於是爲中興。其間曰「眼空臺」者，惟吟眺之所，間嘗以語余。

余想其燕閒之時，觴豆之隙，哦興横生，活氣欲吐，則振衣而上。於是衡睇六合，冥詣太始，不見有一長物。雖山川之流峙，草木之榮瘁，禽蟲之鳴寂奔伏，以至乎烟霞之互彩，日月之代明，萬有錯於前，而曾不滿吾之一瞬。故舉所見而空之，此其加於人信遠矣！然而空有之際，取舍之間，而是非判焉，公察之久矣。故自其有而論之，則日用百需，釣弋之微，亦不可以去。自其空，則混沌七鑿，宇宙之大，亦不可以執。譬諸飲食，方食爲有，食已爲空，如不食以爲空，不可也，食已而猶執之，亦不可也。蓋萬物皆備吾身，而初不物於物，乃君子之道也。此言不可去者也，又況有是非者介乎其間。鉅橋之粟，於紂爲有，而武王爲空，時則主於空。居延之節，於蘇武爲有，而李陵爲空，時則主於有。故空有不在物而在眼，不在眼而在心，不在心而在理。不然，無擇而畢歸於空。西方之言，非公之意也。故公之所謂眼空，以道爲樞者也。古之爲觀者，若山淵之平，莊周、惠施之眼也，是齊也，非空也。塊岳杯湖，李白之眼也，是大也，非空也。二子燭道未盡，故齊之、大之而未至於空。若公於是，無必乎齊，無必乎大，其視夫山河草木之屬，流而自流，峙而自峙，以極於萬有之積而各具自然，竟無一事凝塞於吾中者。而又刓乎傷道敗德之初，贅疣梏縶之具，齷齪瑣屑，膠擾煩亂，交病吾心眼者哉！九霄上幬，八紘下陳，曠然吾兩瞳子，唯見一道。道以眼著，眼以臺著，不可謂臺罔功。予不佞，請發公之道，以鑱于臺。

菊花莊記

蘭溪伊廷玉家有菊花莊，以其道行於醫，寓志於是云爾。判太倉州龔君爲道其志，幸予記之。

菊事亦大矣。有菊德，有菊操，有菊趣，有菊功，舒而葩，散而葉，緋綠而色，芬馥而氣，本乎地者所共。菊無貴也，德而黄中，操而後彫，趣而幽野，功而濟人，斯菊善已。伊亦特舉一隅，吾請爲遍徵之。夫植焉，名焉，而玩游焉，以助德焉，厲操焉，適趣焉，輔體焉，一身之菊莊也。德孚於倫屬，悉由中焉。操立乎上下，咸有守焉。趣無弗適，而體無弗康焉，一家之菊莊也。一家然而一國具其來，至於康疲癃，活夭札，州里之菊莊也。推於通國，通國之菊莊也。廣之天下，天下之菊莊也。又至乎反收内卷，以小喻大，物喻道，則百行異而私欲亡，君子進而小人退，善人多而惡類消，中國治而夷狄臣，陰陽和而萬物遂，亦人與國家，天下與天地之菊莊也已，小乎哉？福建憲僉前翰林章公有記，亦引厥旨矣。龔君之命不可已，且申之云爾，伊君亦然之乎？倘然之，幸分我一落英餐。

芝庭記

葉君明哲之新居，在太湖東之紀革。始遷而芝産焉，因自稱芝庭主人。吾師天官守溪先生爲署二大字。他日，就僕問記。

禎妖之談，古今岐焉。或曰猶影響，或曰闊疏，至折諸聖言，則如禮之云四靈，春秋之書螽螟，居可知矣。予衡觀其間，不可決。謂天之有意無意在也，一氣流轉，或爲人，或爲物，其粹精者，植出而芝，動出而才秀，非無種也，種於太和焉矣。其間有人物相爲徵應者，亦自不同。有人未至而物先見者，有人既孕而物斯從者，有人與物適相值焉者。由君子言，則可喜也，亦可懼也。昔之名卿，喜佳子孫之出其門，如芝之生其庭，高賢固然。而今吾得之，是可喜也。然而佳氣吾集，能無迓導承凝之方歟？必人與物偕，而後不爲吾芝辱，可符謝公言，少當蒼蒼意，是可懼也。今葉君於是，則信善矣。其人恂然恭，沖然和，藹然才且淑也。而嗣者泳游頫波，英藻粲發，可以襲桂馨，奪杏豔，是封胡羯末徒也，則知而無事乎懼，一於喜者也。既以爲君慶，且以佇焉，而永之以歌詩。其詞曰：

燁神蕤兮翹吾庭，粲吾嗣兮協厥靈。友黄綺兮采巖坰，粲者起兮甘泉九莖，芝兮芝兮綿脩齡。

祝氏集略卷二十九

紀敍

桐園記

人以桐自稱也者，指有二：以木也，以琴也。其爲以琴也者，亦有二：以鼓也，以喻也。王君世材，家吴城東之甫橋。家傍有園，植桐盈之。耳目之洽，心趣屬焉。乃自稱云「桐園」，是以木者也。頃請余章於辭，以重其木，實重稱也。

余求其大者，無若以琴之喻者言之。夫琴，盛樂也。大可以薦天子廷，爲民釋愠阜財，建大和以奠世育物，奔蹈鳥獸，豈宜廢置哉？今寄之於園，是荒寒寥寞，與繁植者芃芃然駢也。今世材負材局，不入夔、曠手，此其喻矣。然奚病乎哉？古之人風尚高遠，凡其道詘信、志顯晦、身行藏，悉泄於琴。其爲晦藏者，杏壇、汾亭其尤也。琴豈不宜隱者？琴之不宜隱，爲世言，不爲人琴言也。況引桐以歸園，是未斲之材，擁天貞，完天和，惟直應撫桐之木，安園之地，稱焉而已矣。世材於是惟日消摇乎老圃之間，視吾嶧陽之孫，居然亡恙。爲之培扶灌洗，使姿格灑灑出群表，碧陰涼葉，鋪十畝無塵之土，吾坐其下，時而茗，時而酎，歌清商，舞玄鶴，優游卒歲，無伺乎束帛之賁，而希聲大音，振響於離垢獨樂之場，不亦善哉！世材之趣本若此。前之所喻，謂其宜琴而不琴，不宜園而園也者，余意也所以長世材。既復世材，又爲歌，使可弦焉：

桐之榮兮可陰，碧瑶兮沈沈，息兮我襟。桐之楨兮可音，紫瓊兮愔愔，寫兮我心。桐之寓兮我園，襟兮心兮，我桐園兮。

南村記

蘇之勝，左川而右山。出胥門，絶官濠，入橋而西，穿横塘，越荷花蕩，乃至山下。跨塘雙橋，立東橋上四觀，可盡其山川之勝。其村墟之最也，鄉人王臣之居之，而號南村。因李孝廉請，予狀之以文章。

噫！南村之名，以山川之勝。山川之勝，臣之得之不能言，而假予言。予能言，而不能得山川之勝。得之者在此，言之者在彼，兩不相值，何以言爲哉！澤國雨晴，風色清俊，吾期孝廉過臣之，而告臣之以南村之真文章不在筆墨，在三士登橋上連手南顧而一笑也。

南江記

氣之秀者，其鍾也，物而爲山川，人而爲知仁，就其有，動静焉。則物而川，人而知，秀氣之動者也。惟動也，故周流傍行，不舍晝夜。涵兩儀，首五行，滋萬物，通九有，功之巨莫加焉。消息萬理，機權百事，訂是非，審時勢，别行藏，樂日用，心之靈莫加焉。夫子所云「智者樂水」，無煩多辯矣。然吾觀於是水，其亦待人而功乎。一河也，或漕國計，或利衆涉，或下流歸墟蕩焉而已矣。以至其他千條萬派，用而利，棄而否，皆然也。若夫勢趨東南，故吴尤多江湖。

蔣君允昭，家吴淞之濱，以「南江」稱，宜也。吾以君抱澤物材，未得沛乎四海而泊焉，寄高蹤於寂寞之澨，臨清賦詩，濯纓放歌，汪汪之府，雖不自少，斯固安時順理，夫子之所謂知者矣。固足以滌頑夫塵，契逝者歎，不亦大哉！雖無舟楫，庸江功不以君廢也。故爲比類引義，宣其大旨。若此，君當謂然。彼如分情魚鳥，寓興藻荻，消光陰於鈎綸者，末也。

西郊記

勞君以名麟，號西郊，用魯事乎？麟之祥於魯，可知矣。吾天朝可以魯褻乎？成康之郊，固曾容之。君將以是乎？然而引之於西，則果用魯矣。嗟乎！魯之不競久矣！東門之人，魯之真麟，而使其若喪家狗，尚何有於鉏商奴隸之手，一麢身鳳臆之足云乎？故孔子悲之。自獲麟來，談者衆矣，且烏乎折衷？或曰：以肇漢也。夫漢之文、景，固謂追軌成、康，則或者之談，亦或可信。今天朝自祖宗來，皆堯、舜也，雖孝景稱幾刑措，猶不及吾累朝之專止於仁，則今日果有麟焉出於西郊，亦成、康而已矣。使孔睹之，且聲頌之不遑，又何有於反袂拭面、涕沾袍者哉？故曰：大道之世無孝子，無忠臣。非無孝忠也，夫人而莫非孝忠也。曷以一麟爲兆而矧於朝野之辨耶？則勞君於是，殆迹似魯，而心真成、康者矣。又曰：「審然，則胡爲不猶黃帝時之在囿，而若是遠疏乎？」曰：「堯、舜之世，乃有巢、由；今勞子在堯、舜世而不用，獨不得以巢、由自居乎？不以巢、由自居，則吾君非堯、舜乎？」

可齋解

允明交何子，凡何子操中施外，爲學與仕者，允明見之，其必欲足其道也。何子尋常自謂可，人亦謂可，允明亦謂可，直謂謙爾，未始爲之深長思，知其旨有他也。爲之思而知之，而言之匪一，士蓋無若方子。方子推何子之志，匪無擇可，匪見小利可，其必得乎易之時，當其可，言何子之道莫大乎是。何子受其言足矣，又問允明，則安能墨墨歟？蓋有一言而兩之者，可是也。少之曰可，多之亦曰可。何子之道無不足，何少乎？何子則不自滿，又何多乎？允明爲何子審之。

士於三代後，則必折衷於孔氏，無可無不可，然則倚於可，殆不可。嘻！何子豈倚於一者？何子正以擇其可爲可耳。爲天下之行，抗之非可，抑之非可；爲天下之言，高之非可，卑之非可；爲天下之用，同之非可，異之非可。楊失之抗，墨失之抑，莊失之高，子雲失之卑，馮道失之同，王安石失之異，皆非孔氏徒，何子寧爲是？蓋曰：行必無適莫，言必六籍，用必如司杙，以至大司寇行相事，斯則何子之所以能折衷於孔者也。

陳氏燕翼堂記

詩人言武王之仕曰：「詒厥孫謀，以燕翼子。」謂傳其所以順天下之謀，以安敬事之子孫。子孫敬其事者，行之乃安。甚矣，武王之善繼，而詩人之善言也！近儒謂謀及其孫，則子可以無事。安有弗謀其子而先其孫？子教未施而徒欲安之，雖敬不先於安。其説若近而反迂，後世欲法之，從古訓可矣。爲天下國家，皆有道焉。所謂孫也，故稱「燕翼」者，先求其孫之道。

長洲陳君文焕，少游邑庠，將光大其族，不幸壯歲不禄。有二子，伯曰凱，字德和；仲官，德相。德和承所遺厚業，能以誠篤敬慎加培之。德相生於遺腹，積學敏功，必將遂揚顯之孝。爰構華堂三楹，以儲先人之休澤，而事其母陸碩人。碩人且六十矣，慈孝相洽，友恭既翕，家室攸宜，日以康豫，因署其堂曰「燕翼」。謁余乞言昭之。亦甚矣！陳君之善詒，碩人之善守。伯善述，仲善繼，將完其志與事，而佚母於壽祉。燕翼之道，其允獲而無忝與？爲之記而作詩系之。其詩曰：

有木維橋，終風賁條。肆篤其稊，以莫震摇。謂我雛鳳，並謐于巢。栽培有道，敬事勿彫。右一

伯兮善述，載述載昌。載獲厥播，載構其堂。篤誠以勤，飭脩無荒。敬事先采，嗣服不忘。右二

仲也善繼，善繼維志。夙夜辰競，風雲力致。兢兢祗祗，虔恭寅畏。存榮没顯，揚芬嗣世。右三

有赫新堂，嘉名用章。以宅三綱，以出五常。塤篪雍雍，琴瑟鏘鏘。母也順只，式壽且康。右四

凡詩以尊者美，以卑者勸，勸斯懋，懋斯永，伯仲其知之矣。

潘氏湖山佳勝樓記

包山具區，拔造化精，金玉作山水，自奇而靈，萃靈而神。天烟霏霞月，地瀾淪湍波，秀萼嘉實，良榦材，幽翔逸趯，弗可究名狀。人居占尺土丈流，至澮翠淺緑，遥耳目手可指接，亦皆足誇佳勝。其未至若干里爲柳溪，即胥口有居者。前太湖，而東靈巖，西香山，環前而錯布，洞庭群巒也。先東跨箭涇，而梁穿湖流，達于靈巖、香徑橋也。先西而梁穿湖流，達于穹窿山橋也。是爲潘氏而一樓卓其居，是爲主人之子太學生鋹和父藏脩所也。和父得郡名士咏歌之，而署以「湖山佳勝」。

潘氏，余世交也，今又爲婚姻家。太學之父崇禮隱君，古心行君子也，善家德門也。太學起家，器也。他人以是居請語，余且爲地喜談之，抑我潘氏？潘氏以他居請，爲人喜談之，以潘而是居能已乎哉？吾觀凡居之勝者，得其人甚難。狷者浮露而傷華，優伶而被冠紳，濁者昏鈍而傷質，乃金碧塗土木偶，其居蒙羞，山不得自高，川不得自滌。太學父子之於斯也，忠信長厚，增金庭玉柱而崇澄灝涵渟，廓東南之藪而闊，崇禮偕佳勝以卒歲，太學耑往用于時，異日返初，盡崇禮孝事，引養于藏脩之所，而樓之佳勝大成也已。

笠澤金氏重建安素堂記

吴中自昔多儒家，不特一時師友游會之盛，往往父子昆季，交承紹襲，引之不替，斯風至美。摇城金氏其一也。其始祖爲宋迪功郎章，至元間，其孫伯祥父尢名，嘗作安素堂於所居貞豐里。錢逵伯行氏爲之記，稱伯祥端重有守，知所止而無外慕之心。暨入國朝，其後人守耕讀之業，不衰而轉盛。伯祥六世孫允彰，益清脩，克振先緒，以安素者，文獻存而棟宇湮矣，乃就元趾復構之，請余紀其成。凡安素之旨與其道，錢君之論，理暢而言美矣，余更以事言之。

夫以物授受者，期欲必守之無徙，良難。伯祥學有得，知夫金帛宮室長物，不足爲身之重，子孫之傳也，獨取吾志。所處山澤之區，宫一畝，田一頃，以安其中，而不動乎外，雖非屢空，可謂素行乎貧賤者。其世當狄主僭華，士爲魚腥蟻羶者，皆苟且以就功名。而伯祥考盤碉薖，涅而不滓，饘斯粥斯，終吾生以徜徉耳。既而子孫守之，遭時閔凶，干戈四溟，金之族遵晦故栖，無流播之虞，可謂行乎患難之素。天王新海寓，霈膏澤百六十年，而允彰繼述益熾，雖不軒冕，又非所謂素富貴而行乎富貴者耶？甚矣！儒效蓋至乎是。其要不過不願乎外，故無入而不自得，安素之大，無踰於此矣。吾又不知當伯祥時，郡鄉之顯者青紫奕奕，富者倉箱矗矗，其所安所遺，有如伯祥者否？有之，當并存，今安在乎？不安素者效若是，伯祥之賢，加人既遠，而子孫之美，允彰之孝，又焉可證哉？韓氏之子不能安退之文學之素，故詒金銀車之誚；盧氏之孫不能安懷慎廉正之素，故掇澧州之放、奸臣之史。兹堂之名與允彰之聲，並延而未央也，豈不重與？

允彰名焕，號友衡，凡金氏之業，安素者耕、讀二道，既其熟習而有得者，使徒美而無獎掖功，將非允彰意。復援詩、禮經訓，銘諸堂之兩序，曰：「播厥百穀，實函斯活，驛驛其達。有厭其傑，厭厭其苗，緜緜其麃。載獲濟濟，有實其積，萬億及秭。」右在左。曰：「脩禮以耕之，陳義以種之，講學以耨之，本仁以聚之，播樂以安之。」右在右。

南岡序并詩

以朱公爲「南岡」之號，説之者蓋咸謂「南」於象爲明，爲文居，爲君子之强；「岡」爲高，爲廉，爲堅，磨而不磷。數者咸令德，有一加於人，而公兼之。物以名體，名以方德，信美已。然余知公者，就其行，徵而符之。公久莅諫垣，有犯無隱，危言累百牘。可知者，如爲建儲，爲視朝，爲抑奄尹，爲斥權嬖，爲止畋游，爲登正黜邪，爲公進退刑賞，爲申冤濫，爲振災困，爲論列大禮，務舉前旒而啓之明，拔黈纊而納之聰。崇議切辭，何明也，何高也，又何廉也！而翹翹批逆，中立而不倚，不變塞以期至死，如其强，如其堅。暢其末，爲詞華咏歌，而又盡南岡之能事畢矣。有而似之，誰實方之？公今賦政東南省，至于王丞弼，極高明，諸敍爲日麗辰揭。小人作詩，公焉永懷，以慰其願：

公位之煌煌兮，公道之堂堂兮。堂堂且，南岡且，陵相省之屏也。台揆之升也，道大行也，極高明也，展大成也。

表弟蔣秀才遺文序

李義山序李賀集，稱賀死時，語其母「帝召作白玉樓記」，頃之，烟氣起，賀死。事傳于今七百年，人信之，極章著。余近得姨母蔣夫人説表弟事，知千載有繼賀者，事復章著。蓋氣元英靈，天人流通，自輕清降凝，俄復歸返，若帝有命，兹固古今之理與？

弟名燾，字仰仁，故樂亭令君遺胎而生。夫人方在蓐，恍惚見道流三人，入房便失其一。燾既免矣，襁褓神潁，能言誦習。九歲治四書、易皆通。十一入爲府學生，鄉郡知名。十四應鄉薦不捷，而聲轉蜚溢，隸賤遐僻，莫不喜稱之。丁巳之歲，其年十六，冬月將盡，一旦，枕上呼夫人曰：「母寧知帝京有紫府瓊臺乎？」母曰：「不知。」又曰：「兒當以母老辭歸，可邪？」夫人訝其不倫，且謂囈語，置不問。數日，夫人長婿劉岓來參賀元節，入燾齋，見周易書中有夾置一紙，書千百言，取觀之，乃燾所記前夢事。其初曰：某年月日，夢老父引登高境，目曰紫府瓊臺。撰文曰：「翠碧重華，玉殿金闕。」其末曰：「某再拜泣請，家有老母，願放歸養姑還」云云。岓未及讀中文，燾適來，奪之。夫人亦來問故，不對。夫人取紙將視，燾窘，遽云：「母毋觀，此泄天中機。」夫人惡之，抵于地，燾遂拾置册中。其年秋，燾病，病中語夫人：「李賀爲帝召爲文，不免死，奈何？」三月日，燾竟死。死後屢夢於夫人。一夕，見夫人即馳去。夫人逐之，人言：「燾今非復若疇昔行也。」夫人愈逐之，及，問燾：「今何在？」燾曰：「兒爲召作丹臺記。」夫人言：「丹臺非世間有，其天居邪？」燾愕然曰：「兒不得如昔滯行。」即去。一夕，又見燾父，言：「吾死不如燾。吾死即滅即散，燾死不滅不散，渠乃全者，欲來即來耳。」言既，隨復見燾。夫人問其死狀，燾曰：「兒死，從首上以往。」又言「不滅」等語，與父言無少異。又曰：「母哭無過慟，若過慟，若不葷食，若拈弄兒典籍，皆令兒悲。」遂寤。凡燾之章著若此。

嗚呼！燾果從長吉游諸清都紫微，謁帝而代言乎？何世不幸，不能留燾，使麟鳳埃壒也？夫人將顯燾，燾故未及爲古文辭，獨時文數十篇，自題曰東壁稿，夫人取刻之，俾允明序。夫人又言燾記夢文在册中，後爲某攘去，并文亡之，故今不得其詳。燾與余皆爲特進、柱國、武功伯天全府君外孫，魏舒之譽，將望於燾，余實甚愧之。因序燾文，詳列爲後人誦。燾雖未仕，德行備美，幼受夫人教，且畏恭如嚴師，夜乃慈戀，達母子之恩。三歲，人示以文鳥，燾曰：「我非畜鳥人也。」性復簡静温洽，今刻文，亦可爲經生法。

表弟號懷海生序

表弟徐美承，抱志曠闊，予前既序其字，又告余常欲白其抱，爲一別號。曠闊有逾海者乎？李謫仙曰「海懷結滄洲」，可號懷海。弟曰：「唯。」又曰：「吾世偃王後也，食東海。特進、柱國、武功伯，祖也，稱必先東海。上輕車錦衣將軍，考也，自呼『東濱遺客』。則引伸懷義於思祖考者，亦可耶？」予曰：「亦可也。人懷在中，有依焉而不離道，皆可也。弟志既卓，存而充之耳。」予祇從其題，漫浪言之：天公地媪，東王西母。塊岳抔湖，盥日澡月。九塵彙毛，衆蠕集蠓。裸骸而植行者，稍黠於其群，因持毿以長毫。咄哉！何足以數？有能瞥視而不盈溟渤，小聽而不響潮汐，鼉龍之腥不滿兩鼻孔，魚鹽之味不充寸舌端，爪承三山，吸竭四浸爾，將謂天神哉？一六尺人耳。此乃所謂懷者自懷而一之，不知身爲海，不知海爲身，此則懷之至者。群黠於蠓者，因驚而異其名曰仙。豈知仙非別一種物，吾輩懷者，往而爲之耳。凡仙悉可爲，吾輩先爲儒者，爲之最易，弟毋謂我毛肉齪齪然，焉能仙？焉能仙？不然也。吾已號弟，明日來從，吾執手高步而往。

銀浦序

若夫商飈掃夏，玄露洗秋。碧瑶晃清徹之田，黄金横蔚藍之界。霜輪涵映，榆葉縈迴。爾其滌源尾箕，垂條參井，發坤成象，衡蒼涉津。淵淵注玉傾銀，渺渺翻瑶瀲碧。蓋絶地天通，而氣潤華蓋。子以母顯，而色從皓金。虹飲華流，雲和汐韻。貫元精而霏沆瀣，倬皇文以示昭回。乃有奕奕侯門，翩翩公子。織婦貽枕，海賓贈槎。迎仙鵲群，躋虚龍縞。躡翠梁而徐度，遵青霓而上征。窺星妃步襪之塵，浴天媛湔裙之水。滌蕩肉骨，磋鑢容華。拔雲體於塵囊，嘘仙風乎泥殼。江漢以濯，金玉其相。寓蘧廬則爲潔夫，游沉漻而號玄客。陋宋郎之口過，嗤郭生之慾凡。余也幸抱君平之靈，因成七襄之報。公子徐氏，美爵爲名。余前擢桂之漫郎，曰祝允明，其中表兄也。

毛夢哲字敍

夢哲爲今内相三江先生主器，始將生時，先生夢前内相嘉禾吕文懿公過之，因取文懿名名之曰希原。賓友多爲制字，而未定也。比允明來京師，夢哲又辱問焉。

允明曰：「即爲夢哲，何如？」請質諸先生。先生謂之「可」。夢哲復倩爲敍，不得辭，因竊推先生之心告夢哲。

夫先生之欲夢哲，希文懿也，豈曰以其位，固以其賢也，故字之旨若是。然誠欲其希賢者也，則曷不擇夫古之大賢若聖人者而命之？蓋於是愈可以見先生欲其子希賢之心無不至也。惟夫欲其子希賢之心無不至也，故隨所觸遇而輒白之。疇昔之見文懿也，寤而心警焉，而夢哲適生於是，遂以稱焉。使當時夢古聖賢，或事物之良可比喻以爲賢者，吾意先生亦將隨以命之矣，大率欲達其望之之心而已。文懿以耆德宿學，夾輔累朝，國倚其功，民被其澤，士仰其風，而身膺寵光，位極人爵。夢哲希之而至也，則夢哲亦文懿，而先生之心得矣。然文懿之在當時，其自爲者，亦將有無所希者乎？予又意其所希者，不逾夫皋、夔、稷、契、伊、周、孔、顔之間也。今先生之命夢哲，又獨欲其希文懿而已乎？殆不然。希文懿所以希前數聖賢云也，而豈徒哉？此又先生之心，無所不至而無窮者也。抑允明之昧昧，則無以長吾夢哲，有一道可以爲夢哲策功焉。文懿不可見矣，希之者，求其所謂賢者若前所徵焉爾。今先生之德、之學、之功澤名位，即文懿也，庸詎獨文懿所謂皋、稷、周公之同歸也？此文懿之可見者也。夢哲果欲齊文懿，且以成先生之心乎？求之家庭足矣。

楊氏三男子名字敍

長洲楊氏三友昆，以其三男子名，謁邦大賓，遂字，乃辭，受書返，以迄祝事，禮也。初，三昆之長安卿，生檄；次昭卿，生楫；次威卿，生校。世齊而齒縣，昆謀曰：「夫生子者，祖咳而名，名立而字，字成而祝。故名以別命，字以章德，辭以祝成，古之道也。楫也，齒長而第仲，若伺厥昆季偕長，而圖今之長者，無乃曠脩？抑唯今長者是務，孺將怠焉？夫調義以起禮，時也；置齒而並命，順也；舉一而畢二，知也。盍并作焉？」於是以質諸賓人。

賓人曰：「善乎，深謀哉！昔者先王尚象制器，以前民用，刳木爲舟，剡木爲楫，舟楫之利，以濟不通，致遠以利天下，蓋取諸涣。楫字伯涣，若以禮義爲舟楫，典常爲大川，用迪于五彝，庸于百度，將集善以凝德，聚其涣，濟其履，亨其道，利孰大焉？先王秉忠信，以詔臨于四方，四方化成，易繩以契，百官以治，萬民以察。其既降也，滋罔孚以渝。記曰：『殷人作誓，而民始畔；周人作會，而民始疑。』其在于今，非契策也罔政。檄字仲符，夫忠信以爲檄，言行以爲符，執檄而求符，主於心而履諧，發于躬而物格，作于事而道盡，厥允以罔斁。先王戚人之不人，肆爲之庠序學校以教之，五品乃孫，百姓乃親。校字叔教，其敦詩、書，則先民，服聖哲，惟法語用遵，父昆用循用充。率天之命，以無䩄于物教。」

辭既，登三子，旅而矢之，曰：「二三子欽思哉！凡物各名，名各字，字各義，惟義弗各于道。是故人萬其行，行萬其義，義一乎道。二三子慎之，交脩之，引而申之，觸類而長之，成人之能事畢矣。二三子欽思哉！」三昆拜手，曰：「俞哉，敢敬拜君子之貺！」顧三子前升階，由隅摳衣上堂，再拜稽首，祇對于大賓，曰：「唯！惕哉！肆成人有德，小子有造，惟弗堪是懼，敢不夙夜承事，以無隊師賓之弘誨。」金成性父視三子猶甥也，揖而進之曰：「美哉，洋洋乎，令猷也哉！」布策敷几，肅賓請載其辭出，以號三子而授之。

徐氏三外弟名字訓

外大父武功府君既歸閒，樂天觀生，無不自得。游放歌嘯，融融泄泄，而所軫於念慮者，獨以未見其孫耳。嘗書二字於籍曰：「美承。」先人問之，府君曰：「此吾孫名也，子他日必見之。」已而府君薨，則美承在胚中矣。薨後九月而生，果男也，於是府君之心已慰於冥漠。既而美承又連得兩弟，皆男。舅氏前錦衣衛指揮使嗣勛甫名之曰美朝、美爵，今皆長矣。美承且弁，舅氏又從諸賓之請，加之以字，承曰志學，朝曰自學，爵曰天學，使允明敷其義旨，以教三弟。允明曰：「諾。」

惟人之所以承其先者非一道，然要以志爲主，志立則道行矣。惟人之顯而朝廷者亦非一地，然必自學中來，學優斯可仕矣。惟人之爵本外物，而孟軻氏之言，則有天人之辨，以爲仁義忠信、樂善不倦，乃天爵也。人能脩天爵，則其學正矣。凡此三説，蓋字之義也，因名而出者也。我舅氏之所望乎三弟之旨也，三弟其必欽識之！而允明之意，又有溢乎三説之餘者，且拳拳不能休，將重以爲三弟告。夫承在乎志，孰非志也，而有切者焉。聞昔者府君之童也，嘗揭一聯語於書室之柱曰：「男兒志氣雲霄上，君子聲名天地間。」時多比之寇萊公華岳之咏，已而果然。則府君之志何如也？弟欲承之，請事斯語矣。人之在朝廷，孰非學所自邪？而府君之立朝，其孤忠元烈何如也？則弟欲學以爲仕，請事斯語矣。人之有官，孰非爵哉？而府君之爵，文臣之極者也，則弟欲脩天爵以伺人爵之從，請事斯語矣。三者非一也，而三弟欲踐之，則皆法吾祖而已矣，無必泛思而旁求也。傳曰：「公侯之子孫，必復其始。」於戲，三弟必勉之！勉之而顯，則庶幾乎用以緝我祖之丕烈，就使居隱，亦不失爲世家之賢胤也已。允明生晚，不幸不得受烈祖之訓命，雖然，竊有志也。於乎！深願與三弟者加勉之。

史在野字敍

物必有合而後久者，莫大乎五品，五品莫大乎君臣矣。凡合，父子、兄弟以天，夫婦以禮，君臣、朋友以義。五品之不孫也，君治之，是五者統之乎君臣焉。詩云：「率土之濱，莫非王臣。」君臣合而不可離久矣。而先民之訓，爲臣者蓋云：「合則從，不合則去。」然而君可去邪？去者以位言之，分者無去也，故曰無所逃于天地之間。孟軻氏之論臣有市井、草莽之稱，意亦若此。今天下大一統，野而耕，市而工商，其誰不共臣之職？

隨州太守史君，名子爲臣，大賓爲字曰在野。在野讀書脩行以爲士，然未用也，於是則亦共爲臣職而已矣。耕而賦，工而庸，商而稅，心誠輸力效之，以至夫在官者，事事學而求用之，皆然也，勉焉而已耳，無所加乎。奇畫怪行，出位而謀也，如是則義矣。道合矣，無所愧乎君臣之分矣，而名字者宜。吾欲益在野，欲在野以三隅反耳。所謂反者，謂五品之皆然也。一者無所逃，四者其逃諸？雖然，以爲逃也而勉者，情也。之五道者，道也。無所逃於心，在野其念諸！在野之室，吾女弟也。又在野資甚穎，才力警健，又有賢父師，吾之所大願望也。

羅曉字辭

羅以善聞，焯于吴門。粤德儉父，産此鳳麟。惟此鳳麟，其名曰曉。賓人象德，啓東是表。皇鈞造歲，環運宵旦。赫斯耀靈，實繫厥判。命駕暘谷，濯景若木。金雅既騰，六合清淑。萬蒙忽昭，群伏以起。容光必照，蒼生仰止。析木而炎，壽星而寒。莫不自東，靡異趣延。惟天有日，萬物之則。大明啓宇，咸作于出。維人有心，函氣以存。嚮晦宴息，隨候而昏。昊天曰旦，無然泮涣。丹臺煌煌，千彝炳焕。泰定光生，明而思誠。事至而應，物來而名。禮不云乎？志氣如神。事物將至，有開必先。易不云乎？山天大畜。篤實輝光，日新其德。敬哉羅子，惟明之劭。五品爰察，家邦有耀。載鑒于物，昕則有月。燭亦代匱，其輝不竭。作物之勳，乃肇于晨。羅子敬哉，毋靦照臨。

袁植字敍

袁君，漢章之子，名植，字斯立，請予敍焉。漢章高士，斯立又敏邁好脩，宜有以深期之。語之曰：

植者，立之也。斯立者，其驗也。子受名於父，受字於賓，名策其力，字睎其驗，二義交致焉。兹請先視子父以策力，父善教矣。教子以謹言，植子之言也；教子以脩行，植子之行也。教以尚志，植其志也；教以篤學，植其學也。教孝，以植其子；教友，以植其兄也。教慈，教忠，教别，教信，以植其爲父、爲臣、爲夫、爲朋友也。推之而皆爾，皆植也。子也力，言必謹，言斯立矣；行必脩，行斯立矣。志必若孔、顔，學必若游、夏，子必若曾，兄若舜，慈若文王，忠若伊、周，别若臼季，信若晏子、鮑叔，推之而皆爾，斯皆立矣。子戴蒼而履黄，與飛走者殊科，而忍自仆乎哉？於乎！太上自立，其次植斯立，若植而不立，斯爲下矣。子之父、賓，姑望子以其次，子獨無意其上耶？予則進子以是，固嘗曰「敏邁好脩」，此其爲上之道也。其來驗可勝用哉？予願與子父若賓也，而同遲之。

袁氏四子字敍

袁氏世爲吴中善家，居郡郭之南濠。南濠，萬靡之區，而自袁氏出者，率惇厚周恪，雍喈莊雅。爲尊者以慈，稱卑者以孝，評交者稱其多益也。其曰存省處士漢成，宗族之所推也。有四男子，曰楷，曰模，曰楨，曰橚。賓爲字之，楷以斯端，模以斯範，楨以斯厚，橚以斯瞻。斯端娶余表妹趙氏，於是存省以四子字敍屬我。

吾固曰：袁美世濟，觀取諸名字者，而慈訓章矣。四字之義，與其名不相遠，亦不過深，而無不寄規飭之意，古人之取，亦若是耳。故文字之義，無必煩陳，且爲四子推所以因義而樹功者。行己有恥而遵義，則若楷之端矣；動必以禮，則可作人模範矣；以仁存心，則楨榦立而本厚矣；内誠而表莊，則如橚之可瞻矣。聖賢之教不舍是，以爲先。善哉！存省之所取也，然此父道之一耳。名字用情如是，而況於日用之間乎？而今而後，親長以名呼，朋友以字舉，入耳怵心，乃履諸其躬，不爲孝子、良士不止，如是不爲孝子、良士，亦不信也。四子毋泥字義而眩文華，此而翁問予之旨。予爲言之，職四子勉之，毋作父賓羞。

祝氏集略卷三十

外教

重脩蘇州府開元禪寺之碑

吳大帝赤烏中，乳母燕國夫人陳氏捨第，爲空王居，在今闔閭子城中之西南。維時釋端文師實肇其績，寺名「通玄」。唐明皇帝以紀年更天下寺額，郡擇一大區專之，吾蘇遂以「通玄」當焉。開元之號，於是始著。晉代有石像二，石鉢二，浮海而西，至于郡之滬瀆，里人朱膺虔奉入寺，迄今遂爲中土神寶，詳紀見於法苑珠林諸典。而韋太守應物、皮處士日休以來，吟述接響，寺於是爲選佛場内神化名藍，又不特稱大而已。舊有贍僧之田，爲畝千餘，今雖未復，而刹右蔬圃廣數千弓，猶陳夫人花苑也。牲石之載，名文久顯。而奇渥温氏倒屣之末，郡罹干戈，寺歸劫灰，碑亦解碎，雜伴瓦礫，故無得而稱焉。皇明平定，永樂之初，寺主永宗和尚重翦茆棘，弘建諸果，爲大雄殿，爲千佛閣，爲山門，爲戒壇，爲僧堂、丈室、精舍、庖湢，次第咸成，像設畢備，而神像與鉢歸焉無恙，寺觀返舊。繼者指南，又返緑陰堂，以待海内名賢之莅止。堂蓋元統乙亥恩公斷江所造，虞文靖公記之者也。惟正大殿未就，南公之徒澤源宣禪師，奮爲經籌，餘三十年而復竟成，於是故迹無遺廢矣。宣之上足潤公天雨持席既久，亦復新敝易殘，補缺增華。潤傳濼源潔，濼傳今玉澗清公，益克紹述。以戒壇殿壞特甚，更撤建之，而塗墍儀相，整肅具足。芳園流池，曠廣澄活，卵濕育殖，果木茂麗，中興之功，更爲大成，則今弘治丁巳年也。其徒與外刹同勤，莫不一口讚歎。清師之功，堅固光明，勝果能圓，靈場載闢，是宜追初照來，登示金石。謂余郡士，刀筆可寄，竊惟千載神區，五天分化，道俗依仰，遥賢稱誦。一旦完結，輝赫江海，凡音肉語，不能宣贊，乃爲録述本末大概，姑爲刊著，以伺鴻手。行字就列，復説偈言：

南閻浮提最四洲，兹藍前後表江南。吴媪唐王創繼雄，十號具足天人師。浮大瀛海化身來，神通變現悟衆生。靈感道俗昭贍部，劫輪環轉壞復成，紹千歲往啓萬來。大哉諸此勤宿力，今力轉大惠清師。殿閣欄楯耀七寶，慈容變相威儀儼。旛旛香花燈燭等，幢樂莊嚴種種具。流泉疊山曠大園，花葉果蔬禽魚順，如大日月開光明。願此功德在人天，無量無邊遍恩有，諸佛菩薩摩訶薩。

蘇州五顯神廟記

造化之數，五爲大紀。爰自三才奠居，而五行效用。象於天爲五緯，形於地爲五物，麗於人爲五德。貫幽明而共徹，質鬼神而無疑者也。五物之神，其在於上爲五天帝，所謂靈威仰、赤熛怒、白招矩、汁光紀、含樞紐。而配於人帝，所謂太昊、炎帝、少昊、帝嚳、黃帝，官神所謂勾芒、祝融、蓐收、玄冥、后土，其致一也。明堂既祀上帝，而小宗伯又曰「兆五帝於四郊」。皇朝既祀星岳於郊壚，又爲五顯專祠於他山，亦其義歟？五顯所起，未審前聞，世所傳祖殿靈應集，云與天地同本始，年逮光啓，降於婺源王瑜家，語邑人麇至，嘗血食于此。於是建宇栖之，功祐丕格，邑人依怙，初名廟爲「五通」，大觀以後累封王秩，昉有「五顯」之稱。宋迪功郎、國史實録院編校文字胡升所作星源志，則疑會要不載姓氏，而推本於五氣，亦近雅論。升又辨五通之説，按李覯作五通祠記，主在報德，不知其他。此云政和已廢五通，宣和始封五顯，審爾。則非五通，明矣。又佛典則爲華光藏菩薩之化。夫自執一者觀之，以爲神祇鬼，判然不相謀也。且三皇二帝固皆人，鬼何亦麗於是乎？聖既有之，賢亦宜然。蓋一元合分，精英旁魄，或於天，或於地，或於人，無不可者，惟圓機者，其知之矣。

吴郡行祠，未的所始。或曰始於建炎，即織里橋南朱勔舊苑地爲之。嘉熙中，比丘圓明重建正殿，寶祐甲寅，通復鼎新，又增大雄殿於東序。景定以後，正知善己繼新三門兩廡，以逮行日踵持，月有閱經之會，歲脩慶佛之儀。入至元間，日又勸善男子孫子發與弟子榮特建華光前閣。元貞，衆力復成後閣。大德中，如海購地拓廣，再置吴江田，爲長明燈油及贍衆費。延祐丁巳，寓公葉武德又作圓通殿。此皆延祐七年吴江州儒學教授顧儒寶記平江萬壽靈順行祠所述也。暨入皇朝，嗣者不弛，而歲久頹燹。正德初，同守李公恒聽訟於是，乃加葺飾，更創傑閣。今主僧某來謁予記。

於戲！以神之靈，貫三才，通古今，遵乎上而信，徵諸下而從。衆既歸止，徒宜護持。予敢從民以徼于神，尚有異休，如水以沛，如火以光，翊聖圖，煦生類，以昌于無疆哉！

吴郡三茅觀碑

道無在，無不在；神無爲，無不爲。無爲，道體之本；有爲，上下之契。是故崇宇備物，貌像熏炬，明之所以事幽；流祥集釐，烜赫震蕩，神之所以答物。若夫清玄眇穆，希夷以微，昏默窈冥，恍惚有物，其誰得而測之？非夫假顯尋微，潛機暗會，則上下左右，安在而可通也？寥陽通明之闕，三垣紫微之府，曜靈廣寒之宫，七寶芳搴之林，西龜位乎九光，蓬閬集其八子，莫不高卑秩奠，後先襲綴於若岳卿、定録、保命三真。茅公興乎嬴、劉之代，而窮乎宇宙之永，出乎咸秦之里，而宅乎勾已之岳。三霄秉法，九截承事，京江南北，尤隆且繁，亦由明靈發迹之神區故與？吴郡之宫，在城中之仁風坊，始於淳熙，復於天曆，再毁於洪武，復於成化，而廣於弘治，備於正德焉。比余返初，主觀道士景用圭薦狀列績，乞文勒石。維三神道峻功巍，靈煌迹赫，凡其琅霄紫册，楓陛龍綸，英工翠瑁之筆，騷客金薤之謡，鏗聞駭矚，沆溢鞺鞳，粤紀兹區，則貴實録，故爲詳纂次第，而稍系之云。

始，淳熙之創，未得其名，必有廢焉。天曆乃舉，其徒口傳，以爲建炎之燹。且高、孝紀年，先後顛亂，按盧氏郡志，獨揭淳熙，尋光、寧諸朝，郡鮮兵禍，則吴回之先虐甲子，亦未稽爾。至于天曆己巳，本府都紀沖静法師俞心淵構而未弘，其徒副紀倪弘素廓而富有。洪武壬子再毁，主者即倪之徒袁静和，未克復舊。迨及壬午，袁之徒龔允清徼爲葺補，久益蕪落，僅將爲墟，龔亦耄矣。而以其徒未堪興廢之任，乃致袁氏徒孫之處他院者，曰范處恒之弟景浚之，請于有司，來繼主而託焉。時爲天順癸未，所栖纔存寢室五間而已。浚之多才，乃鳴于宫，請納賦以廣傍地而附益之。乃以成化某年，肇築傑閣五間，其崇三十九尺，延十三丈，前爲山門三間，左右辟址，以需後舉。時則秋官主事馬公愈、侍御夏公璣、按察僉憲張公習，亦加相焉。暨于弘治乙卯，浚之復以己資，肇帥其徒住持譚惟重及蘇惟顯勸募，加構正殿三間，高三十尺，深廣稱之。前敞三軒，傍翼雙樓，其度皆如殿。殿閣皆肖三君望像供奉，百具完周，而庭列爐井，傍結房寢，庖湢從寮，缺二字詳備。時則用圭與允清嗣傳之孫王以正者，亦皆效勞，而成功皆浚之也。乃至正德，浚之、惟重皆已羽化，而用圭奉檄紹主，又克負荷，遂以甲戌之歲，與其徒錢守藴，更造石柱山門，壯麗加舊，又添作二門，重甃閣地，於是觀事大備。時則郡人陸宇、府通判焦君思明，亦各效財，而成功則用圭也。觀之廢興具是，伊主嗣者慎保無隳，勿負師慢神，斯永有終，缺一字用圭之志也。

嗟乎！赤城大霍，霄端雲表，上缺一字星辰之缺一字；句金良常，便闕陰宮，下綿山河之限。神之格人，不可度也。鵠翔帳語，宿頂玩丹，人之事神，不可斁也。昧夫或疑曰：「人命生滅，必有司録，則元壽之先，必將泯棼乎？施治屬部，苟無居方，則江介之署，殆均虚位乎？揭虔妥靈，須用世器，則清玄紫緯之標，不假旄節乎？」噫嘻！是何言與？仙科授轉，亦猶人代，豈謂九官未建，農、軒之績不熙也；玄功周普，不限方域，況復岳籍總統，吴越之區其本也。至如蕖冠繡旆，瑶鉞琨章，琳腴翠釜，瓊闈緑室，錫酬九事，童女三八，天授當由於鬼工，人供豈妨乎世匠？斯缺二字也，幽既有之，明亦宜然。於是靈官有侐，像設具嚴，蘭膏寶熏，金撚玉擊。霞飄星轉，班僚列拱乎璇壇；日就雲瞻，士女降升於笋席。終歲缺二字之日，三春降會之期，或爇鼎踐盟，或敷筵蒇醮，廣集四民之卑，衆連十等之臣，莫不幽以顯通，高從卑聽。俾爾親睦倫屬，和乎室家，固厥倉箱，登其黍稷。奉親者長充鼎釜，弟子者遄秀芝蘭，蠲痾保齡，辟非消難。傳曰：流潤萬物，德加鳥獸，各獲其情，禍福驗明。風雨時，五禾成，疾厲息，暴害絶，斷災眚而遠戎兵。於戲盛哉！來爾道俗，霑須拜賜，勤恭脩奉，玉佩金璫，流鈴火珠，青芽燕芝，得人可授，紫符金刻，玄樞有光。我作空歌，師吟弟和，皈命三君。歸與歸與！王君赤真。青童金母，煙軿霧乘。停龍跱鸞嘯，仙妓歌玄雲。爾乃登歌旅迎，當得感應。詩可以興，爾其習之。其詞曰：

渺渺金陵曲，三峰焕嵯峨。勾吴奠離宫，劫峙層城阿。朱官導素虎，婇女擎紫華。鸞簧玉折矩，游眄同山河。齊神躍太霞，不動江湖波。念子勤奉我，衆脩興無頗。隤址孰曠密，非計年劫多。將子遂幽躭，皓映生青芽。勖我治區衆，萬善蒙一和。士誠女信丹，寸地爲仙家。吴之濱兮越之涯，道俗缺一字林兮藹如麻。俯吴宫兮予女嘉，子善事兮予如何。神眷我兮能文，揚鴻琢而齊遐。

會道觀脩建記

域之教也三，曰儒、釋、道；道之紀也三，曰希、夷、微。道也者，殊軌轍而同歸，貫有無而爲物。故軒堯垂衣，重華褰裳，其與夫詔爲國於烹鮮，指冥機於槑鹿，一也。若夫視聽之接，禮樂之交，善福與慶賞均流，淫禍共刑威並降，則柱下之法，亦不倍於東魯者矣。是故由其無也，則精藏窈冥，物藴怳忽，等聖智於芻狗；自其有也，則璇壇蕊宫，緑輿羽蓋，嚴法象於瓊科。蓋有之以爲體，無之以爲用，亦轂輻之義歟？此吴中會道之觀修建之績，不可默也。

始，端平中，綿州道士鄧道樞從文靖魏公來游，趙守與簒俾居郡城文昌宮。宋社既亡，斯址繼得，即郡人上官氏之廢囿也。道士因別築而栖焉，名「會道觀」，時有家則堂鉉翁爲記。逾元迄今，觀既頹落，記亦亡失。住持張復淳者，玉峰人也，中藏沖淳，外貌朴簡。然而秉尚堅毅，操力精勤，啖素靡間於隱餐，居財弗別於私篋。視真宇之失觀，若膏肓之匿豎。於是發其帑畜，徵諸善信，又得今中執法顧公，故連枌社，時猶青袍，爲之倡募贊緣。由是民俗嚮赴，金穀既集，土木湊呈，夙壞聿修，新構載起。有若三清殿，有若玄帝殿，有若山門，有若夾廡，皆一日鼎成，完滿弘壯。綵土塑像，玄金鑄壚，洎諸法筵供具，亦復種種嚴備。巍乎煥乎！恍焉太赤青微，鬱蕭通明之壇，倏移於闤閭之區也。始營於成化之丙申，收工於弘治之某歲。念其劬劇，冀在孚承，謀述文詞，來托予手。

嗟夫！世多斥道，請借儒喻。刑政者理物之末，德理者陶世之源，士不盡彥，則簿牒刀杖，日鬨於訟庭，不可謂鳴琴畫衣，未足以爲政也；清虛者玄元之體，供養者感應之機，徒不盡賢，則殿閣香火，空眩於塵目，不可謂見素抱樸，未足以輔世也。不然，角冠黃裾，五性胎積，而符劍焚誦，日喧於其宮，信弗能以延真馭、集靈鼇矣。而彼天下紛紛萬官府，吾亦未能保無一臣之弗敗官也。昔者鄧君齋科精嚴，朝禁眷委，逮乎高峰之青章，既籲松關之黄頭，終突退藏於兹道，價高卓已。而踵其席者，越二百年，今張師天抱既超，宗授尤異。蓋自莫月鼎傳之張雷所，張雷所傳之步雲岡，步雲岡傳之周鶴林，周鶴林傳之郭本中，郭本中傳之張秋谷，張秋谷傳之郭紹林，師則紹林之上足也。成化壬辰，受檄部銜，號「純誠凝静宏道法師」。勝緣既諧，弘勳乃集，視諸彼哉，勢同霄壤。今有弟子曰繆德安、楊德銘、孫德欽，孫曰吴明椿、宋明潮。於戲！師尚有以終之日，帥其徒精脩虔禮，遠躅鄧君，近武諸祖，祝釐行道，蕆事日嚴。雷霆斗曜，調元化於雨暘；笙鶴龍鸞，接群真於寥廓。俾其良者揚玄風於世外，亞者守弘業於無窮。庶幾神鑒人欽，以不負昔人事。

南京洞神宫崇玄閣碑

都城中近西南，維舊内之後，秦淮之右，有川帶之曰清溪。由六朝來，有玄元氏之宫，今號洞神。成化中，一松顧師即正殿左方隙地，謀造重屋，以宅上真，乃出香炬、餘囊爲之柢本，又扣諸善信者益之。於是購財就事，由某及某缺二字而工成。凡爲閣三間，七梁，牖格户壁，豐墉周繞，肖玄帝像于上屋之中，神容淵穆，臨莅有赫，蓬猷四帥，龜武二靈，嚴列具侍，香幢經樂，可蒧而壇。榜其題曰「崇玄之閣」。無幾，顧師委化，余往來都邑，每假閣之傍舍而館焉。於是其徒唐紹倫、李真祚請紀于碑，以永師績。

夫謂帝爲浄樂國嗣，成神受敕，鎮統北方者，道流之説也。謂北極即五行之水，玄武二物之精，不可以人鬼稱者，宋儒之議也。按先王祀五帝，祭四方，兆五帝於四郊，與周公明堂上帝之祀，皆五天帝也。鄭玄以郊爲五帝，黑帝即汁光紀。明堂之帝，爲家語所言帝顓頊而神玄冥者，玄冥即脩熙也。王肅諸儒皆非之，然特駁其誤以郊爲祀爾。如家語之説，則顓頊、玄冥，亦人鬼也。惟帝以其聰明正直，助化蕩魔，往往流形著迹，震耀耳目，而道流所傳帝訓，不以人之敬怠爲福禍者，蓋大公而無我，斯固帝之心也。然而威靈肸蠁，不度矧射，是以天下之人欽崇祇事，罔敢怠遑，緊兹一閣之奉，不足爲帝之益，而有敬亡怠，自弗能已，此亦民之心也。豈惟民哉，我太宗皇帝繼統御極，致孝鬼神，建構太嶽，雄拔海宇。聖人剛嚴睿知，勤儉造邦，而獨力乎是，豈亦漫忽而爲之者哉？咨爾諸黄冠師，無虞人之弗虔，惟虞己弗虔；無怙閣之易成，惟怙己善守。則惟爾之職，先顧師之心，神其祐于自然，安祉無極。

鎮江府道紀司移建記

王制以黄冠之徒遍天下，令郡縣簡其練於教而敏於事者，爲之長以統之；有官矣，則又建之司署俾位以莅之，其署率多寓於觀宇之廣大者。凡大郡之署，曰道紀司。鎮江之司，舊在玄妙觀正殿之西廡，神人雜居，喧寂交厠。居者知病而苟息焉，亦久矣。弘治初，魏君守真爲副都紀。君有通材洪度，而埋日力于片香寸炬、數卷枯簡中，其胸次、眼界如錐括囊、駿繫櫪，發露騰踔，豈能自已？視其宫傾焉，缺焉，漫黟焉，若體疢廢，弗能一朝寧。乃奮興一圖，應者響集。材既大具，始飭三清殿，繼創燕堂，鉅屋五楹以及從舍，凡縻千餘緡。觀工訖，以其餘資羨材，相隙地於觀門外途右之南，鼎建新署，凡爲堂三間，門一間，左右廡幾間。昉乎缺二字之缺二字落于缺二字之缺一字。既成，遷舊治而位焉。辛未歲秋，邦大夫諸公聘允明綜治郡志，館寓觀中。與魏君處，久之，嘉其人而樂其地。君因述創司首末，請記于壁。

夫建事者，必在財與力。聚衆之財，藉衆之力，以興舉者，官爲群有司，私爲緇黄之士乃然。然而琳宫梵堂之視官舍也，每易于成，何也？或曰政實多門，彼無它務焉爾。斯亦然矣。然而政之大，於興建者則宜無不治矣。而或不然焉，又何也？蓋凡有所建樹以集庸究職也者，其必有存乎財與力之外者歟？魏君之爲人如彼，其建事如此，纂而章之，凡覽者亦有以得師焉。君既畢志，遂請老，退處静室，消揺與游。今嗣官者曰某，繼是尚益師君以不怠。懋哉懋哉！庶斯署偕其人以勿壞。噫！予猶謂可助乎吾徒之師也，而況於其徒也哉。

敕賜蘇州府報國禪寺記

姑蘇報國禪院，在郡城楊家巷。初，至元二十二年，有嶺北湖廣道肅政廉訪使，失其名，捐楮幣，購地爲供佛道場。殿堂門廡周嚴其内，垣堞溝塹衛護其外。延普照智明師主之，一時禪風甚盛。再傳覺無像，三傳某子通。暨入天朝，洪武中，併隸開元，而棟宇摧落，場路灌莽淹沈，歲時不遇緣主。景泰之際，爰有大德曰志學來以自任。廢起缺完，故壯新華，創築法堂，丕樹幢教。天順改元，復請於朝，報可，仍以舊名，敕賜爲額，就令學公主之。既而公示寂，衆舉其徒大用釗公繼席，釗益弘振，載建正殿以及寮室，莊嚴像設，種具件足。釗傳法南，南傳能香，香傳仁桂，乃具始末，及泰定丁卯通師所立寺基圖簿，示予求記。按當時所載，寺南距路，北距塹，延七百尺，東距火燒池，西距紅、白二蜘蛛溝，袤四百尺。前出官衢，三面阻水，所轄山場，阡陌甚廣，别有下院七區，可謂盛矣。又傳亡宋遺老鄭君所南久居其中。所南狷獨少合，寺多佳僧，亦可知矣。予謂夫創復之功固勤，然紀事者，其徒自爲之，亦可矣。而必問之予曹，豈非以其言之文可以傳遠耶？從而爲言，固當。使紀於今者缺一字然著以重，覽於後者惕然慮以嗣，則善矣。

夫二教之徒，其事之所以易建者，何哉？倡之者無禁，從之者非勉故也。倡之而無禁，上下然矣。然其洞心性，出世外，超生死者，上士之志也。消罪苦，得安隱，樂人類者，細民之欲也。爲儒者不及此，而彼乃專之，則盡生人之屬，誰不欣躍以從之者歟？先王之於人也，養於井牧，教於學校，行於禮樂，齊於刑政，爲之祈報，爲之祓儺，生遂死息而已矣。人無他好惡，亦無他念慮也。自竺曇之教至於是，以其所有，諭此所無。此之有者，已衰於舊；而其無者，方切於今。則從違之勢，安得而不至此極也？今百神之典祀，儒官之建脩，歛其財，役其力，民以勢從之爾，惡知所謂法施、定國之五者哉？故不知而倡之，雖從猶勉耳。有能奮志樹力大有爲，以復先王之法，亦若其徒之勇焉，則其效當亦有異於斯者。今第持空言以求勝彼，而行乎己者甚自恕，則又何貳乎彼之易建事也乎？於乎！發慮精，厲力堅，勢與時而偕行，作則必要於成。桂之績，信美矣！而斯道也，豈獨斯績乎哉？

書繡觀音後

昔在竹林普陀，今在丹紗綵縷，不知已來、未來時際，大士在甚麽去處？縷也，鍼也，紗也，手也，眼也，心也，少一件，大士不來，不知那一件正是大士？咦！應以縷、鍼、紗、手、眼、心、身而得度者，即爲現縷、鍼、紗、手、眼、心、身而爲説法，捲去像幢，大士不去。

了庵記

有一苾芻，其名曰義，住蘇州城卧龍街上報恩賢首大阿蘭若，於大阿蘭若中造一小舍，號舍曰「了」，於身稱喚，亦復如是。來請卧龍街中菩薩弟子明，爲説其義：

我聞世人謂諸心事究竟完結，謂之曰了。如苾芻旨，謂之曰了，我未知識。譬之如舍，於舍一間，謂之曰了，一間無逆。如一間外，爲當曰了，當曰不了？謂當曰了，則舍有二；謂曰不了，舍身乃連。譬之如舍，於舍一間，於間一柱，謂之曰了，一柱無逆。如一柱外，還有一柱，還有十柱、百柱、千柱，還有一梁，還有十梁、百梁、千梁。乃至又還有椽，有栱，有墻，有瓦，有門，有階，爲當件件，謂之曰了。爲當總件，謂之曰了。於件謂了，則未完舍。於總謂了，件非非了。如是苾芻，不謂一舍，乃謂一身。如謂一身，血肉曰了，四大見存。如謂一身，心性曰了，心性未泯。如日已没，謂曰日了。如謂已了，明日還日。如謂不了，日在何處？於一夜間，爲當曰了，當曰不了？於此境界，於此時候，爲當何稱？爲當有稱，當無有稱？我問苾芻，苾芻無答所以。我於稱喚，云未知識。云何爲説？我聞菩薩，究竟完結，在一大無。苾芻如是，當大明心，當大見性，當大發力。如是乃知菩薩，究竟完結，在無所了，亦無不了，亦無無了與無不了。轉轉皈無，乃是了義。苾芻聞我所説，歡喜解悟，乃爲約宣此義，而説偈曰：

我觀苾芻身，非無非非無。身外復有舍，舍外復有稱。如是以爲了，如稱木云灰。苾芻如了此，無稱亦無舍。無身無我語，而究竟完結。

簡義上人

不奉慈誨已久，恨疥癬被體，未能奔侍丈室，蚤晚期抽身一往也。昨夜夢被人誣以殺人，窘撓間，忽得師來導引。同入佛場，亦有仙道參列，師以有一冤賊作祟，果一物踞朱案，若人若猴，師持詹匐二朵擲起，花騰飛空中，怪物應手形影灰滅。餘花散落，瓣瓣如雪。余意乃安，與師更周旋久，始覺。思平生無傷人害物念，豈四大家裏六賊，將肆毒害？賴師導指脱此冤纏乎？隨服以還，先此馳訊，遥丏洞察，參面領受。

記夢中作伽陀

爾時遇佛子，云所有都失。各各大驚怖，奔走四尋覓。散亂如狂痴，走回各相值。開掌各示説，在此何曾亡。急急同把去，納還兩足尊。納已還共看，元有還在此。此必是佛説，而非波旬説。

顧居士頌

顧居士始操刀作饔夫，絶精美。一日，曰：「我負衆生，我負衆生，我以一毛塞一生，將不給奈何？」乃峻建法幢，念先絶殺，不戕一雛雞，次絶葷血，次循脩煉家訣，爲調坐法。乃遠游尋師，博訪參終，曰：「非西無歸矣。」乃一乎是。其所爲外不能知，惟知其一擲脱世上事，無公私小大，猶本無者，勇絶勇絶。昨日，忽命請素知識集，謂曰：「明日我行，請爲别。」衆固未信，去。明日復集候，居士坐見，曰：「未也，時午幸報。」已而報午，拱手曰：「往矣。」遂瞑。夫文輔及三五，武烈奠天地，孝滅軀，貞徇死，撑拄宇宙，皆一勇爾。西道以勇基最，世間如上事，力萬萬至不可説。不可説，居士此力入其地矣。我不敢知，姑列頌言。居士與予善，亦有所説，與其他雜言行，悉非其至者，其故不在此，不足言。

初睹易牙作菩薩，八萬四千清涼法，血刀一截彼岸達。

書須溪經説後

須溪説佛書非果有世外異人語言，其窮極變眩，即儒者自爲之，後來者不知而思求之，雖攻者亦然。古人大心胸，筆刀如莊周、楞嚴，皆曲士之魁雄，雜説淵藪耳。須溪深於禪諦，每張吻及西竺語，齒齦津津，其於真覺，吾雖未敢保領在在，當時固稱通四諦者。晚爲此語，翻縮回一步，即下以爲高，用拙作巧謀，揜其平生，將欺儒，又欺佛也。然佛豈可欺？若使舌簧於外，不心懺於冥冥者，吾不信也。此等小聰明，吾曹常有之，非不能發，直不肯爾。將誰欺？小人不耐事口多，老子莫怪。

北禪雨花臺脩造疏

南朝四百八十寺，偉此旃休。西尊百千萬億身，遍於華藏。將圓小果，敬扣大檀。惟中吴之傑區，有北禪之雄刹。戴處士初焉啓築，高扇玄風；陸司勳繼而卜居，猶存勝號。迨作五天之宅，式爲四衆之依。通閣觀堂，莊嚴法像；蛙池龍部，竦動人天。堂堂選佛之場，妙妙台宗之教。允兹秘土，宜彼靈栖。故梵法主挺異於先朝，而洽南洲標奇于昌代。因雨花之偉迹，創布雁之廣堂。雖壞空不免有常期，然起廢不愁無喜舍。願諸天之助力，看不日以成之。此花非空花，由迦葉笑中飛下；此雨乃天雨，如法雲地位分來。廣結十方，誰云一見？曼陀羅、曼殊沙，乃至摩呵，普共於繽紛；善男子、善女人，如是功德，不容於思議。

福濟觀造殿疏

福濟觀，吴中真境，城市山林；神仙殿，吕祖道場，人天眼目。欲鼎新而革故，望推己以及人。載述前聞，請垂仁鑒。自有宋淳熙之際，逮皇明正統之間，上下四百年，興廢一再舉。語其異迹，殊勝群山。吕純陽跨鶴，王省幹受方，靈蹤赫赫；

陸道堅設齋，葉竹居請額，法派綿綿。仙風扇於寰中，玄教暢於方外。然而物有成壞，因壞而後爲成；世有古今，脩今所以繼古。昨以謝仙逸駕，遂令回禄煽威。雖玉石以俱焚，固天人之相勝。惟金玉無脛而走，彼土木何地不生？遍叩賢豪，仰憑道力。圬操墁，匠操斧，與吾群立以須；廩有粟，囊有錢，願公一笑而捨。莫道柴荒米貴，古云明去暗來。孔方兄若點頭，公輸子便動手。如雲集矣，不日成之。平空現蓬萊島出來，忽地看洞庭湖飛到。共拜無心昌老，再需有驗仙丹。念念流通，家家安樂。

跋拙老書與李漢雲後

古拙爲漢雲開方便門，不知漢雲後來踏著關捩子麽？若曾吃此一攧，方信拙老元不曾説法也。今二老俱已無，而此公案尚存，覽者悉知悉見。有案無二老，以吾觀之，二老何嘗無，而案何嘗有哉？正德二年月日，在新河，漢雲曾侄孫文遠出示，漫云。

祝氏文集

祝氏文集卷一

紀傳

五后小紀

東方萌

右一后：字萌，姓東方氏，青陽人，帝命爲仁王氏。萌之狀，曲直不一類。其支甚繁，散處天下，才不才各異。然咸能分布文章，氣勢蔚密，卒多有成實，人因得以爲温飽。又善與其類相支柱配合，以蓋覆包藏人，并給人用，要亡愧於其官。及其不德也，則奉人體骸，而或致死。

南融

右一后：南氏，融字，居朱明之鄉，帝官之爲禮師。其性翕翕，善淩人。形大，赤而輕揚，託物引類以自達。然克受制，能熟物之生，而煦其寒，通明整齊人也。至失制則大狂逸，童山林宫車，殘人之生并其軀。

西門收

收，白臧産也。氏爲西門，帝命司代之義。然收性不肖，始受命，即隱匿象貌，往往伏頑山怪石間，不肯與四后偕濟生民。民欲得之者，盡勞力，收乃始出。復自分其族爲五，形色各異，中黄與白者尤惡。四后非二惡族弗可致，即其三族亦然；人得二惡族則生，弗得則死。然二惡族善移人性，惟聖哲能守。自餘人得者，貪虐詐敖，愎忍繆吝，凶淫逆亂，無所不至，以抵于死；弗得者痾夭姦偷，忿悖鬭殺，亦抵于死，是其死恒過生。其極也，雖已形貌，亦隨人僞造，以欺帝之民，與其所官司正反。蓋天下多亂惡而寡治善者，往往以收故，其帝之不才子與？

北宫玄冥

右號玄冥者，帝之嗣胤子，生玄英之府。氏曰北宫，五后未建，而先生后。及生，形質與四后異，澒浩混洞，溟茫空漠。其溥濟生品非一二，事功之在天地，至弘矣。帝常命爲靈知丈人，亦崇盛矣。而或反德，則亦能没人物，返於無。

中黄泰元后

右中黄泰元后者，帝之妃也，位與帝儷，顓信不二，帝始不臣之。后以陰陽之義與臣偕，推其餘力以濟烝庶，示爲臣之道。帝從其志，與四后并號，而民不敢褻，故稱泰元后云。中黄蓋其氏。其居不偏，包載四后之處，功德博厚，無得而稱焉。或小有異，殞物非常也。

秀光曰：五后，帝命以生人，人不得五后，不生久矣，而紀者數不滿焉。予觀夫其説，咸有殺人之道，蓋悲夫五后者以生人，而人失其制以自殺也，五后其何過焉？至論黄白氏，益歸於惡要激反，故云。

畫魚記〔一〕

【校勘記】

〔一〕是篇見祝氏集略卷二十四，今從略。

舟中卧行記

比涉相川，夜未到，泊五瀆小港内。寢至四鼓而寤，不復能合目。又爲蚊擾，起坐，見月彩潔甚〔一〕，回水文蓬背，滉漾不停，興勃然發，推蓬細玩月。又見浦樹慘慘〔二〕，緑而蓊，因開酒自勺五巵，獨蛙聲略煩惱。又睡，一覺則舟方行，逼荻扁映，青生綀幃，見青天雲淡，靚麗可愛。舟行摇摇，夾岸樹頭竹尾，低昂望際。奴子整几卓供具，一人火倉理食，小奚童整齊書冊，舟工立船頭改密蓬作高棚，景狀甚新脆。余意舒懌不自已，思它時景狀，亦自有可舒懌時，特意趣所契，便覺勝幾倍。亟披衣書記之，所恨文語局促，不能究所畜。又恨不能畫，蚤晚期一學之，爲後來寫勝計耳。五月十八日卯分記。

【校勘記】

〔一〕「月」，原脱，據枝山文集補。

〔二〕「慘慘」，枝山文集作「毵毵」。

畸厓記

畸厓，秋人也，夢而遇乎初冥。初冥弔之曰：「自予之離宇也，而子日與子同者，異也，子獨何所闕邪？」畸厓曰：「殊哉！君之問也。君初何如也？君以爲人之異子者，然也邪？萬物蒙蒙，吾且將誰同？萬物屯屯，吾且將誰分？其子異邪？人異邪？吾自受子之離也，而支疏益遥，吾受代睽張亦多矣。異哉！君付我以混然，而值我以棼然也。辟之東馬之首，而策之西乎？厥亦左哉。亦甚也，君之虐我。雖然，不足以戕我。李老生曰：『知我希而我貴。』我其貴者與？何不繁，知亦艱哉！子之執矣。悲夫！君尚奚問哉？」初冥曰：「子之言，其情與？激與？」畸厓曰：「予亦情矣！」初冥曰：「吾畏子之情〔一〕，而嘗諏子。子言則然矣，子其毋東乎？」畸厓曰：「然哉！」蓋畸厓於是愈睽張而靡遷焉。予醉乎二士之詞，於是焉記之。

【校勘記】

〔一〕「情」，原脱，據枝山文集補。

如何生記

如何生始甚惡人稱别號，以爲一名而實不登，則過矣，號之孰益？既忽自稱如何生。有問之，生曰：「吾居世能如己情，不能以如人情。左一人違焉，則曰：『知如之何？』右一事違焉，則曰：『知如之何？』吾於彼知如之何？彼於吾知如之何？如何如何，卒無如之何也。如何生之旨，如斯而已矣。」

譙樓鼓聲記〔一〕

【校勘記】

〔一〕是篇見祝氏集略卷二十一，今從略。

魂遊曲林記

由城東南轉而東而北，茂草高樹夾而馳，喜境靈。最喜者，無逆懷人。噫，奇哉！人孰信兹奇之在城間哉！蓋靈心在前，境從之。心邪？城邪？境邪？三一矣。數仞之牆，豈能限吾靈意哉？

京遊五記 并序

歲在戊秋，遊南京，路中觸景，忽有文思，輒成記語，通五節。皆車須驢背及航楫間，一時之就，入旅即忙忙，傳之筆札，固不及修潤也。歸將整之以寫出，心路叢切，遂不復加易焉。

蠅蜹

夫蠅蜹之足，纖於秋毛，搏之不可得，瞀之不可見。並舉而摩之，疾則疾，緩則緩，舉則舉，止則止，百數不差者，以其本之齊也。人之成物，不整其本，而務大其施，以求成焉。其末愈重，其動愈括，極勞而弗效者，弗審夫蠅蜹也。八月十二日，吕城舟中觀蜹作。

曲阿

蓊蓊樹葉，疊疊土石，忽而合，忽而開。當晡時，西陽暎之，冉冉拂人，如欲訴喜戚者。肩輿過其下，往往入懷抱，掠手面，侵脛趾，意之所涉，便似骨肉。如吾在鄉山中，或間有經閲數次者，便似友契。此境亦過六七，木石輩豈亦熟識予乎？得予之中懷乎？不知吾戀而不棄如此，豈曾通詞於吾默默地耶？凡物於人，未嘗無感通處也。此在句容縣治後。九月二日。

牛鳴

以脰鳴可嗜者多也，余所以嗜於牛鳴者，或作「予所以於一元大武云者」。殆亦自不能曉耶？往在壟上谷間，亦恒得之。今行途接響不斷，不覺其生愛也。渾而不嗄，含而不徹，圓而不破，鍠乎堂乎，其類黄鍾耶？鶴之清越，猿之哀怨，百蟲之悲悦，豈特牛邪？自會心而領之耳。彼如驢號，猶蒙晉賞，牛何有於不宜？嗚呼！特不知鳳皇之音何如？十三日，丹陽郭裏。

澗聲

出句容西門，五鼓未絶，月白過晝，照山坡，皛然蒼皓。漸漸升高，原出一林，忽然澗聲來左畔，視之長白若引，砑綃滚動，銀帶飛繞，斯須，跨小石版。版下正三流合而分處，響益振烈。若萬馬蹴馳空冰而加瑩，若椎碎玉山、墮落海瀨而稍實厚，且接韻一永，無少斷續。信哉！天聲之靈奇，不可得以世物譬也。四際惟山與石與草樹，不復見世上煙火巢穴。出駐聆少時，萬想俱忘，恍惚在仙地，更若悚懼者。因思夫履兹境也，能易人爲仙。所以罷者，前之來以穢界，後之往亦穢界。不能退脱聚屬，不能進獲梯磴耳。使無四冕累，更何辨而不是神真乎？使即此而業，日不出淹，定如十日頃，亦必勝在屋子下百年乎？十四日。

捕蚊

余善捕蚊與擇虱，擇虱限於目，十失一二。至於捕蚊，百二耳。謂伺嚐不失，期時地安而顓，毋縱心於獲耳，可以爲禽盜之法。四日，毘陵道中。

伯時父史圖記〔一〕

【校勘記】

〔一〕是篇見祝氏集略卷二十四，今從略。

古彝記

古彝一，高六寸有九分，脣徑尺有四寸四分弱，厚分有半。其外微捲，脣以下作疊腹，上二寸有半，下之而不及九分。分之七中爲束文兩，上五分，下不及一分有奇，兩束相距如下束之度。兩耳作象鼻，而其末作亞下垂形，起上腹以抵腹盡。耳出於鼻二寸有四分，上腹微窪，下乃斂爲規足。足高僅三分，徑七寸二分有六釐。内外通爲深緑色，朱斑浮翠，隱起雜碎。扣之聲類陶瓦而殺以實。下腹少損，一處有補，齊彝大概若此。太原王涞寶於家，使某記。某愧陋淺，弗能識决其世，相與審之，蓋殷物云。若夫彝之所以爲人寶，與所以可寶，與王子之所當寶而永世弗遷者，王子日對彝，當諦觀而自得之。

葛氏遺墨記

右葛氏遺墨一卷，謝先生應芳而下十有三人，爲詩各一章，以贈江陰葛侗，其敍亡。蓋侗來吴，諸君餞送之什也。其稱侗，類言養親避亂，假天官之學，以全其志。余聞諸其五世孫弘云：「侗字天民，世居江陰之青陽。至正丁酉，辟兵長洲，入皇朝，遂占縣籍。讀書通周易。洪武二十四年，辟人材，授大理府同知，尋辭歸，教授于鄉。卒于永樂間。當時故物，意者尤多，久而漸亡。此卷弘兒時於他房見之，既而爲一浮圖師取去。近宛轉復歸於我，思其重有失，願記而藏焉。」又曰：「兹卷之外，則有世譜甚遠，亦存諸他房，今其副猶巨冊一。」予索檢焉，乃知葛之爲族大矣。譜凡二十一世，始諸炳，蓋唐德、順時人。本居江都，孫儒、楊行密之亂，遷江陰。今别有吴興、盧陵諸派，與長洲皆江陰别枝。而長洲之先多顯者，其最如清孝公書思、文康公勝仲、齊國公立方、文定公邲，事多載國史傳記。弘則文定十世孫、炳二十一世孫也，弘之胄亦華矣。嗚呼！寶玉大弓之失得既重，本系譜牒之守，顧不尤重。弘事事也甚善，余故附著歸委，要其力於弘，弘必務守之，則尤善矣。嗚呼！要其力，又不在守之而止也。

游福昌寺入佛殿後記〔一〕

【校勘記】

〔一〕是篇見祝氏集略卷二十二，今從略。

再游福昌寺談臥記〔一〕

【校勘記】

〔一〕是篇見祝氏集略卷二十二，今從略。

游雍熙寺雜記〔一〕

【校勘記】

〔一〕是篇見祝氏集略卷二十二，今從略。

宋徽宗皇帝畫猫記〔一〕

【校勘記】

〔一〕是篇見祝氏集略卷二十四，題作「宋徽宗畫猫記」，今從略。

感記

説日者曰余年三十四，更造運則達矣，以是多望新焉。壬子，先一年而成名。癸丑，則入新矣，援滚雕氏旨，不北試。其春夏，有媢屬者爲深誚侮〔一〕，憒懣憒憒。予凡二病其體膚焉。秋冬罹行人得牛之訟，使所知豪傑喪氣，斯亦學道繆自過處之效也。今年之半，又以舊累米鹽之事相刻迫，而今日回瓢憲袠猶昔也。蓋三涉甲子，而苦極日重，平生有尺寸靈抱，其撓汨殆盡矣。嘻，可悲夫！立秋之夕，醉後極煩熱，中夜起坐，對燭久之，宛轉念及明日營務，不可一二。計一日之力如是，而方來也無涯。抑類多憂感而寡安樂，無期功强近，分治更集，侵毁兀兀，拊膝潸然！茫茫自弔，遠近孰同？我心長道之念，憂危思遠之力，得之久矣。愳其退也，因遽敷爲直談。談成，欲號發而無人焉，面壁以語其影。

【校勘記】

〔一〕「誚」，原作「謨」，據枝山文集改。

趙學士寫玉局仙小像記

右趙承旨子昂所作蘇長公小像一紙，爲高帽袷服，疏帶素屨，手握曲竹杖，意度閒遠。旁題秦隸五字，曰「玉局仙小像」，蓋公嘗提成都玉局觀，故有「未似西歸玉局翁」之句，故題爾也。紙隅有丞旨字及「松雪齋」、「天水郡圖書」等三印，今爲錢孔周所藏。孔周好古如飲食，凡有得必相示品賞。及得是，尤自愛寶，裝製甫就，亟欲有所標誌。夫古迹之益吾曹者三，兹又益焉。一得師其藝；二多聞見，裨補學識；三蕩滌氛土，以清寧吾神氣。若兹圖之加益者，丞旨之才技與長公之聲操也。公自立峻朗，千載烈烈。丞旨手段，足以流發之，是胡敢以無類妄加？然貌像寓歸，仰進風格，俾師古之力，堅以無止，則是其有功於孔周之勤拳焉，爲不負作者矣。

靈惠孝子周神侯感應之記

通于神明孝之至，陰陽不測神之謂。蓋人綱本乎天性，其力靡加；則正氣歸於元化，其靈不息。理惟貞一，事非眩幻，此靈惠侯昭應之功，所以質幽明而罔間，合今古而有徵者也。原夫事親之典，允矣立人之極，冠領百善，貫通三才。故有水火不動，死植可移，辰告終空，期授藥號，莫不張天地之弘綱，作人倫之大勸。

惟靈惠孝子者周氏，蘇之常熟人也。在宋以孝成神，事具公地牒書。發迹故存鄉邑，而餘靈孚於闔郡。郡城之祠，乃成化中重建，今吏部侍郎吴公有記存焉。弘治壬子，神降于衛百户韓君之家，禱者歸焉，香火日熾。今歲甲寅十有二月，有市民女病，將禱于神，鄰民沈海，漫出沮辭，既而民竟積誠以往，因强海行。入堂久之，神先降筆：「宜潔壇宇，撤君穢，具素羞，斥冥悖。」家悉遵行。而冥悖指海，海猶未寤。頃之，逕運鸞吽撲海仆地，書曰：「爾衊土頑氓，胡侮靈孝？」海作拒辭，神書曩沮之語而擊之，海始懼，俯伏丐生，請壕土肖神奉諸家，不許；請以木，不許；請以木主，不許。惟神之命，神數四竟荅以弗信而不可許。於時韓氏及諸在庭，悉爲拜請不已。神乃書曰：「若心知矣。」海曰：「海愚民無知。今誠信畏，然所以奉神，百物既具。海貧拙將不知所圖，惟請手作立軸而奉請。」神即書曰：「然。」又曰：「汝爲乞祝允明文以來。」海請題旨，大書曰：「孝當竭力。」又曰：「汝語之，宜爲古文辭。」海拜受命。又曰：「宜廣軸大書，置吾堂，示諸禱。」神又曰：「若妻黄，病心于家。」因畀之符，令吞焉。海歸，果然。於是鄉鄰群黎，同然合誠，謂神之明烈如是。來致於允明。

惟兹兩儀，具有元氣。氣所在者，上流風霆之教〔一〕，下布川岳之法，明建孝忠之節，幽著祥殃之權，其鍾之物殊，其發之力一，今是矣。於是靈惠之氣，鍾發於孝，始降諸天，中形諸人，究永諸神，昭章精英，端固確直，孰得而侮諸？而細人昧夫，不達玄理，是故明神布此大信，所以陰翼世典，恢闡天道，佑顯神行，表揭福禍，疏條善淫，惇示懲戒，使人知孝可以久神，悖則歸於速鬼。其與夫旌閭給復、象服刑弼者，推表裏而均流，協幽明而并運者矣。允明蒙鄙小子，荷神之休，讙踊崇仰，見懷思威，敢不速將高明，敷詔凡濁。於是謹露詞墨，揭諸靈場，凡我邦人，其永事亡斁。

【校勘記】

〔一〕「教」下，原衍「奠」字，據枝山文集删。

陳徵之藏宋元名畫記〔一〕

【校勘記】

〔一〕是篇見祝氏集略卷二十四，題作「陳氏藏宋元名畫記」，今從略。

皇朝名畫陳氏家藏記

荆溪陳君徵之，好學博雅，生有愛畫僻，購彙絫時。既多，條理之，作大册，舉先朝故迹爲二，皇朝益富，别爲之三，使記其略。余不敏，稍以曲見，述而贊之。

按册自獻陵以下，楮素不等，皆小幅，不越尺許，通凡若干。其首宣宗皇帝捕魚圖二，其餘若毘陵王舍人芾、錢塘戴□□文進、莆田李畫史在、吴興張□□子駿、崑山夏奉常㬎、錦衣石將軍鋭、倪將軍□等，一代名筆皆在，而題咏亦皆當時諸作。嘻，其盛矣！古者藝皆有官，天下治則顯，亂則隱。其有生多事時，而以自發於幽，通於指掌間者，則亦有之。然未有重起迭出，章其藴抱，而受知於上，備廷列，膺稱銜，烜炤遐久，如前數公者也。於戲！是有所自，蓋皇朝聖神接御，崇才懋能，文明之化，其流滲滂達至如此。於戲！徵之胡獨畫云？六法十三科，窮精極微〔一〕，敷華贊妙，不足以盡作者之意，請拜稽爲國家之頌云爾！

【校勘記】

〔一〕「徵」，原作「徵」，據枝山文集改。

吕紀畫花鳥記

近時畫家以翎毛專科，稱南海林良以善。數年來有四明吕紀廷振，特擅花鳥之譽。林筆多水墨，寡傅染，大率氣勝質；廷振則兼盡之。蓋古之作者，師楷化機，取象形器，而以寓其無言之妙；後世韻格過像者，乃始以爲得其精，遺其粗。至三五塗抹，便成一人一物，如九方皋，不辨牝牡，固人間一種高論。然盡如是，不幾於廢事邪？予不解繪事，不敢昌言之，特眼底管豹如此。

友人陽羨陳君克義，好廷振之筆，聚之甚富，令予題識。予時在其家，臨別持去，別後得此説，書以寄之。克義好之篤，則必有辨論，何日相見，試相與一陽秋。

夢易記

歲乙卯二月□□夜，漏下二十刻，夢與人談易，顓一籍相駁難。其籍舊刻本傳家者，曰陳宏，字載之，時以爲亦宋朱氏派也。講既久，然而謳謳未竟，忽一人從旁持予腕，大振之，遂魘而寤，時身旁乃小妾阿黄也，猶呼喚不已。余曰：「如何？」妾曰：「適先生寐中，□然而歌，妾驚焉，故振先生以寤。」余曰：「能記邪？」曰：「記之。」曰：「如何？」曰：「其詞曰：『絪兮緼兮，易之門兮。會而通而，易之宗而。』至是故驚。」余聞之逖若異矣，漫記之。

動静記〔一〕

【校勘記】

〔一〕是篇見祝氏集略卷二十一，今從略。

杳冥記〔一〕

【校勘記】

〔一〕是篇見祝氏集略卷二十一，題作「窅冥記」，今從略。

別徐子記

祝子將如京師爲仕，過江陰，別徐子曰：「君臣之道，立兩間不可易。雖然，求而應乃切。吾君以一人求四海士，勢何如哉？今至於是，不曰切矣。抑吾君之求臣以是，臣之應吾君亦以是，不得焉而已矣。得而有不與初求與應一焉者，宜何以焉？朋友裨衂四者，徐子爲籌之，宜何以？徐子今先應初求，後一二月期，則胥遘於京師焉，同仕謀矣。徐子籌得之，於時以語我。」

鶴田記

鶴田，吴曹器之之稱，既久，兹屬言。惟鶴動田地類異，器之動且參爲才，類又異。厥稱旨不可知，抑田壥凷，宜無計，旨或於鶴。寉，形聲、色氣、食宿，校本類又異。朱顛延吭，脩喙鐵脛，引義軀榦竦，綴玉聯雪，歲千蒼倍之。玄聲泠泠漻漻，金石聞于天，呑飈嚅露，諒仙品寄類飛者。栖不恒田，岑巔木尾，臯其安宅，弗與類伏埃間，淹淹委委，漸霄騰雲。又至者，宜或于田蹔刻，亦竟匪宜。地説青田有雙白者，年年生伏子，長便去，固特種，匪恒。其弗宜田昭灼，器之譬己弗宜埃間肆稱。然埃爲人田匪一所，衛軒吳市，鍛翮反頸，終懊惋憂隱，亡不可蹔止。逋蘢沖跱，時往時來，可蹔止，惟爲喬耽，駕沖升玄，圓空明荒，荒則安宅。器之疏耏輕躬，走捷捷，飄風流雲，色孺服潔，衷抱虚逸，萬秀千朗日發，殆靈官玄卿放墮，未證仙品，寧以動類凡才拘比？厥稱旨在于駕甚可，或猶應詰器之者，將少忿汩埃未脱與〔一〕？抑深懌還宿靈玄，與神君皇人遐招永思。器之還，毋墮心垢懷，痼厥忿嗚。爲還宿靈玄懌稱善，爲汩埃未脱忿稱亦善，爲汩埃未脱痼稱焉，其奚善？書以爲器之詰。

【校勘記】

〔一〕「埃」，原作「涘」，據枝山文集改。

聽玉齋記

聽，耳也；聽之，心也。達者耳隨心，昧者反之。蔡伯喈所聽〔一〕，在螳螂向蟬之際。衛門之磬，有不可聞者，存乎詘然之外。清濁高下，荷蕢君子弗聽也。程君之謂「聽玉」，則又直取其所況者而明言之耳。君字原道，家有竹圃，君爲齋居其旁，而揭之云云，間命予記。

夫竹之況玉以其質，亦以其聲，君之取蓋兼之，而似於聲爲多。雖然，聲末也，錚鏘蕭瑟之韻，非甚庸俗者，誰不知愛之？惟其質也，則君子獨得之矣。君之在太學假中也，得其聲多矣，得其質亦多矣；今當登王朝，有官秩，君獨得其質於心哉？則圭旒之温栗，琚珮之鏗訇，非聽玉乎？賡載之都俞，誥謨之渾灝，非聽玉乎？中和有建，上下群聲，無一之不和，所謂金聲而玉振之者，又非聽玉乎？至其精微本柢，自君一心而發之，事可以振遠近之譽，言可以鳴國家之盛，繼響古哲，亦聽玉耳。若是，則竹在在而有聽玉之云，始爲我專。如以聲而已矣，則竹今日不能四千里隨君而往，君將遂廢其聽乎？君於此當必審所取棄，而從吾言矣。

抑予有後請，君亦當從之。予承教半年未復，寡陋則然，亦將爲此君襲王家故事。兹行也，君其留齋門勿扃，予當時造玉旁而一聽之，以繼君之好，而使竹不落莫也。

【校勘記】

〔一〕「喈」，原作「皆」，據枝山文集改。

王理之君子林記

理之竹不過十數竿，謂之林，寓名也。夫竹謂之君子，亦寓名。引其寓，更寓於林，又何不可？借使竹真成林，實名竹林〔一〕，名之之意，亦寓意也。既本寓，則君子其竹，而林其君子，皆無辨乎？然意之本寓者，則在乎善人之多也。於戲！善人之多哉！兹意也，孰無之？何充之寡自戕之衆邪？

蓋小人之損君子，未足謂損；而君子之自損其類，其損乃甚。何也？小人之損君子，君子見其損，則思救之治之，而吾之願爲君子之心，自浩浩如也。惟君子損君子，則凡爲同類者，皆將信之助之，使不得有所據附，更施互報。其末也必至于孤立而摧仆，自號于暗屈之地，而莫之益也。此則君子之所以難乎成林，自君子之過也。吾嘗探其病，忌也，忍也，辟也，自高也，隘也，不知人也，欲局以歸吾一途，而不善成物也。嗚呼！家于是則害于家，友于是則害于友，同事于是則害其事，寀于是則害官，朝廷于是則害于天下，其何利於君子也哉？吾心之理義，君子之類也；吾行之妄慝，小人之類也。吾心固願爲君子，而吾行每不免以妄慝干之，則幾微之理義，不足以勝繁雜之妄慝，如杯土不能敵襄陵之水，孤鶴不可截群鴟之吪，一木不支顛，而一薛居州不足奪楚人之咻之者也，亦可畏哉！是故君子必用其存省之力，以求吾理義之常勝。理義勝，則妄慝微；妄慝微，則善德成。斯爲君子而已矣。彼人於吾損不損，吾皆不暇計，而吾自可謂君子林矣。獨立而如班堯廷，潛居而獨比屋，吾何賴于人哉？

嗟乎！理之太上成物，其次完己，其下徇人。吾固不能必成物，狥之又決不肯爲，獨不可以完己之方自勉乎？完己之方孰在焉？請即於竹乎求之。求虛於心，求直於身，求高卓於節，求澄爽堅利於持久，則兹數十竿者，即吾五臟四支之師模耳，孰曰寓乎？

【校勘記】

〔一〕「林」，原作「枝」，據枝山文集改。

王氏燕翼堂記〔一〕

【校勘記】

〔一〕是篇見祝氏集略卷二十七，題作「燕翼堂記」，今從略。

葛秀才小樓記〔一〕

【校勘記】

〔一〕是篇見祝氏集略卷二十八，今從略。

老安亭記

始，沈公伯大治其圃，甚幽勝，蕃蔚之内，隱構一亭，益佳。先參政樂焉，爲名曰「老安」，未暇也。公子楠等，侍而有聞，今來以爲屬。

老莫不欲安，仲尼之旨，以爲道志，故曰「安之」。今之老而安，乃出乎己，其將乞之誰哉？自致之，有良子孫承之且爲難，又況望之外哉？亦世變之嘆係焉矣。自致之，良子孫承之常爾，而不皆然。美生焉，不皆然而然焉，斯美之歸沈氏父子，宜焉爾矣。幸哉！孔子之志。得一人焉，從而爲記亭之勝，在樹石觴豆焉者，則無煩云。

祝氏文集卷二

傳

韓先生傳〔一〕

【校勘記】

〔一〕是篇見祝氏集略卷十六，題作「韓公傳」，今從略。

義虎傳〔一〕

【校勘記】

〔一〕是篇見祝氏集略卷二十，今從略。

都處士傳

都氏出漢臨淄侯稽，趙宋尚書吏部侍郎潔，以易學鳴，繇開封徙丹陽。自丹陽六世曰子華，始居吴。子華生思賢，思賢生文信，有異節，少孤，贅里中徐家，洪武中代婦翁死法。生彦容，益輕財，爲曠俠，結合四方，務赳赳，徇名義，排解人難，卒爲散家，是生今處士君。

處士名邛，字惟明甫，性淳和，中含介毅，少治戴氏禮，更詩、易，爲舉業，久未遂。去，問醫於劉先生溥，又習諸盛御醫宏，尋就緒通曉，以漸施用輒中，驗及廣遠，遂竟用是術，行其志迄今。杜淵孝先生瓊背俞，上下肉隆起無變色。入暮，口燥神憒，他醫用癰齊，無驗，更減食利。後數日，處士脉其右部，得弦滑，曰：「痰也。」下痰齊，兼補引氣，下三四乃瘉。平涼守陳妻，歲首得中滿，腰脇引痛，畏寒，面赤頭重，間作熱。治者爲傷寒，越月益甚，至欲食二道不凋，無少寐。處士脉右虚弦類數，左微浮，曰：「無與寒，殆第焣羸血虚，陰火内藴乎？」主以朮、半夏、天麻加臣佐二十餘，乃起。瞿學究九月痢，赤白下無計，治多以調澀者，過二旬弗止。處士曰：「脉弦嗇，是積酒濕熱爾。」投河間平胃散，加人參、炒連，良已。江陰薛生内壬四月不運，活咳而削食，疑忿故。處士見左脉三部匀，特少陰微出寸口，作安胎清肺藥物，服半月瘥，及期得男焉。松陵婦倪寡居，得陰虚發熱胃痛，時便滑，半年矣。處士曰：「寡居氣不申，乃月水失時。爲液齊益氣調中，倍參芪甘温釋熱，當瘳乎？」卒如言。田家女阿金，近笄，用佛法報母啖素，既久，作痰喘，不飲食，至於朞。處士謂積素茹敗脾，藥力所難驗。勸女曰：「若圖報親，若亡親危，若所謂報，其曷有焉？若止齋而譴告吾於神，當償若焉。」母女流涕，願領教，乃令吞青礞石去痰喘，熱隨定，繼與清金瀉火者，守理兩月，竟安。羽林張將軍，後道便白數年。處士以右脉實大，爲肺積，以控涎丸少許去痰穢，後清肺補脾乃止。孔侍郎公鏞肝俞下腫，兼傷寒，踰旬猶熱，而譫衄自汗。處士曰：「汗後熱不解，必有内因。」服以參連三白，加犀苄，良愈。常州徐舍人，左脇下有積，幾二十年，忽大吐涎沫，胃痛，少睡發渴。處士診其左弦大而實，謂曰：「積舊疾未易治，吾第行肝補脾，二患或偕起乎？」從之果然。陸家婦産後既九月，當暮春，腹痛，寒熱瞑眩，誤治而劇。處士以其脉大且流利，曰：「腸癰耳，一日二日殆哉。」衆不謂信。或曰：「公等既莫療，更違都先生言，將束手伺死邪？吾爲乞藥都先生。」遂請諸處士，處士以薏苡大黄湯下穢，夜分證去十七八，却大勦瘁，繼峻爲内補，瘥焉。張女産後三月，得潮熱，枯吻中滿，小腹疞痛。處士脉左大於右，爲肝木有餘，中氣不足，以龍膽瀉肝湯加參梔，多服而愈。後十年復得熱，加咳而痰。處士曰：「氣脉虚實，形志苦樂，今昔應不同，治應亦不同，宜特清補脾家。」遵其説，半載始平。外甥張氏小婦懷娠，忽不寧，若欲絶，急邀處士去，視病人四體悉冷噤，不能吐一言，不可以問得，乃令鍼刺人中、承漿，稍蘇，急投齊沃之，明日胎下，子死母即寧。問其治，曰：「子縣也。」尉氏婦每五夜初與午後作熱，心怔忡，足脛筋惕，飲啖不知味，少寢，既三月。處士視之曰：「六脉大小不勻，故見多端，此得驚憂積久，氣鬱鬱弗得信以爾邪？吾主以瀉南補北之法。」爲五味安神丸夕服，爲參蓍補肺瀉火〔一〕，檗、知母滋腎真陰晝服，爲李氏和胃丸間服，一年群恙悉除焉。處士治效甚多，陳其著特云爾，抑末也。

處士之行飭孝廉，五品無斁，善静慮，御務精審，平生無敗事，記注言行，經履察察，省以爲己。中歲失内不再娶，教子穆有法〔二〕，爲名儒。處士爲學，博核能守約，廣綜經傳，究察根柢，至星曆、龜筴、神仙、玄綱、釋觀，悉深以有得，叩請莫有凝塞。虚往實歸，樂道人之善。服食菲素，辭色温茂，如春日之日。自以吾生不獲戾於天、失道於人，猶猶然以亡弗泰焉者，而風味淵邁，獨立時世。

贊曰：孔子云：「善人吾不得而見之，得見有恒者可矣。」而它日云：「恒，德之固也。」蓋恒難矣。積恒不易，仁德乃獲，斯有恒善之階與？都處士以恒而得仁者邪？所謂善人，假令生孔子時，未必不止聖人之嗟。至救物之績又仁，用行矣。

【校勘記】

〔一〕「著」，原作「者」，據枝山文集改。

〔二〕「穆」，原作「睦」，據枝山文集改。

謝君傳

謝君諱昺，字明仲，長洲人也。謝族世藹芳聞，典午而來，益熾姓氏。家往往歸望陳留，然以宋太子賓客濤等，實長洲之胄之所繇始也。元有别稱東山者，蓋特著，至於今尚呼「謝東山家」。東山後曰祐之，祐之生彦達，彦達生以澄，皆以儉勤質誠爲承傳之具。以澄生維貞，在皇朝正統時，始起爲鄉貢進士，將更大振世聞，而不幸未授仕命以卒。娶於盧，生一子，則君也。

幼質沈敏，外若蒙訥，而中殊穎利。九歲鄉貢君没，家且落，君獨任之如成人，事大父母甚善。出就杜淵孝先生傳訓，屹屹有立志。十五專家職，能衍以廣。十七失大母，二十失季父，二十四失大父。少弱繼在凶割，而慎終追遠，無悔無懈。既獨奉慈氏以居，共事謹至，色養之孝謂易。卜商貨，入不至私室，即内諸母所，無問費存，曰：「母守義處戚，吾以是悦其性。」從弟勷，幼孤同爨，友善終身無隙言。教二子修學飭行，愛而勞之。性端定，妙禮疏節，吉凶賓嘉儀注，帥幼輩時習，恪恪揖遜容度之間。居常嚴重自處，冠布簡素，瀓坐默息，望若不可近，及接對，熏然冬日之日。平生游不出鄉遂，迹不識衙府，避炎遠暴，循直錯枉，申弱屈彊，確然而準平。暮歲置意沖散，觴豆養形，熙融内得。嘗自誦曰：「昔龐德公、鄭子真、王孺仲皆辟人養德，犂鉏存志，軒冕不能泰，憂患不得否。吾生無經世懷，沈著鄉井，護廉隅，慎情欲，委時運，以道自寵，繕性俟命，吾其逸乎？」因題其居寮曰「逸庵」以自見。弘治丁巳之歲五月十日，微疾而卒，口無憾辭，槖無私藏。其生之日，爲正統辛酉閏十一月十二日，春秋五十有七。室人同里魏氏。二子，曰雍，娶吴氏；曰睦，娶馬氏。睦游縣校。女一人，適杜餘澤。孫男五人，曰儀、儼、侃、偁、僖，女一人。明年秋九月丙申，窆於吴縣胥臺山先冢之下，此其始終也。初，鄉貢君從允明先公游，謝、祝是有世誼。某視君猶兄，而君年長迨二十，是倍敬焉，且其人又公宜敬者。而雍也，純一朗潤，不寧亢宗，推誼於余尤篤。日者曰：「先人而可傳也，當外執事者乎？」余怵然永懷，爲聚總大致以成傳。

贊曰：謝暢風華，君兼操實。孝迹潘輿，仁宣趙日。桑里松彫，鹿門豹蟄。德休之謚，永符曰逸。

都良玉傳

友人都翼與猶子咨，請傳其父良玉，以爲家之傳。而所示事録，有沈先生啓南之記。予於二君爲同方，而良玉數得遇於沈先生，嘗慕其温朴簡易，存鄉里丈人之風。以二君之孝、沈先生之文、賤子之所知慕，三者有三，固無辭矣。乃撮其來示敍之曰：

良玉諱瑢，字良玉。世居婁門東，元末避地，遷今相城里。良玉少知學，嘗受業於陳先生寬、馬先生暠，勤劬至老不衰。平居自奉，僅免傷轟，而服勞終身，未嘗以前後豐約改其守。至推其餘，亦能周助人。其氣習之可愛，舒然如冬日，至晚益和也。諸子衆孫，詵詵能繼，雖經斷弦之戚，而慰藉之況，殊不覺滅也。又能親賢隆誼，款款持久。如沈先生者，是其筆硯之友，相與愛敬，終無衰焉。暮年寓意圃稼，其後有寬坦地，頃者蒔瓜而豐，遂益搜致異品，五色錯植，茂實繁特，凡瓜之理，深得之。子孫邦人，欲得良玉之存者，觀沈文則可知矣。良玉今年辛亥，春秋六十有四。

贊曰：物之賦性不齊，而寬猛異宜，則得失隨之，故古人有託佩服以致功者。予觀今之人，大氐憙削刻而恥善懋，若良玉退然如不能言，以是處世，宜招侮矣。而且以此得既安其躬，亦以裕後，當益隆起，則人之憙，尚獨爲定論哉？噫！安得刻削者，皆變而良玉也。

秋月生小傳〔一〕

【校勘記】

〔一〕是篇見祝氏集略卷十七，今從略。

祝氏文集卷三

行狀

中憲大夫廣西南寧府知府蔡公行狀〔一〕

【校勘記】

〔一〕是篇見祝氏集略卷十八，今從略。

封孺人都察院右副都御史毛公妻韓氏夫人行狀

夫人韓氏，諱某，父曰瑄，母王氏。生夫人，賦性慈惠而孝友，端重而詳雅。韓與毛皆吴之大族，於時今中丞礪庵先生貞父顯考給事桂軒府君爲公擇配。知夫人也，求而得之，以來歸。

夫人事府君比太夫人何氏，婦道飭脩，尊章適安。期年舅没，獨奉太夫人；太夫人安其事，又十年而没。中丞公游邑庠，志在萬里，而寸尺其功力。夫人總家政，大小一不以關白。公得窮研經籍，博討世用，以成大有爲之器，時則以學術鳴於遠近，固夫人之相也。然而不獨綜治財業事，爲至衣履裁製，賓祭庖饋，且手親之，不能以自逸。既而公起進士，列給諫，歷兩京諸科，久侍禁近，出參大藩，盡瘁王事。夫人或偕宦署，或守先廬，所以資公需費者，歲辦時致。語家人曰：「毋逗撓公守。」於是公倓然取成，一力於批鱗烹鮮，匡救承宣，以風力惠澤震四方。迨於長太僕，陟臺端，懸車鄉社，中外之使命，近遠撫按藩省，郡邑大夫之經行戾止，慕用問政者必之焉。門牽恒滿，款餽稠疊，而無侵於公之康安高養，又夫人之助也。夫人内德多備，而不妬一行，特爲度越。其它惠利儉勤，教子御下，持盈詒遠之道，類超卓不群。且明達事義，音詞婉約中理，不可勝述，稍徵一二著者件列之。

初得子不育，繼頗遲寂，陳氏、沈氏在貳室，夫人視之若母女，諧婉臨聚，愉愉終歲，稱獎其長，而導其所未至。姻黨歎慕，縉紳知者，以爲美談，而其力有化及人者。公初邸京師，連壁某曹郎李婦悍而不子，郎納妾，婦輒斥去。一日造夫人邸，語夫人：「夫人之於媵姬，寧若是視之厚與？」夫人笑，徐謂之曰：「若不子也，而更絶他人子。庸詎絶它人子，李氏之祀，實唯若殄之。夫殄它人祀，獲罪於天。若殄夫子祀，殄舅姑之祀，若能任是咎與？若爲夫子廣帷第而有子，是若無子而有子，李無祀而有祀。續後，大仁也；殄祀，烈釁也。烈釁之惡隊諸淵，大仁之善陟諸巔，若不知決擇趨舍與？若得雄於旁館，而惠然視之良孽也，長當倍孝。若子孝母感，夫子又倍敬愛，是三利也。有至仁之聲而加享三利，祥孰大焉？」李婦默然去。它日，夫人詣李，見粲者侍焉，若與婦娣姒者，夫人驚問之。婦謝曰：「微夫人，婢子幾誤。婢子辱夫人教，寤且惕，即勉爲是。」無幾，李果得子，語諸人：「吾之子，李之祀，毛夫人賜也。李氏祖考子孫，寔與永德之。」已而夫人得主器，曰錫朋，穎秀異常。夫人雖極鍾愛，而訓示以義。時已貴富，服食每不令饒美，曰：「兒生順境，宜令惜福，毋啓其侈心。」錫朋游學有聲，而科試未利，夫人不爲戚戚，曰：「第加進脩，命安可强？使荒且庸而蚤達，非吾尚也。」及得二季於少房，教愛均一，無毫末異心。

其理財有殊能，居積生殖之方，綜計審密，授成家人，無失策，用以豐裕。而性憙施予，積而能散，凶歲必煮糜哺塗莩，給槥以掩暴骼。婚人之不能婚，葬人之不能葬。建杠梁，甃衢徑，亭以息征，井以潤暍，大而厚費，遠而外郡，久而閱紀，成績不可枚數。劉某死，子弗能家，妻老無依，夫人衣食之，療其病，殯其死，攜其幼孫女鞠之，曰：「長當爲嫁之，不令轉而奴也。」卒如之。社學師温，妻死無喪具，時且暑，温逴逴扣門，意得一棺。予之曰：「棺具得，無不周於身者乎？」予之衣，曰：「衣具得，無不周於費者乎？」予之金。温過望感切，爲詩歌以頌德。初，公攜幼往北都績學，邀常熟潘君與偕，以程課子業。無何，潘之家火，妻孥奔夫人。夫人授之完家，廬器井爨，人而安處之。既而潘死於家，家人對哭懸罄下，安得一櫬以裹死。一暮，季子經冒烈風雪，握空拳號而出，將經紀之，倀倀無所從。少前，有舟載柩問潘先生家，即之，則夫人之遺也，乃得斂。顧烈婦俞氏，剔目守操，養耄姑，鞠孤嬰，饘粥屢絶。夫人餉薪粟繼，繼累歲，無乏期。嬰又死，烈婦傷感病劇。夫人曰：「是當大有以慰其心。」畀以美木善壤以瘞，鹽醯藥物，種種具給，烈婦乃起。時夫人亦已疾革，曰：「吾活此人，死且瞑焉。」

素奉佛虔篤，歸心慈寂，喜捨不倦。然而自奉菲澹，澣衣疏食，甘之無厭，愛惜天物，寸絲粒米，曾不唐捐。而不爲私蓄，公既家食，舉倉箱鑰曆以歸。而凡嫁娶儀典，戚屬吉凶，賓享豐約，周到協度，曾不縈溷公懷，殆咄嗟而辦也。歲時烝禴，傷舅姑不逮，潸然曰：「二老人不獲一日榮養，今祭而豐，果有知耶？」或談及其居處話言，未嘗不流涕也。伯仲二女，嫁而卒，夫人頻哭之慟，而善拊諸外孫。叔女嫠，季女中歲未字，開慰尤切。大略夫人大德既令，而細行周美，辭和氣平，喜怒無遽，容所難容，處所難處，沛然不括。或覺骨肉間事有争端潛伏，輒先爲斡旋調停，令幡然驩釋，而不見形迹，與居者各得其情，豫順以服。蒞下寬而不弛，明而不苛，用人以器，有過諄複譬曉，使自愧屈，未始詈以惡言，皆感畏樂盡力，而不忍欺。與人揚善掩過，不遺恩，不修怨。每敕諸子：「汝曹爲士，尤宜忠恕寬厚，養就德器。非意之犯在不校，禦侮之方，顧自立何如耳，世俗浮薄之風，不可爲也。」

夫人以景泰癸酉十一月十三日生，享年七十有二，以嘉靖甲申十月二十七日卒。瀕絶，訣中丞公，語益爾雅。内外羡其福壽，而悼其逝，銜惠者飲泣於蔀室通衢間。夫人初以公居黄門時，受封命爲孺人，後從公階以升，而以年格未及受廷誥。夫人子男三人，長即錫朋，太學生，文譽甚隆，娶文氏，都御史宗嚴之子。次曰錫暇，曰錫疇，皆邑庠生，暇娶沈氏，疇娶吴氏。女四人，長適浙江左參政吴江吴山；次適太學生無錫秦鋭；次適鄉貢進士范汝輿，文正公主祀孫；次適中書舍人王延喆，太傅文恪公長子也。孫男三人，體仁、志仁、利仁。女四人。中丞公卜以歲乙酉閏十二月初六日，葬夫人於郡西華山天池之新阡。當請銘於今日文宗鉅公，先以某素辱知愛，倩書夫人事行，令錫朋條畫以來，謹爲撮敍大致，成狀如右。

惟禮所稱女德有四，歷代國書，未始或遺焉。而劉向之傳，亦有賢明、仁智、辯通、母儀諸目。蓋女德之備甚難，而備之甚可貴矣。有如夫人，其殆庶幾乎？固宜樹之風聲，雖渠閣應可以緒登也。今此爲丘壠之燿，夫子之慰者，秉筆君子，寧能無昌言以煒繹彤管者與？用俾録上，以備據按。謹狀。

湯母浦氏行狀

浦氏諱淑貞，父友諒，母徐氏，貫長洲縣。女德幼美，年二十有三，嫁同縣湯濂字宗濂。宗濂縣中大家，其行三。浦氏助之，友恭諸昮季，事長植行，治生産，及率協娣姒上下，以勤公家，其力甚多。與宗濂處十年，而失宗濂，孀範清肅。有二子，珩、珏，訓義内婦，皆出其身；撫宗濂前室子琳尤善。平生性明宜〔一〕，恩怨無所隱，能面直儕屬之失，儕屬信服，無後誹者。享年五十有六，以疾卒於弘治五年八月二十四日，其生以正統三年十月二十五日。曰王氏、潘氏，琳婦；徐氏、趙氏，珩、珏婦。倬、伊、俸、脩、伸、□，琳子；保，珩子；□，琳女也。珩、珏卜卒之次年□月□

日，葬於城西竹清塘芝環山，祔宗濂之墓。以余姻近，請述母行，將乞銘於執事者，用狀如右。

【校勘記】

〔一〕「宜」，枝山文集作「直」。

勤軒錢時用先生行狀

先生姓錢氏，諱腴，字時用，號勤軒，出吴越武肅王鏐。八世祖端問，宋寶文閣學士，官平江，卒後遂綴籍居漕湖東之錢涇，即今家也。曾祖賫，字子晟；祖珖，字孟仁；父迪，字伯啓，母顧氏。以正統丁巳七月乙未生。四歲失母，資性安定，不苟言笑。六歲誦讀小學書，輒能講詁，得大義。成童事聲律，便有警語。送鄉達入朝曰：「相逢天子如前席，不問蒼生好自陳。」詠雪曰：「不解尋香空索影，也應無處問梅花。」人已異之。比長，篤倫典，慎言行，治學博文，御家處世，秩然成章。今徵其大者件列之。

景泰間歲饑，而親之甘脆充裕，故友竹有「歲歉吾不知，南窗稱高卧」之句。友竹老多病，先生竭力於藥食請禱，至貸借以事事，業由以微。比卒，葬祭以禮，毀病濱殆，友竹命求張御醫致和治之，從之果起。凡友竹之生而壽，沒而誄，及先生爲瞻隴之堂以望丘墓也，鄉大夫士咸有作，具著其美。及事繼母益力，懼其以父歿過哀也，數與妻相語於母前：「吾父才行享壽如是，業雖弗侈，免於凍餒，吾可以無哀矣。」母聞而安之，哀少減，不知先生中以銜疾矣。一日，母往親舍，忽遘寒疾，先生冒積雪往省侍，母喜，即進飲食。越日，先生度母弗樂居於是，因請歸，母允，先生即自負之，入舟以還，病隨瘉。他日考終，喪之尤無違。伯兄時澤，性柔葸，官强令爲區掌税，憂不支債事，且將譴，痛自忸憒，至廢眠食。時先生先從父命異居矣，即奮去曰：「吾責也。」爲之左右周到，事集而不擾，人交譽之焉。已而兄死，先生爲營葬，拊幼孤，迄以不墜。女兄歸尤氏，讀書閑禮，寡居守操，先生謹事之，晚而益惇。姊臨卒，執先生手茹泣，口有所誦，諦審之，蓋曰：「棄家吾所甘，别弟獨何忍？」其待室陸令人，真有如賓之風。陸之執道，亦稱先生，鄉閭擬之梁孟之儔。

其教子嚴而有法，因材付業，積書禮師，豐費不恤。日使請於師，夜自程課之，因正其繆，引其不及，啓道反復，務令心得乃已。其所自業，終身不倦，治經史各有方，最善論史，有善問則爲之稱述，貫穿證驗，當時情實，粲然莫逃。以及細端微節，出在子家雜説者，綜記甚廣。求人之所不求，知人之所不知。每得一新編，無論淺深，必由首竟末，讀不遺句。或值隱文奇字，務廣求字書，通融始休。既有得，則就以昭示子姓，仍摘其語尤奇事尤善者，爲聞見録以永之，條揭齋壁恒滿。其論作者，則曰：「須以經爲宗，尚在詞達。」故其詩文，大率閒雅沖澹，具有典程。有勤軒稿若干卷，藏於家。諳識朝野逸事甚博。其交友不苟，而契誼隆厚。佳時必集燕，燕必有紀述，倡酬往復，動成卷什。睽判之久，則翩然命駕，不阻雨晦。自縉紳先生以迨林壑隱老甚衆，蓋不特以麗澤資潤，良以其温淳簡古，執歲寒之操也。至於理家治生，亦有度範，耕耘畜養以時，分命奴婢，晨授而夜核之，勞勤以愧惰，雖不下朴罰，而人知勸懲，故斂獲每豐，此其足用之道也。族黨子姓〔一〕，苟有一長，則加禮之，且以稱諸人，以激揚之；或有小失，則拒不見，至能改，輒更掖進之，故罔不感服。同姓之環涇而居者五十餘家，爲之周貧扶弱，解紛排難，日不遺力，悉賴以安。鄉民細夫，倚先生爲重，亦不爲豪武所凌。素性坦易可親，然遇非人見非事，則剛正之氣，每形詞色，或拂衣逕去。故鄉人與飲酒，雖笑語滋多，終不敢亂。

平生深疾邪妄，客談鬼神，則曰：「世豈無明者可言，而言此？」有言：「某地怪物嘯聚，終夜燭之無形者，賀處士美之往獨宿，久之終無聞，居者乃寧。」先生遺書美之曰：「人，陽也；鬼，陰也。陽之當畏，上莫若天子，次莫若宰相。今有一介之士，能持正道，立高節，或可以抗天子，下宰相，而明明之威，不能加彼妖妄者，疑有而實無者也。且陽大陰小，借曰有之，亦何能儕我天子、宰相哉？吾且不惴於此，而怵於彼，何昏惑也？君於是，可謂知者不惑矣。」鄉人業巫，畏先生，不敢肆，然資以養不能改，恒夜閉門爲之。雖譸張間，時瞪目問曰：「乃公安在？得無知之乎？」先生聞之，笑曰：「彼豈無人心者哉？直未聞教耳。」往呼之前，徐徐以至言誨之。巫泣拜，歸於農。有司致先生鄉飲者二十年，然纔一再往耳。弘治甲子歲，初病痰氣。三月十七日，覺有變，遷卧正寢，戒婦人毋涉迹吾左右。明日而劇，召子孫遺訓，無雜言，且戒用浮圖。又明日甲子，乃卒，年六十八。

其配即陸氏。子男二人：曰賢，娶朱氏；曰貴，娶鄒氏。女一人，曰葯，嫁沈輅。孫男三人：曰徵，娶吴氏；曰徹，娶樓氏，賢出；曰繼文，聘華氏。孫女一，許鄉貢進士王公爵子延年，皆貴出。曾孫男二人：世芳，聘楊氏；世良，幼。女三人。初，先授賢以詩，賢果以是鳴。授貴以舉業，貴遂領戊午鄉薦，英邁博洽，芳聞振馳，殊以自慰。然教愛不少衰，每貴出，則諭以擇交親賢爲要務。比歸，以所聞見咨白，先生隨爲之可否，以示從違。貴又每歸，恒持時流著撰以進，則玩讀悦懌，瀕終，猶命集素所得贈遺諸作數百篇，擇而傳之，貴今次第爲八卷，曰漕湖聚珠。貴病目，在外每遺書，顧念諄切，一書至，云：「胡不移昏於吾目，讓明於吾兒。」貴捧讀嗚咽，坐客亦至感涕。復令徵紹父業詩，令徹紹季父游邑庠，亦咸克肖云。二子卜以卒之歲十一月壬寅，葬先生於漕湖盤字圩之先塋，將乞銘於館閣大人先生。以允明與交久，知之爲詳，託述事行，遂掇拾如右。恐遺其群美，不以傷煩自嫌，所覶采而書之云爾〔二〕。謹狀。

【校勘記】

〔一〕「族」，原作「旌」，據枝山文集改。

〔二〕「覶」，原作「覞」，據枝山文集改。

逸晚湯翁行狀

翁姓湯氏，諱瀚，字宗大，别號蔗田，後更號逸晚，蘇之吴縣人也。其先自江陰，元世來遷。曾祖潤卿，祖均澤，父彦祥，母楊氏。其家大率行善而貲雄，累世稱於里中。至彦祥甫，則善益積，貲益加。而愈美者，子姓轉益茂蕃，竟以子渭貴，贈順天府大興縣知縣，楊氏贈安人。彦祥生八男，公行六，其家聯女爲第，因稱公行七。由是在家在邦以及遠近〔一〕，莫不知湯七翁爲其族之最良也。

公性警敏，勤勵多聞，見練世故，猷爲精幹，意氣超邁。方少壯時，家人上下數百千指，其諸昆各商遠外，翁亦多游北都，公卿大夫往往與交從，若鄉之耆俊時英，尤衆且密。迨居家，家政鉅細，常變紛複，日不給，裁制施發，每聚謀，多從翁者，謂其識高而處之宜也。翁於是進而班仕類，退而儀鄉人，内藉外仰，式重以揚。漸老，身益尊，志益適，業益熾，子姓駸駸列仕版。翁且以發貲助官，受仕服，級承事郎。既復爲郡大夫延致鄉飲酒賓，巋然井邑，安享上壽，無少衰疾。年九十一，乃翛然而終，於時正德十四年己卯九月十有五日，其生宣德三年戊申正月二十五日也。

配徐氏，長洲徐士昌之女。子男凡五人，曰璠，曰璋，曰璽，曰瑬，曰珙。璠娶周氏，璋陳氏，璽吴氏，瑬何氏，繼章氏。瑬爲鴻臚寺序班，璽爲伯兄宗潤後，璋、珙皆先卒。女一，嫁袁泰，亦先卒。孫男二人，似出璠，爲京衛千户，娶李；士偉出瑬，爲鴻臚寺序班供事内閣，娶沈，右春坊右諭德良德之女。孫女四人，曾孫男女八人。璠等以嘉靖甲申九月九日，奉翁柩葬於吴縣横山之塋。初翁踰六十，自爲壙，尚書學士吴文定公爲作壽藏記，敍翁之世以及其行，刻樹壙外久矣。至是璠等復將乞當時鉅公銘其葬，謂允明姻鄰百年，知翁爲詳，託狀翁行，持以爲據。某寔自童幼至於壯老，接公甚親，不辭摭大略如右。唯執事者，本文定之記，參伍狀述，必當得翁而銘之無愧也已。謹狀。

【校勘記】

〔一〕「是」，原作「其」，據枝山文集改。

祝氏文集卷四

古今詩

新婚詠〔一〕

【校勘記】

〔一〕是首見祝氏集略卷三述行言情詩其十三，今從略。

客樓晚望

山河日夜浮佳氣，樓閣周遭倚晚晴。樹色凄涼桃葉渡，秋光摇動石頭城。

次韻王黄門先生同游清涼寺

江干晚吹襲人涼，江上晴波浴日黄。隱隱旌旗連禁苑，深深花木閟禪房。暫依水月心微寂，久蔭旃檀夢亦香。圍坐不妨觴緩轉，輕雲過雨未斜陽。

送王少參赴湖省二首

宦轍三千里，官程一日功。畫船摇綵鷁，寶敕炫紋龍。草木文章潤，山河雨露通。思君何所以，江海日朝宗。

柔遠勤明主，旬宣屬老臣。賦應憐桂玉，貢莫易玄纁。□□□□□，□□□□□。重來得召虎，能不喜州民？

夏日游慈雲〔一〕

【校勘記】

〔一〕是首見祝氏集略卷六，今從略。

卧雪

與子阻雪卧江城，閉户三日無將迎。布衾蒙頭足寒色，妙語出口同天聲。釣舟孤影石邊出，梅花一枝江畔横。晚來已覺積漸薄，老眼映照千峰明。

觀湖宛轉思及楊子〔一〕

【校勘記】

〔一〕是首見祝氏集略卷七，題作「觀湖宛轉思及友人」，今從略。

夢中詠荆卿

袖底流銛玉，寒光一尺梭。秋風吹易水，惆悵不成歌。

得正夫手帖有感

小札摩挲入手來，燒燈讀罷重裴徊。空庭寂寞春寒切，一樹幽花不肯開。

觀蘇卿持節劇

觀蘇便欲拜，見李還生嗤。遇霍乃張膽，覩衛遽軒眉。蕭蕭十年節，淹淹五言詩。皓皓陰山雪，能療首陽饑。飛鴈奮孤憤，羝羊觸餘悲。勿云戲劇微，激義足吾師。

春日過邢溪春申君祠

邢溪古岸頭，日午泊行舟。兩樹李花發，一河春水流。英靈尚香火，豪傑不公侯。不盡古今恨，拂衣歸去休。

夏日齋居得沈維時姊丈使來因寄

疏蹤豈合濫垂知，潤澤兼存骨肉私。國士在君休誤眼，野人酬惠只除詩。槐陰展緑當庭滿，葵萼分香入座遲。折取一枝君畔去，殷勤爲我寄相思。

盛夏到利濟院題壁效唐山人體

生脱米鹽縛，暫於香火親。涼地肯容我，暑威難逼人。院有古時樹，室無今日塵。忽作片時夢，到家還暢神。

憶楊子

忽然思得去年期，三宿金山寫佛碑。落日青松寺門口，别君回首下山時。

戲寄堯民

五日冬陰雨載途，途中日日走疲奴。聞渠竊向同曹説，不信家公爲借書。

留别浚之

軒房不識塵人面，三宿白雲爲管勾。君若要施留我計，只攤書在案前頭。

旅情〔一〕

【校勘記】

〔一〕是首見祝氏集略卷六，今從略。

奉慰阻試 沈先生啓南

聞君早已振歸珂，累信相從宜似多。託疾恐攙賢者路，養才知恥少年科。盾郎濟濟皆循陛，織女盈盈獨隔河。最是老夫無遺慰，桂花其奈月明何。

奉和沈先生垂慰之作

拙抱心知玉異珂，祇傷刑擯已經多。恩門瘧鬼能包恥，關節山靈可決科。信我有心非轉石，對人無口辨懸河。他年未必論封禪，争奈文園老去何。

戲書田四門

祝三覓田四，不在罷開門。驚它兄嫂婦，女姊妹甥孫。

愚婦行 事在己酉秋

愚婦本拙賤，來歸君子家。不知承君德，旦暮務容華。坐見新婦來，百計爲周遮。言惟省供給，哀哉鄙而邪。丘山委平地，錙銖較塵沙。新人復不競，綺靡隨所加。我惜匪新人，爲君陳瑜瑕。妬實婦德賊，進賢婦行嘉。憂來仰天嘆，作歌意如麻。所憂在君子，不爲諸婦嗟。

賢婦行

後數日，聞有出言于君子者，言甚明快。激於予詞，復作賢婦行慶之。

賢婦何如賢？志公復能言。義不離理道，諷激明不煩。曉人當如是，君子豈弗遵。四德諒已完，恐爲讒間門。所依君子明，賢婦當彌敦。

哭院判周公 庚

己酉九月二十一日賦，是日公還玄宅，予疾不能送。

雅道淒涼後，何情當此悲？斯人不易産，中壽豈難期。鵬兆將無驗，雞年竟莫支。心曾周晚末，目不瞑嚴慈。地有顔淵代，天無伯道知。悠悠千里櫬，落落一生碑。萬里春秋迴，□□水土宜。負公兹一餞，西望淚空垂。

喜哉行

三月沈公已有孫，九月李公亦有子。隴西東陽見復始，厚積遲發惟天理。霜餘木果甘而碩，茯苓神力繫松齒。二公特特四海顧，勿論私忻合公喜。人生有後樂莫樂，心舒應復身壽祉。我願二公從此始，置意且向安閑裏。乾坤生理浹心髓，恬憺悦懌無臧否。多親觴豆少袍履，富哉篇句稀圖繪。天地之秀不可私，黄河有源乃東委。冥求褻乞何日止，任意雖樂勞則匪。大年當遺筋力禮，亦當餘才鑄來輩。二公於吾師道在，李分猶兼甥舅邇。包荒擊蒙賜深矣，歌呼告報詎能已。愛之莫助又有此，公乎公乎從諫賢，安坐看彼供甘旨。

浴

勞勞埃土十年身，聊借温湯一日新。未似屈平嫌衆濁，還非李耳喜同塵。潤波溜體清微露，和氣蒸人浹洽春。安得沂川一泓水，洗吾面目本來真。

秋游京國

小放平生鹿豕懷，得來風氣信奇哉。長安車馬驚塵過，北里煙花照眼開。金闕玉京多王氣，深山大樹有良材。長郊浩浩秋無主，獨載吟身管領回。

范昌齡先輩挽詞

高才豈合死埃塵，此理如何問大鈞。五十七年榮路夢，一三千里客鄉身。煌煌世牒當疏爵，文正公後。落落遺文可逐貧。遺照莫教傳士服，簪纓加在膝前人。

秋日即事

白帝助秋力，轉勝長夏清。天增臂綃碧，雲接頂巾輕。碎草依黄菊，衰荷愧緑萍。空存遺世性，無勇學淵明。

送元敬赴王隱君傅館

忽然離合兩匆匆，送子聊憑一席風。賓榻□因徐穉下，仙舟又載鄭玄東。當窗發詠孤篇始，君廢詩二年，故有此祝。映座雄談百滯空。獨愧塵蹤未能共，著書無幸與分功。

走筆贈相人王指揮

風簷把手眼垂青，許我能成世上名。從此却堅燈火計，恐將凡陋累高明。

憶閨

寒發清霜夜箭遲，欺人客月入孤帷。遥憐添上香衾處，應是心腸到我時。

絶句

因名爲利苦奔馳，換得身疼氣似絲。到此都尋參與朮，名難將息利難醫。

人日題圓通安維那房

入辛亥春月，頗長幽味，但恨爲塵埃妨礙。七日甲申早起，將浪步禪地，以自游濯。出門遇李孝廉兼國有子來訪，遂話所念，忻然偕行。信足而休，復令從奚挾紙筆，迤邐入承天寺，徑歸圓通附院，見安禪人，投話多契。余偶思是人日，國有子隨誦唐賢「人日題詩寄草堂」之句。孝廉曰：「安師之號則草堂也，今日之事，亦巧乎？」子又忻然得趣，因即成篇留壁，覽者當又有契我者邪。孝廉名詢，字廷問。國有子，經名，王氏。余則夢餘禪客祝允明也。

衮衮塵勞八萬門，自尋靈氣接心神。妙香受供難消福，大藏偷翻亦是因。聚骨暫時依淨土，蒲團何日坐忙人。他生只願爲飛鷲，也當靈山會裏身。

李孝廉書齋夜飲

余吟興横發，不可制，信筆成句，六寸燭頃，得四十韻，猶不能罷。爲坐客睡思重，敗興而止。明日，略改易數字，分投群客。孝廉曰詢，餘湯倫師直、張經國有。辛亥正月十日也。

良夕會茅堂，銜杯引興長。歲車回木帝，月曆始春王。笑臉容梅白，嬌眉借柳黃。客袍依火煖，私燭顫風涼。豪飲累三爵，大書連十行。心田不受垢，鼻觀自生香。事業誰何久，行藏爾我詳。文機都爛爛，學海共洋洋。詩賦麗以則，關雎哀不傷。休論七步捷，賸有五車强。雷鯉三千擊，風鵬九萬翔。何人當間出，吾道不終亡。視子乃玉立，如予真斗量。情懷自堅固，名字孰游揚。締玩世情改，祇宜榮辱亡。生涯迷蕉鹿，蹤迹信岐羊。蹭蹬悲夷首，棲遲弔屈湘。人情有雲雨，造化耐陰陽。犯斗思乘木，排雲欲叫閶。明時窮杜甫，清代老馮唐。德行在陋巷，英雄食太倉。心應難石轉，名不詫穿楊。志氣金飛冶，精神玉截肪。長歌遵老杜，狂草法顛張。鏤蠟速遲見，雕瓊巧拙彰。後先迷甲乙，粘韻錯宫商。最喜叨同志，還忻是一鄉。珠璣流齒舌，纂組布文章。春弄雨餘態，月通雲隙光。寒松留故態，小杏啓新妝。軟美嘗新蛤，清酣飽蔗漿。辛盤行緑菜，苦茗淪黄粱。且任笑窮夜，須拚日出暘。爐煙時駐泊，風帽或飛颺。總斷白青眼，誰分上下牀。獨慚黄絹妙，深羡白眉良。漸覺態生倦，難云夜未央。投空吟屢獲，避懶睡成佯。此指師直。離合渾難定，升沉未可常。人生幾知己，團席且徜徉。

二月四日遊虎丘

自借忙途半日身，與君聊作蚤游人。兹山勝概名千古，我輩登臨今幾巡。水石依依存舊迹，烟花冉冉作新春。欲留詩畫無摩詰，誰爲山靈一寫真？

送楊子

我有駿馬圖，特附君裝畔。伯樂既上天，留與何人看？

酒邊似才良

遊興今年恨少酬，西山紫翠夢中收。煩君引出忙身去，補我疏狂十日游。

送秦客

男兒當下合長游，何事雞栖老一丘。走筆贈君和興去，蓮花十丈玉峰頭。

舟過故表伯父王氏宅前有感〔一〕

【校勘記】

〔一〕是首見祝氏集略卷六，今從略。

春雨接夏淹踰數旬

濃陰結未通，淹緑更銷紅。可惜妍華際，都歸黯淡中。鳩愁長不斷，蝶市總成空。試看炎蒸日，偏教赤日烘。

送余國戚儀衛公還府

壯氣獨翩翩，才華更斐然。山川迎蜀傳，書畫重吴船。翠葉排隄柳，紅衣簇渚蓮。五年纔兩會，休拒酒如泉。

南詔林憲使寵賜遊二泉之作僭踵嚴押因風轉呈

貪流不起隱之涎，只把詩脾汩汩煎。上國衣冠煩漢使，南荒日月麗堯年。千間厦屋蒙黎首，百斛明珠上翠巔。玉貌難瞻言可託，忞忞況復久稀傳。

萬壽聖節朝賀

鑾輿擎執隔期迎，鼓吹高低徹旦鳴。密密鑪煙籠幄透，枝枝燎炬放空明。分庭佩笏趨文武，夾陛兜鍪列校兵。畫角三嚴齊就位，青袍雙贊肅傳聲。君王禄壽南山奠，霄漢星辰北極傾。萬姓瞻天觀禮樂，百年成治屬儀刑。卑臣拜舞增慚懼，誤沐菁莪安太平。

新秋

暑去知風力，秋歸候月明。閨人懷杼軸，書客近窗檠。浩渺乾坤老，因循悲喜生。衰遲向蘭菊，相次到芳榮。

詩人二三子同集寶積寺醉後作

城中三寶地，秋日聚同袍。蕩蕩青天闊，巍巍紫殿高。千鍾深似海，萬事細如毛。大醉坐成夢，忽然逢古豪。

過佛慧後院見先參政壁題謹續一首

悠悠筆硯廿年留，瞻誦相將淚暗流。願化此身爲碧障，捨來嚴護到千秋。

哭本齋師喬先生

款款德源厚，淵淵心地夷。三年持鐸處，五十奠楹期。攀挽悲門士，艱難哭孝兒。江流一萬里，將淚赴滇池。

次韻和王隱君贈邢賢良參

性抱高懸日月邊，虚明不動□温然。精神想像驚柔女，封疏更張誤少年。巷底悠悠顔氏飲，門前日日董生錢。葑溪十里如天遠，也用傳忞到簡篇。

送趙懷歸淮陰

兩見便相别，如何當此情。又兼逢我病，難作餞君行。美酒勸未得，好詩吟不成。青天一片月，爲我照離程。

送徐先輩中行〔一〕

【校勘記】

〔一〕是首見祝氏集略卷五，今從略。

無題二首

錦翼文翎處處逢，綵雲隨月任西東。瓊漿醉骨三千歲，玉顆聯情一萬重。狂蝶不曾離寶苑，好花都願嫁春風。醉斜小杜吴王國，錯認揚州十里紅。

紫鳳再降微之與牧之，依然記得轉輪時。玭珠作性收圓業，銀粉流香暢豔詞。占將群玉府，金鶯栖盡好花枝。宜公正是青春日，兩鬢光華未颸絲。

喜儀之請詩

儀之殊有通文資，恨過於斂閉，今日忽請詩其便面，喜就斯詠。

狂夫萬事自可致，深願君從文彩事。此願屬君難强力，如君肯從乃福瑞。舒綾展竹忽就筦，啞然便書快於駛。今夕何夕偕長顛，燈花照鏡添嬌媚。君懷俊朗當益開，不負平生長卿對。

戲代張郎寫怨

一雙白璧换瑶姬，下種仙郎許小窺。飽滿月圓臨牖映，匀圓藕把向闌垂。初疑曉雪銷霞處，亞似秋蓮出水時。引得黄姑心似火，河橋還有幾時期。

偶遊虎丘〔一〕

春光滿郊野，吾獨愛西丘。碧水一池定，白雲千頃流。散人歌小海，幼妓撥箜篌。遠著謝公屐，高登王粲樓。人生一杯酒，又是子年游〔二〕。

【校勘記】

〔一〕按，是首又見祝氏小集拂絃集。

〔二〕「子」，祝氏小集作「一」。

書生戲歌

穢衣宿食宵興，長路弱脚曉行。歸來夢想富貴，困蠢嗟哉書生。

奉和遥見隔水倚窗釣魚

芳園落日裹，織女暫臨河。灼灼呈紅玉，盈盈隔緑波。文窗透微月，綺幕閉長蛾。不使城都靡，應知慮太過。金環約柔腕〔一〕，玉體掛輕羅。謾自傾銀海，無因化水梭。承伊纖手弄或作戲，深淺任如何。

【校勘記】

〔一〕「腕」，原作「婉」，據枝山文集改。

懶作詩

此意自不解，經時廢嘯歌。豈亡江令筆，將折謝郎梭。月興濃如酒，花情浩似波。詩神急歸也，休負一春過。

夏日過堯民即事爲篇

溽暑熏蒸日日酣，逐涼摇槳郭東南。白魚弄客帆光動，翠荇牽人水氣含。時候霑濡連四雨，坐間雨凡四下。文章經緯足三䵷。客李君入門，就卧，予呼李䵷而繼，張生及主人接肩而卧，因謂三䵷。茫茫情性渾難盡，留取微篇别後參。

夏晚訪姚君睡起口號奉貺

乘閒走到茅堂上，解帶高牀一寤眠。破得六街三伏熱，人生半日是前緣。

楊主事作初春滎泛圖上答前天曹尹公邀賦軸尾

上公池館好，春首泛儀曹。淑氣回芳樹，青陽潤土膏。通波鷗蕩漾，清漢鶴飛翺。熏茗開長席，盤觴出從庖。論文因坐久，忘位不知勞。一别還須戀，遥遥赤舄高。

秋晚自丹陽入江口作

晚發丹陽郭，言征鐵甕城。雲連遠樹重，日麗清江明。木落秋巘出，潮退晚川平。慘慘候蟲怒，戢戢殘蟬鳴。靡靡涉江客，何當歲晏情。

憶内

書劍風簾別孟光，柔情無奈繞剛腸。遠山寂寞閑張敞，流水潺湲誤阮郎。白練砑裙憐舊月，青綾單被怯新霜。不堪注目凴山閣，瀏鶒雙飛下柳塘。

憶侍兒

當時容易下陽臺，仙夢蕭條唤不回。流水每將春眼對，媚霞曾送晚妝來。濃歡不曉鴛鴦苦，嫩約常教鸚鵡猜。總是音塵兩邊斷，不知清淚日千迴。

明就秋試客窗走筆

皇皇筆硯爲人催，暫放高情入酒杯。休怪公家心事切，昨朝容易棄繻來。

有所思

旖旎彤霞貫黄月，晚波涼竹秋明滅。簾裏收妝笑凝立，移影分光此時色。海綃障袖煖聯手，別時無愁別後有。一時意倚妝臺中，空樓夜燭啼寒風。

八月十五日五更在試闈伺題未下書壁

寳月流輝夜未央，金翹玉李粲天章。卑臣一寸丹心切，願託剛風奏紫皇。

清溪劉道士游仙五首

罡風吹響山瓊簫，戲擲綃巾作絳橋。聚窟洲邊招阿母，緱山嶺上訪王喬。

閑情不耐校滄桑，飛入方壺白玉房。剛被雙成苦留住，細霞新剪换雲裳。

度朔山前花似雪，芙蓉城裏月如霜。東來西去看花月，忙殺雙飛白鳳凰。

東流不見琴高鯉，西岳空餘太乙蓮。兩地茫茫何處覓，此身元在蔚藍天。拾得水晶宫裏物，圓圓朗朗似方諸。非金非玉非明貝，想是軒皇舊日珠。

送秋郎諭廣還部

妙選秋曹使，銜綸百粤鄉。星辰移上國，雨露到南荒。虎旅從無警，鯨波爲不揚。皇華得民隱，歸去奏明光。

同前送葉夕拜

丹闕王言出，黄門使節行。風煙千里静，日月八荒明。桂子迎來傳，梅花接去程。賢勞亦多幸，綵服又歸榮。

代揚子江送人

爇鼎辭茆君，飛帆過揚子。東風始解凍，金焦入雲紫。晴光啓新榮，江岸報花卉。悠悠送子心，不逐水東委。

代小姑

客子西行過小姑，春來飽食武昌魚。東流若是逢雙鯉，好爲彭郎寄素書。

代琵琶亭

渺渺春江曉問津，大隄楊柳物華新。閶門便是潯陽岸，一曲琵琶送遠人。

附意琵琶亭送侯君

侯君西泛九江槎，祝老相煩事一些。若見江州司馬面，爲言今日禁琵琶。

崔家孝婦行

崔家孝婦名山南，洚溪孝婦孝與參。孝婦本是詩書女，棲梧之黄世美覃。孝婦宛宛蚤爽惠，閨中失恃年十三。裳麻笄竹件合禮，三年齒脯絶嗅啗。十七迺作崔家婦，脩琴廣瑟和且湛。東祠三酒薦明祀，北堂四贄登旨甘。夜窗雲割五雜組，春簾甕結八繭蠶。時行癘氣中姑媪，有體莫代心如惔。金刀一揮腓玉剖，糜之臛之良醰醰。薦之姑媪飲之既，忽别鬼録身乃倏。有兒聞焉越五日，淚下被面悲無堪。孝婦倉皇捹其口，此非孝理吾其慚。茫茫迫切聊爾耳，勿及人耳爲夸談。它年姑媪大期去，孝婦痛絶聲斯喑。陰陰失口斷答述，數月始復通喉函。二親墟壠或攘據，痛哉女力不外戡。吾兒請之祖若父，營還我有珈與簪。新圖黽勉就五父，松楸飲雨哀藍髿。乃知爲子非丈夫，坐視有職不得殫。高天厚地徒覆載，有身何用生兩間。怛焉心病竟長往，幽憤烈烈巍如山。嗟哉孝婦世所囏，淑明識理不可攀。煌煌孝骨照九土，多少人間七尺男。

分斷字送本縣邢令君入覲

姑蘇臺前秋水明，姑蘇臺下送君行。烟霄耿耿騰霜鶚，枳棘淹淹可攀託。官程遥遥别目短，衮繡求工錦機斷。

同邢賢良奉慰王徵君小疾

時清有高尚，盛代多平康。黄鵠逢秋健，青蓮出水香。神和骨自固，外損内無傷。最喜吾儕行，同游入壽鄉。

再和麗文奉慰王徵君微疾四韻

精神長健似翁稀，五十無勞帛製衣。□□□□□□□，人間藥石謝芎歸。百年大齊酬觴豆，半日真游付枕幃。□□□□□□□，□□□□□□□。

新春日 臘月廿一〔一〕

拂旦梅花發一枝，融融春氣到茅茨。有花有酒有吟詠，便是書生富貴時。

【校勘記】

〔一〕是首原本列本卷甲寅元日前，據枝山文集乙正。

癸丑臘月二十四日夜送竈

豆芽糖餅薦行蹤，拜祝佯癡且詐聾。只有一般休閉口，煩君奏我一年窮。

廿五夜燒焰火爐

燔柴乃是朝廷事，民庶如何敢僭行。惟願靈輝金闕降，照民心地復光明。

與唐秀才觀湖女采蓮

春陽蕩游女，聯槳下南湖。緑圓遮下體，生紅承豔膚。群歌忽然發，驚散水中魚。

除夕守歲

來寅去丑兩無情，我自難眠過五更。堪笑大家終夜守，任君不守也天明。

甲寅元日

木德回龍駕，陽和振蟄蟲。百年饒節候，萬物有窮通。薄凍將新緑，潛葩發大紅。年來顛頟色，凝望待東風。

觀戲有感 二首

燈火烘堂語笑濃，杏梁餘韻轉雍容。春秋花月何時了，兒女悲歡總是空。豪客多情傷感易，佳人薄命古今同。今宵只合酕醄去，惆悵無因倒玉鍾。

花燭樓臺夜宴深，尊前相對思難禁。每看離合悲歡事，却動功名富貴心。歌拍慢催三寸象，舞釵斜溜一行金。歸來尚喜乘燈市，走馬長街月未沉。

送佘儀衛歸洛

春花明，春水生，一碧送舟去，千紅夾道迎。君看洛下連吴下，都是悠悠離别情。

中丞何公太夫人挽歌

不見鄰家相杵聲，玉標松節失儀刑。鲊從陶氏書中去，春在梁家案上生。燕市空留騏驥種，蓬山隔斷鳳凰鳴。祥占却憶當年兆，閥閲于今莫與京。

邢令君誦 五首

令君治吾長洲，四民懷之，風謡有聞。某代集筆牘，而某士也，故特餘一誦，因考績之行附諸輶轍。

孰爲絃歌而是迪，成我令君多哉！孰爲條科而是升，庸我令君多哉！令君在縣，我惠也善。令君在朝，我思也勞。

右士誦

踏荒救水不驚人，放糧散種能遍均。一心只求濟鄉民，今日朝天邢令君。

右農誦

以我脩治，惟公司；衙廨缺敗，我不知。

右工誦

市不征，好安寧，悵哉令君行。

右商誦

吴邑史令君朝京謡

父母來，喜嬰孩。父母去，戚子女。子女之戚思乳哺，父母之去挽不住。此去定應留紫宸，赤子何地求吾親。親身在朝心在民，四海兄弟皆蒙仁。我等亦得霑濡均，勿向王廷借寇君。

張生故婦綈謳

綵雲易飄散，春芳難久留。佳人一以失，妍華寧再求。朝饔虚翠案，夕枕暗丹幬。焉知空窈窕，弗能終好逑。坐轉中心念，汍瀾涕未收。

病貽小妾 時在其母家

瘁體轉難起，多緣是憶君。眩花摇夜月，噩夢逐朝雲。藥物誰調進，熏爐手自焚。休將遺君識，應復帶寬裙。

游福昌次君謙韻贈南公

人間暑氣忽然失，佛地金鋪十丈黄。濁骨何年真得浄，凡身此處暫霑香。停炎烈日遥歸岫，破午靈風滿入堂。慚愧難消片時福，下方明日又忙忙。

游雍熙贈湜公

城中無處覓清涼，約伴來登水陸場。法地息身金借色，古屏當面檜生香。要離塵海須忘相，但入空門便不忙。只隔西天三五步，向來慚愧近簷墻。

贈釋敬庵

大殿高樓後院寬，柏屏藤座晚風南。楞嚴一卷心如水，六月輸他釋敬庵。

感

未把芳菲重世塵，高松柔蔦是何因。人間無事無緣契，一語輕輕最感人。

紀夢

遠道行行卒未休，晚雲涼日不勝秋。石橋横渡無人迹，獨向興唐寺裏游。

和沈先生迂行毘陵道中值雨之作

慢捲浪花河水渾，百年官道雨紛紛。坡翁詩興高千尺，只欠當時黎子雲。

編脩華君挽歌辭

華君蘄人，名巒，字伯瞻。二十爲解元，明年登制科，選庶吉士，授編脩，逾年死。其父常守公，寔吾鄰邦主，有顔路之痛，使來請挽歌，乃爲賦云。

椅桐材出地，璋琥德爲身。弱歲魁鄉薦，英年作國賓。詞林秋落實，藍圃曉生春。藹藹惟王士，彬彬列史臣。木天池草秀，玉署筆花神。雲路摧黄翮，恩波失紫鱗。脩文歸下府，作記謁中宸。鳳去傷慈竹，蘭枯瘁大椿。秋風有遺意，一唱淚霑巾。

賀沈君達卿納寵姬

此夕春光簇地新，芙蓉一朵屬夫君。妍華照眼嬌於畫，喜氣蒸人暖似醺。瓊樹枝邊闕夜月，温柔鄉裏接朝雲。祝郎早晚同心事，爲問東陽聞不聞〔一〕。

【校勘記】

〔一〕「不」，原缺，據枝山文集補。

賀張生新婚

碧落雙飛紫鳳凰，和鳴今見合嬀姜。情如張媛逢京兆，德似梁鴻娩孟光。瓠子杯中通美味，石榴裙裏觸新香。徵蘭擢桂重來喜，應有低聲暗囑郎。

送王郎游金陵

煙花萬朵迷鸞閣，月樹千枝簇鳳臺。閑處曾窺春默默，君如看過記名來。

誦龍舒浄土文 二首

此身何幸在人天，黑白相攙兩未堅。豈不自知因宿業，幾時還足起新緣。

大智須能脱宿因，大愚純墮不須論。不愚不智波波過，好個人間不幸人。

六月

炎運在叔季，瘨暍乃焚如。稍效河朔飲，逃兹宣子□。涼襟何飄飄，北牖午眠餘。洪化不可紊，張弛有乘除。安哉集愧幸，託體此蘧廬。

秋夜雨中不寐 七首

滴滴丁丁徹夜聞，淚珠千斛總酸辛。此聲已是人間苦，更到人間最苦人。

忙忙徹夜映窗鳴，送與愁人喚酒醒。遥想征人衣鐵睡，聽來應是更難勝。
蕭蕭咽咽又沉沉，滴碎騷人遊女心。除是朱門爲遮掩，秋風茅屋可能禁。
井上梧桐閣上鍾，林間烏鳥草間蟲。與君盡是淒涼伴，若伴愁人最是儂。
雖受君王密旨來，馬嵬坡下哭聲哀。當年留得淋鈴語，今日煩君弔俊才。
遠夢驚回起擁衾，强調聲律和君吟。荒雞寂寞寒螿苦，誰識幽窗不寐心。
笙歌滿耳雜琳琅，昔日曾聽向畫堂。今夜依稀聲似舊，只無絲竹助宫商。

病謝諸子

瑟瑟涼風至，泄泄白雲征。草木就委靡，霜翼矯蒼鷹。端居有遠思，遠思在青冥。涉江采芙蓉，遥爲君子情。秋華無殊媚，聊以寄芳馨。横波且濡沮，日夕遲遲行。憂煩耿難寐，駕馬夕嘶鳴。卧痾豈不愠，令矣我友生。秦和下遠國，豎子方屏營。遠凶弃鈎吻，進良富參苓。外毒决壅腫，中平滋元精。瞻弓一惕然，躍起肌骨輕。豈以康四肢，聰靈發神明。浩浩即長道，直謁白玉京。願損心行疾，策功共聲名。

與謝子別

握手別君子，戚戚抱遐心。遠別豈不悲，車馬已騤騤。長風吹翔鳥，飄摇辭故林。行行不自已，日夕各萬里。贈我富瓊玖，留子獨山水。傷往亦何有，立節方兹始。

送湯溪胡君乞文而還

伊誰不願吴中游，瓊瑶作地錦作州。少年遠下千里目，次第攬向詩篇收。秋風浙水呼行客，一舸翩然踏秋碧。船頭兀兀重丘山，不是紅顔是文石。

水泛偶爲諸客邀上虎丘

此境一年别，乘閒又共經。鶯花春浩浩，煙霧晚冥冥。壯髪有時白，好山終古青。坐看人事異，何意獨爲醒。

丙辰元日過揚州不及入城

玉簫何處鳳凰樓，不見朱簾十里鈎。小杜西施洞邊住，揚州應莫詫蘇州。

高郵阻行漫賦

十年來學道，千里去辭家。身客鬚眉别，途危日月賒。論心吴苑酒，牽意廣陵花。添入新年裏，應知是鬢華。

長安春夜

遠持雲水身，來作長安卧。春王二月中，雪壓指欲墮。長風來西北，萬里力一播。危樓倚虚表，業業恐中破。故里煙霞深，遥懷乃將那。

鴻雁

閔婦也。凉于惠下，君子疏之，閨道不行，以爲風始，不可陵遲，思躬自厚，使感化一德，以興不造焉。

鴻雁于飛，于逵于瀕。維翼厥牝，弗隊于群。

鴻雁于飛，則罔二三。孰是大信，而晉于人。

維儷之初，爰居爰謨。而以贊而躬，而以茂而家。

俎豆于厨，衣裳于室。以事上下，胼胝其勖。

匪裳不錦，我以裂足。匪豆不充，我飫一束。

維儉維勤，式矣淑人。孰是家艱，而弗集勳。

葑菲之伐，則有其儀。豈伊陰幽，大具其彝。

衾簀之隘，柔德維瑕。亦家之多下，而著而加。

辟矣我德，罹此弱極。天之瘨割，胡不死没。

邦國之蹶，起此懋辟。隆棟以撓，維兩斯植。

先辟不云乎，人維求舊。弦舊德之在，其謨彼偶。

□□□□，載約載厲。載博載惠，績集維易。

疾廢其康，藥則弗諼。淑人其好，維宗功媛。

鴻雁十三章，章四句。

長安思家

長安三月好春華，滿眼新妝上苑花。紫陌風沙車轂轆，朱門煙柳燕回一作「交」。斜。

贈杜逸民

文武朝中舊紫薇，重來應笑昔人非。芒芒宇宙援神契，冉冉風塵杜德機。籬落樫陰當晝合，山莊薇穗入秋肥。十年千里相從意，一月深慚便欲違。

憶新姬人歸與

苦憶頻頻欲病休，病難留取再綢繆。小蠻若是論功賞，緑酒當封月下侯。

憶虎丘　三首

自與茲山作主人，遥經一十五年春。却慚輕出還輕入，生怕山君待作賓。

千人石邊老朴樹，一作「十載相交老樗樹」。今朝應説我儂顛。山中遠志尋常話，胡亂離山便半年。

真娘宅畔三株樹，笑殺三郎薄倖人。何處風流能勝此，枉將拋下没情親。

自末春入初夏歸舟即事〔一〕

【校勘記】

〔一〕是首見祝氏集略卷六，今從略。

代東園梅〔一〕

【校勘記】

〔一〕是首見祝氏集略卷六，題作「代東園梅見嘲」，今從略。

代隴頭柏

老節丸丸蔭斧封，偉元何處不相逢。今年雨露南一作「東」。來少，虚却春時灌沃工。

初夏舟中醉起敍事呈徐子

歸思費籌計，兀兀較地編。還從幽燕風，四月常披綿。今辰届立夏，暑威遽闐闐。劇飲故園酒，衣裳覆篷眠。夢在荒山中，猛燒四赫然。喀喀大魔覺，塞咽氣燔煎。彭彭一躍起，跳傍檣檝邊。被髮脱服履，倚舷看風漣。氣逐泱乎快，思愜逝者圓。小解分寸悰，安能發空玄。最怪黄流渾，我脚不可湔。兩腓自戰兢，欲得急輕軒。遥觀修途曠，便將登崖牽。陸奔亦非通，六合有窮埏。不若昂首看，太極無極天。騎龍御雄颶，九閽恐孤騫。靈性豁落如，亘古爲神仙。

三暢詠

姑蘇祝某與同郡謝雍等爲友。歲五月，病煩暑，十日之間，乃得三會，咸暢真抱，遂就三篇。

其一　同集能仁禪舍茹素品座客有彈箜篌而歌

浄林無惱想，嘉賓有高風。當兹煩蒸候，良集倍奇功。淡食精氣勝，散處神明通。忽聆□郢音，沖襟合冥蒙。

其二　同浴朱家園池

鶴姿本潔白，風塵自蒙淤。况懷軒裳累，忍垢孰爲去。兹辰聊自新，映照生媚嫵。沂川蕩曾氏，同流皆聖與。

其三　夜飲通衢間

廛市叢萬濁，入夜少相容。圍坐共一尊，俛仰千途同。安知壤叟意，猶慟阮君窮。終當尋大道，共寄希夷蹤。

秋夜宿賢首義師房

八月東林來借榻，凡身慚愧託禪牀。曼陀優鉢林中息，金烏天龍部下藏。僧習梵音仍輭妙，月臨浄界倍輝煌。安然寤寐如家舍，豈是三生事法王。

次韻沈先生後游虞山初得奇境

虎頭只自愛吾廬，題賞應嫌此是初。大抵未容人獨受，向來剛道妙無餘。屏回窈窕金蕖浄，簾挂瓏璁玉液虚。却笑老禪終勘事，相逢先已口嘘嘘。

祝氏文集卷五

古今詩

京都詠

心膂三千合，山河百二雄。咸池昇旭日，渤澥擁飛龍。經緯堯黄屋，根源漢沛豐。琛珍四夷集，車轍八方同。宥密青冥近，清嚴紫府通。天臨華蓋殿，春滿大明宫。□觀雙金鳳，旌旗萬彩虹。天香花密密，地色水溶溶。鼓角秋悲壯，雲霞曉鬱葱。光華周四表，皇極建當中。牙府星辰拱，金吾虎豹從。觀光慚未得，徒切仰神功。

瞻郊壇

郊壇何峨峨，雄填城南疆。日月列綱紀，星辰羅輝光。雨露無曠期，草木紛青蒼。鈎陳擁華蓋，斗杓揭樞綱。烟熅慶宵集，浩蕩靈風翔。中天崇金銀，絳節而丹幢。上帝時出入，法駕乘陰陽。皇祇儼妃位，群神環侍傍。聖人任宗子，揭虔通昭明。巍昂億萬世，天居焕煌煌。

鍾山

天地神明開帝基，鍾山弘固安設之。巨石厚土高崔嵬，龍虎盤踞挺雄奇。軒豁呈露真佳哉，草木蓊鬱日益滋，烟雲繚繞出不時。梗楠梓漆桐柏材，枇杷李奈白玉芝，翠枝赤莖相枝持。蕃育雉兔麐騶虞，旦旦王氣浮光輝，紅黄熚煜紛羅彌。皇祖受命寶位依，觀闕宫室爰作其。樹立宏達填四夷，郡國拱翼賴治施。千秋萬歲王業詒，仰誦快覩難爲詞。

又[一]

【校勘記】

[一]是首見祝氏集略卷七，今從略。

金陵[一]

【校勘記】

[一]是首見祝氏集略卷七，題作「金陵眺古」，今從略。

錢塘江

金鱗浴日午差差，伏發昆陽百萬師。沙麓忽崩摇地軸，玉龍横躍絶坤維。氣馮吴國行人怒，音帶南巖大士悲。好與游人供眺笑，向來何事混華夷。

包山〔一〕

【校勘記】

〔一〕是首見祝氏集略卷七，今從略。

失題〔一〕

【校勘記】

〔一〕是首見祝氏集略卷四，題作「夏日林間」，今從略。

詠禁林〔一〕

【校勘記】

〔一〕是首見祝氏集略卷四，題作「禁省」，今從略。

軍戎〔一〕

【校勘記】

〔一〕是首見祝氏集略卷四，今從略。

田家〔一〕

【校勘記】

〔一〕是首見祝氏集略卷四，今從略。

漁釣〔一〕

【校勘記】

〔一〕是首見祝氏集略卷四，今從略。

禪林〔一〕

【校勘記】

〔一〕是首見祝氏集略卷四，今從略。

道觀〔一〕

【校勘記】

〔一〕是首見祝氏集略卷四，題作「宫觀」，今從略。

俠少〔一〕

【校勘記】

〔一〕是首見祝氏集略卷四，今從略。

空闈〔一〕

【校勘記】

〔一〕是首見祝氏集略卷四，題作「宫闈」，今從略。

太湖〔一〕

【校勘記】

〔一〕是首見祝氏集略卷七，今從略。

虎丘〔一〕

【校勘記】

〔一〕是首見祝氏集略卷七，今從略。

次韻奉和太守胡公太湖 二首〔一〕

【校勘記】

〔一〕是二首見祝氏集略卷七，題作「次韻郡守胡公太湖二首」，今從略。

自京師南赴嶺表仲冬在道中〔一〕

【校勘記】

〔一〕是首見祝氏集略卷四，今從略。

春夜懷鄭明府〔一〕

【校勘記】

〔一〕是首見祝氏集略卷七，題作「春夜懷鄭河源」，今從略。

萬安道中〔一〕

【校勘記】

〔一〕是首見祝氏集略卷六，今從略。

失白鷴〔一〕

【校勘記】

〔一〕是首見祝氏集略卷六，今從略。

丙子重九〔一〕

【校勘記】

〔一〕是首見祝氏集略卷六，題作「丙子重九戲題」，今從略。

歸與〔一〕

【校勘記】

〔一〕是首見祝氏集略卷六，今從略。

縣齋早起〔一〕

【校勘記】

〔一〕是首見祝氏集略卷六，今從略。

和王太學〔一〕

【校勘記】

〔一〕是首見祝氏集略卷六和王太學見贈第一首，今從略。

循州春雨〔一〕

【校勘記】

〔一〕是首見祝氏集略卷六，今從略。

戲作口號〔一〕

【校勘記】

〔一〕是首見祝氏集略卷六，今從略。

夏日城南郊行〔一〕

【校勘記】

〔一〕是首見祝氏集略卷六，今從略。

己卯〔一〕

【校勘記】

〔一〕是首見祝氏集略卷六，題作「己卯春日偶作韓致光體」，今從略。

廣州别趙表弟〔一〕

【校勘記】

〔一〕是首見祝氏集略卷六，題作「廣州别表弟趙二」，今從略。

庚辰二月官歸舟中〔一〕

【校勘記】

〔一〕是首見祝氏集略卷六，題作「庚辰二月廿七日曉官窑舟中口號」，今從略。

三月初峽山道中〔一〕

【校勘記】

〔一〕是首見祝氏集略卷六，今從略。

市汊阻風〔一〕

【校勘記】

〔一〕是首見祝氏集略卷六，今從略。

贛州〔一〕

【校勘記】

〔一〕是首見祝氏集略卷六，今從略。

張文獻公廟〔一〕

【校勘記】

〔一〕是首見祝氏集略卷七，題作「謁張文獻公祠」，今從略。

北郊訪友〔一〕

【校勘記】

〔一〕是首見祝氏集略卷六，今從略。

賀孔朝顯得子

尼山一股在東吴，又見淵呈不夜珠。麟角峥嶸纏舊紱，蘭芽光彩襲新弧。先公德豈千人活，玄聖恩將萬世濡。秩秩螽斯吾善頌，與君爲友祖爲徒。

哭子畏二首〔一〕

【校勘記】

〔一〕是二首見祝氏集略卷七，今從略。

朱昌符碧藻軒

草閣涼暉映綺疏，玉文幽草漾清渠。修莖翠擘瑶釵股，細葉青抽縹帶書。曲岸沙明酣睡鴨，嫩波風約見遊魚。天葩滿卷高吟罷，一片靈臺共太虚。

再哭子畏〔一〕

【校勘記】

〔一〕是首見祝氏集略卷七，題作「再挽子畏」，今從略。

謝楊大惠梨樹〔一〕

【校勘記】

〔一〕是首見祝氏集略卷六，題作「謝楊大送梨花栽成」，今從略。

卞將軍廟〔一〕

【校勘記】

〔一〕是首見祝氏集略卷七，今從略。

詠碧桃花

春江渡柔葉，仙源汎嫩英。開同李作伴，種是露和生。萼如含翠粉，花疑散緑瓊。回笑巖下桂，遲晚竟何成。

海棠

一種妖女魂，臨窗吐幽媚。羞顔畏近人，不忍頻相對。風欺翠衿薄，露洗絳膚膩。依微玉環頰，睡轉留殘醉。

余將軍藏馬待詔大幅山水歌

將軍好文如膾炙，倒却載金都載畫。暗繒弊楮滿後車，虹光燁燁滿車下。此幅得之不知賈，精奇古妙似出當年馬。胸中泱漭元氣凝，小發神機此傾寫。忽然授我手，我見驚反走。丹丘赤城不可動，何乃移來近墻牖。石崖中通隔聖凡，童子何自來人間。崖邊老鶴仰頭看，似怪其侶巢林端。長松丸丸倚天半，飛虬偃鳳張高寒。遥疑古仙人，天際騎龍還。入石疑阻步，開壁乃曠望。熙然昧何境，神觀轉清朗。陰崖夜伏搏桑景，陽林曉拂青山迥。山英之宅其中央，神物出入爲守防。天造自詭秘，此奇不可藏。畸人據地目若瞑，獨也采真同溟涬。妙哉手中筆，乃出象外景。告之將軍勿便收，蕭齋爲我十日留。浮塵欲洗正無計，且也澄懷一卧游。

子昂小景 五首〔一〕

【校勘記】

〔一〕是五首見祝氏集略卷八，今從略。

和王淵之扇韻

談詩曉院髮頻晞，鬢影登蕉透障幃。池草生春老康樂，澄江如練小元暉。

宗質杭州回以翦綵花遍遺獨不及予因戲問之〔一〕

【校勘記】

〔一〕按，是首原本缺。

木筆〔一〕

【校勘記】

〔一〕是首見祝氏集略卷八，題作「辛夷花」，今從略。

棄瓢圖

少爲一匊備，喧煩便累神。臨流從棄却，辛苦執籌人。

海棠鳥

浴罷華清睡起遲，翠衿零亂掩紅肌。胡雛似倚三郎寵，偷看春窗未足時。

草

兩朝三日便青青，藉雨因風太易生。蔓衍便驚連苑囿，攀高直見上簷楹。剪除每累慵奴譴，縈染偏妨上客行。倩爾東君聊一問，茝蘭何事不同榮。

小景〔一〕

【校勘記】

〔一〕是首見祝氏集略卷八雜題畫景第二十五首，今從略。

代題金蘭畫扇二首

柳娘標格重經眼，玉屑珠塵滿扇頭。仿佛和寧街上見，桃花楊柳障春羞〔一〕。

鳥性常隨水，蘭情不放春。風光三百里，不見景中人。

【校勘記】

〔一〕按，是首又見祝氏集略卷八雜題畫景第二十九首。

詠軒前桂花

何色似他潔，别香無此清。種從天上得，人在月中行。

范祠前古樹

范公祠堂前，古木偉而秀。姿且異群植，資始稟貞厚。凝然起恭敬，恬澹抱不垢。在幽豈不足，宫室亦其有。雄然此性氣，所抱在不朽。

題夏太常寫竹十枝

秦家毛穎太强健，一掣斫去十篔簹。雨露霑滋有多處，留取一枝巢鳳凰。

黄菊

金葩緑玉葉，秋色買可斷。野人爲富法，勿與貪眼看。

詠美人手

秋荑附夏藕，春玉剪圓錐。歡時持郎體，愁來支淚頤。那能握花絨，綰作同心絲。

戲詠金銀

頑石污泥隱此身，無才無德信無倫。無端舉向人間用，從此人間無好人。

换弊袍

暗弊猶存舊日青，十年同我走風塵。今朝未忍將新换，戀戀貧交不似人。

觀兒戲器

費却青錢换戲資，世人都道小兒癡。不知世事誰非戲，争得長年作小兒。

賞花漫言 三十首

賞春心事浩無邊，事不酬心莫問天。知道賞春癡福在，鳥歌花舞且今年。

花王明日降人間，只恐塵凡觸聖顔。近侍曉來先導引，霓旌朶朶列花班。

小小池臺學士家，東皇公道付穠華。粉墻五尺山窗外，藏得人間第一花。

雲橋繚繞接青冥，一對青鸞橋上行。月姊乘春過王母，先傳消息到飛瓊。

花如人面面如花，相對春風媚歲華。忽覺鶯簧花裏囀，隔花紅袖試琵琶。

元自春時降玉京，逢春常感向來情。朝天一曲驂鸞罷，雲裏仙人駐節聽。

要路閑門一様春，珍紅寶緑没些貧。支銷花帳平章月，輸與人間自在人。

吴娃二八正濃情，紅袖當樓按玉笙。聲度綵霞穿碧落〔一〕，十三銀葉囀春鶯。

欲把銀牋付雪兒，陽臺雲冷暮春時。將何自解風流業，鸚鵡能歌昨夜詞。

小小齋寮似鳥窠，春光收拾滿中窩。出來試看乾坤大，六合春光也不多。

選來名酒賞名花，春到江南事事佳。宴散餘酣警童子，又開雲笈試新茶。

露炷青煙一縷香，春庭半夜禮虚皇。風輪引上彌羅閣，謫吏留花借月章。

向曉園扉入小娃，問余離别似因花。借厨便與花相較，自覺於花也不差。

卯妝窺鏡半纖穠，午睡醒來放滿容。偷笑東君情太急，冶風妖日也分功。

謝得花神分付開，蜂兒無賴恣相偎。春心小破還無奈，又引同群衮衮來。

净粉天脂斷抹搽，惱人才地一些些。宜長宜短宜肥瘦，不似芙蓉兩髻丫。

人間春到爲花忙，天上仙人斷色腸。月似傳言雲似笑，天仙也似地仙狂。

養得天姿一味真，不教俗駕觸芳塵。憑花密報司花女，合品吾家第一春。

臨軒賞後月移闌，髣髴霓裳駕玉鸞。想是瑶宮無此種，暫來人世一迴看。

明霞千疊抱雲流，映鳥蒸花五彩浮。帝座玉樓春宴罷，小裁天錦賜纏頭。

嫩蕉鋪緑上雕墻，寶扇分開鳳兩行。姚后魏妃行幸處，女官成隊護椒房。

花開元不爲多情，蝶繞蜂攢情却生。知道是憐還是妬，飛來飛去自營營。

侍兒桃蕊態多媚，外婦海棠情太妖。魏氏夫人更端麗，主人花福若爲消。

腸斷狂夫爲感春，懷春有女在東鄰。都是春風生起事，争如長没豔陽辰。

歲遷五官何足計，日食萬錢真碎細。蛟龍作脯海爲酒，共慶人間真散吏。

別來滄海幾番枯，小向神州福地居。龍子怕予忘故境，一宵靈雨長珊瑚。

自從色界下南州，却向凡花也意留。寫得支紅銷緑券，不知花宰准儂不。

柳帷花幕四高張，隱護千嬌玉版娘。立待詩人爲開面，清平一調啓新妝。

紫皇分妙與凡花，蕊蕊英英總秀華。我也曾分一分妙，試朝青帝吐靈葩。
疏慵未辦一雙娥，如此春光可奈何。心錦略裁三十段，小酬花舞與鶯歌。

【校勘記】

〔一〕「綵」，原作「終」，據枝山文集改。

小景〔一〕

【校勘記】

〔一〕是首見祝氏集略卷八雜題畫景第二十四首，今從略。

金蘭便面〔一〕

【校勘記】

〔一〕是首見祝氏集略卷八雜題畫景第三十首，今從略。

祝氏文集卷六

序

丁未年生日序〔一〕

【校勘記】

〔一〕是篇見祝氏集略卷二十一，今從略。

冬日行遇都吴二君宴王宅序

僕離吴君者兩甲子，頻欲訪之，輒有阻。仲冬十六日，殆都孝廉穆家，期同涉相川謁沈先生氏，未能決期，歸而心自商略，行必在次日可。晨起，分諸奴兒，雇舟下薪粟酒膳，乃被服出。復入，道家人數語，便上舟，料都不及辨裝，弗報。近午薄荻溪，見一舟尾之來，俄聞兩舟人遥語刺刺，起視之，乃二君并坐其中，亟大呼過僕舟，於都得完昨約，而吴又獲深願於解后頃，殊喜也。二君曰：「適以登舟迫，忘薪忘膳，特有米幾升，莫爲炊。酒甚佳，寒不中飲，無以禦冷充腸也。見他舟煙火勃勃，心動將附之，乃得吾子，益温然矣。」即相與擁爐飲酒，方舟而行。至溪上王叟家，叟出接，躍而呼云：「子輩俱來邪？身遲子久矣。莫歲寡客，適自斟酌十數觴，扶笻倚門柱，無所見，特前村梅花，的然相對，差慰人意，豈意見子輩邪？」遂張宴繼火，進卮甚速，豪笑縱話，終席譚宫商不休。蓋都前在松陵，嘗聞歌，賦絶句畀歌兒曰：「都將往事付清歌，淚落燈前濕袖羅。浮世百年猶頃刻，合歡何必别離多。」意自有寄，而叟欲賓生歡，故連舉此以謔都耳。是時罍勺蓋無算，酣暢滿座，逮四鼓始寢。明日，三人俱東，晚復泊叟家。叟顧僕曰：「三君之集爲良遇，昨夕之宴爲真樂，子當述之，留爲我别後念。」僕因次第如此。若今夕之飲，明日之别，紀其情事以終後念者，當在二君。

朱性父詩序

古人爲詩，趨識既卓，而齊量又充。其命題發思，類有所主，雖微篇短句，未嘗無片意新特。今人之詩，自數大家外，能者甚衆，佳篇亦未嘗乏，而求其合作者，則殊鮮焉。予嘗究之，蓋其率有二等，而其病之所在則有四。其率也，守分者多疲詞腐韻，無天然之態，如東鄰乞一裾，北舍覓一領，錯雜裝綴，識者可指而目之曰：「此東家裾也，此北户領也。」是可謂之陋。狥質者多儇脣利口，無敦厚之氣，如丹青塗花，伶人飾女，苟悦俗目，不勝研覈，是可謂之浮。陋也，浮也，皆非詩道，與古背馳，無惑乎其不合作也。至其所謂四病，則趨識凡近，蹇步苟止，望不出簷外，行不越户限。篇句之就，如貨券公牒，顓顓焉不敢超夐常狀之一二。抑又齊量寒薄，一取便竭，言梅必著和羹，道鶴不脱九臯。至其命題發思，往往苟欲娱人，不由己主，且多爲俚題惡目之所縈繞。别號縱横，居扁齷齪，慶生挽死，妄頌繆哀，大抵生紐性情，趁人道路。況其摹倣師法，泄邇忘遠，只知繩武雲仍，不肯想像宗祖。於乎！以二率爲之岐塗，而四病根乎其衷，則何怪乎古詩之不復見哉？僕少有志學詩，然暗資謭學，雖目力稍知毫釐如此，而力之不逮，率不能砭焫二豎，自致古人，亦可哀矣。

友人朱君性父，攻詩有年，自集其賦成帙，從前後所標，號曰鶴岑集，曰野航漁歌，間以示予。余觀君詩之佳，已有儀部君之序在，無待贅詞。竊獨喜不墮二岐塗，有觸鄙懷，因爲之縱論，以自致區區之抱如此。以相爲商度之，不知君謂如何也。

送徵師序

始師未至吴，予日望之。至吴，乃歲餘始得一見，見未久而師將行矣，乃相與觴咏談噱，纏綿不能舍者累日。嗟夫！予之荒陋，寔宜有望於師，師何取予而亦如是也？以地，則燕吴之距三千有七百里；以道，則儒佛之不相爲謀；以時，則三數月間，非有素昔之足凴也。其如是，竟何爲哉？人固有潛通疾契，不係於形勢之違者矣。師善詩，嘗手書數篇投予，爲别後之憶。予不敏，姑道此附師之裝中，亦庶足以爲去師者乎？

花約序

余於花無不愛，塵土之所妨，迄不得學圃一日，不知予不幸邪？花不幸邪？恨矣！庚戌花朝之夕，偶聞人語及花事，又觸故抱，閑窗筆便，因彙列贊之，爲約凡百有幾種。雖知費心思可惜，亦可博花神一笑。

容庵集序

士之在世，要以建志爲重，而聲業次之。今國家以經術取士，或以爲尚文藝、異德行之科，不知所以取之，特假筆札以代其口陳之義，所主在經術耳，非文藝也。然其久也，遂視經術、文藝爲二道。夫場屋之習，則固可爲用世之業矣，而文藝之云，則又何物？其果無與於茲道邪？國家又豈嘗錮手緘筆，使不得一申其遐衷散抱於性情議論之間邪？有人於此知所從事，則所謂能建志者非與？

謝君昞使其二子雍、睦，持厥考維貞遺文示僕，校而序之以傳。乃稍爲整齊而歸之，且附致此意於編後，亦以闡維貞之所立耳。維貞名會，嘗從先參政游，以府學增廣生中正統甲子鄉試，會試兩得教職，遜不就。繼在家居，朝廷特起爲御史，命下而先一日以病死矣。蓋端重士也。其所著甚富，今定録詩二十三篇、雜文九篇。

贈謝元和序

先王之法廢，官私道隔，不惟王澤不周，而斯人交際之典，足以維持天紀者，亦隨禮樂以崩缺。封建不行，井田不復，講信修睦之誼不立，而吾人修身治家之方，率寡資於人，志艱以行，名藉以起，有敗焉而無所於救，斯亦友道弗振之驗也。後世所謂通家之交，人欲自惇彝秩，或能行之，而亦已鮮。漢唐之世，故家大族，風流尚存；宋室君子，已或興歎，今則難乎見矣。迺若師弟子之分，寔并君父，其爲子孫，固所謂通家，而一再世後不相識者有矣。嘻！其薄也。

某先參政門弟子有舉人謝君，名會，字維貞，同里人也，寔有學行，不幸蚤死。其子昺，字明仲，執禮於先君甚恭。先君已矣，而明仲之子雍，字元和，交予益親。維貞有遺文，雍汲汲校録，刻木以圖傳。凡所以爲孝友事，勉之不怠，而德義文業之間，相資輔於彼此者，日隆甚矣。元和能子與能友也，所謂通家之法，幸而存乎？且元和質甚明秀，使早入太學，今日當已在仕位，故或以惜焉，而余則更有以進之者。仲尼曰：「惟孝友于兄弟，施于有政，是亦爲政。」然則古之君子，必秉笏握章，而後賢乎？余嘗謂元和，歷史所列孝義、文苑，其間地在山林者何限？千載而下，與輔世立勳者同傳焉，然則人果可以不仕而自貶邪？元和惟以予斯言自策，它日德業大成，則元和於我，不失所圖，而孤陋者，少以酬元和之知乎？嗟夫，厲哉元和！古今人等耳，汗竹之名，不繇天撰地筆。嗟夫，厲哉元和！

王家南村序〔一〕

【校勘記】

〔一〕是篇見祝氏集略卷二十九，題作「南村記」，今從略。

涤溪崔氏族譜序〔一〕

【校勘記】

〔一〕是篇見祝氏集略卷二十五，今從略。

送本縣邢令君詩序

黄梅邢公，出宰敝邑，政明而通，化久而徵，富教方深，朝天有期。民等攀餞，嘗假諸詞誦，老民王錡更什數篇，并獻行橐。頌美不傷於繁複，申感無嫌於猥鄙，敢復序列焉。

送進士秦君詩序〔一〕

公之舍吾赤子，而入朝廷，公理在彼，則留之者宜；私願在我，則還之者得。將何爲吾儕之情哉？潤物之雨，匪專一區。公在廷陛間，調中酌外，澄湛聖澤，滲浹上下，將吾儕終被盥沐，孰曰違願？俟其升矣，煙霄未涯，悠悠衆思，具如章句。

【校勘記】

〔一〕是篇見祝氏集略卷二十六，今從略。

自送會試京師序〔一〕

【校勘記】

〔一〕是篇見祝氏集略卷二十一，題作「自送會試序」，今從略。

訂續葛氏世譜新序

長洲葛弘，持鉅編示余曰：「吾譜副也。自吾祖在五世，則遷之位，故正策不在我。而吾父行之録，猶闕如也。兹以乞諸執事，願整而足之，將復録爲正本而藏焉，且應述使後來觀者知之。」余乃從觀其書，於譜法爲極詳，蓋續者無曠世而然。其自爲序説，且累續元祐云云。樞一凡十有一通，根尋原本，係別流末，參伍史傳，左驗異聞，與重譜勸孝，永世守澤之旨咸備焉，無復宜加贅。惟爲飾節舊文及轉徙大故，底於今長洲者，并續其□，以爲新編。編成，引之曰：

元祐壬申，晉卿始爲其二。建中靖國辛巳，書元爲一。宣和辛丑，澧三。紹興庚申，立經一。乾道癸巳，翀一。建炎庚戌，郃一。至元□□，元鼎脩而東陽張樞一。葛氏嬴姓，柏翳之後，其國夏封，商代而氏者不衰。或謂出葛天氏，意前説爲審也。今譜始於炳，出於廣陵，自三世悰徙江陰，十五世彦謙僑長洲，十六世侗爲土著，今弘則二十一世也。自炳之前，至夏封之祖，無慮二千年，而葛之聞人，大略以具。自炳之後，至弘世之上，幾及七百年，而葛之文獻方策斯詳。不有作述，於何以徵？信乎葛之多才也。今弘業士，無所爲焉，而力也若是，弘其可曰無忝。所進是者，孝忠之實一，嗣息之紹二，蓋脩文之難，而惇質益難，此其一也。方尺之籍，積之累世，而爲天球赤刀，滅之瞬息，而不足蓋一甖，然數十炬而已，此其二也。於乎！於是與其後人，尚同其懼也哉？

奉贈劉御醫先生序

御醫劉先生，以醫惠於賤子家者深矣！賤子爲儕偶申感於俚拙之詞者，亦多矣。兹復有感之切者，將以默乎言乎？言之不文，且傷煩；不言之，感無從以發。蓋感深然後説詳，説詳然後心慰，無嫌於不文且煩也。

某壻於故少卿李公，公既没，王夫人在堂，子始六齡，某不肖，又賤薄，不能往效周旋於其間，中自抱恨也。夫人昔者氣體違和，乃寔賴先生以療之。夫先生之分視某則疏矣，而且然，某之罪何辭焉？一旦身往事去，人銜公故，直以倖晲乘勢，漫散以立奇，内微而外勝，孰肯寔存我殯之心，效周恤之義，以不愧知契者。乃如先生施仁力於幽寂之所若此，此先生節義所在，寧獨一術之良而已也。某不肖，衷懷之感，無以貢發，唯竊自奉揚高明，號之於知者云爾。他日或少進，當思有以報先生者，而今姑筆其概以歸奉焉。

贈盛子健序

余聞者闊然於子健，友人周其秀來，展一軸，使有言於子健，以子健愈其婦疾，不伺請，不受費云爾也。子健世其業，業良而名起，無待於言。言之章子健於今日者，在子健友道之重乎？今夫聯筆通墨者，俄易服以朱紫博褐，較位媢寵，見危而擠者多矣，是不爲子健愧哉？抑子健之業，良能活物。比於仕，則爲能安上治民；推不受費，則能廉；推不伺請乞，則見一夫不獲將往而援之者必也。故觀者勿以盧扁喻子健，重之以答友良臣焉，可也。

送倪汝堅歸閩序

予嘗謂人之爲學，固無待乎外，而其成之難易，蓋亦有外境之勢焉。貧者有膏油之憂，富者有紈綺之蠹，賤者有庸役之牽，貴者有職守之妨。乃若列處黌校，而專事於學者，亦未免有公家之禮、私門之顧者，是亦未得一意一力以得盡其功也。然則學之進退，固曰獨繫乎其立志，而凡外境之所於接如前之云者，獨不爲學者之絫哉？故予謂今之學者之最易者，莫若尊官貴人之子姓爲然也。尊官貴人之子姓，其於前所云諸累，蓋悉無之。而且其父兄之尊貴，則皆自學中來，必能教養其中才者也。於乎！身無所累而上有所依，則其勢也甚易矣。此予所謂尊貴之子姓，易於學也；雖然，亦存乎其志耳。

建安倪君汝堅，吾郡通守君侯之主器也，隨侍於兹數年矣。賤子往往見其所作草書，竊羡其能學。既乃詢之知者，則愈得其好學之篤、資稟之高，與所詣之深也。於乎，豈不賢哉！士君子惟患無志，有志者外累且成，矧有志無累，而又有尊人之依者，其成可立而伺耳。豈非人之大幸者，而其可以自孤也哉？屬者，君承嚴令，將歸省其大母太夫人於家，某尊師郡校趙先生，爲君鄉婣，因命爲文以餞君行。某受教且辱知君，乃進此而告。於乎！忠孝之道，君講之熟矣。學優而仕，兹唯其時，快然飛黄，予日望之！

送彭先生序

君子於世，未嘗無所願與所以願乎人者，然得之難矣。自願，莫過乎幼學充，壯道行，老歸逸。吾學可力，行與逸不可必也。願乎人，莫大乎上有華胄，中有茂族，下有子姓游從之親且才也。吾所以承，所以勉，所以教者，可力得，其華與茂與親且才，不可必也。吾盡吾可力，不可必者，委之而已矣。君子曰：「不然，究於功者來乎效，足之此者徵諸彼。感之而應，務之而成，則獨非天之理歟？」廬陵彭先生貴三，以懋德碩學，職師道於廬江、於吴、於儀真者，在在收赫赫之譽。頃者移席長洲，其譽益振。今年辛亥，乃陳其素致於上以歸，諸生請於部使者留之，不得。於是各爲詩歌以道其情，録而歸先生，命某敍之。

蓋先生於是得其願矣，可以知君子之有可必矣，可以徵天理之固然矣。文行富邑，得乎學也；英才屢育，得乎行也；望老先歸，得乎逸也；華譜儒貫，照映江右，得乎胄也；季氏敷五先生，魁天下士，馳聲玉署，與先生并持中外儒柄，得乎族也；令子才姪，同第進士，源源而起，得乎其子姓也。而諸又累致其情，以至於此，則又得乎游從者也。夫是也，皆所謂君子之願也，天之理也，不可以力致者也。而先生兼之，則其中懷之内，又將何所少乎？芹藻流香，松柏傲秋，青衿遝集，先生其西舟矣。

送蔡子華還關中序

身與事接而境生，境與身接而情生。尸居聱遯之人，雖口泰華，而目不離簷棟。彼公私之憧憧，則寅燕酉越，川岳盈懷，境之生乎事也。至於鑾煙塞雪，在官轍者矗矗爾。若單行孤旅，騎嶺嶠而舟江湖者，其逸樂之味，充然而不窮也，情不自境出耶？情不自已，則丹青以張，宫商以宣，往往有俟於才。夫韻人之爲者，是故以情之鍾耳，抑其自得之處，其能以人之牙頰而盡哉？關中蔡子華，放迹長江之南久矣，比來吴，乃詣予致殷勤焉。今者將登臨而賦歸，予鄉人某，請予言爲子華行色重。

嗟乎子華！情生境，境生事，其爲好遊而有得，則予能言之矣；若其目之所視，足之所履，體之所止，意之所指，則豈他人之知旨乎？嗟乎！子華之遊遠矣，北南風氣之殊狀，原隰之異宜，人質之厚薄，方物之奇詭，山川之險易，子華當究記以否？有所契否？與其所接之人，或曾談及一二卓傑者否？得見否？至於關中古迹逸事之存者，又曾納諸便便中否？子華後日相見，不惜一啓喉吻，不爲我大吐發也？嗟乎子華！游所以進得也，子華毋以已得爲得而得未得，則子華真得矣。子華行矣！他日相見之際，其必我長一格。

送文進士序

繇漢以來，士往往務意於其本朝編牘之間，多聚述時事，元勳碎節，粲然四出。彼非不知史職之在上矣，然而張皇裨補，贊先懿，惠來學，亦忠厚之意也。皇朝百有餘年之治績，夫豈無金匱石室之揚於萬世哉？然姑論夫累朝之名臣忠謨偉節、超今并古者，夫豈少乎？今吾黨試相扣考，輒至漠然，曾不若檢故册米鹽之爲習熟也，抑亦可歎矣乎！至如里翁鄉子，執公役、通工賈於京師者，歸而謾詢之，亦必能爲鋪張揚厲之語也。蓋輦轂之下，而得之見聞也如此。

文君宗嚴，登第在告，好學彌篤，兹行别某，且問及所去者。夫前所謂忠謨偉節，君將力希而允踐之，豈暇逮夫□□之間哉？然見聞所得，其勢極易，職業之餘，幸不惜一泚筆墨，贊先惠來，以彰忠厚之意焉，則亦君好學之道也。某勉脩士業而未達也，爲政之理，顯庸之祝，不惟君無待於言，而亦非某之所當言也，是以不及。

祝氏文集卷七

贊頌

錢公像贊

錢公諱愷，字伯康，父某之先子再世，則交公與公之族於京師，於山西，於鄉邑。自某之孩，賴公醫術至長，以迨於某之兒息，且亦賴之矣。間者出茲像，見命敍贊，受而未復。茲公即世，因奉遺念，歸之柩前。公之疾棘也，屈指語家人：「吾之歸，在明日加卯乎？」臨旦，坦然沐類整容，遷卧正室。又曰：「其時矣。」命煮茗，坐飲兩口。命下帷，訣其孺人曰：「去矣！」發視則瞑矣。又其日遻明時，鄰人聞有人闖其門，若尋常乞醫者，聞公以隸皁稱之，答以爾先行，吾行隨至矣。其人固之，公遂亟入，則方其昏霧時也。忽顧人曰：「適城隍司有邀我者。」俄又曰：「復益二輩來矣。」語畢乃呼茗云。瀕絶，囑雜語，猶及贊事。弘治四年四月十一日也。贊曰：

猗猗錢公，心德孔和。風貌清温，舌猶縣河。術如神明，功霑邇遐。高年養隱，其福則多。臨歸之達，實鮮厥科。

故舉人謝君妻盧氏像贊

於戲！孺人其不得於天乎？於戲！孺人其得於天乎？不得於天者，人倫之變，身事之囏也；得於天者，晚暮之順，名壽之完。其所完也，足以解變倫之欠；其所順也，足以贖艱身之冤也。於戲！孺人失少得多，彼翟峨峨，不淑如何？孺人煌煌，在世弗磨。於戲！孺人終含笑以合劍也，其福則那。

謝氏父母像贊 二首

坦衷也，非苟同；温容也，非足恭。前作後述宜顯融。天猶緩之，將于後豐。君惟高養以伺也，觴其滿而鼎其充。

婦鮮知孝，烈矣哲媛。移心尊章，懋相爾倩。令儀令德，酬在燕翼。晏坐百齡，式作内則。

錢隱君贊

圭璋之孫，草莽之臣。志非奪帥，隱不違親。高山長湖，左朋右賓。肅爾德容，式範後塵。

贊草石藥四種爲人壽

丹砂

少剛藴精，却邪輔性。虹魄夕凝，昜彩晨映。鬼神莫尋，騰伏豈定。梯彼雲場，脱兹人逕。

雲母

靈餌之君，爰有五雲。積英霏微，流華緼絪。王母授法，沐浴吐吞。西龜定録，東華校名。

胡麻

胡麻上穀，甘平靡毒。敷莖團圞，流彩沃沃。充虚長肌，聰耳明目。仙源女真，載炊載暴。

黄精

性異鈎吻，質從太陽。本訝萎蕤，葉疑篔簹。輕躬駐顔，迴老返嬰。盍徵厥號，仙人餘糧。

四括贊

手撚乖龍，附之坤輿。神衛鬼伏，拔靈奮奇。舟興仁節，貢效忠職。凡凡之德，異發均力。抗五柳風，協二松哦。惟善人多，吾喜則那。

款鶴王徵君像贊

其先也，有盧扁，有程朱。君於此，不獨醫其醫，而亦儒其儒。其身也，可廷陛，可州里。君於此，所謂仕則仕，而亦止則止。陽秋乃中，別理也至精。金玉爾躬，自寶也極貴。曷不徵乎？生色有粹。昔孔之贊，適吾借以比。蓋曰：若人哉尚德！若人哉君子！

陸人傑漱石贊

濯纓潔矣，而堅未至。佩弦勁矣，其清則匱。壯矣子荊，我號我從。我節之厲，它山之攻。

謝雲莊夫婦像贊

予謂謝子有君子之道六焉：孝其親，友其昆，朋黨任恤，族戚睦婣，景風之温，醍醐之醇。金玉作禮，錦裝爲文，遯操先引而遥遥，貴顯後來以振振。予與子爲四世師友，子在邦爲七葉同門。彼呈子真，予寫子神，子寔君子，吾非佞人。

爲良士未必令妻，觀樂羊之學，而知有斷機。爲才子多藉嚴母，美柳氏之秀，而聞有資苦。況也出乎儒閨，嬪乎儒門，儒效固存。孝順惠淑，雝肅恭勤。内德式備，外鮮於聞。寫之羹牆，以詔子孫。

張文瑞故妻遺貌贊

雜珮以迎之，寶瑟以友之。昆丘忽摧，吁其悲！

朱母大耋頌〔一〕

【校勘記】

〔一〕是篇見祝氏集略卷二十七，今從略。

都氏遷居頌

都先生維明，繇虹橋之陽，遷居北澥。僕獲事先生久，其子孝廉君玄敬，予益友也，與有欣助，因作頌曰：

出幽遷喬，美哉善謀！明焉面日，清矣臨流。靚堂渠渠，列屋于于。窗宜寄傲，圃可果蔬。高明之歸，利用爲依。厥依維何？三讓之祠。惟居有牖，牖樞則久。如先生壽，動而不朽。唯居有樓，峻阜朗昭。如孝廉德，高而愈高。祥哉考室，父壽子德。歌斯聚斯，以莫不適。小子作頌，揭之眉顏。何以效規？成立惟艱。成立惟艱，後人是監。子孫是監，高門之端。

訓説雜書

徐氏三外弟字訓〔一〕

【校勘記】

〔一〕是篇見祝氏集略卷二十九，題作「徐氏三外弟名字訓」，今從略。

説逸

成人間世者三，而人格焉分。群哉境也，其來也無期乎？叢哉情也，其出也各殊乎？順乎逆乎，欣乎戚乎，其遇也百乎，而理無革乎？三錯糾合，而格焉分乎？

凡境值情而宜焉，凡境不值情而不宜焉。狗宜焉，無約之以理。職是格劣，吾得一人焉，曰謝氏明仲甫。行年五十，而內外致，二孺成而事乎前，伯舞季歌，家充充以肥焉。餐時而飲調，面天而謡，曰完而分哉無羞。無羞哉！無羞哉！謝甫用是以自所逸。君子曰：「謝甫所於是境，順情欣而理之牧歟？無害姬氏，無逸其作，德之逸與？魚逸無治於家國，而無營乎？不肖無違於理，故雲蔽天無罰，蜉不殺，蜩螗亡功，而令終化。此謂握樞，此謂知玄，此謂無疚，天高哉格與！謝甫君子，於是以逸稱其居。」

李君宣子字義

人心皇皇，契天積靈。應務建業，通周無方。淵窈內存，蓋非言無，宣施放利，遂貴在寔貞。庸言之信，以無不充，中理合倫，則厥德懋成。郁郁詞華，迺形身章；事天盡道，以揚人文。木華于根，枝葉蕃鮮；鳳鳥德符，而厥聲邕邕。敬哉孝廉李公！稱名以言，宣子之字，出於大賓。義、文宣易，孔宣春秋，以及書、詩。茲其宣皆以言，與天永明。明明孝廉，敬哉欽名！

巽説

天下之理本皆順，而事有逆；天下之心本皆順，而情有逆。順者，物之自然也。事如是則理必如是。吾説之以是，則雖際天蟠地之業，馴而成之，何也？順者，物之自然也。惟夫事之形有美惡，而後吾之情有愛憎，不能以理制焉。而惟情之徇，則吾心始雜。順逆不暇以計，惟愛者是圖，而顛倒錯亂，其塗愈繁矣。卒之得之寡而失之多，蓋不順之效也如此。故君子之居心御事，亦獨從物之自然，而得順之效，自不可揜矣。其在周易，象之重風曰巽，巽順也，又入也，蓋能入則順也。人之於事，精思密審，約其心入於義理微芒之内，然後出而應之，則發而當焉，達而成焉，乃始無弗順者，此則入又順之功力也。

鵝湖華君順德以巽名其齋，請予記，輒舉此以復之，愧無高論，而理或在是也。予聞諸元敬，順德富春秋，質良好學，君其試以入之一語，稍從事乎？他日步步得順之效，却尚有以教我，以勘斯言之是非也。

師省説

昔孔堂諸賢，同師其道，而性賦各異，志高遠者，往往問死問鬼，問十世之先知，夫子答之，每不盡，至有興不聞天道者，獨曾氏子不然。然而後人定孔道之傳在是，則諸子之所不得答與聞者，曾將有不問而得者歟！吾知善學孔者，當學曾也。今曾之所脩魯論具存，其最先見者，三省之文。蓋忠信之外，所謂傳習之者，其具多矣，舉習之一言爲學曾，信然。而不知所傳何物，將焉習乎？此學曾之不易者，其説必有在。

吴郡盛先生用易業醫術，而其行儒也。年將艾，乃拳拳以師省自稱，問其説於人，求益焉甚勤。今復令某説之，某則何知焉？夫先生於是必有得焉，而稱之盡已以實，近儒之詁繹可尋。若夫所習之具，我不敢知，當從先生而問諸。諸前記已衆，謹以此求其後。

理欲〔一〕

【校勘記】

〔一〕是篇見祝氏集略卷九，今從略。

錢奉先秀才更名説

錢秀才以始名有當，更嫌於無所受之，見余質焉。余曰：「劉子政先我矣，夫有當則不當，止者則無嫌也，我有以進者，無若曰奉先。周書曰：『奉先思孝。』爲賢知無若爲道，爲道無若爲孝。孝者，千善之祖宗，而三才之楨榦。故舜、參不聞殘悖，辛、癸未稱敬忠。秀才既失父，繼志追遠，洎色養於聖善，皆奉之孝也。積善以爲寶，實加勇於楚子；移忠以作政，不必同於孟莊。秀才之更名，即嫌更名之蘖矣。思孝字既謂妨，當稍曰孝孫，秀才好學甚至，庶幾宜之。」

將赴京師與朱守中言〔一〕

【校勘記】

〔一〕是篇見祝氏集略卷二十七，題作「將赴京師與朱正言」，今從略。

喻材與錢秀才別

凡平原曠隰，類寡良大木，蓋人用繁者，愈傷物之天矣。必乎奥壑隱崖，峪岈詭阻，神氣鬼精之阸鬱憒擁，而材成焉。然而有能取之，越山漂川，千萬里來，爲人用世不乏，蓋材之不可揜如此。夫至其與群株駢聚，公施氏爲天官焉，宜矣。有小工師，惑一楴瘿投焉。嗚呼！使材也有良者，拾歸故山，天者不虧；或爲之皿器，雖不蓋芘人，固美器已。抑將更有公施氏，何病乎材而揜哉？錢奉先秀才，好學未用，予歎激反復，而以是理求之，必後慶且亦欲儆焉。會欲與爲別，留筆以待。

九淵字旨

談水之清，必以繇静深矣，是其本體，不足以極變。林宗之稱叔度，則曰「撓之不濁」。蓋動而無汩於清者，其至邪？澈亦清矣。文學錢君，以更其初名，予字爲九淵。詁淵者二，曰深也，回也。某曰：「非深不足以立體，非回不足以極變。」賈生曰：「襲九淵之神龍。」與列氏所稱回旋等者異。賈指深，列指回，取二言會其義，以字澈，亦可以假立與變之方焉。天下紛紛，庶務兹存。子欲尸之，毋撓爾真。動息若一，而天其純矣。作錢君九淵字旨。

徐子易字大縱説

徐子名經，字直夫。以犯譜諱，易之爲大縱。夫稱經緯以縱衡而别，蠶人出，絲人治，織人以之而成業，功用具焉，文華發焉。絲人雖工，不能外繭緋而得經緯；織人雖巧，不能舍經緯以就端匹。凡人物之相須壹是也。如獨以經言，其爲物也，毋微曲，毋小斜，維大縱也，夫然後體立。雖五彩錯施，而物假象，其爲縱者無遷也。其比於人，則治絲也，典理經緯也。功用文華，端匹也；心，蠶人織人也。而縱者其理也，數者具其成，而大可知也。徐子英明篤學，懋修而自見，自負遠甚，非文辭能助之者。以呼謂之間，古有規祝之法，辱以問焉，而援是以告。

書鴟夷子皮遺像

觀册子上道古人志行，必以是入研，想求其容氣如何，予輩之所同，如太史公論子房已然矣。唐宋以還，傳古人遺照，往往有之，或上至三代，不知果有所受歟？抑直以我精神，暗中摸索云爾也。此爲鴟夷子皮，本出龍眠居士，頎頎淵淵，雖未得其氏名時望，而識其奇傑士也。特不知果與長頸鳥喙者，所鑄合同否耳？原本予未見，此予門人張伶所摹，又可望而識爲李氏手段，伶亦敏矣。

存菊解

存菊者，治圃葺籬，藝傳延年滿之，不一日無邪？吾豈埸師，雖陶亦奚暇哉？吾親則已爲陶，吾不敢擲吾親爲陶之心於劍首一吷。凡親所存，皆吾存焉，親之存最乎存陶，吾不於此存，而奚存哉？存德於黄中，存操於後凋，存風趣於幽逸，存功於滌痾，存聲芳於馨馥。存而法，法而肖，肖而一者也。匪唯菊一，父子一者也。至是而黄華非菊，吾存非黄華，目留心縈，宗器裳衣，貌象聲氣而已矣。斯菊也，王氏之菊；斯存也，王氏之存。不然，棠存而無所芟，與無棠等，何必曰召乎？王之親曰菊庵先生，其稱者達卿隱君。

識笥

某此一笥，舊畜者，置書室中五年矣。予情多染著，每一物必甚眷戀，玩之極習。然亦殊闊達，往往有爲人竊去，則任之，略不誅覓也。如此室中物古鼎、牙刀、辟邪水滴、空腹連環鈕銅印、銅緑筆格輩，皆久留而忽去。始失必大驚，幾欲慟哭，既則亦欣然覺其人之有得也。蓋性如此，似與染著又相反，惟不知孰是孰非耳。群物既去，獨此笥巋然存，余甚惜之。然終不加謹護，欲竊者視此當爲我留矣。雖然，有不可保者，更五年則莫知矣。於其時自視此，固可以驗吾力之進退也。

姜公尚自別餘樂説〔一〕

情從事生，事有向背，而心有愛憎，繇是欣戚形焉，事表而情裏也。達者以裏治其外，味者雖有真情之發，往往物奪以遷而回曲之。是故知事之真可樂而樂之，則其情也始真，而爲吾受用亦無不盡，非達者莫能矣。

南濠姜鏜乞予説其尊人公尚所稱餘樂之號，問其旨，鏜曰：「吾父乃者有采薪之憂，既篤而瘉。自念夫宇宙之無窮，而吾生也有涯，向之衎食寧處，日居月諸，曾覺其爲樂。迨夫氣慾於中，骸病於外，則憂危傷苦之懷，不能自已。又幸而有今日，回思爾時，猶非一身者。於是始知吾情之樂，曩固有之，而向背雜來，憎愛殊行，故自味耳。然則而今而後，安中養和，紓然夷然以卒歲者，皆有餘之樂也。吾何不自慶幸，而謀及詠歌道説以自警而勸也。吾父之旨如斯而已矣。」僕曰：「達哉言乎！凡稱號之義，而翁固自悉之，予無以加。唯其樂雖自知，而遂之則在於君矣。人之生，少得乎父母，中乎乎家邦，晚安乎子姓，乃爲真樂。君於此，其益務舉子職，以遂而翁之願，則而翁之達始完，而君斯賢矣。聞而翁今年五十，其誕辰，君酌酒拜獻之餘，試舉僕此説以質，而翁必以爲然也。」

【校勘記】

〔一〕「别」，疑爲「號」字之誤。

王麗人神品唱論

舉如翔鸞，承若引泉；放若凌風，煞若□□；修若流雲，促若韻石；幽若雌龍吟，亮若稚鶴唳；敏若雨，緩若縷。凝其暈脂，渙其剖玉。莊之乎珪冕，昵之乎瞑息。怨乎文君之吟，歡乎玉環之笛；諧乎玉簫之指環，判乎王嬙之琵琶。唱之爲品，神乎此矣。若夫卑之近俚，高之近顛，守之近學，堂兒任之，近牧牛豎。狗其偏以瞞之，不足以語此矣。妙哉乎！抗墜弗淆，凝解不測。滄溟之窟，探出驪頷萬顆，而一串在內，英英有物外音，則所謂品之神也，其唯王麗人乎？

沈石田先生雜言

沈先生周，當世之望，小子何能易易稱贊，特記作畫一事，以備丹青家史。乞畫者堂寢常充牣，賢愚雜處，妄求褻請。或一乞累數紙，或不識其面，漫致一揖，贄一巾，便累手筆踰時。不惟無益，而更擾損，殊可厭惡。僕輩亦竊爲先生不平，而先生處之泰然。其後贗幅益多，片縑朝出，午已見副本。有不十日，到處有之，凡十餘本者。時昧者惟辨私印，久之印亦繁，作僞之家，便有數枚。印既不可辨，則辨其詩，初有效其書逼真者，已而先生又遍自書之，凡所謂十餘本者，皆此一詩，皆先生筆也。遂珷玞滿眼，有目者雖自能識，而亦可重歎笑矣。或以問先生，勸少止。先生曰：「吾意亦有在耳，庸繪之人懇請者，豈欲爲玩適、爲知者賞、爲子孫之藏邪？不過買錢用使。吾詩畫易事，而有微助於彼，吾何足靳邪？」此不知古人曾爾否邪？可尚也哉！

近時人別號

道號別稱，古人間有之，非所重也。予嘗謂爲人如蘇文忠，則兒童莫不知爲東坡；爲人如朱考亭，則蒙稚亦能識爲晦庵。嵬瑣之人，何必妄自標榜？近世蓋惟農夫不然，自餘人未嘗無別號，而其所稱非庸淺則狂怪，又重可笑。蘭菊泉石之類，爾稱汝謂，一坐百犯。又兄山則弟必水，伯松則仲叔必竹梅，父此物則子孫引此物於不已。噫，愚哉甚矣！至於近者，則繈褓嬰孺，亦且有之。如無錫大家乳媪，負一孺子，其族子且年長，謂人曰：「此吾友梅叔也。」此等風俗，不知何時可變？

官銜

官銜歷代不同，然受者無可易之理，此實王制，非他文字比也。如文中稱都御史爲中丞，府尹爲京兆之類，雖前輩有例，已覺不安。至於結銜具名之際，乃亦欲異於人，而書從異代，或妄更改，則甚繆矣。近世官部郎中，而書前尚書民部郎中；進士第二甲，而書賜進士第；曾攝使假一品服，回即上納，而書賜一品服。憲臣出巡，而易地名爲文稱，如巡撫交南、巡按貴陽。至於鄉舉中式，而書鄉進士或浙進士之類；爲府學生員，而書郡邑生、邑庠生、江庠、浙庠之類。皆不可也。

祝氏文集卷八

雜詩

春蘭無長榮，秋菊不早芳。羲和换舒疾，斗柄低復昂。兹辰氣候變，百卉委嚴霜。絡緯吟庭階，凜風入中堂。熒熒涼空月，流輝盈洞房。幽人有遠思，密爲公子裳。

皎皎雲端月，無古亦無今。團璧朗圓融，金精暈妍陰。英華麗宫闕，清冽耿川林。瓊娥愁不死，素鸞翔妙音。我欲一通問，稍知元化心。

平原君

平原君，真丈夫。千金買得如花面，一朝爲客亡其顱。濁世振豪躅，士歸如水趨。悠悠肝膽我亦有，欲持贈君君受無？平原君，真丈夫。

閨人秋怨

蕭蕭風簾舉，依依月色來。獨眠端自懶，長啼轉更哀。流螢將火滅，隻雁共雲回。絳帳無人掩，何以解離懷。

古言

孝弟力田與賢良，直言極諫使絶方。忠君孝父信友朋，禮義廉恥儉恭莊。

今言

内有脚氣快陞除，關節主司奪元魁。大屋美酒好裳衣，算利賺錢占便宜。

伸言

耳聰目明言中倫，少年作官事聖君。朋從子孝得乎親，揚威天山圖麒麟。

屈言

力田不衰逢歲凶，好意向人遭怨衷。貞廉疾患兼貧窮，少壯不達老登庸。

閨懷

静婉那成寵，嬌嬈枉自羞。春風桃李館，秋月鳳凰樓。眼水流長恨，眉山結隱憂。玉龍蟠的髻，金雀附搔頭。噩夢疑雲雨，靈期忌女牛。未禁風綽袂，無奈月侵眸。蔽膝强含意，琵琶不識愁。紅襠知寂寞，青鏡負風流。蝶素難私褪，蜂葩惜夢偷。有誰同薄命，心欲爲通謀。

古意

瓊刀細縷明河冰，簇作飛輪載瑶兔。丹雲染路蟾蜍御，青君抱月朱陵去。彩龍飲月披螮蝀，露花冷洗三珠鳳。石笛一聲弱水沸，碎擲繁星滿天地。

唐宫

太液池邊傾國枝，春風露檻夜開時。曾教野鹿銜將去，猶費君王淚萬絲。

閨情

玉籠珠箔鎖東家，百五煙花滿物華。春色自來人自去，一丸凉月照梨花。

怨

北風凝雪掩琵琶，月落胡天十八笳。不似馬嵬坡上去，等閑埋却禁中花。

雜詩

上陌啓華律，東埸布繁榮。沈陰交百種，異豔錯千名。叢盡迎時色，條無逆意英。桃李互流馥，苣蕙亦飛馨。游士悦流矚，嬌女助妝情。盈盈擧觴客，獨賞此春莖。

當塗寒室女，曉日臨葦窗。殷雷從東來，侑以雲霞光。問言何爲者，歸妹遣鼇裝。充車寧百兩，金碧爛焜煌。繢繡照天地，巧麗絶文章。我解此□織，亦知事衣裳。未識嫁人候，能得在筐箱。

古詞

古客倚江樓，閑思獨悠悠。月輪長東起，江水不西流。

觀空

自從無始來，以至於今日。色源滔天開，泥礫總攢積。濁垢累丘山，青紅妄脂澤。譬如佗山木，錯聚作宮什。方其交締時，睠顧爲屬戚。浮花著槁枝，究竟兩脱釋。當時眾生内，我聚此魂魄。洪海漂滯梗，亂迹汎復溺。匆匆暑寒期，昨已占四十。衡觀蠢蠕場，粘染似眠漆。齷齪糞土坌，么麿蠅蜹集。争持安安性，曲赴勞勞役。兹辰起微觀，坐見群有失。欲將鍾情身，創作觀空術。有情泥中蓮，無情水中石。俛仰今昔間，曠矣無一物。佗年吾念我，彼此何處覓。薰蕕一器火，何以拔芳息。未斷空實際，何法空想識。誰人號聖傑，我作弟子執。

思道

皇運不可息，吾生罹其中。三才共神明，傷哉微我躬。察幽慚土塊，觀變恥游龍。錯矣羅萬殊，小大無不通。泰元有判合，朝菌亦始終。安知蟣蝨造，不謝鵾鵬洪。渺渺六合區，纖纖別岐封。屑屑何幾許，喁喁自爲庸。豈惟不相謀，亦以勤交攻。紛紛建儒墨，勞勞競橫縱。鉅妄三教日，細繆九流蹤。我見有一焉，會攝互相容。屠劉與矢溺，孰無自然功。大道如皎日，何特懸天中。虞淵及昧谷，至幽總周融。萬世所不息，群生以無矇。自從孔父没，萬喙遂不同。勍戰苦死力，聃竺最當鋒。芸芸餘子知，曾莫思大公。言性（即釋）與天道（即道），賜也亦未聰。至矣環大瀛，萬流莫不東。盤古真纖微，癡人竟爲宗。誰當挈太始，以及群五蟲。不出户庭間，而問諸鴻濛。

人日

新日喜占人，天恩在我民。拜天民有願，不負丈夫身。

重陽

佳節重陽時景好，不將壺酒去登臨。思親獨對黄花淚，感事誰存白屋心。漠漠春秋情念去，漫漫霜露鬢鬚侵。便從去日悲來日，不盡長吟作短吟。

讀羅昭諫投所思悽然有觸因效一首兼用其韻

塵緣豈合野人爲，意懶身忙也自疑。未信乾坤成棄物，試看豪傑向明時。命殊子貢知能受，病似原思料莫醫。到底賢愚須有定，眼中何事没人知。

憶昔

長憶當年樂未央，醉花眠柳度尋常。珊瑚枕上三更月，玳瑁筵前午夜香。蝶戀春濃常滿院，燕思人在自歸梁。争知今夜蘭堂外，雨葉風條總斷腸。

重陽曾賦恨

重陽曾賦恨，今日又重陽。榮辱渾如舊，安危不□□。

庚戌端午

紫蒲蒼艾案前陳，緑酒浮黄漫舉巡。三十行藏悲定計，尋常時節警忙人。煉銅何處呈明主，縛米憑誰弔逐臣。曾被長人嗔稚戲，而今又向稚兒嗔。

庚戌初度

庚戌闌殘月，乾坤鈍重身。衣冠弊顔色，書策抗風塵。一笑當今日，三杯見古人。窗前有梅樹，歲歲共生辰。

再遊虎丘

游帳猪年第二巡，偶然成計是良因。鶯花點綴貪春眼，詩酒扶持混世身。生老不來須自悟，真娘相接却難親。但教心事長如此，何必東山是古人。

數年欲營園不就今歲又已半夏悵然生感

開口欲棲山，經營一畝難。扦楊慎斫伐，性喜楊柳，一舊株甚茂，爲奴童損之，甚恨。放竹惜闌殘。亦失護故。部伍何煩屢，迂遲不爲慳。不知辛亥歲，可許祝公閑。

警秋　二首

歷歷秋聲遍，蕭蕭夜雨過。絺衣看背異，爐焰會消磨。時世宜深淺，光陰費揣摩。足憐蟲覓户，不忍葉辭柯。

衆鳥啾啾語，繁枝葉葉鳴。霜應連夜結，月是到秋明。强壯知懲警，彫殘察變更。違人轉自廢，何計拔時名。

悲秋　三首〔一〕

【校勘記】

〔一〕是三首見祝氏集略卷六，今從略。

秋夜不寐〔一〕

【校勘記】

〔一〕是首見祝氏集略卷六，題作「秋夜不能寐」，今從略。

辛亥初度

人間甲子年年減，眼底塵埃日日增。世法可除慚欠武，静心雖在尚輸僧。江南白雪誰能賞？墻北梅花冷不勝。此去生涯渾未省，且馮黄酒買瞢騰。

傷春

東風吹骨軟於綿，病沈愁潘煞有權。較緑量紅花債負，斟濃酌淡酒因緣。三更坐月蟾妃覺，十日銜花蝶使嫌。短帽輕衫休擬罷，西山踏遍柳枝烟。

寓感　四首

迎旦西風拂袖塵，秋眉策策十年身。平生饒得山林趣，難忘周流列國人。

夢想臨卭酒館壚，蹇驢馱到倦游身。凌雲舊氣三千丈，再向重瞳奏大人。
總爲因緣落世塵，青衫辛苦顯揚身。秋窗一枕家山夢，慚愧同行具慶人。
九陌香紅簇馬塵，六街官鼓警忙身。崇玄閣外蕭蕭竹，一夜秋聲送遠人。

客情

夕陽樓閣倚清寒，宿鳥歸雲掠客顔。解把三秋如一日，閶門煙月武丘山。

凡情久障消摇遊忽自軒脱

暮歲風霜急，窮寒氣律周。山應憐素褐，市不稱羊裘。士節疑安石，朝名累許由。白鷗江閣外，沙水晚沈浮。

歲除之晨喧然暫止晏卧簷日襟情懊然〔一〕

人事多遷移，造化無改情。息哉不怨尤，亦復幸餘生。映簷一覺夢，不易王公榮。風光開歲律，邈矣安吾精。

【校勘記】

〔一〕「止」，原作「上」，據枝山文集改。

病　四首

酸眼慵開氣似絲，瘦藤無力助腰肢。阿誰號是英豪客，爲我膏肓捕小兒。

天地支離四八年，病身今日更淒然。不應尚作闌殘客，擬欲排雲一問天。

四月披綿骨尚疼，江南憔悴病書生。墨兵談麈都休去，祇向參苓講性情。

艾顆丹爐伴沈郎，時時攬鏡較羸尩。痴人只理閑文字，不讀人間富貴方。

癸丑臘月二十一日立春口號　十五首

今年文氣似荒涼，想是韓家五子殃。只願文隨春氣長，更窮些子也無妨。

十年顛頷苦難禁，一寸書生不死心。紙上逐年添墨字，牀頭何日有黄金。

爲智爲愚總未真，支離苦盡十年身。殷懃祝歲無他語，休把虚名誤鈍人。

千古寥寥絶大音，崎嶇長向暗中尋。寒燈半盞三更後，照破一生迂闊心。

寂寞徽絃哭子期，未能移柱對時宜。如何作得通時物，受盡艱難只是癡。

季子無謀不種田，功名勞碌奔韓燕。算來也是迂遲客，先受彫零過少年。
説地談天口不閑，功名只在指麾間。十年磨破儒林傳，始信英雄如此難。
讀書難得便揚名，學劍還愁未易成。辛苦兩般都落落，不知何地可豪英。
落筆常霑粉與脂，生來饞病苦難醫。十年不改齏鹽口，只是忻歌富貴詞。
鬼簿相看似故交，高聲不敢向兒曹。争知意氣衰邪盛，夜夜依然夢四豪。
休將文字占時名，顦顇愚溪貧少陵。從古浮名天也怪，曹劉自是偶然成。
十旬淫雨太淋漓，我比農商意更悲。忽見迎春紅日出，書生也有展眉時。
年來多事廢游嬉，稿上一年無好詩。吴水吴山再提起，從前不負作吴兒。
成功不多議論多，書生自古有癡魔〔一〕。鎗唇劍舌渾無損，淡飯黄虀可奈何？
位名不學小戊子，事業恥爲雌甲辰。只怕三彭苦相惱，瞞佗作個醉庚申。

【校勘記】

〔一〕「自古有」，原作「有古自」，據枝山文集乙正。

甲寅端午擬白

少小喜時節，而今一擲梭。真歡妻舉案，宜耳子工歌。天地晴明少，人生辛苦多。問他癡祝老，不醉待如何。

偶感

年光來草草〔一〕，心事去營營。將仕憂違世，思閑病未耕。卜居憐屈子，説劍憶莊生。一醉渾無事，中心故未平。

【校勘記】

〔一〕「年光來」，原作「年來光」，據枝山文集乙正。

秋懷

時運無長榮，清商多悲音。悲音一何苦，壯士有遠心。蕭蕭風篁亂，瑟瑟蚈蟣吟。寄言眷萬古，託之千霜林。潯陽有餘波，涯岸倘能尋。

九淵扇上諸子各咏隱趣余作尾題

白雲不會做公侯，出世居山不自由。若得松窠千年坐，此時方敢大開喉。

尋閒　沈先生啓南父〔一〕

忙忙曉起逐雞栖，碌碌梳頭雞又啼。傀儡不曾知自假，髑髏方始笑人迷。昨朝青鬢今朝雪，滿眼黄金轉眼泥。輸我一樽酬見在，有詩還向醉時題。

【校勘記】

〔一〕是首枝山文集列於下詩之後，題「附原作」。

沈先生作尋閒四韻俯契愚衷輒逐高押一首

不分朝列與山栖，辛苦隨人作笑啼。生老病爲隨衆夢，貪嗔癡是自家迷。未消南郭形如木，且學襄陽醉似泥。若道願從忙裏得，五行不是者般題。

祝氏文集卷九〔一〕

【校勘記】

〔一〕本卷原本卷端題「枝山文集」，今從它卷改。

和陶飲酒二十首〔一〕

【校勘記】

〔一〕是二十首見祝氏集略卷三，題作「和陶淵明飲酒」，今從略。

秋日病居雜言七首

單居向秋暮，況復抱微痾。夙息盛感慨，遇此重如何。緬懷唐虞事，興言委頹波。寒霜隨時隕，自然瘁榮柯。豈不惜物華，妍麗亦已多。吾生區區者，委命從太和。

宵風起長薄，栗然振遥林。寒蜩咽枯吟，叫群驚亂禽。兹辰當明月，微光蔽層陰。予亦愀然悲，淒霜切涼襟。自非金石容，誰不怵其心。蟄蚓不見形，方復競煩音。

破厨有舊書，信手拈一篇。聊披二三策，乃得玄肅間。當時好太平，垂拱四十年。哀哉平原輩，歲晚當戈鋋。平時老宰相，敕葬魂夷然。淒涼崩南内，辛苦來西川。稍欲竟此曲，掩策倦且眠。

因思杜子美，吞聲哀江頭。亦有李太白，遠謫夜郎愁。哿矣此兩生，不能覓封侯。濩落四五十，羹藜爲國謀。何不向引之，使共廟堂憂。美哉黍離詩，千古空悠悠。

傍架亦有帙，夙治明經業。昔用竊科薦，歲陽已十浹。人生何爲者，蠹魚司身節。一斑自不見，崇議古功閲。明當謁天子，亦可稍尋繹。清問儻逮下，不敢捫帝舌。

驅車出閶門，眷言尋友生。日昃門已閉，悵然返柴荆。云有海上兒，報讎學弄兵。亦煩公家備，日有刁斗聲。大臣秉忠信，豈失蚩狂氓。爾勿懷前疑，今非趙長平。哀哉網中禽，安知天王明。

昔愛劉公榮，遇人輒飲酒。吾意正如此，千載無此友。而復值疢病，不敢少濡口。要人與對席，笑罷復搔首。如何今人會，先欲校儕偶。公榮天人流，沾沾吾何有。

龍歸辭〔一〕

【校勘記】

〔一〕是篇見祝氏集略卷二，今從略。

吉湖湯泉〔一〕

【校勘記】

〔一〕是首見祝氏集略卷四，題作「吉湖口湯泉」，今從略。

游和山麻石巖〔一〕

【校勘記】

〔一〕是首見祝氏集略卷六，今從略。

神光山〔一〕

【校勘記】

〔一〕是首見祝氏集略卷七，今從略。

還珠吟

君不見隋侯活蛇傷，蛇贈以徑寸夜光。又不見漢帝解魚鈎，魚以一雙明月酬。二寶非諸侯之寶，可以見無德不報。不如掌上一顆秀媚而解語，可以光前烈，耀後武，揚王庭，焕宗譜，能照千里與齊四臣伍。此珠種自方寸間，英華精粹，驪龍頷下分到摩尼丸。昔日未來今日還，政似合浦孟嘗事，一德所機非等閑。噫嘻！一德所機非等閑，尚看從此一顆至于再，至于三。似元將仲將，孟杲孟顗，王勃勮勔，星聯而宿貫。我當大書特書不一書，以示子子孫孫百世光斕斑。

羅翰林墨池銘

宋人羅孟郊，天聖八年進士第三人〔一〕。

【校勘記】

〔一〕是篇見祝氏集略卷九，今從略。

雜吟三首〔一〕

【校勘記】

〔一〕是三首見祝氏集略卷三詩第一、二、三首，今從略。

雜吟四首〔一〕

【校勘記】

〔一〕是四首見祝氏集略卷四，今從略。

石潭〔一〕

【校勘記】

〔一〕是首見祝氏集略卷四，題作「詠新安許氏石潭」，今從略。

秋暮入石頭程間憮然述懷

秋氣日遒緊，孤趨指帝鄉。川原變雨霽，晨起警衣裳。矯矯蒼翮鷹，志在擊嚴霜。嗷嗷雲間鴈，垂領顧禾粱。習習倦征客，勉勉靡安遑。淒淒寒空月，緜邈凜幽光。郊原百卉瘁，松栝鬱幽壘。歲晏識凋木，荒迷策征士。高才横古今，令聞日月起。傷哉忽長寐，濟濟咸在地。余生抱微氣，疇昔接許子。俛仰共宇宙，而獨此懷恥。余當還璧水，沐浴漸皇波。命與六合賢，經術更切磋。皇矣明后恩，疲駑此如何。兢兢翔躍姿，委適在巖阿。自非鴛鴦翼，將焉置畢羅。

漁樵問答圖

邂逅歸來坐短坡，漫將蹤迹問如何。江湖秋老魚龍冷，梗梓天低雨露多。山轉幾迴藏秘壑，蘆縈十里渺寒波。悠悠今古乾坤妙，何日同尋安樂窩。

追和夏景沖淡皮陸偶然作〔一〕

【校勘記】

〔一〕是首見祝氏集略卷六，題作「追和皮陸夏景沖澹偶然作」，今從略。

恭題宣廟畫馬圖〔一〕

【校勘記】

〔一〕是首見祝氏集略卷八，題作「宣宗皇帝畫馬圖」，今從略。

題宋人畫

襄陽墨瀋未曾乾，十里瀟湘五尺寬。樵徑不禁苔露滑，漁簑長帶水雲寒。遥遥僧館連天映，淡淡峨眉隔霧皤。想爲醉翁當日寫，平山堂上雨中觀。

東飛伯勞歌

遊魚深入鳥高飛，毛嫱西施天下奇。誰家女兒隔代出，凝嬌散彩還傾國。銀牀金屋繞鴛鴦，寶髻翠裾明月璫。年幾二八工窈窕，楊柳懷春舜華笑。落花辭條忽相及，可憐坐看朱成碧。

夏日閑居〔一〕

【校勘記】

〔一〕是首見祝氏集略卷六，題作「閒居秋日」，今從略。

卧病有懷黄勉之〔一〕

【校勘記】

〔一〕是首見祝氏集略卷五卧病懷勉之第二首，今從略。

卧病夢方巖大夫有作

病渴傾心叔度陂，薜窗蘿枕夢芝眉。公私頗限隔地分，趨步總無他路岐。錦作春容芳樹氣，玉標寒節碧筠枝。閑來欲獻桐薪尾，次第熏風入五絲。

含笑花二首〔一〕

脂借肌膚粉借胎，香心自捧未成灰。不知春色尋誰付，羞臉年年不肯開。
對面垂垂萬種妖，靈山相見也情摇。人間福薄難禁受，只放天家一半嬌。

【校勘記】

〔一〕按，是二首後尚有第三首，僅「斂笑藏言嫵媚妝，如臯未射息侯亡」兩句。

和韻題柳氏畫

總爲笙歌不蹔閑，故分清氣洗巫山。柳清陸濁真殊調，置我當於兩者間。

雜畫小景四首

湖曲蒲芽四寸長，疏楊密杏兩三行。約他魚鴨成幽伴，飽受軒窗一味涼。碧合桐陰迎早秋，六銖衣薄罷香鞲。柔涼愜體清無限，只恨清邊帶到愁。萬里雄風匹馬驕，千山柔緑快飛獒。黄雲落日長圍合，旋撇渾醪試嫩羔。桃花柳花覆春洲，燕兒魚兒迎客舟。青天白雲紫翠障，虛橋小浦回環流〔一〕。

【校勘記】

〔一〕按，是首又見祝氏集略卷八雜題畫景第二十六首。

柳花二首次韻奉和沈石田先生

霏珠屑玉竟虛空，水面枝頭夢幻中。狡蝶可能親弱質，癡鶯何處問疏蹤。辭黄就白甘迷雨，欲起還垂苦嫁風。偷向芳菲歸去後，恣呈狂態媚春工。

一番妖舞送東君，又涉清波去迎新。爲死爲生真薄命，無心無相枉撩人。雲連曉帳浮浮煖，雪著晴簷閃閃勻。留得哀殘故枝在，悞他黄鳥鎮傷神。

嘲雨

我儂貪花已特甚，你儂貪花又過之。無明徹夜恣淋漉，教他紅緑盡離披。明年花時再如此，定唤花王訟雨師。

牡丹謝却余不使在地令童拾置盆中果遲常度

可憐一年只數日，便將華彩付虚空。豈忍使渠委泥土，拾置盆盎茵席中。雖然終返不久在，見我惜才心不窮。

作拾花詩後嫌意味衰促又作一首解之

一年數日固是促，一年一年年不休。便到百年年一度，欲是長榮非短籌。併計百年年十日，亦已二年半日頭〔一〕。吾人但教只似花，一年一度榮長留。聊復爛熳一百年，也可謂久豈足愁。

【校勘記】

〔一〕「半」，原作「千」，據枝山文集改。

葡萄

草龍蟠紫怒，珠帳蔭青肥。不必落喉吻，看來先療飢。

石榴

火齊綴玳殼，珊瑚排鐵蘩。海窠攢錦白，緗的點鬟紅。

扇景 三首

闊屨寬袍頂不巾，天和拍拍面浮春。横拖杖子前山去，知是人間不吏人。
秋水浮船五尺深，也無情事到謳吟。十年蕩槳無人問，却有飛鴻識我心。
空亭下浄水，分影是斜陽。儘許閑人坐，此中無用忙。

秋日齋院雜題 十五首

風變清商減緑稠，古松當户蔭青油。簪抽白玉妝成曉，錢落黄金買斷秋。
迎風蟬喙咽涼枝，驚雨魚腮翻碧漪。辛苦大槐宫裏士，逐晴移濕不停時。

竹牀藤枕葛圍廚，解帶閒眠午飯餘。酒力來時遊夢境，忽然抛落手中書。

半池寒緑浸秋光，一寸金魚恰放秧。幾點浮萍數番葉，江湖心事也相忘。

風簾欲却謝公扇，月牖絶勝車子螢。階前兩株烏臼樹，案上一卷黄庭經。

一雙胡蝶鬬花畦，兩個蜻蜓罥網泥。恰似黄鸝爲排難，飛來林下一聲啼。

新黄簇簇籠槐目，稚白輕輕入藕梢。栖鳥争陰林影亂，遊魚觸尾水紋交。

南窗洞開熱尚强，北窗小啓却得涼。我偷屋下且則劇，它行途中更難當。

校書終日檢籤題，手亂雌黄老眼迷。一向冥機忘日午，山窗忽聽一聲雞。

一升蜜酒貯冰壺，兩架香瓜浸玉盂。白藕紅菱青脆李，鮮鰕肥蟹鱠殘魚。

七月廿五風作寒，開窗太甚還復關。熏天暑氣須退盡，明日不愁行路難。

水沈力可解炎障，苦茗味全開睡容。無事破除閒静業，倚門終日看雲峰。

齋房無物不消摇，野月山雲自泬寥。蛺蝶兩穿深院樹，鴛鴦雙透小池橋。

輕雷送雨晚來過，剛把秋容浄洗磨。蘄簟夢回慵不起，閒看群蟻宦南柯。

暑威一日兩日多，雨勢三陣五陣過。新涼殊可慰人意，暄寒不停當奈何。

沈先生西山雨觀圖〔一〕

高堂忽然元氣滿，沈雲著雨不可斷。恍從蒼梧度溟渤，意定量之五尺短。太和本絪緼，一紙手搏入。坐令薄質重，無乃調元力。乾坤雨是化醇時，城雨不如山雨奇。自公製作眼中觀，山雨幾回如減姿。

【校勘記】

〔一〕按，是首前原有戲和濟民題柳氏畫，與前和韻題柳氏畫重出，今刪。

倪元鎮小幅

千年霜月積靈氣，結入倪郎手與心。一製便歸天上去，人間留影尚森森。

王氏東室前海棠一株花時予往候採對植三日吝縮不答別回得報乃極妍發即成三絶因風寄嘲

東闌藏護小嬋娟，紅玉懷春嫩壓圓。夢轉月廊吟咏好，又將魂魄獻坡仙。

三日紅妝待未成，别來顛倒媚情親。明年今日還相見，休惜妖嬈惱故人。

喚轉東風嫋嫋魂，三篇今作少翁論。主人若念吟人苦，約束花神莫負恩。

和扇景韻〔一〕

【校勘記】

〔一〕是首見祝氏集略卷八雜題畫景第二十七首，今從略。

題徽人扇〔一〕

詣我乞書辛亥歲，知君又泊闔閭舟。每看浪迹飛鴻快，轉作羈人跛鼈羞。某水某山空在想，明年明月屢移謀。漢家司馬真何福，有此文章有此遊。

【校勘記】

〔一〕按，是首前原有含笑花三首，與前重出，今删。

畫深山二翁〔一〕

【校勘記】

〔一〕是首見祝氏集略卷八雜題畫景第三十二首，今從略。

黄葵

寂寞長門秋色微，依光日日倚金扉。紅顔一去妝情減，不是從前舊緑衣。

觀宋人所製鬼功木毬子歌

禹驅神姦無容地，魅魄融爲鬼功氏。鐫乾斡坤碎元氣，怳惚譸張有淫器。團圞中外有六重，二十四竅表勻空。重重脱殼互縣運，竅竅直對通璗瓏。步打狀元不事事，擊鞠僕射亦廢置。占相非同司馬戲，説婦豈或商辛伎。徐世一逢應仍雲，自餘紛紛直不倫。天渾地動儀法妙，古哲悠悠未同調。咄嗟餘子拙乃爾，混沌之軀死復死。

孔明

八百桑田日日耕，老農辛苦過平生。曹公自愛劉郎物，相帶千年喚孔明。

元人横幅

長風吹波秋氣晚，萬嶂參差繞波岸。渚芽濱篠不勝寒，倚附清波弄研暖。商帆宦楫無能留，委棄勝境將誰投。一方靈秀不可拚，暗賤乃屬漁郎收。芒芒江南山水國，徐秀敷呈到人物。吟山賦水作空語，又向縑楮依稀覓。古來真假異品流，未必行觀勝卧游。蠢哉漁郎不易學，吾懷與晝長悠悠。

奉和沈先生戲贈性父短視之篇

沈丈贈朱子，旁通亦已多。試更加括網，應可備全科。對樹常疑屋，尋芳不辨柯。臨觴更唤酒，披縠妄稱羅。察耳因嗟蹇，尋聲却悮贏。回身避石獸，揮策叱銅駝。涉澗濡衿襪，穿林罣蔓蘿。堂名勞想像，壁障枉摩挲。不應故人唤，翻賡生客歌。有時顛倒服，何處淺深波。占面悲歡誤，答儀輕重訛。短軀皆主簿，長帽即東坡。略彴微横笛，浮圖僅卓梭。障泥時累馬，書法枉求鵝。緑葉總呼菜，白花都是荷。誰分蒼白艾，寧别磩砆瑳。不諱諸降帝，强言池影娥。登臨凴擁掖，趨進慮蹉跎。博簺孤盧雉，看花略黛蛾。長湖添浩渺，遠嶠減巍峨。過鵲增鵶噀，眠猪誤狗訶。妄談光是練，不信射縣莎。銀海波揚滓，清盧殊未磨。偶卒唤家僕，遠姬稱阿婆。占星煩指點，上馬怯偏頗。眺遠籠旃毳，臨光散細螺。匡人可減咎，張子莫深呵。蚩尤常作霧，阿堵宿纏魔。遇騎輒衝突，逢人先揣摩。重瞳仰明聖，四目妬鄉儺。方未遵張湛，功難奏華陀。却緣能返照，未足繼微痾。録語就分國，辨書知補戈。也堪千里遠，不負一生過。日月無私照，乾坤保太和。若爲詞審細，其奈道同何。

伯虎樓壁

宅此心體，沉矣洞洞。爽氣西納，妙月東奉。時臨長津，以鑒群動。

別書室文字之交毛穎輩數子以自祝

自吾周旋寒賤，尚德哉二三子。暫居几篋之内，吾亦從此逝矣。

菊花牽牛郎

天孫無慾界，爾名强相加。淵明一開顔，我非兒女花。

別襴衫

疊起趨蹌拂却塵，勞君伴我十年身。殷勤相別還相勸，休把光陰伴別人。

張氏水心亭

點破粼粼玉一方，竹椽茆屋跨横塘。秋來終日開襟坐，細看芙蓉面面香。

書漢翁扇

今歲暑威淺，扇功因寂廖。秋來應特甚，留扇想今朝。

扇景和韻

香雲芳樹暖油油，之子乘閑來水頭。兩脚黄塵從此凈，它年無禍到清流。

江雲漠漠江水長，青油落落高陰張。漢家九鼎在何處，浩唱一聲天地涼。

和叔英題牛

飽喫各時春草，安眠隨處秋山。今日鄉村滋味，牧童不似牛閑。

子仁扇景

遠尋玄晏先生宅，費得京華半日忙。願引江南游子去，鳳凰臺上看秋光。

儲功曹浄拭軒

功曹官地如水清，私寮燕坐心通明。清池小軒不忍起，緑芰青荷相有情。露華幾試何郎汗，拭之愈潔不可亂。悠悠可人謝道兒，不獨風姿耐人看。

畫鷺鷥白頭翁鳥俗有一路功名到白頭之讖鄙惡無狀會有以乞題浪詠一章以當蛤蜊爽氣

一鷺翩翩立晚荷，白頭相對老煙波。阿誰把與功名號，不識江湖心事多。

謝先輩晉畫景

通波虛閣疏風，白石青苔古松。瑶琴玉麈二士，應識高居卧龍。

擬韓李五首

遠香

月淡雅鳴别象牀，兩宵渾不斷思量。朝來自捲青綾被，認得鴛鴦頸上香。

鸞幃

驀地移牀作桂船，緑雲回首送神仙。騰騰夢裏過三夜，長見鸞幃在眼前。

曉風

月色花陰未擬休，靈宮夕雨促蓮籌。曉風吹斷瑶池路，方朔淒涼阿母愁。

上元夫人

自把芳心一點通，鳳樓何處枉仙蹤。雲車露臉終難斷，今日先生不姓封。

杜蘭香再通玉期

墉城密約久冥茫，半夜飈輪送遠香。月墮雲中千里易，玉生田下十年長。榆花會結填河駕，瓊液尋傾止渴觴。何日秦樓緣事了，一聲横玉兩文凰。

秋景作書美人圖

浄桂華桐坐翠顰，悲秋情緒過傷春。玉容已是將身誤，休把閑情誤别人。

題陳虛谷秋林岸石圖倪迂有題

倪郎詩句陳師畫，落落高風不可還。斷石寒林千古意，長留名字在人間。

崔氏水南小隱

境地因人勝，幽居遠有名。圖書重列架，水竹四周楹。朝市心情淡，江湖氣體清。風波接屋背，不識是官程。

李畫史在夢蝶圖

我昔夢莊周，細把南華讀。旦暮期遇之，栩栩在吾目。莊周不可再，蝴蝶不可復。誰移入圖畫，我見殊面熟。莊周既可蝶，蝶豈不可祝。千年紙上夢，何由知非僕。

劉西臺畫松〔一〕

【校勘記】

〔一〕是首見祝氏集略卷四，題作「劉西臺珏畫松」，今從略。

包山徐氏含暉堂

天下名山水，人間散士夫。謝公遺好句，潘岳有閒居。玉骨攢峰瘦，銀波疊浪虛。清華涵户牖，靈韻襲圖書。自愧同鄉老，無因共結廬。

沈徵君字公濟小景二首〔一〕

【校勘記】

〔一〕是二首見祝氏集略卷八，題作「沈徵君遇小景」，今從略。

扇景和扇韻〔一〕

【校勘記】

〔一〕是首見祝氏集略卷八雜題畫景第三十三首，今從略。

悶中贊酒

世事蹉跎恨萬端，苦將消息講循環。若無三盞黄糟汁，講盡天機也是閑。

檀扇次韻

掌握之間補天巧，新風轉蕙汎餘光。知君不是趨炎客，已借清寒又借香。

題顧氏山水間卜居

白首人生定，紅塵世事非。煙霞元結性，魚鳥可同機。荇帶秋生爽，松花晚放肥。衣裳兼枕席，朝夕滿清暉。

高麗扇

東國年年汎遠槎，獻風呈月到中華。馮君莫作尋常看，四海于今是一家。

扇景和徵明

覆有高林載有苔，石公木客可參陪。山居事業略完具，只是無人肯入來。

爲謝元和索酒

如今不是三閭世，愧我緣何每獨醒。爲向東山尋醉地，一雙香玉快飛瓶。

沈先生臨小米大姚村詩圖歌

重山凝遠陰，江雲映天濕。淋漓六尺素，滿手潑秋色。模糊似是溟海圖，何乃目之名五湖？圖窮更聞清響接，百顆歷歷驪龍珠。米家風流照眼新，細玩乃知身外身。虎頭能傳阿堵物，虎賁尚入中郎神。當時得失屬王郎，邇來又復還東陽。得耶失邪孰主張，芒芒宇宙悲弓亡。神物不可久静處，能走四海生輝光。奎宫玉府渺何許，髣髴似聞歸故鄉。五湖田舍清風遠，元暉眉目不可見。嗚呼！元暉眉目不可見，五湖之水清如練。

戲索周其秀扇

半輪明月隱真真，不是趙顏圖上神。一朵空花拚不得，欲教誰做絶纓人。

唐宫題葉圖

守宫十載誤花叢，不似經霜一夜紅。莫向長門吟冷煖，明年殘葉也春風。

趙集賢王孫挾彈圖

白玉連錢碧玉羈，五陵花柳暮春時。金丸飛去不知處，忙殺長安衆小兒。

雞

蜀錦裁翎豔，京羅繞頂紅。生憎識時勢，來助五更鍾。

鵝

曉絮層層薄，秋雲片片輕。庾家庭院裏，珍重報春情。

小景

樹色只紅頰，山容長黑頭。如何人世上，雙鬢不勝秋。

趙承旨六宫戲嬰圖

紫宫氣映摩睺羅，天暄地媚生味和。玉兒一夜報蠢祝，蟄蟄門弧三十六。緑玉作圍圍内屋，天人坐弄青鸞鷟。碧華煖露浸龍種，龍紋約腕金環重。瑶軸珊弓試武文，甘飴的的醬丹唇。蘭芽秀暈鳳凰髻，萱葉香摇蛺蝶裙。粉胸夜龍奪守宫，刺簾鸞頟春融融。昭陽殿裏椒壁紅，七子對誦周南風。

錢吴興倦繡圖

越羅夾帶飄紅軟，月面融融暈酥淺。金鍼日日無停時，刺斷心中千萬絲。夢回倚手嬌難起，江北江南幾千里。春風作花到薔薇，夢裏行人猶未歸。

畫竹

英媓上天去，湘江翠煙冷。神姿不可褻，惟留鳳毛影。

書日者曹生扇

人間酷吏會歸空，小補天機在手中。欲向先生問消息，眼前誰有大王風？

松枝

千尺高擎日月，一枝横截風雷。梁柱未登廊廟，青山長鎖徂徠。

劉阮圖次韻

當時輕别洞中春，回首人間又幾塵。也是仙人嫌薄倖，不知何處更通津。

爲文宗質索糟

真酣欲作劉伶籍，借興非同屈子餔。買得淮魚正堪壓，問君能與一瓶無？

爲福昌僧題石田水仙次韻

靈心妙相殊不垢，豈是此花全五通。凡界難容散花女，只傳寒影想真空。

又次韻枯木竹石

削空花葉不需春，君子汪汪結德鄰。歲晚相看守堅白，正如脩定老禪人。

宋固陵畫貓歌 記文別録〔一〕

【校勘記】

〔一〕是首見祝氏集略卷二十四宋徽宗畫猫記，今從略。

古木寒雅

霜寒木落楚天晚，相對啞啞滿樹喧。記得秦郎有佳句，殘陽流水遶孤村。

扇景

相逢□□□，團坐緑楊村。話到斜陽没，終無朝市言。

題隆平侯畫梅

姿如冰玉操如松，清世無勞止渴功。要見太平新氣象，柳營門外報春風。

題韓先生扇

玉塵金經對寶熏，高樓大榻卧風塵。精神長接鴻濛氏，氣候無關自在人。黄鵠煙霄秋耿耿，白鷗沙水晚粼粼。東陽早晚如相見，憑仗春風一寫真。

壽陽梅妝圖

紫皇分媚與天人，淡葉疏英七日春。千載風流渾似舊，可憐無復首如螓。

小景〔一〕

【校勘記】

〔一〕是首見祝氏集略卷八雜題畫景第十九首，今從略。

鳳鳴朝陽圖

舜絃成九變，周日麗岐陽。五文威羽翮，七德協宫商。梧桐生上苑，今日待輝光。

恭題宣宗皇帝畫馬圖〔一〕

【校勘記】

〔一〕是首見祝氏集略卷八，題作「宣宗皇帝畫馬圖」，今從略。

賞牡丹

十幅飛帆簇絳紗，輕籠一樹九霄霞。携將天上雙成女，來看人間一品花。日日臨軒消富貴，年年開讌受穠華。歌鍾四合兼吟詠，疑是前朝宰相家。

題人園居〔一〕

酒杯書卷木蘭舟，寂寞靈巖鬧虎丘。家住江南山水國，年年不負謝公游。

【校勘記】

〔一〕是首見祝氏集略卷七，今從略。

題畫

戴文進風雨歸舟圖

黄陵廟下瀟湘浦，西風作寒東作雨。鷓鴣啼舌到無聲，誰管行人望家苦？錢塘畫史胸蟠迴，越山移過吴山來。淋漓元氣□主宰，欲賦誰當老杜才？

凌波圖

羅葉盈盈一緉裁，清波弄玉起香埃。驚鴻瞥過無由駐，虚費陳王八斗才。

遊月圖

幾幅仙裳舞白霓，塵凡誰解觸天姿。人間空憶明皇帝，何處重來葉法師？

柳氏小幅〔一〕

【校勘記】

〔一〕是首見祝氏集略卷八雜題畫景第二十八首，今從略。

梔子花和韻

凝脂膚理衛宣姜，月姊傳神總渺茫。昨夜相逢渾似夢，不通顔色但聞香。

舜舉水仙

聞説黄初畫洛神，霅溪癡老便傳神。陳王自是瞞人語，波上元無韈與塵。

馬嵬

秋雨淋鈴蜀道長，君王腸斷紫香囊。馬嵬一匊銜冤土，千載無人哭壽王。

題畫

茂野深山老卧龍，年華不與世人同。鶯花發歲謳吟富〔一〕，水月澄秋性抱空。白醉映簷南陸日，黑甜生枕北窗風。一編長把臨流處，知是南華第幾通。

【校勘記】

〔一〕「鶯花發歲」，原作「鶯發花歲」，據枝山文集乙正。

雪景〔一〕

【校勘記】

〔一〕是首見祝氏集略卷八雜題畫景第二十一首，今從略。

李翰林像

梨花白雪柳黃金，却惱昭陽殿裏心。千載夜郎遺恨在，永王不似壽王深。

沿潞河直達淮滸岸柳蔚然

長途〔一〕

瓓瓏翠玉芳陰茂，窈窕嫋娥婉態多。不是一行千萬個，荒天寥落奈情何。

【校勘記】

〔一〕是首見祝氏集略卷六，今從略。

丁希信許扇不至

芙蓉城裏風千斛，要割些些與所知。生怕封家娘子到，謝公不作作班姬。

又促金生許川扇不至 二首

李廣無功緣數奇，次公不及穎川時。寄言白面風稜使，柄用休容酷吏私。

漆金何似漆玄好，廷美許川扇，予喜黑漆惡金漆者。節骨還輸直骨奇。舊多作直骨，今刻竹節文，徒勞更無趣。李丈曾呼三益友，故丈人李公謂川扇有三益：能障日，障小雨，可支額小睡。金郎休捱九秋期。

輅子雪景

輅子心田似玉清，山河被把玉裝成。噓噓老祝渾多事，罪過將渠點墨蠅。

畫龍

翰墨聊栖質，癡兒笑不神。葉公天上去，誰是識龍人。

畫虎

變化其文炳，煌煌似大人。寧成今滿眼，何虎覓劉君。

杜懼男逸養圖

妍卉媚春，涼枝傲秋。玄造不凝，日月共流。俛仰無懷，千代一丘。廢心養形，泊焉以休。高握黄素，冥神太幽。豈伊惠施，緊此蒙周。樂哉歸乎，而消摇游。

栟櫚

向人心自直，歲歲贈綈袍。休種楊家地，應慚拔一毛。

祝氏文集卷十

詞調

踏莎行

堂合燈紅，簾凝草翠，畫樓東畔山屏裏。香花淡月暖溶溶，人間天上春無底。也有微情，却無真喜。隔牆小笑通些意。不逢美景也能拚，可憐辜負春如此。

念奴嬌

顛風劣雨，忒無賴、逗訂一場愁絶。酒困花慵，曾犯著、不似這番又别。玉臂温盟，香綃嫩約，陡頓成虛設。無腸可斷，但餘兩眼清血。怪底見慣司空，從得了那人，便成交結。□□姻緣，算而今、合補三生欠闕。對月深思，情是人間何物，恁般難滅。但教如人，若滅時有如此月。

江城子 戊申重九

碧天黄日挂寒晴，桂花零，菊花明。點檢重陽，風物滿江城。有約可人登眺去，人不至，念空生。　且憑新酒潑愁情，酒還醒，意還縈。作麼有條〔一〕，良計可調停。思計未成成獨坐，心萬里，月三更。

【校勘記】

〔一〕「條」，全明詞作「餘」。

蘇武慢 十二首。初，元人馮尊師作二十篇，虞學士和十二篇。繼虞韻者今凡三五家。朱性父集一册，予閲之，復得此，亦用虞韻以附朱册之末，惜不稱前賞耳。

道味悠悠，塵緣衮衮，怎得上他鈎釣。面外紅顔，心頭白髮，别有老翁年少。

忙殺情懷，弊窮骸骨，换得白麻丹詔。好衣裳、肥馬高軒，總在一身之表。又況有、勞也無功，求之不得，枉却舞蛇奔鳥。樹上菩提，臺端明鏡，不是濁銅枯杪。可惜塵埃，等閑斤斧，都把那些忘了。霎時間、返本還原，這箇法兒誰曉？

其二

打破機關，踏番坑穽，不悟你乖吾拙。得失投瓊，榮枯射覆，爲請先生姑歇。開眼投餘，放心射後，何不當初通徹。這般時、心似澄波，兩眼也如明月。若當時、下個心籌，做些手勢，一發支離滅裂。所以高人，只從玄運，便覺不圓無缺。束手蒙蒙，閉門吶吶，不曉將迎趨謁。大都來、一水爲身，堪雨堪雲堪雪。

其三

橘子樹邊，芭蕉林裏，結個低低茆宇。緑陰晝合，青蓋晴鋪，透出茶烟雙縷。上究儒編，外觀佛説，也有道言仙語。或爲師、爲友爲朋，三者盡堪吾侣。究竟處、俱在無言，都非有象，歸宿靈臺丹府。廣大高明，精微細密，天宰泰然安住。無始無終，無餘無欠，無我無今無古。看長空、一色青青，那得贅雲疣雨。

其四

足厭寰塵，眼憎世土，要看海波清碧。馭氣爲舟，馮風作楫，汗漫東西南北。踏遍三山，遊窮四渤，赤脚不須鳧舄。笑麻姑、未斷機心，尚計海桑今昔。　靈晏啓、玄郭綺葱，圓丘紫奈，月醴日華雲實。佪水玉精，閬風日腦，醖就玄黄之液。宴罷瀛洲，笑呼青翼，飛報婉衿消息。道今番、真個相逢，何似偷桃之日。

其五

沙飯飽餘，鏡甎明後，忽把念頭移轉。種子休抛，前程早辦，只看兔烏朝晚。檢玉靈筌，流珠聖引，早授七籤一卷。鬼門關、便可丹臺，此路元來不遠。　争忍得、長演戲場，困居夢境，埋了出人之見。半夜雷鳴，三冬雹掣，放出倚天靈劍。歸去來兮，時將至矣，供事紫皇清燕。混茫中、曾露天機，自信福緣非淺。

其六

勇謝塵區，直超玄境，合是上仙階格。靈音導引，玉女參迎，受用那般聲色。笑揖群真，都來相問，何事久爲凡客。悔當初、一念之差，今日如何説得。　誰知道、舊種靈苗，别來無恙，暗地長成千尺。安鑿深鑽，忽然生懼，逆旅昨來孤特。左抱飛瓊，右扶弄玉，不似包荒陳迹。是鴻濛、一段因緣，要了這場雜劇。

其七

獨坐虚庭，秋高夜永，明月屋東移過。光入杯中，和光一吸，不省杯微光大。恍惚須臾，牆頭影出，了了不同燈火。有誰知道，這影分明，是月是牆是我。　若説道、影自形生，形爲影祖，見解恁般都左。影本無兮，形非有也，牆月更無□些〔一〕。妙妙玄玄，玄玄妙妙，欲説難言將那。但冥冥、相對嫦娥，或者許吾言可。

其八

缺陷因緣，娑婆世界，受盡夏炎冬雪。夢斷雲場，走迷人逕，想煞舊時高潔。玉宇千重，瑶臺萬仞，怎得肉軀超越。但當中、一點靈光，不忍自家抛絶。須信道、糞土黄金，天堂地獄，相去只争毫髪。五嶽真形，三峰妙旨，有个入頭之訣。假去真還，功成行滿，方信一般無别。大虚空、雨散雲收，依舊一輪明月。

其九

巧浪滔天，頑塵滿地，開口可和誰語？老婆心切，六賊魔纏，醉裏無頭無路。虬駕獨驂，霓旌雙引，恭謁寥陽金宇。叩侍宸、左右真僚，一一鷺行如故。應天詔、定籙西龜，校名東極，且喜三官收取。真童相迓，素女邀留，散步九霞容與。香迷玉蘂，音暢鈞天，亂墜繽紛花雨。看風塵、故園蒼茫，歷劫豈能重去。

其十

混沌餘波，洪濛真液，多謝杜康遺惠。自然一斗，大道三杯，這是吾儂能事。腐鼠飢鳶，來牛去馬，古古今今無已。一酕醄、都付冥茫，可謂聖之和矣。起來時、覔自然師，挈無爲友，去問山尋水。一勺滄溟，些兒泰華，真個忒低忒細。山水忽亡，友師俱泯，此際有些甚底。要形容、言也空空，何況校醒量醉。

其十一

晨吸朱暉，夜吞黄月，久久工夫到處。姹女嬌獰，手持玉欖，日午走過南園。龜精滿鼎，鳳髓盈壺，也有馬牙爲脯。把嬋娟、配合郎君，月老只憑黄母。君看取、頂聚三花，元朝五炁，此際不知朝暮。東海青龍，西山白虎，會在金川之路。玄體紫光，脱胎入口，無限龍神驚去。鐵牛兒、真個頑皮，把定死生之户。

其十二

妙入真無，縱横顛倒，誰似我心之樂。識得天中，越南燕北，陋矣世間河洛。後也無端，前乎無緒，豈有來今去昨。看玄珠、元不相離，何用倩人搜索。便教我、萬變千移，洪纖高下，動植走飛游躍。也只如斯，渾無别樣，一任玄玄斟酌。意到終篇，偶然成此，不是倣摹之作。真堪笑、仙也儒乎，奇特龜毛兔角。

【校勘記】

〔一〕「□」，全明詞作「一」。

鷓鴣天　林生畫扇

幾見和寧小曲身，和寧，秋香所居。吴綾蜀楮滿前陳。渾非薛媛圖中貌，也異崔徽鏡裏真。　山接屋，樹連雲，這回風景更清新。憑君莫訝丹青妙，元是丹青裏面人。

點絳唇

燕笑鶯憎，東君心事誰行託。一場蕭索，休也當初錯。　夢斷秦樓，可恨因緣惡。愁腸薄，怎禁評泊，筆淚齊拋落。

南歌子　墨菊

面背東皇斂，心從白帝傾。避炎趨冷欠惺惺，誰識一般風味儘多情。　索性拋金縷，渾身付墨卿。假紅年少想應憎，又爲一生緣分近書生。

鵲橋仙

雲師鶻突，雨師頑劣，連夏連春不歇。看看弄得没來由，都不管、好時好節。　兒童没興，老人愁結。怕又把、江南魚鱉。想天也會弔忠臣，直哭到、今朝不歇。

謁金門　錦帕壽人

吴女製，一片緑闌紅地。雲鶴靈芝爲四際，當中金壽字。　此法起於今世，我復爲君題識。還有祝詞從大例，一絲添一歲。

祝英臺近　問月

隔三春，空半夏，何處自孤睡。驀地因誰，今夜到庭户。一團怨粉愁黄，依然嫵媚，却禁得、世間憔悴。　别離處，曾照幾度歡娱，誰家不孤負。怕也有人，不似我知遇。見伊便愁歡娱，歡娱何在，知久後、怎分付。

鳳棲梧

鬧蝶窺春花性淺，試重含輕，未放風流點。玉絮吹寒飛力軟，深深繡户珠簾捲。

厮放臨時仍泥戀，一把風情，錯認徐娘減。略綽暈香紅半片，闌干回首東風遠。

一剪梅 二首　元夕

蕙約蘭期鬬玉郎，新樹銀花，舊巷秋娘。映簾呼看夜深妝，羅袖通温，脂點分香。

輕雲重雨暗商量，口應西樓，眼赴東牆。春心滿趁兩宵長，夜夜鴛鴦，歲歲鸞凰。

愛煞三生杜舍人，竊玉情腸，擲果風神。揚州三月鬧花塵，骨沁流霞，髓膩行雲。

誰在司空座上親，鶯燕流蹤，胡蝶迷魂。□□□□□□□，自譜芳菲，填入陽春。

鳳銜杯

石頭城裏少年遊，莫愁歌、夜館晨樓。回首吴門，烟月隔吟眸。三百里，帝王州。

詩似海，酒如油。有青山，處處堪留。只怕秣陵今日不宜秋，風緊黑貂裘。

賀新郎

老子真癡子，算人間、誰個有癡如此。萬事把來抛掉了，喫酒看花而已。另自是，一般滋味。不是要和人厮拗，也非關、不愛名和利。大概是，一癡耳。

思量癡好真無比，者其間、無頭無腦，一團妙理。既是世人須世法，胡亂做些張志。但不必，多勞多事。對了阿公都一笑，老山中、多少無名鬼。你醉否，我須醉。

瑞龍吟　夏景仕女

炎光永，堪愛嫁日葵嬌，媚風荷浄。池臺夜色沉沉，有情月柳，分來淡影。

無好清景。人在水晶宫裏，態真粧靚。風鬟雪骨蕭蕭，放嬌趁弱，闌干斜凭。

奈風流姊妹，妥肩垂袖，厭厭相並。應是一般無言，心下自省。雙鬟何事，心相恁難定。相將去、撩花撥蝶，惱人情性。水闊鴛鴦冷，紅雲會與，深深隱映。天賜長交頸，銀漏轉、冥冥天階人靜。恰安排睡，被風吹醒。

其二 秋景仕女

蓬萊境，誰把黄入桂屏，碧歸桐井。風高院落清寒，綺寮靈瑣，瓊瑶相映。何漫思省。誰念星娥離别，月妃孤另。問天乞紙婚書，鎮成姻眷，天應也肯。何處青鸞飛過，玉樓雲涷，瑶臺風緊。吹墮蕊珠金盆，仙掌難穩。雲編粉簡，空滿舊吟咏。争如是、秦簫並品，蜀琴雙聽。銀燭秋光冷，人間天上，嬋娟争勝。且抱羅衾剩，行雨轉、芳心悲歡共警。有人繾綣，有人薄倖。

念奴嬌 詠銀製鞋杯

玉奴三寸，慳受得、一點麯生風味。味盡春心，深又淺、何用搵羅挨綺。緊緊幫兒，口兒小小，更愛尖兒細。風流無限，怎教人不歡喜。遥想飛上吟肩，比掌中擎處，一般心醉。醉意瞢騰，頭上起、直到妖嬈脚底。半縷頑涎，要吞吞未下，吐尤難矣。笑他當日，郭華無量乾死。

鷓鴣天　白扇和韻

夢想三生杜紫薇。輕羅銀燭閃寒輝。雪從姑射山頭降，雲向瑶臺頂上飛。

秋日老，晚風微，碧梧桐下手頻揮。班姬已是多涼冷，陣陣那禁貼素衣。

法曲獻仙音

鬢弱吴霜，臉羞湯餅，一把青春難住。院落笙歌，樓臺燈火，空留許多饞語。問月姐花娘道，今番怎張主。

且容與，王孫舊時月色，君管取、從此不教虚度。玉樹後庭花，做三千、金屋收貯。舞鳳歌鸞，映腰間、金印如許。待封侯事了，却向鳳麟洲去。

花犯

軟紅塵，東華滚滚，滔滔者風浪。緑紅障空，惹月霑雲，情緒難放。舊時剔透因緣到，而今費念想。枉受了、一些分付，瓏璁嬌五臟。

嫦娥爲人誇青鸞，排雲

叫閶闔，分明問當。既有意，生成就、恁般品相。緣何又、磨礲到此，似忒煞、無情孤指望。敕旨到、謝恩迎取，燒香長拜仰。

鳳凰閣

枉擔風負月，挑雲載雨。風流不肯滿支付。頗恨司花仙吏，忒煞無據。刻減盡、玉人風度。慳緣吝福，不管鸞分鳳去。怎知年少不長住。春老也，這其間、沈腰潘鬢，一底板、推辭没處。

眼兒媚〔一〕

梯駕彤雲接青冥。風露滿瑶京。紫霄花雨，洞天玉笛，隔斷凡情。暢哉仙吏軒轅子，隨處有歸程。瑶臺白鳳，玄洲黄鶴，骨俊神清。

【校勘記】

〔一〕中國墨迹大觀所收允明詩帖與此不同，録之於下：「梯駕彤雲接青冥，浩氣滿瑶京。紫霄玉笛，洞天花雨，隔斷凡情。枝山老子乘風去，隨處是仙程。玄洲黄鶴，瑶臺白鳳，骨俊神清。此調蓋眼兒媚，作于數年前，亦忘之矣。今日到金陵，見于友人扇上，遂書一過。詒辨之沈君，且圖存稿耳。允明。」

踏莎行　月梅

暈雪成花，削瓊爲骨。人間一品芳菲格。冰輪遥駕素娥來，馮空幻出風流色。　彩樣瑶柯，香薰寶魄。合和秀氣都無迹。東君樓閣瑣重重，春風莫管分南北。

憶王孫　春睡美人圖

梨花蒸透錦堂雲，堆下巫山一段春。化作遼西身外身。憶王孫，枝上流鶯休要聞。

枝山先生詩文集，老朽手録以贈内翰衡山先生，少申微意。嘉靖甲辰四月十日，謝雍，時年八十一歲。

祝氏小集

窺簾集序

玉骨生春，幸抱韓郎之冶韻；香心作媚，自來賈姊之風流。頭頭結魚水之恩，面面帶風花之迹。蓋天生麗福，自能招美滿之緣；而人慕逸名，亦偏動妖嬈之意。色還愛色，情自投情。但道儂家，理合尋魁花之匹；争知他許，也願結占柳之才。雲客以擲采争强，瑶姬以得或作「入」。夢爲幸。玉環留篋，舞掌知腰，元才子欲成癡，杜舍人常自慶。下吴逸目成之定，秋水一雙；作祝郎心諾之媒，明珠百斛。時弘治壬子二月一日序。

窺簾集

閒題

錦翼文翎處處逢，彩雲隨月任西東。瓊漿醉骨三千歲，玉顆聯情一萬重。狂蝶不曾離寶苑，好花都願嫁東風。醉斜小杜吴王國，錯認揚州十里紅。

鳳棲梧　爲秋月張娥。十月一日。

鬧蝶窺春花性淺。試重含輕，未放風流點。玉絮吹寒〔一〕

【校勘記】

〔一〕按，原本此下缺一葉。

雙妹罵偷兒〔一〕

左扶大姊肩，右攜小妹手。楊葉聊四眉，含桃對雙口。恩怨交陳問，因依各疏剖。無奈小娘調大娘，罵郎偷兒郎認否？

【校勘記】

〔一〕是首原本缺葉，僅存「郎偷兒郎認否」六字。方濬頤夢園書畫録（清光緒三年刻本）卷十收此首，爲重詠兩仙其二，兹據補。

憶素清

銀燭熒熒遠漏遲，夢驚臨榻猛成疑。思量一段心頭景，含睡模糊應我時。

滿庭芳 妓號愛梅

天生五花，粉團擺片，玉靨無瑕。惜花人見了，心牽掛。抵多少緑遶紅遮，向晚來，身横影斜。滋味兒，哳齒熬牙，酸溜溜吮咂。又貪又怕，輸與俺秀才家。

開扉

度層門，歸曲房，却待人，轉幽牀。深簾覆，黼帳張，存中衿，揮下裳。屈柔體，就戲方，不見面，但聞香。窅冥冥，恍難詳，去開扉，尚惶惶。若沉夢，不易明。

柬情人秀才 郁氏

前蒙盛情，慰感慰感。但不得郎來，欲謝無地。今請過敍，肯從至念否？恐君禄兒之疑，故併伺其出而要君，君決至決至。知己拜，秀才官人心友。

調祝郎語 二章，徐家姊妹。壬子。

阿姐貪，阿妹貪，喫他郎兒見，不堪看。

你也哈，我也哈，誰箇哈着祝秀才。

一抱三婢子　周秀兒來，寧兒因更引一兒群事。後者，寧也。臘月望。

團團頭，擁六耳，一抱三婢子。釵糯礫相鬬，紅粉香簇起。誰箇貼祝郎，嬌娘憐後底。

綢繆　青衣姬。正月四日。

已回腰密喚，更住脚持襟。何處曾相認，綢繆如此深。

偷兒

何年曾喫桃，偷兒將喚我。可憐識方朔，方朔忘阿母。

重詠兩仙　前日見調二徐也

仙樂曾聞奏，天花未見開。媚菌尋客笈，春滿要人催。始調惟當戲，重情不索猜。幾時容阮肇，相伴兩仙來。

春風 四日

人間最好是春風，吹的千花盡向東。總是偶然爲蝶夢，連飛兩度入芳叢。

鶯 五日

南園囀，春舌兒，閒飛飛過北枝。何曾要，夢滋味，又吮含桃半時。

正宮端正好

則除是，不踏門，我只索，乾熬煉。既相逢，怎鎖心猿？風流不管人當面。緊的人無方便么，一時間，揪撏摘掐推身轉。推倒在，翡翠帷前。兩手兒，扢摟得腰閃，抱脖子，拍香肩。對蘭胸，莽挪撚。揾朱唇，度温涎。難禁架，怎支遣。娘呵，我只得許你明朝權告箇免。

偶會 人日宴次，歌兒王二娘話舊。

偶會追前約，回頭是七年。人生幾遭別，便似一年看。

認得

瞥然相看相解頤，認得才郎郎不知。是我情多却情寡，分明不記有情時。

説夢 圓娘

昨夜三更裏，分明見玉郎。不知醒後事，長抱半衾牀。

處處 元宵偶會趙

蜂兒閒過上林中，也被花枝唤解紅。花路自寬緣自密，等閒處處有相逢。

見仙

寶月香雲萬燭紅，玉容當面出簾籠。仙人也愛人間樂，只是人間無路通。

聲態

妖聲宛轉渾無主，褻態横斜一作「縱横」。的趣人。四體亂投迷爾我，等閒消盡世間春。

重遇仙

花期月會當良宵，雙仙偶然通藍橋。郎忻女蕩幾年事，夢耶真耶心尚摇。分開女伴出簾立，對面特會呈千妖。玉顔灼灼正臨值，東西不登六尺遥。星眸四直似珠綴，宛若伉儷無嫌嘲。雲華雨暈或相盪，肌骨何必真非交。仙乎仙乎勿盡嬌，凡夫福薄受莫消。塵姿竟許霑靈韻，願賜雲英玉一瓢。

那箇觀音　十七

爾則看説將來，好笑也麽哥，兀的不喜煞人呵！不知道端的是那箇觀音，道着我活佛囉，救苦救苦。

好笑　廿一日。廖。

鶯兒舌盡芳菲，花福人間見稀。好笑闌殘鼓子，聞聲也抓金衣。

幽幽

曾聞情勝色，乃是真郎女。今夕幽幽處，驗得心頭語。

贈梨 廿一

人間只有梨心苦，刀斧酸腸痛萬千。寄取一雙君伴去，何時結果兩團圓。

兩度番身 廿三

早晨薄相最堪誇，日中薄相又啤嗻。恰像鯽魚兒側困在荷花心裏，許兩面番身盡着子花。

金蓮

靈姿兩度示凡塵，玉女傳言意更深。聞説仙人五通性，可曾知道世人心。

杜蘭香再通玉期

墉城冥約久茫茫，半夜飈輪送遠香。月墮雲中千里易，玉生田下十年長。榆花會結填河駕，瓊液尋傾止渴觴。何日秦樓緣事了，一聲横玉兩文一作「青」。凰。

奔來　廿三、廿四。

一笑奔來近，幽房曲徑通。嬌娘真可愛，花蝶逐東風。緩步歸幽室，翩然忽在牀。鶯兒嬌正好，輕翼快飛忙。

東昏

曾教小玉度微言，又剪吴綾寄綵鴛。不道引情如此密，定教祝秀作東昏。

張月娘吴綾同心勝子上詞

一解之後，傳聲於郎八度矣，度度到無？今復遣訊，郎肯惠報終期否？飢渴飢渴，月娘萬福。

醉紅集

自春雲飲歸近二鼓末月色佳甚

夜宴歸來樂興濃，行消殘醉數聲鐘。天光千里月方滿，花影一庭春正中。浩齒明眸魂不返，朱絃緑管耳難空。人生行樂須年少，莫待霜華泣翠蓬。

是夕所歡喜遇接坐抱琵琶慢調二曲宛轉委倚有無窮之態別回不勝感憶

一曲嬌歌酒一觴，難醒難醉又難忘。争知一別還非易，滿地月明歸路長。

愛梅記

梅自含妝簷畔，一點壽陽額後，遂見愛於人間。麗人唐江孃特甚，李家三郎遂賜梅姓，是人可花。至如羅浮之下，乃復借貌所愛，與趙才子歌弄調笑於横星落月間，是花又可人。蓋萬花在人間世，無不可愛者，然都在梅下風。菊最幽，失寒薄；桃最艷，失脂膩；蓮最香，失開露。梅幽不減菊而態腴，艷不減桃而格清，香不減蓮而體斂。璚柯瑶萼，映照嫵媚，與青姬素娥争妍鬬姝於緋衰碧朽之外，殆將絶凡卉而上與清虚府仙樹者京。是宜娟嬋佳麗，合肺契腑，忘形而神交也。然自唐妃宋主之後，塵語土目，不知梅久矣。今某仙標國色，爲花林錦陣冠，自以愛梅稱，倩其所情來白予：「君與梅嘗擷芳偎馨，知其臭味，願文之。」

嗚呼，噫嘻！予因其號而翫其人，豈壽陽之後身乎？江娘之復出乎？羅浮氏之再降乎？人之爲花乎？花之爲人乎？一乎一乎？予皆不得知也。雖然，以人視梅，其態其格，其姿色，其香味，蓋莫知甲乙。至於多情解語，委附結交，則其妙又在六花南北枝之上，予終謂人之爲焉耳矣。嗚呼，噫嘻！匪梅則愛，梅將乞愛。

秋月

歌兒號，二首。

小御金風下九天，桂花亭館鬬嬋娟。河邊織女應偷笑，□□□□□□眠。

銖衣猶是舊霓裳，帶得清虚府裏香。今日輕分三萬斛，乞他人世緑衣郎。

中吕四曲唱蘇媛初聚事

滿庭芳

看我這般，鶯踪燕跡，一連幾日，直恁的狂迷。百花林，鬧穰穰，頻南北，猛回頭，又錦陣也東西。你則看，汗巾兒左邊厢，繡記香袋兒右手裏。盟詞似這般狂，身已簾兒下，早又聽得你傳示，却元來是，舊有的那人兒。

十二月

有則有，雖然往日不過心念而已。世不曾得，同心結帶，連理交枝。誰承望，驀忽地，這駄兒裏，到有箇稱意的好收拾。

堯民歌

想□日，花穠酒醲那筵席，爲我雙雙的，向人前跪地。□意兒感謝你，怎忘記；到而今，滿家兒趨捧，越恩致□□。真希，世間難得是，咱兩箇一心的。

江兒水

儘今宵，說盡了心中事，再做箇長情計。受用着雨和雲，搭連着魚和水，六姐，怎下得孤負了你？

雨中圖

幽娥驀地接人來，輭弱花枝悄悄開。況是五更風雨下，忽移精舍作陽臺。

題柳娘畫　陸氏

笙歌叢裏獨偷閒，移取菱花對晚山。錯用心描成底事，陽臺不在彩毫間。

和陸氏題柳娘畫

總爲笙歌不暫閒，故分清氣洗巫山。柳清陸濁真珠調，寘我當於兩者間。

寓中戲蔣三

新風昨夜振庭柯，力入重衾怯舊羅。一種情懷與君共，不知誰處得寒多。

旅情

旅食慚工部，分攜念孟光。歲時臨俎豆，風露警衣裳。滿月當春面，明霞見晚妝。情懷宜自遣，看是買臣鄉。

蘭蕙聯芳小記

嬌詑柳枝，艷誇桃葉，紫雲喻麗，雪兒比清，以及近時萬花競秀，都未有如我蘭蕙之聯芳者也。生自秦、涼，類超燕、趙，粱氏二玉人，蘭蘭蕙蕙，知音才俊，試聽裁評。觀其嫋嫋娉娉，瑶葩玉英，紫艷含苞，碧蘂茁榮，則色爲至清矣。可以□裳，可以紉佩，國香天綵，仙儔靈配，則才爲至貴矣。流琴蕩瑟，鳴簫祓箏，歌雲舞雪，百妙皆呈，則藝爲至精矣。兼兹衆嘉，故莫以匹況，又爲姊爲妹，難弟難兄，兩枚淮甸吕雙雙，一對錢塘蘇小小。風流學士，標致才人，各敷葩藻，並贊芳妍，或粲之丹青，或鋪之珠玉。予爲小記，用引群情；玉人得之，將便西游。廣陵飛報蕃釐，觀群兒，從此免稱第一。

附詩

孿弟梅兄一樣真，争如姊妹更精神。凌波步接兩仙子，傾國笑連雙玉人。香展光風清陣陣，色和微露碧勾勾。只應便是離魂女，再見三生夢裏身。

又念奴嬌

翠紅香裏，誰知道、有此一般奇絶。能嫩能新，能素淡，又有清香能透徹。玉樹交枝，青房並帶，算也難同説。一雙兩好，更無些箇差迭。端的好對花魁，惜花人理合，東攀西折。嫩蘂嬌心，綰將來，做箇同心雙結。最愛蜂兒，住在花房深處，嚼玉還餐雪。清幽滋味，一齊分付喉舌。

分鴛曲　庚戌

吴王城中水泱泱，就中養得雙鴛鴦。交心不隔玉蝴蝶，媚貌常欺金鳳凰。錦機梭織不受苦，秋風失路兩分張。雌歸碧籠裏，雄留玉沼傍。雄心逐雌去，願同籠裏傷。争知天理判，不道意難忘。青兒本是雌鴛質，隨情嫁與祝三郎。盟情爛天地，切意語滄桑。東西忽忽間，南北安得常。於今想後期，離合總難量。但願化作雙鴛鴦，比翼水雲鄉，交頸芙蓉塘。生生世世，齊天並地長頡頏。

生查子

芍藥已辭條，燕子銜將去。料誰一春來，頓有愁如許。　思量難説人，忍把奴心負。若道不傷心，却是瞞人語。

此詞雖鄙，字字道著心事。燕知，芍藥知，與難説人知。不知者不知予之所極其寓也，有無窮之怨焉。念欲綴敍始末，爲後日自省。至此胸噎臂酸，不覺擲筆。四月二十四日夢餘禪客記。

眼兒媚

英娘事，載蜂葩八寶苑。

幾番相見小娉婷，似有似無情。今朝□□，纔知有我，的的分明。　□□

□□□□□，只隔繡簾旌。把輾暗踢，腿兒緊貼，何異成真。

點絳唇　伏兒即放，又成此篇。

燕笑鶯憎，東君心事隨行託。一場蕭索，休也當初錯。　夢斷秦樓，可恨姻緣惡。愁腸薄，怎禁評泊，筆淚齊拋落。

秋香便面

晃玉摇銀小扇圖，五雲樓閣女仙居。竹間著箇秋香字，知是成都薛校書。

清江引　缺

鷓鴣天　林奴兒畫扇

幾見河寧小曲身，吴綾蜀楮滿前陳。渾非薛媛圖中貌，也異崔徽鏡裏真。　山接屋，樹連雲，這迴風景又清新。憑君莫訝丹青妙，元是丹青裏面人。

如夢令　妓人號耶溪蓮

一派澄澄越水，養得青房并蒂。紅袖翠綃裳，能舞能歌能語。旖旎，旖旎，惱殺鴛鴦心裏。

香羅帶　四首

庚戌秋，遊金陵，舟中無事，筆硯在側，因衍别事，制此以打答閒净之心。

男兒志四方，怎老故鄉？遨遊湖海，看司馬子長。便收拾、琴劍與書箱也，歌三疊，酒一觴。秋風湖，路渺茫。暫别伊行也，便回來同諧舊鳳凰。

郎行奴慘傷，紅淚兩行。最難禁，是秋高夜長。相思不稱少年腸也，烟花陣，風月場，休教做了薄倖郎。暫别伊行也，便回來同諧舊鳳凰。

娘行休悒怏，恩情怎忘？長安花酒，非久長。休憂踪迹忒疏狂也，寧心守，理紅妝，十朝半月歸故鄉。暫别伊行也，便回來同諧舊鳳凰。

風雲游興忙，扁舟渡江。江花江艸，蚤牽我腸。斜陽一林促行裝也，江風順，江水長，□□指日入帝鄉。暫别伊行也，便回來同諧舊鳳凰。

八月十五夜在淳化鎮對月

兩年不看中秋月，今日還從客裏看。漠漠乾坤饒節序，勞勞心事易悲歡。殊鄉自愛金杯滿，把酒誰憐玉臂寒。

憶閨

寒發清霜夜箭遲，欺人客月入孤幃。遥憐添上香衾處，應是心腸到我時。

客窗冥遇記

庚戌中秋，予游南都，館於李氏宅中東廂。是月二十日夜，漏下二十刻，予未寢，見窗外有持燭過者，予知爲非人也，亦任之。次夜四更，予二奴兒睡牀下，頻魘三四。予方瞪視，牀下殘燭依依，頃刻有一人出，自牀頭立於予首之側，而不正對予。予視之，乃未笄女子也。容亦不甚可察，但覺頗柔媚。青衣緑裳，衣飾黯淡，貌態非喜非悲。便顧予唱一曲，其調非南非北，其聲甚速，而多以三四五言爲句，連綿不斷，如貫珠縈縈然。隨唱隨續，倏忽已成長套。記其一句有「衣裳」二字，又一摺一句，云「奴倦歸」，乃疊唱二聲爲煞。其曲甚長，大抵其詞意如絶於客而不能歸，致思憶之意者。時予聞之，知爲冥物矣。既而唱至尾，則附口於予之右耳而唱云：「自我是□□夫婿。」唱間，其口氣透入予耳中，極熱如碳火然，耳中爲之浮癢。予方欲審之，而遽覺矣。已而聞窗外歎息二聲，迤邐由屋左而趨後去焉。時將五更之半矣。予復思之，且以語人，謂斯人也，必是室女姬侍之慧秀而夭者，將訴心於予耳。既二年，都人來，予審之，乃言自見我後，時出光怪，迄今無好事者發之。姑引其略，以彰冥遇云耳。

擲果集題詞

挹太和，受青皇。結慧秀，散靈芳。八彩胸，五色腸。内玉腴，外金相。春緣收，花債償。當窗女，大堤倡。左遺釵，右攬裳。並□□，競專房。琴傳馬，眉效張。風流藪，温柔鄉。戲粉裀，識紅襠。江妹珮，賈妹香。互投梭，交倚墻。□□玉，□□漿。賈城南，崔西厢。墊瑩裀，便□箱。愧狂夫，謝群娘。懺還祈，告穹蒼。願佳人，長吉祥。撮麗文，韻短章。中心藏，何日忘。記者誰？舊潘郎。

再遊虎丘 有所偕行。辛亥。

遊帳豬年第二巡，偶然成計是良因。鶯花點綴貪春眼，詩酒扶持混世身。生老不來須自娱，真娘相接却難親姻家。但教心事長如此，何必東山是故人。

秀處敍戲雜語 秀偕從妹共事

春殘日晴事篤，輕羅小帽，步入西河曲。故人秀娥相留，目意已屬約已熟，入門心事歡碌碌。滿家迎接，便是親骨肉。新人舊人，鍊得恁和睦。透蘭房，坐牙牀，卸衣衫，情蕩難束。掩紗窗，解盡綃服，恍惚裏，簞横雙玉。意同處，便是半生願足。顛鸞倒鳳，渾番復。點絳唇，兩邊偎潤，雙指透温柔長谷。百般巧態難描畫，筭今生，今日真難卜。但留著，呰呰難道破。却一件，萬事從生入熟。不信窮書生，這般没福。

妓人張倩乞題小箑

寫得蠅頭字，酬他鳳尾箏。明朝心不斷，來約再同聲。

王孺子扇 軒

一握團團不染塵，清涼爲性巧爲身。新風新月憑誰管，應是江南心熱人。

喜儀之請詩

儀之殊有通文資，頃恨過於斂閉。今日忽請詩於便面，喜就斯詠。

狂夫萬事自可致，深願君從文彩事。此願在君難强力，如君肯從乃福瑞。舒綾展竹忽授筦，啞然便書敏於駛。今夕何夕諧長願，燈花照鬢添嫵媚。君懷俊朗當益開，不負平生長卿對。

江兒水 詠舌

舌兒甜甜柔又膩，三寸紅蓮蕊。春心撥處開，色膽撩時起。知他是，嘗了多少櫻桃味。

答多情 守妝

前日之會雖深，妾惟謂不盡其情，番多心中思也。今極相憶相憶。承來物，領之感感，無以爲答。君高明之人，決不責也。晚間千萬來會，欲好扇一把，妝白多情收看。

多情 一日間，二輩有多情之稱，因賦，寓長相思。

唤多情，說多情，誰把多情换我名？换名人可憎。爲多情，轉多情，死向多情心也平，休教情放輕。

代張郎寫怨

郎既聘，未諧禱巹。嘗得彼此偷覿，道怨於予，因代。

一雙白璧换瑶姬，下種仙郎許小窺。飽滿月團臨牖映，匀圓藕把向闌垂。初疑曉雪銷霞處，亞似秋蓮出水時。引得黄姑心似火，河橋還有幾時期。

減字木蘭花

初題春圖四女争先勢，因實以己匹，復附此集。

蘭蘭最要，來遲只得和腰抱。意密英英，對臉遮羞緊摟親。玄玄忒耎，扯郎手把花枝惹。我的清清，背後偷蓮到稱心。

清江引

歌兒吕五號秋香，請唱。

廣寒宫一般兒滋味，别香色都難捨。芬芳碧玉團，馥郁黄金屑。惜花人滿意兒來攀折。

雙娃歌

菱花密貼藕花開，花蝶相隨素蝶迴。舊烏還將新烏來，雙姬同心兩徘徊。蘭脂緑鬢白雪骨，委玉鋪珠滿君側。歡姿應圖汎裀席，詎忍連心更同翼。黄陵女兒怨平湖，大喬小喬在東吴。

小簡祝郎 妝臺

今夜月色當甚妙，一面一面妝上。

空還

仙源尋到却空還，福分非輕合是慳。可貴劉郎能有恨，凡花重見不曾攀。

山院秋游酒次書女伶王氏扇子

小院幽窗汗漫遊，珠眸玉面照金甌。一聲宛向雲中墮，忽把陽春換素秋。

遇仙　高娘小真。八月六日。

閬苑風高鶴路長，十年心在杜蘭香。春光驀地歸塵世，却道神仙事渺茫。

無題　沈兒等情。八月七日。

時刻悲歡變不同，風流日日事重重。人間花艸真堪愛，聞著春風盡向東。

雨夜坐閨中憶祝郎　周小二娘

向者面會，深識君有愛我之心，吾羞不能盡君之意。以君愛且垂敬，或言語冒直，思君以交時情素相掩，不怪也。吾之念爾，切入心命，連日兼坐他愁，惶惶捨君無以爲依，兩淚不曾乾也。前夜想極，鐘將鳴時，帶微月徑到君宅。後户已扃，不得相見，吾流淚而歸，嘗灑淚君壁。今遣秀青奉陳，君欲明妾懷，在此兒也。憶詩二章，亦聊見有心，決毋爲人見之。汝前後要吾語、曲語等，吾皆慮君示，故隱不奉也。所問之物，就報之。八月十六日，二小娘奉心下秀才君。

連朝苦雨又寒風，妾在深閨怨萬重。正是入君懷抱處，東西兩處不相同。

握雨携雲趁月陰，侯門如鎖幾重深。粉牆最是無情物，肯受奴家淚點侵。一作「知道奴家灑淚心」。

題素扇贈孫氏 八月十日

曾見孫娘半面妝，白鸞分翼作衣裳。秋來玉骨慵舒卷，素手相携心自涼。

賣花聲 玄玄

含笑倚朱門，脱盡羅裙，一團白玉碾腰身。剛把肚兒圍抹了，三尺紅雲。移步到花陰，做盡妖嬈，擡身背面掩羞奔。愛煞進房三四步，絲不沾身。

又展作風流子

偷期來曲院，朱門裏，脱盡緑羅裙。看臂腕團團，雙垂藕嫩，腿兒軟軟，夾擁花深。細思算，雪輪温一片，玉欠白三分。只把肚兒，剛剛圍抹，見兩彫酥顆，三尺紅雲。　芳階忙走下，摇摇底，踏上笋篁花裀。做出嬌羞忔惜，由甲精神。恨雲雨忙催，猛然推起，背人走去，又早潛形。忍看十來步裏，絲不沾身。

望漢月 八月廿日補賦十九日事

歡喜歡喜歡喜，歡喜冤家是鬼。盈盈厮顧只難親，抵多少、寸心千里。歡娱何足恨，只是些兒情理。火性燒身恁般狂，硬逼邏、把來埋死。

寄高氏道情書 二十一日

卑人想由十年以外，頻得接小娘子芳儀，初回便已登心。又累累獲連杯席，於時不知小娘子聊曾識念無也，然而緣不可强，久而未通。至於精神夢寐之交，十臘一日也。蓋娘子之才貌風格，千靈百雅，非復世間脂粉中物，此娘子自解，不謂我妄而陋。人之匪陋，亦厥自負，爲煙月間有心人。故色術不難而才情難，才情非難而神韻之契存其品格者難也，此唯娘子知之。其神韻既值，則雖略去膚骨，懸通腸腑，亦是千秋獨匹，而況可諳骸魄者乎？近爲沉切之極，專令某兒傳意，即謝垂許，正如彌羅案側，玉女仙詞忽到，土何幸何福爾。時卑人便欲奔侍妝側，冀賜非望，亦靈緣之不宜易也。朝來謹復遺訊，則知妝前已是減心，顏口俱闕。卑人遥惻芳衷，蓋以卑人爲寡信薄行，故宜更念耳。然而卑人果若淺意，終睽可耳。何其坦無寸阻，而以偶偶之故，受怨猜邪？

自頃以來，惟恨身非神物，不得化爲釵襦袴履，日夕通仙真之玉質，而顧肯自遠耶？循娘子之所計，則疏之真是，然而非其罪也。以是卑人決欲自白，如其不白，更得苦辱猶將甘之，死何計也！惟凱哀其用情之艱，罔治愆期之責，還許何日相面以寫區區。此而不諧，亦無憾矣。矧娘子異時長圖，卑人亦中自往來久矣。會頃自有深言，決有益於賢德，定無負於初懷。兹故仍以傳信兒去，捧語密告，萬煩即御筆劄，轉下數言，以知明淑所藴，毋爲以有心者委之空暗也。臨紙迷情，荒略荒略。

浪淘沙　二十日

驀地生愁，驀地生羞，風流元是恨根由。却是風流孤負恨，恨負風流。　成也難彫，敗也難彫，不相逢除死才休。恨到不堪言處，也還書郵。

爲朱娥轉致索指環貼　李秀才

祝郎許爲花鳥雙魚指環，更執配子去荷，荷郎不至。二君子，郎心人也，語可附否？明日出燒香，亦須微添妝也。右君寵人朱娥示至語，請自徑復之。李張上擲果君。

寄生艸 寧兒事在廿一，廿二日補。

折末你，財心動，色膽癡。也合當，喬真撇假權迴避。却怎生，隨斜趁浪無張志。猛教我，騰騰遏不住心頭氣。我從來嫌殺妬情人，恰今宵纔識顏滋味。

行香子 孫娘贊詠

春眼油油，夜體幽幽。好心兒、蕩蕩悠悠。比花飽滿，比玉温柔。奈忒妖嬌，忒耎俏，忒風流。

多見嬌羞，縱會綢繆。算都來、輸你班頭。迷魂妙藥，釣喜仙鈎。却怎生禁，怎生散，怎生彫。

北月上海棠 咏沈娘餘脂事

拋脂掩鏡忙回躲，一點紅香迤逗我，兀自漾秋波。特故把腰兒扭過，難彫落。癡秀才，元來不姓鄗。

小桃紅

一日裏凡涉八情，孫、沈、馬、朱、沈、玄、丁、周，又有閒外不計。而連數日來，渾在情裏，因有此二曲。八月廿二日也。

春風吹動耍鸞凰，墮入風流網，淺緑深紅姿挨傍。鎮雙雙，瑞香頭腦同時放。東搊西摘，輕抽重揉，日日翠紅鄉。

東風吹墮鳳鸞巢，日日花星照，奪燕争鶯總難掉。耐心焦，花狂不管游蜂弱。紅求緑請，吞心吐蘂，無福怎勝消。

王氏小娃從遊山中臨歸乞詠

高樹掛斜日，酒闌人欲歸。求詩有何法，又使筆如飛。

與祝郎 妝姬

向夜會後，奴謂繼歡幾夕，何謂便不爾耶？連朝思想，心摇蕩。近病，煩便同青娥來也。

情記

先生生平在情窟裏過活，口耳鼻舌，一班半點，都是情流出底。何以忽然立題目，將於何處説起？幾許唇齒了得哉？蓋是數日以來，情事迭出，如天墮下，如地涌出，懽聲聳蕩，都未可自按下。故漫然而劄出小語，不深文，不飾事，以爲酒邊助興之具。入事云云，文繁不録。

拂絃集小序

鬬玉冶郎恰完窺簾集，時夢蘇老仙寄四贈章，因作繼集之冠。身號、集名悉從之也。

拂絃集

邀祝秀才

二首，夢蘇道人。

懶逐潘家板橋塵〔一〕，扶攜看盡滿城春。醉來不唱梅風曲〔二〕，自度新聲教玉人。

卿月花燈徹夜明，吟肩隨處倚傾城。明宵倘念孤寒客，共對芸窗一短檠。

【校勘記】

〔一〕「板橋」，列朝詩集丙集卷九作「榆柳」。

〔二〕「風」，列朝詩集作「花」。

一剪梅

壬子燈夜，作小詞二段未終，爲夢蘇老仙載去，且有雲朵爲速。句内及詞，若有知者，因完以呈。

蕙約蘭期鬭玉郎，新稱取此。新樹銀花，舊巷秋娘。映簾呼看夜深妝，羅袖通温脂點香。　輕雲重雨暗商量，口應西樓，眼赴東墻。春心滿趁兩宵長，夜夜鴛鴦，歲歲鸞凰。

其二

愛煞三生杜舍人，竊玉情腸，擲果風神。揚州三月鬧花塵，骨流霞髓膩行雲。　誰在司空坐上親，鶯燕留踪，蝴蝶迷魂。客舍殘月醒吟身，自譜芳菲，填入陽春。

別後歌麗製不覺引滿大醉醉中成四絶句奉納　夢蘇

人言元白再來身，我到奎中降下神〔一〕。誰遣瓓瓏唱新曲，江南添得十分春。

紅綃新墮彩雲中〔二〕，蜀錦吴綾一日空。應是天孫擎好手，特教凡世掃群工。

的皪梅花嫩柳枝，午妝人倚翠樓時。蘇州更比揚州好，況有才郎勝牧之。

假節何年使蜀川，宿期空老霅溪邊。尋春走馬閶門去，幾處銀箏誤拂絃。集稱取此。

【校勘記】

〔一〕「到」，列朝詩集丙集卷九作「道」。

〔二〕「新」，列朝詩集作「春」。

依韻奉和 四首

謫下司花小吏身，芳菲國裏散精神。輕紅重緑争妍媚，小箇蜂王未當春〔一〕。

自從元白去寰中，重色輕情妙法空。小住祝郎三百歲，爲他重作去聲挽春工。

棲鳳須當碧玉枝，秋娘偏愛少年時。蘭香慕俊尋張碩，桃葉憐才事獻之。

風情儗我杜樊川，慚愧秋娘擁兩邊。俗眼從渠浪開合，生來粘在十三絃。

【校勘記】

〔一〕「小」，列朝詩集丙集卷九作「少」。

詠起時

杏梁流日彩，錦帳横雙鳳。挽郎玉領回，勾衾不能動。從渠春日高，要足行雲夢。

薄情詩上主君 玄姐

彩雲隨明月，光華願不虧。主君幸留照，悠悠賤妾思。

仙緣歌

東風吹人成骨醉，楊柳添烟助新翠。枝上金鶯咽春舌，緩調嬌雛作偷對。黄家女兒年二七，麗質千年更無匹。天應特置深隱處，一出恐廢吴王國。祝郎當年嘗夢天，一日果得成仙緣。鸞情鳳性如曾許，蕙眼蘭眉亦暗傳。晚書通心猶嘿嘿，曉童傳言露心臆。初擬鋪爲長吟，當時情思浩浩，太繁，手不能繼，因暫輟，期後畢之。迨後緣契愈重，至於忘言之境，因意止此。

一把

仙魂迷花不自持，花傷難藉艸頭醫。争禁一把東陽骨，消得春風日日吹。

春遊虎丘雜題

春光滿郊野，吾獨愛西丘。碧水一池定，白雲千頃留〔一〕。散人歌小海，幼妓撥箜篌。遠著謝公屐，高登王粲樓。人生一杯酒，又是一年游。

又

醉扶紅袖上飛樓，又是新年第一遊。欲撥詩腸仍進酒〔二〕，誤將纖筍觸箜篌。

【校勘記】

〔一〕「留」，列朝詩集丙集卷九作「流」。

〔二〕「仍」，列朝詩集作「重」。

傷春

東風吹骨軟於綿，病沈愁潘煞有權。較緑量紅花債負，斟濃酌淡酒因緣。三更坐月蟾妃覺，十日銜花蝶使嫌〔一〕。短帽輕衫休擬罷，西山踏遍柳枝烟。

【校勘記】

〔一〕「嫌」，列朝詩集丙集卷九作「憐」。

遥看隔水倚窗釣魚

芳原落日裏，織女暫臨河〔一〕。灼灼呈紅玉，盈盈隔緑波。文窗透微月〔二〕，綺幕閉嫦娥。不使城都靡，應知慮太過。金環約柔腕，玉體掛輕羅。謾自傾銀海，無因化水梭。承伊織手弄，一作「戲」。深淺任如何。

【校勘記】

〔一〕「暫」，列朝詩集丙集卷九作「夜」。
〔二〕列朝詩集無「文窗透微月」以下四句。

苦思

不知何法把心癡，捨命拚將病做思。三十二年多少事，今朝才是苦思時。

游半塘雜題

三月三日春，麗人侍芳宴。清音十日流，宛宛在團扇。付歌姬。
山房滯游迹，窈窕列雙玉。春風更多情，回波漲新緑。付更衣姬。

舟中念我姬欲狂隨口記心

天耶人耶，結此靈匹。忽脱夢想，付於肌骨。三十才情，成在今日。生亦任運，死亦何惜。我非浪客，爾非尤物。千年人世，靈匹靈匹。

大概

緑水蘭橈汎洛神，隔闌遥喚送情親。忽忽不記仙人號〔一〕，大概知同色界人。

【校勘記】

〔一〕「忽忽」，列朝詩集丙集卷九作「匆匆」。

煩李秀才寄謝宅中郎君 沈氏

昨暮僕詣宅，見沈兒獨倚門，立簾下對雨，依依悲態。拜僕云：「守郎一日不還，官人見郎奴三日遷矣。幸郎留恩定居，後當謝郎。郎不斷意，尚有望也。」

祝允明集補遺

祝允明集補遺

詩

彩雲東飛月向西效李紳相公鶯鶯歌

彩雲東飛月向西，分光换景雙悽悽。月華再與行雲遇，人間有情誰是主？障紅掩緑心色幽，歡情不滿哀怨稠。傷鸞恨鴇如何許，兩聲嘈嘈向歸路。

憶神妃

不見瑶姬八載遥，依稀聞説返丹霄。靈雲秀雨今何在，留與人間做寂寥。

憶青娥

雲窗夢破十年春，淺笑深顰隔一春。時節風光渾似舊，燈花一顆照愁人。

秋月

銖衣猶是舊霓裳，帶得清虚府裏香。今日輕分三萬斛，乞他人世緑衣郎。

見仙

寶月香雲萬燭紅，玉容當面出簾櫳。仙人也愛人間樂，只是人間無路通。

一曲

一曲嬌歌酒一觴，難醒難醉又難忘。争知一别還非易，滿地月明歸路長。

想得

斜陽流影入房櫳，複緑重紅掩映中。想得那人新睡起，倚牀閑嚙繡殘絨。

何時

曾是春樓有好期，幽歡曾遣別人知。一團羞顫惟愁慢，萬種妖嬌不定疑。玉穴精神迷肺腑，花房春味逗腰肢。何年更作朝雲夢，一日懸情十二時。

以上輯自列朝詩集祝氏集外詩　清順治九年毛氏汲古閣刻本

北邙行

驅車過洛陽，問山名北邙。北邙何悽悽，夙昔斷人腸。我怪郭景純，著書説龍虎。天地一巨屋，堯桀一腐土。王孫辭衣冠，蒙周嗤髑髏。屈公爲魚藏，比干心肝流。朝爲南山篇，莫作北邙行。一生乃一死，何緣口營營。

弘治丙辰，枝指道士允明書。

楊柳花

日融融，雲撲地。春惱謝娘魂，嬌柔不能起。春風作斜直侵人，東飛屋梁西飛茵。碎抛珠玉葬泥塵，池蘋堤葉緑匀匀。

春暮曲

紅芳次第至，飛絮亂交加。鶯啼藏密葉，蝶舞憶殘花。東風吹少年，夢入蕭娘家。

偶憶二詩，書詒辨之。枝山允明。

秣陵山館喜辨之至夜坐漫成二首

征驂已倦長卿游，更把南冠繫楚囚。同是鄉人心遽别，羨君來處是瀛洲。

暗山相對話中宵，耿耿鄉心積漸消。别有不平消不盡，東華濁酒未能澆。

正德二年六月廿日，允明稿似。他日見之，亦可想一時情事也。

静女歎

寒閨静女含春芳，三十未登君子堂。東風女伴相挽臂，去事西舍黄頭郎。花容掩抑不敢恃，承寵尚虚魚貫次。翻思少日望幸心，到此胸中無限事。强塗脂澤抱衾裯，隨行學拜同低頭。青天芒芒燿白日，戴面視衆心銜羞。嗚呼！静女亦歎亦向羞，婦人有身能自由？阿承女醜德曜老，亦作千年君子逑。嗚呼！作與不作君子逑，阿承德曜奚其憂。

丁卯夏，僑建康雞鳴山下，偶然賦此，不足爲它人道也。會辨之繼至，問及新作，來已二月，止此而已。辨之視予在家時況味何如也？辨之先歸，持示故知，當同此一笑。允明。

客居晚步偶成

漫循山脚行還立，凝望家山風滿衣。一月東風渾不轉，教人争得快帆歸。

丁卯夏，書與辨之沈子。允明。

題飛蓬仕女

濕雲堆墨壓蛸蝤，影向荆王枕上歸。馬墜翠蟬歌不整，龍盤金雀墜難飛。楊家醉體離温沼，趙后驚魂出壁衣。自伯之東懶妝束，凝眸終日撚薔薇。

秋夜

白鶴宵巖肅肅征，九烟塵海换蓬瀛。孀嫗藥惡鉛霜冷，素女弦抛玉柱横。蘋葉暗隨飈馭迅，榆花開映泰階平。漢家高倚通明闕，一夜天池倒洗兵。

以上輯自祝允明墨迹大觀　上海人民美術出版社一九九六年版

祝允明書艷體詩册

墉城仙人玉期歌

墉城仙人十五餘，翔風欲解七寶軀。飛霞繞紅眠夜玉，轉雪流花看未足。殷勤移玉許歸人，腸斷三郎夙昔親。雲姻兩眷天理合，百歲千秋無終極。

鸞鸞曲

紗籠凝碧烟，江紋汎瓊席。明玉榻横陳，芙蓉醉秋色。春迷一朵梨花雲，鴛鴦小隊不忍分。玉郎求凰擬連翼，入得簾帷聲惻惻。矜嬌惜弱不敢呼，臨帷密坐情嗚嗚。玉纖難把搵香煖，睡鸞警覺聲模糊。鸞情本憶鳳，招鳳入鸞夢。鳳兮語破夢中身，雙栖日日長無真。

上元夫人

自把芳心一點通，鳳樓何處枉仙蹤。雲車霞脸終難斷，今日先生不姓封。

百五

玉櫳珠箔锁東家，百五烟光滿物華。春色自來人自去，一丸明月照梨花。

千金曲

重千金，千金有量歡無量。回情測意令雙欲，萬巧千奇夜不足。冥冥真會會難詳，爲生爲死莫相息。

遠香

月淡鴉鳴别象牀，雨宵渾不斷思量。朝來自捲青綾被，認得鴛鴦頸上香。

晚風

月色花陰未擬休，靈宫夕雨促蓬籌。晚風吹斷瑶池路，方朔凄凉阿母愁。

爲愛

爲愛君王賦洛才，曾差青翼降瑶臺。女郎須見雀羅什，魏帝休誇薛夜來。頰暈絳酥宜蕊粉，鬢摇玄鑑借花煤。花枝處處經臨遍，只有香心未品裁。

嗣蘭爱僕閨體詩，忙還，姑以此應。余有小集十卷，伺彼此暇日，當爲盡出同作懺悔。

以上輯自上海圖書館藏祝允明書艷體詩册

詞

江南春 和倪瓚原韻〔一〕

北都相將宴櫻筍，忘却閨人緑窗静。不堪麗日入房櫳，真珠一鋪碎花影。空梁燕歸怨泥冷，楊花輕狂掛藻井。姚黄無賴照領巾，當年曾與争芳塵。春日遲，春風急，春雲蒸透春花溼。妍姿失時羞莫及，煙鬖草緌凝空碧。愁心重重氣于邑，繡衫稜稜遮骨立。空帷寂寂懸青萍，誰能持寄并州營。

國用得雲林存稿，命僕追和。竊起蠅驥之想，遂不終辭。按其音調乃是兩章，而題作三首，豈誤書耶？弘治己酉二月，長洲祝允明記。江南春詞集。

【校勘記】

〔一〕據全明詞補。

長相思　多情〔一〕

喚多情，説多情。誰把多情換我名，換名人可憎。　爲多情，轉多情。死向多情心也平，休教情放輕。蘭皐明詞彙選卷一。

【校勘記】

〔一〕以下二首據全明詞補編補。

浪淘沙　春情

含笑倚朱門，脱盡羅裙。一團白玉碾腰身。剛把肚兒圍抹了，三尺紅雲。　移步到花陰，做到妖淫。擡身背面掩羞奔。愛煞進房三四步，絲不沾身。蘭皐明詞彙選。

文

瑯嬛記序

余無他嗜，惟喜載籍，自謂不敢後于世之君子矣。有琴川桑先生悅者，操牘揮毫，時出奇語，余每不能解，悵然自愧于中心。間而詰之，桑乃大言曰：「大丈夫當撓挑八極，攬玉光之秘典，窺天保之藏書，區區海内所共睹記，何足齒也？」至指琴爲暗香，謂棋爲鬼陣，芝草則曰壽潛、希夷，香爐則曰辟塵、文燕，舞有百華，歌有雙曲，奇名異事，不可勝舉，余益心醉矣。

去年上冬，余買舴艋造桑，桑偶小出。余因私詰其侍者，侍者曰：「郎君近來終日飲酒，酣暢自放，耳目不復及書，惟枕中藏書三卷，往時恒在手。有客至，輒藏之，今並不觀久矣。」余聞之喜，犒侍者錢若干，得假以録。乃勝國伊席夫所輯瑯嬛記，世莫之傳，果可諷也。後桑見余所撰著，時時有所及，撫掌軒渠曰：「子得無盜蔡邕帳中藏哉？」余應曰：「余即盜之，終不效中郎惡客。在允明，不猶即在吾子乎？」桑亦不再問，余益知桑爲世之曠達君子矣。是爲序。

枝指生允明撰。

以上輯自瑯嬛記卷首　明萬曆刻本

在山記

號琴者曰在山，進善琴者希之爾。鍾子之謂伯牙氏曰：巍巍然若太山。時牙志果在高山也。夫本吾神明所趨，高而有山，山而後有指，指而後有絃，絃而後有音，音而後有耳，耳而後有吾之音與絃與指與神明焉。以有山於其間，將山從志乎？將志從山乎？將山與志皆必從於絃乎？將虚乎、實乎？當其時，必有宫、角、徵、商、羽、半宫、半徵之調，必有散、引、操、曲之章，必有疏急、脩促、起止之度，左之於徽，右之於絲，固不以類吾之思，其諸有者，則將有之乎？將無之乎？有則此實矣，孰從而出是山？無則不知何爲必伺乎手鳴而後識也？期、牙之談妙今古，吾妄其可疑者在此〔一〕。雖然，吴札之論列國風、尼父之見文王皆爾矣。理必有不可破者，吾其未臻，故云爾。意者其説蘊諸周易乎？蓋曰形而上者謂之道，形而下者謂之器，其妙矣乎，吾未能以闚焉。

張文端能琴，因問號，號以在山，所謂進牙而希之，且列是端，俾文端他日進焉，則舉其所得以解我。

弘治乙卯重九，鄉貢進士蘇臺祝允明記。

【校勘記】

〔一〕「妄」下疑有脱字。

以上輯自中國書法全集行書卷 山東美術出版社二〇〇二年版

可竹記

蘇長公之言居也，曰不可無竹。士不可志外，苟處約，畝宫環堵，不敢肆一寸分外。是雖有脱俗之致，將廢志而營産以必竹乎？此其言若過當，蓋以甚竹之勝，道吾人本趣應爾，固不害意也。乃若得爲而不爲，則其病將諉之於何哉？何君約之以可竹稱而乞言，甚矣，約之之脱俗也！

凡欲可竹者，濁不可，冗不可，執不可，碎細不可，不得其時不可，不得其地不可。六不可，皆所謂俗也。能除六不可，斯能可竹，六不可不易除，除六不可而可竹，可竹而俗自脱也如是。然則約之果長公之徒也。若可之，實則有三品。上者以類，高類志，潔類氣，虚中類能受，堅節類有操，直竿類不偏，後雕類不遷也；中者以所，非水石莫宜，非風月莫發攄，非吟嘯文阮莫浹洽其襟期也；下者以用，可以食，可以室，可以器什也。皆可也，而視其人。吾觀約之質濯濯秀靈，好修而慕文；又處豐衍，居養并備，則其可蓋三品兼也。比于長公之言，將非所謂揚州鶴乎？故吾無以贊約之，願其爲可也不遷，則老生之言，庶幾不爲竹笑。約之罔俾老生之食言，約之曰諾。

弘治丁巳十月既望，鄉貢進士長洲祝允明記。

松林記

歙環佳山，秀拔蓊鬱，爲郡形勝冠。家者各因倚爲居，第壯觀助若松林，則爲溪南奇壤，而多松，故名繇以起。相傳迨今日爲世，不可以指僂數，而吴氏族屬寔居於是，爰接厥形勝。吴有君子曰□□，恪承厥世，守家訓，爲時隱淪。嘗希子長蹤，薄游吴、楚間，隨遇居閒，即事圖史，絶籌度慮。所至遇形勝，必躡俯流峙，克寄幽賞。日或自誦，謂松林爲故廬迹，雖孔遐吾懷，不可以頃刻置，遂以厥名自顔。知君者相率爲詩歌，揄揚厥志，間徵余爲記。

夫過余所，士由歙來，�恒至，然皆儒雅恂恂，可友愛。蓋其土稱文獻，而隘而人稠，雖事文者，亦挾資斧商異境，殊非得已。故其人率崇尚詩禮，與侈俠不侔，似俗爲善則然。然樂利忘親，逐末棄本，未之或無。而王制徙無出鄉，韓愈氏稱，教人以不去鄉爲法。君其有得于是，用能不忘松林，寤寐攸屬，於是乎賢於人遠甚，第不獲往瞻松林景以娱爲歉。顧君不忘其親，不棄本，爲可嘉，爲宜有言。若夫林樾聯蔭，濤風印月，撫摩吟酌，坐卧空翠中，則君餘事耳。其所重則於親於本乎？在庸筆前説爲記。

嘉靖二年歲次癸未冬十二月上浣之吉，承德郎南京應天府通判長洲祝允明書。

祖允暉慶誕記

弘治三年六月十九日，祝允明撰。

頃年有使者在吾蘇，一日出俸稟粥少酒食入廨，已而還給之於外，語人曰：「吾父以今日誕生，吾誕亦然。年時以午際帥妻孥捧酒進拜二親，退更受幼者拜，於親膝前懌懌如也。今簪笏所縛，遂廢舊樂。吁，惜哉！」又，吾鄉有一生饒於貲，每以歲初辦匹帛，涉江濤，入京師以趨市。或少後，則脱之艱，且守帳遲鈍，以是唯先爲得之。此生因夙置集於殘冬，猝猝迫歲除新舊交際，且初正爲其六十之誕期，諸人間慶祝事悉不得顧。拋室子於家，兼程而往，途間遭險者屢。既抵旅市，易甚滯，亦竟與後往者偕返。子本且漠然，乃嘆謂家人曰：「吾以利廢慶樂，今利且安在哉？而慶樂并失之。」予素喜曠達者，於時聞兹二事，亦爲之生歎，以爲人不分賢愚貴賤，苟一有所繫，輒自失其中懷，蓋每如此矣。彼宦者，有出處之大倫在，固不可爲計；而爲利者，獨何爲哉？要之，人之遂其中懷者鮮矣。

夫祖允暉當誕日，請予談飲竟日，以自慶幸，因謀及文記。夫允暉今年三開袠耳，非若耆耋者之難已於慶祝也。而顧能自爲勤拳若是，予因之有觸前抱矣。允暉視前之宦者，其安逸之福似若過之；而於後之鄉子，則不亦賢之甚遠矣乎！允暉其可取也，其甚有契予曠達之喜也。予斯言之所以贈也，允暉其毋退所懷也，予之願也。允暉敬諾。予因書以留之，不覺其詞之過繁也。

以上輯自祝允明墨迹大觀

夢草記

語兄弟者，則以謝氏西堂之夢爲美談。且「池塘春草」之句得於靈運，時惠連猶未知，曷爲其助乎？大略文人妙思，有觸乃發。惠連才藻超穎，靈運每對之輒得佳語。西堂覓句之頃，神樞氣機旋運四游，未有所屬。俄而與惠連遇，忽觸而發，猶橐籥相鼓而風，鍾筳相扣而聲。奇言秀辭天然自得，語出乎夢，夢出乎氣，氣出乎心，此可見二謝平生情契，文又其末也。

進士陸君人傑之於仲氏勳傑，情契猶二謝也。知勳傑者，以夢草號之。美其情，兼美其文，甚宜也。予爲推夢之本柢蓋如此。勳傑日侍伯君，彼友此恭，既翕而和，歌相答，飲相酬，大衾長枕相寤寐，此夢不窮，奇篇屢成，繼響永嘉者，卷軸當幾牛腰。予時來請觀焉，得於進士，則謝勳傑。

正德庚午仲春之望，京闈鄉貢進士祝允明記。

梨谷記

有物以人傳者，如王氏之槐；有人以物傳者，如田氏之荆，皆倚於一者也。若人物交助而互傳者，則張谷之梨是已。潘安仁之賦謂「張公大谷之梨」，海內唯一株。雖未詳其實，意者張公其佳士耶〔一〕？谷梨其異種耶？不然何獨稱於名人之篇翰也？觀其一株之云，亦可以見其珍貴矣。張君堯臣，自以梨谷稱，此固其當家所獨，吾意其爲蓋亦取夫佳焉、異焉，而拔類以名者歟？知者爲之賦詠，則極於比興之形似；爲之紀述，則廣於理物之推喻。亦既可觀。君與余女弟之倩史在野爲姻連，復問余記，則有進乎是者。

夫梨事見於神農之經、鶡冠之書，散布於傳記、詩歌，以至於神仙家者之言。因物之美者，而君豈誠以是耶？數顆之實，數仞之壑，不足辱吾號也。君襟抱高逸，博文工詩。聖賢日以對而造化與游，其繕性齋心，活理生味，通利流達，有以順天運而釋物滯者，別自有一梨。其知白守黑，絳臺丹扃，虛明恢廓，有以窟理本而槖氣機者，別自有一谷。植於鴻濛之野，而沃於七紅之水，華於抉雲之章，而實於悅口之味。霜霰不得悴，斤斧不得戕，禽蟲不得蠹，以是獨立於世而不朽，兹豈非專美而上掩前人者歟？余也不佞，請以是爲君贊。

正德五年歲在庚午夏六月既望，京闈鄉貢進士太原祝允明書。

【校勘記】

〔一〕「一株」至「張公其」十二字，原圖漏拍，據中國書法全集祝允明卷卷末作品考釋本篇釋文補録。

跋趙孟頫書張總管墓誌銘

尚古樓蓄魏公此筆，予觀之，沖素渾含而姿媚溢發，非他粗示地文者比。蓋周旋中禮，從容中道，其書之聖者也。

祝允明跋。

跋唐寅秋山静樂圖卷

前山既層疊，後山復巀嶭。高低遠近分好景，參差樹林見深樴。若人隱者徒，遁世遠車轍。或耕谷口雲，或釣溪頭月。瞭知造物長虚幻，彈指生成隨起滅。子畏自是三昧手，吮墨金壺足怡悦。玉函錦囊出斯圖，頓使山林清幽發。匡廬武夷仿佛似，妙趣經營在豪末。東南山水我粗覽，過眼烟雲慨丘垤。何當一丘最高頂，笑御冷風碧瑶闕。

枝山居士祝允明題。

以上輯自中國書法全集祝允明卷　榮寶齋一九九三年版

尺牘

一

適有人自府前來，云府中已出告示，秀才告者限在三日内，納銀限五日内，亦未審的否？家下乏識字者，想親家已知。若果然，愚意明日且早去告過了，隨即收拾納銀可也。料吾親家之事，彼加意贊成，豈有不力而疑阻，但上前爲妙。昏暮熱鬱，不能躬造矣。并恕草草。即日。允明頓首。尊親家丈執事。友梅來否？并望示知。明又拜。

二

昨簡錫物俱將就，存用仍數件，必要精細，以往京作人事故也。幸留意，至緊至緊！祝允明頓首。廷璧兄契丈。

三

所煩買紗，深知節後事忙，奈僕後日鄉行，以此相促，千萬今晚定，至祝至祝。又，諸稿簿并散紙稿，俱望拔冗檢付。此尤是急如星火，望今夕擲來，容特謝也。外錢三十文，煩付竹大青一百，小方高五十，餘付包封白紙。六日。允明頓首。元和道茂。

四

拙稿勉就，當徑書之。良以日出事生，紛騰之極，故與公期欲得一佳處，抽身對瘦石書還之耳。承諭甚善，如約以俟。諸書非吝，亦坐冗不及撿覓。又此酷暑，終日席地昏臥耳。早晚當奉鄙稿，在小簿時有別作，時時在手，故未能呈教，姑伺臨期請竄定也。拈筆草略，多愧。允明再拜奉復。應齋年兄大人先生執事。

五

昨觀飛卿家書，雖則宋板，缺壞者多，其價反高。煩你過去只説別人要，講定十兩之内方可，若再多，不用他的。轉來就到我家一會，千萬千萬！即日。允明拜。懷德老弟足下。今早寧波人送一物甚奇，伺來同享。允明再拜。

六

承過愛。醉中寫汙卷子，别伺易之，恐諸高士見誚也。明日有一小事欲面議，望枉顧。幸幸。十六日，允明拜。子魚賢甥足下。

七

晚間降顧，失迓多罪。明早僕欲遠處一行，恐有所諭，專此奉問，就爲垂示可也。允明再拜。元和老兄侍史。

以上輯自祝允明墨迹大觀

致箬谿先生二帖

允明伏蒙寵賜高篇，□頓箱筥，三復之餘，輒亦勉强和得三章，謹繕寫奉呈，伏丐垂教改正，獲遂終賜，不勝幸願。

督兵至饒平午飯道傍及登箭灌山韻一首

饒平午飯道途邊，箭灌朝登破賊年。挾纊纔同甘苦地，覆盆便啓太和天。平生食前十八種，報國袖頭三尺泉。安得如公徧南北，猶聞塞士枕戈眠。

班師用張少參韻一首

去日簞壺接道行，來時猶是舊人迎。一籌揮筆七擒速，萬甲載胸單騎輕。彫弊不徒因小醜，功名非喜用佳兵。知公别有康時策，會使炎荒詠太平。「康」誤作「匡」。

梧州謁都憲韓公祠堂一首

拔地洪材構帝家，倚天雄度眇蟲沙。誠歸魏闕心懸石，血飲匈奴膽破瓜。半夜崑崙樞密宴，三言薏苡伏波車。當時利口今何在，老樹閎祠日又斜。

里晚生祝允明頓首百拜。箬谿老大人先生階下。

不肖違遜教範逾久，滿意此日深密侍奉，覬塞虚往實歸之願，淹延三日，亦不爲速，而終不遂愚下之望。事多不偶，固然，而不肖何數奇也！感戀之悃，則鐫諸肝脾間矣。腆儀垂賁，益添慚愧。及使人周旋之助，尤極受惠。詰朝張帆，更不得一奉辭，戰汗戰汗！不揣再啓江右管内所有書籍、碑刻，此後倘獲垂賜，深所望於左右也。畢所有益多益善，石刻尤切，幸不譴其黷與貪也。三司諸公甚辱殷勤，不肖殊多疏簡，有似惰慢，此實迫於事勢，踪迹牽掣爾，奈奈何何！會次載幸鼎言爲陳跼蹐之忱，至禱至禱！昏暮，船窗局窄，申牘不謹，統求仁察恕宣，萬萬。里晚生祝允明頓首百拜。箬谿老大人先生臺墀下。謹空。

以上輯自中國書法全集祝允明卷

附録

附録一　序跋

祝氏集略序〔一〕

張景賢

自昔文蔚吴中，才臻江左。言偃業于孔氏，獨得精華。厥後嚴、朱並緯漢典，顧、陸競掞晉庭，方朔寓爲書師，伯喈隱兹談藝，彬彬盛矣。其爲俗也，民有輕心，士多師古，伎尚奇巧，物必精良。故覽左生之賦，而驗山川之巨麗；誦平原之詩，而測土風之清嘉；考持正之序，而覩氣狀之英淑。至乃翕輕清以爲性，結泠汰以爲質，煦鮮榮以爲辭，美稱竹箭，粲等春葩。且至德造自泰伯，峻節亮於延陵，故士之生也，往往玩睨爵服，跌宕琴史，雖韜韇未遇，而撰綴不輟，申孤憤於一朝，流芳聲於千載，此王孫之詡我公子者也。余家食時，蓋聞祝枝山云。迨遊京師，每學士大夫持其片言寸翰，争相傳眎，咸加歎賞，惜乎未覩其全也。丙辰之秋，叨奉簡命，來撫兹邦。軍旅之暇，躬歷山川，周爰土風，延眺氣狀，其嘉麗英淑，固無爽於乘諜所載也。奇巧精良，物産工師，猶昔也；握珠抱璧，文獻之彬彬，具在也。間詢所謂枝山公者，則已物化三十載矣。而公之元子方伯續，謝秩屏居亦久矣。訪其廬，蓬逕蕭然也；索其籍，珍發篋中也。翰墨僅存其一，又蠹所殘缺也。蓋公少落魄，不事家業，而方伯克守其祖參知公清白之遺，力莫能梓。翰墨爲時所重，書竟，人皆持去，家無餘也，世德其賢矣哉。

公諱允明，字晞哲，性靈夙授，機敏默成。五歲而手作徑寸之書，九齡而目兼數行之覽。稍長，益篤於學，夏無卷帷，冬有穿榻，遂綜貫百氏，銓析九流，窮鏡玄緗，覃研緗素。雖輶使未譯，爾雅闕載，靡不究而習其説焉。其爲文也，芳腴融於心極，雕繢暢於辭鋒，取無竭源，叩有餘響。分吏占牘，則十紙互通；對客揮毫，而千言立就。同時乃有楊儀曹之博極，都太僕之沖澹，徐迪功之俊婉，唐處士之縱誕，公將兼之。自謂取高第反覆掌耳，乃僅舉於鄉。晚歲試宰興寧，超倅京兆，著有異績，皆非所好也，因自免歸。而四君者，仕罔通顯，業並終窶，謂非伯季之風節激之然邪？

諦閲公集，述道德則闡而弗畔，紀象緯則覈而有徵，論政治則可推而行，陳事情則委曲而款，談名理則標顯慧宗，志靈怪則不誣幽秘。至夫賦綺靡而有則，詩藻贍而寄深，辭託諷以感物，聲諧律以赴節，神構匪襲，肺吐必新，體裁具備，意無不逮者矣。鴻匠如公，不獲振鷺羽於彤陛，奏鳳音於清廟，亦命也。方王文恪掄材之初，徐春卿揚譽之日，豈直以鉛槧垂聲哉？思欲銘彝鼎而不耦者也，悲夫，悲夫！再閲大遊一篇，則又讕蒙叟之巵言，陋公孫之繩辯，逸騁雕龍，指深喻馬。探其襟抱，將扶摇宇内，豈區區搶榆所可控而笑哉？昔魯肅披卷以臨麾，燕公視學於戎幕，予愧非其人。悼往哲之不作，而懼斯集之久湮也。又先大父與方伯公同登進士，忝兹世誼，圖爲鋟梓。時則蘇守雲中温君，飾吏右文，樂任其事，用廣其傳云。集之分類，凡十有二，曰騷賦，曰樂府，曰古調，曰歌行，曰近體，曰古體，曰論議，曰書牘，曰碑版，曰傳志，曰紀敘，曰外教，勒爲三十卷，總曰祝氏集略，皆公手自編定，富矣哉！其四君著作，都未閑於辭賦，唐則篇章寂寥，楊復簡帙散失，傳者徐集耳。公別有祝子通、祝子罪知、蘇材小纂、浮物、蠶衣、太中遺事、野記、興寧縣志、祝子微、祝子雜、語怪、慚鐸音、江海殲渠記，多未遑及，後有好事者，因予興起，庶搜輯群玉，不使韞韇名山也。是爲序。

嘉靖丁巳五月十有一日奉敕總理糧儲提督軍務兼巡撫應天等府地方都察院右僉都御史晚學眉山張景賢謹撰。

【校勘記】

〔一〕按，此序爲皇甫汸代作，見皇甫司勳集卷三十八。

祝氏集略卷首　明嘉靖三十九年張景賢刻本

祝氏集略跋

祝　繁

我先京兆公自少讀書績文，至老不倦。中更五十餘年，未嘗一日輟筆硯，以是著述爲多。或每勸入梓，先公未以爲然，唯自詮次成帙以藏而已。先公捐養，吾兄方伯公檢輯遺稿，得十之六七，多出先公手録，然塗抹改注處，他人不能識也。吾兄頻歲歷官遠涉，攜以自隨，時復緒正。及歸老林下，無所事事，唯先公之集是校。以力不任梓，遲徊又三十年，乃嘉靖戊午蜀明崖張公來撫江南，公大父嘗同吾兄登第，至則索先公集甚懇，惠然任刻，又爲之序，以成厥美。繁侍我兄日相與校其繕寫舛訛未竟，而兄以壽考終矣。繁孤陋何知，謹爲刊落字謬，庶以仰副我父兄用心之勤，亦不敢負我明崖公世講作興之意云爾。

庚申正月之望，不肖繁謹識。

祝氏集略卷末　明嘉靖三十九年張景賢刻本

題祝氏文集

何焯

枝山先生文集殘本二帙，乃文氏故物，余得之朱之赤家。閲至卷末，知爲先朝老儒謝雍手書。集中有贈謝元和序，以爲通家之法，幸而存者，即其人也。觀其汲汲傳録父友之文，耄而不懈，信乎無愧斯語。後來者摩挲此編，其亦當恥爲偷薄也夫。

辛巳春日何焯書。

祝氏文集卷首　明嘉靖二十三年謝雍抄本

枝山文集序

俞　樾

往年吴中重修唐六如居士桃花仙館，而以祝京兆、文待詔兩公附祀。余爲題四絶句，其一云：「重將祠墓訪圖經，三百年來夢墨亭。仙館桃花還似舊，草堂何處問懷星。」蓋深惜京兆之流風餘韻，不可復見也。越三載，而京兆之族裔籽庵大令以枝山文集殘本四卷見示，乃明嘉靖中謝君雍所手録以贈文衡山先生者。謝君字元和，集中有贈謝元和序，盛稱其能子能友，而期以德業大成者，即其人也。寫此時年已八十一歲，筆墨黯淡，編次不苟，洵舊帙之幸存者。籽庵因録副本，付之剞劂，而問序於余。

余惟京兆與六如居士齊名，六如以畫傳，京兆以書傳，然六如詩文率易頹唐，不稱其畫；而京兆之文則戛戛獨造，猶有古作者遺意，詩詞亦清麗可誦，在明代詩文中不依傍門户而自成一家，視六如居士殆有過之。四庫全書收懷星堂集三十卷，今此本止四卷，非其全者，故止云殘本。然記傳、雜説、詩詞無所不備，讀此亦可見懷星堂集之大概矣。謝君以通家子弟，垂暮之年，手録其文；籽庵以三百年後裔孫重刻以行世。是皆可風也。海内好古之士，不能盡見懷星堂全集，而獲睹是編，則京兆之流風餘韻，庶幾其不沬矣。光緒建元之歲秋九月德清俞樾。

枝山文集卷首　清同治十三年刻本

枝山文集識語

祝壽眉

先生文集四卷，係老友謝雍手鈔，向無刊本，包子丹廣文舊藏物也。兹蒙慨然見贈，用付手民，俾公同好。工竣之日，敬録明史本傳冠於簡端，以見先生梗概云。同治甲戌季冬之月，族裔祝壽眉謹識。

枝山文集卷首　清同治十三年刻本

題祝氏小集

黄裳

千頃堂書目廿一，弘治壬子科五年。祝允明祝氏集略三十卷，又懷星堂集三十卷，又祝氏小集七卷。字希哲，長洲人，應天府通判。又有金縷醉紅窺簾暢哉擲果拂弦玉期等集。

又於他目間：祝氏集略三十卷，嘉靖刻。枝山文集存十卷，何焯跋，明鈔。

此册得於吴下估人。小集七種，止存其四。此扉葉則估人别立名目刻之，取舊楮一葉印附卷目，冒爲全書，以索重值。余笑而取之，頗喜其弄此狡獪。此集天壤僅存，雖不全，何害乎？黄裳。

祝氏小集卷首

祝氏小集跋

黄　裳

此枝山先生柔情小集四種，絶罕見。吴下估人攜來，即前售陳大聲樂府之家也。此集皆伎流投贈之什，允明集所未收，間存詞曲數種。窺簾集序題弘治壬子，此集刊刻當在萬曆、天啓之際，諸家目皆未著録，而題下又往往記時日，似是少年麗情小集，而後來所刻者也。余前收烟花小史，亦此種小品。絶秘之本，當並藏之。余既婚五日而得此本，與小燕添香並讀。書緣墨福，如此如此，喜而跋之。甲午九月廿一日，來燕榭書。

甲午臘月廿五日並裝一册，訖，更記。

祝氏小集卷末

按，黄裳先生來燕榭書跋所收是書題跋文字與此不同，録之於此：

枝山先生柔情小集四種，絶罕見。吴下估人攜來，即前售陳大聲樂府者。此集皆伎流投贈之什，允明集所未收，間存詞曲數種。窺簾集序題弘治壬子，此集刊刻當在萬曆、天啓之際，題下往往記時日，似是少年麗情小集。余前得烟花小史，亦此類也。甲午九月廿一日，來燕榭書。

此册得於吴下。千頃堂目廿一，弘治壬子科，祝允明著書有小集七卷，爲金縷、醉紅、窺簾、暢哉、擲果、拂弦、玉期，共七種，今只存其四。此扉葉估人别立「柔情小集」名目，更刻「四全」字樣，取舊楮一葉，刻成印附卷首，冒爲全書，以索重值。余笑而取之，頗賞其弄此狡獪。此集罕傳，雖不全，何害乎？黄裳。

祝氏小集四種。明刻本。八行，二十字。白口，單欄。窺簾集，前有序目，題「異香仙掾」，弘治壬子序；醉紅集，題「都花散吏」；擲果集，題「擲果郎君」，前有題詞目録；拂弦集，題「鬬玉冶郎」，前有序目。

附録二　傳記

明史祝允明傳

張廷玉等

祝允明，字希哲，長洲人。祖顥，正統四年進士。内侍傳旨試能文者四人，顥與焉，入掖門，知欲令教小内豎也，不試而出。由給事中歷山西參政。並有聲。允明以弘治五年舉於鄉，久之不第，授廣東興寧知縣，捕戮盗魁三十餘，邑以無警。稍遷應天通判，謝病歸。嘉靖五年卒。

允明生而枝指，故自號枝山，又號枝指生。五歲作徑尺字，九歲能詩。稍長，博覽群集，文章有奇氣，當筵疾書，思若湧泉。尤工書法，名動海内。好酒色六博，善新聲，求文及書者踵至，多賄妓掩得之。惡禮法士，亦不問生産，有所入，輒召客豪飲，費盡乃已，或分與持去，不留一錢。晚益困，每出，追呼索逋者相隨於後，允明益自喜。所著有詩文集六十卷，他雜著百餘卷。子續，正德中進士，仕至廣西左布政使。

明史卷二百八十六　清乾隆武英殿刻本

祝先生墓志銘

陸粲

先生諱允明，字希哲，蘇之長洲人也。其先出古太祝，以官氏。或曰黄帝之後封於祝，以國氏云。七世祖碧山，勝國時由松江來守郡，後卒官。一子留於蘇，遂爲蘇人。祖顥，皇正統己未進士，終山西布政司右參政。父瓛，母徐氏，大學士武功公女。

先生少穎敏，五歲作徑尺字，讀書一目數行下；九歲能詩，有奇語。既天賦殊特，加内外二祖咸當代魁儒，目擩耳染，不離典訓。稍長，遂貫綜群籍，稗官雜家、幽遐嵬瑣之言，皆入記覽，發爲文章，崇深鉅麗，横從開闔，茹涵古今，無所不有。或當廣坐，詼笑雜遝，援毫疾書，思若泉湧，一時名聲大譟。歲壬子，舉於鄉，故相王文恪公主試事，手其卷不置，曰：「必祝某也。」既而果得先生。文恪益自喜曰：「吾不謬知人。」自是連試禮部不第。當道奇其才，會修史，將名薦之，弗果。初仕興寧令，地介嶺海，民尚譁訐，惑於機祥。先生示之禮，簡進秀異，授以經學，親爲講解，遂一變其俗。群盜竄處山谷，時出焚敚。爲設方略，一旦捕得三十餘輩，邑以無警。稍遷通判應天府，亡何乞歸。又五年卒，春秋六十有七。夫人李氏，鄉先生太僕少卿應禎之女。子男二，長續，進士，入翰林，累遷陝西按察副使。次側出，幼未名。女，嫁潮州府經歷王穀禎。先生簡易高曠，不樂拘撿，在衆若無能者，然默而好深湛之思，時獨居著書，解衣槃礴，游心玄間。賓客來者，叩户呼之，若弗聞也。性善書，出入魏晉諸家，晚益奇縱，或購得之，輒藏去爲榮。喜奬掖後進，終身不言人過。其爲家，未嘗問有無，得俸禄及四方餉遺，輒召所善客，與噱飲歌呼，費盡乃已。或分與持去，不遺一錢。故其没也，幾無以斂云。先生少有意用世，既濩落不試，一發於文，雖聲實閎振，猶非其志也。所著書合詩文集爲數百卷，藏于家。

陸粲曰：斯文之用與天地準，由漢氏來，纘言之士，臻于斯極者，亦僅可數已。明興百年，士猶膠守章句，未覯其恢然者也。乃憲、孝之際，始彬彬矣。祝先生由諸生起，覃精發藻，横逸踔厲，超追古昔，盛哉！若其湛浮自得，龍變不羈，大觀逍遥，廓然離俗矣。夏侯湛贊東方生云「明濟開豁，包含弘大」，「拔乎其萃，游方之外者」，殆先生哉，殆先生哉！先生没以嘉靖丙戌冬十有二月二十七日，又明年戊子冬閏十月十六日葬横山丹霞塢。太原王寵撰次其事行，粲爲之銘。銘曰：

維聖有文，自天啓之。其卒敝刓，孰振起之？猗嗟先生，發天之明，達聖之經。播爲渾鍠，舉世震驚。維時弗逢，食貧以終。獨昌其辭，以燭群蒙。横山之原，崇四尺者，先生之墳。後勿壞傷，視此銘文。

明故承直郎應天府通判祝公行狀

王　寵

曾祖焕文，贈山西布政司左參議。

祖顥，山西布政司右參政。

父瓛。

公姓祝氏，諱允明，字希哲，蘇之長洲人也。祝之先，出古太祝，以官氏。或曰武王封黄帝之後于祝，蓋以國氏也。春秋時，稍見於鄭、衛。漢有九江祝生。歷唐、宋，多名士，而江閩之祝最著。其籍長洲也，自元大德、元祐間〔一〕，有碧山府君者，由松江來爲漕府經歷，陞平江路總管。有五丈夫子，季九鼎，因家焉。生子濬，濬生景彰，景彰生焕文，焕文生顥，明正統間起家進士，官給事中，累陞山西布政司右參政。生瓛，娶兵部尚書、華蓋殿大學士武功伯徐公有貞女，生公。

生有殊質絶倫，五歲作徑尺大字，讀書過目不忘。九歲病瘍，寢處有古詩一編，因諞和之，名已隱起。稍長，益閎肆博洽，其于書自六經、子史外，玄詮釋典、稗官小説之類，無所不通。既天才卓踔，横從四溢，重以内外二祖咸當代魁儒，礱錯夾持，浸漬穠沃，覃思發藻，虎躍龍翔，蔚然名家，超追百代。太僕少卿李公應禎風裁峻整，慎與可人，時以中書舍人奉使過吴，妻之子焉。弘治壬子，王文恪公典文南畿，公遂膺薦。文恪以得公爲華。累試南宫，輒不利，然聲實益恢。典述崇積，閉户掃轍，萬言騰湧，儒林傳譯，寶于隨和。當道奇其才，將特薦預史事。公以獵資僥榮，不屑也。又數年，選知廣東興寧縣。興寧民尚譁訐，訟牒旁午。公至，懲其一二尤無良者，奸黠斂迹。故多盜，竄處山谷，時出焚劫，爲民害。公設方略捕之，一旦獲三十餘輩，桴鼓不警。土俗婚姻喪祭多違禮，疾不迎醫，而尚祈禱，公皆爲條約禁止。暇則親莅學官，進諸生課試講解。嶺之南彬彬嚮風矣。嘗攝令南海，治之如興寧。丙子、己卯再鄉試，公皆參典文衡，得士之盛，與有勞焉。在嶺南幾五年，以當道剡薦，陞應天府通判，專督財賦。公悉力經總，民不擾而事集。居無何，乞身歸。築室吴城日華里，益事著述，洞觀天人，或放浪山水間，翛然樂也。書法上軌鍾、王，下視近代，晚歲益出入變化，莫可端倪。酒酣縱筆，神鬼怪幻。墨客填門，購之厚直。以嘉靖丙戌十二月二十七日卒，距其生爲天順庚辰十二月六日，春秋六十有七。妻李氏，封孺人。子男二人：曰續，由進士官給事中，累陞陝西按察司副使；次側出，幼未名。女一人，嫁潮州府經歷王穀禎。孫女三人。

公爲人簡易佚蕩，不耐齪齪守繩法。或任性自便，目無旁人。然默而好深湛之思，濡毫展卷，游心玄間，賓衆雜遝，凝神反視，川奔雲爛，捷若宿構，殆天所殊畀乎？平生雖湛浮不羈，亦以濩落難偶，大觀逍遥，傲睨當時，軼出塵壒，非可與拘方之士道也。母徐夫人歿，事繼母陳極盡誠孝。與人交，坦坦無他腸，延奬後進，不憚折行。尤不喜蓄藏，咄嗟揮霍，糞土金帛。若其經緯術略，局於薄宦，曾不僅試，莫可殫述，端可慨已。所著有祝子通若干卷，祝子罪知若干卷，祝子雜若干卷，蠶衣一卷，浮物一卷，成化間蘇材小纂若干卷，野記若干卷，語怪若干卷，語怪四編若干卷，江海殲渠記一卷，金石契一卷，興寧志五卷，詩文集六十卷，後集若干卷。

寵不佞，辱公知愛最深，輒與其子憲副君參摭遺行一二，以備採擇。辭不詮次，莫可發揚功德，惟大君子賜之銘以傳世信後，幸甚。謹狀。

【校勘記】

〔一〕「元祐」，疑爲「延祐」之誤。

雅宜山人集卷十　明嘉靖十六年刻本

祝京兆先生

文震孟

祝先生允明，字希哲，長洲人。生而枝指，故自號枝山，又稱枝指生。先生祖參政公灝，所在有政績。正統初舉進士，一日，入左掖門，而巨璫以旨召公及其同年四人入内館，出詩目試之。問其故，曰：「上知若等名，姑試一詩，欲召入詞林耳。」公不應，竟出。乙巳之變，景皇帝詔奪情，以都御史起復，復不應。故吳中一時大老咸重祝惟清公。

先生少爲名家子，天質穎絶，讀書目數行俱下，於古載籍靡所不該洽。自其爲博士弟子，則已力攻古文詞，深湛棘奥，吴中文體爲之一變。當座談笑雜遝，援毫疾書，思若泉湧。書法魏晉六朝，至歐、顔、蘇、米，無所不精詣，而晚節尤横放自喜。一時名稱大噪，索其文及書者接踵，或輦金帛至門，輒辭弗應。然時時醉卧伎館中，掩之雖累紙可得。性拓落，不問僮奴作業，又捐産蓄古法書名籍，售者故昂直欺之，弗算。至或留客飲，計無所出酒，窘甚，以所蓄易置，得初直什一二耳。當其窘時，黠者持少錢米，乞文及手書輒與。已小饒，更自貴也。壬子舉鄉薦，上春官累不第。當道奇其才，會修史，將名薦之，弗果。謁選興寧令，地介嶺海，民尚訐，惑於禨祥。先生示之禮，簡進秀異，親爲講解。群盜竄處山谷，時出焚敚，爲設方略，一朝捕三十輩，邑以無警。稍遷判京兆事，遂乞歸。歸，日張酒召故所喜客，與劇飲歌呼，盡其橐中裝乃已。或分與持去，不遺一錢。年六十七而卒，幾無以斂也。先生好獎掖後進，其與唐寅先生書言：「萬物轉高轉細，未聞華峰可建都聚。」故益廣泓茹，口多戲謔，而終身不言人過。所著書，合詩文凡數百卷。其所稱祝子罪知者，語絶誕。

論曰：當祝先生時，其文蓋岸然獨貴當世云。琴川桑悦民懌好大言，無所讓，亦曰：「天下文章，惟悦與翰林羅玘、長洲祝某也。」蓋明興百年，士膠守章句，未有能恢然者也。緣六經而旁飭之，庀材復古，先生先登矣。先生天材既捷，少則館甥于李少卿氏，而外王父爲武功徐公，故書學遂能超宋轢唐，鳳翥龍變，蠕蠕六指，形而下者，其不朽乃藉此乎？子續亦第進士，爲大官。

姑蘇名賢小紀卷上　明萬曆刻清順治重修本

祝允明

過庭訓

祝允明，字希哲，蘇州人也。生而右手指枝，因自號指枝生。爲人好跅弛嬉游，不矜容檢，嘗傳粉黛，從優伶酒間度新聲，俠少年好慕之，多齎金游允明甚洽。弘治壬子，舉鄉薦，從春官試，下第。是時海内漸熟允明名，索其文及書者接踵，或輦金幣至門，允明輒以疾辭不見。然允明多醉伎館中，掩之雖累紙可得。而家故給，以不問僮奴作業，又捐業蓄古法書名籍，售者或故昂直欺之，弗算。至或留客，計無所出酒，窘甚。以所蓄易置，得初值什一二耳。當其窘時，黠者持少錢米，乞文及手書輒與。已小饒，更自貴也。嘗遺黑貂裘甚美，欲市之。或曰：「青女至矣，何故市之？」允明曰：「昨蒼頭言始識，不市而忘弊之篋，何益？」後拜廣中邑令，歸，量所受橐中裝可千金。歸，日張酒呼故狎游宴，歌呼爲壽，不兩年都盡矣。允明多負逋責，出則群萃而訶誶者至接踵，怡然弗問。所著祝子通、祝子雜、罪知、蠶衣、浮物、野記、語怪、蘇材小（慕）〔纂〕、興寧志，各詩文數百卷。卒年六十七。

本朝分省人物考卷二十一　明天啓刻本

附録三　評論

祝允明

劉　鳳

祝允明，顥之孫也。允明生五歲能書，過目即誦，爲詩時有壯語。長亦貫通百家，縱横群籍。有所撰，筆不停，思致佚發如涌泉，故其名籍甚。桑悦無所推讓，獨心儀允明。書法得魏晉人髓。性儻蕩不備，略容觀，褒衣博袖，與衆人居，甚樂易。至默而深思，慨然有慕，意不測也。多兒女子情，時亦惑焉。不問家人生産，人或饋遺之，隨復散去。仕郡功曹，而子續由給事至方岳。陸燦稱其精覃綺鬱，振發横厲，文由此彬彬盛矣，而俯仰浮湛，混於俗，類東方生云。

續吴先賢讚卷十一　明萬曆刻本

祝京兆允明

錢謙益

允明，字希哲，長洲人。參政顥之孫，徐武功之外孫也。五歲作徑尺字，九歲能詩。内外二祖咸當代魁儒，耳擩目染，貫綜典訓，發爲文章，茹涵古今，或當廣坐，詼笑雜遝，援毫疾書，思若泉湧。弘治壬子舉於鄉，王文恪爲主司，手其卷不置，曰：「必祝某也。」既而自喜，以爲能知人。連試禮部不第。除興寧知縣，稍遷通判應天府，亡何，自免歸。卒年六十七。

希哲生右手枝指，自號枝指生。好酒色六博，善度新聲，少年習歌之。間傅粉墨登場，梨園子弟相顧弗如也。海内索其文及書，贄幣踵門，輒辭弗見。伺其狎游，使女伎掩之，皆稛載以去。爲家未嘗問有無，得俸錢及四方餉遺，輒召所善客噱飲歌呼，費盡乃已。或分與持去，不留一錢。每出，則追呼索逋者相隨於道路，更用爲忭笑資。其殁也，幾無以斂云。顧璘曰：「希哲超穎過人，讀書過目成誦，鉅細精麤，咸貯腹笥，有觸斯應，無問猥鄙。學務師古，吐詞命意，迥絶俗界，效齊梁月露之體，高者凌徐、庾，下亦不失皮、陸。玩世自放，憚近禮法之儒，故貴仕罕知其藴。書學自急就以逮虞、趙，上下數千年，罔不得其結構。若羲、獻真行，懷素狂草，尤臻筆妙。」子續，舉進士，官終布政使，刻其遺文曰祝氏集略。他書如蠶衣、罪知録、野記之類，凡數百卷。

祝氏集略别有金縷、醉紅、窺簾、暢哉、擲果、拂絃、玉期等七集，集各有小序，題曰「祝氏小集」，是京兆篋笥中物，好事者多傳寫之，亦韓致光香奩之流也。今附録爲集外詩。

列朝詩集丙集卷九　清順治九年毛氏汲古閣刻本

藝苑巵言

王世貞

祝希哲生而右手指枝，因自號枝指生。爲人好酒色六博，不修行檢。嘗傅粉黛，從優伶酒間度新聲，俠少年好慕之，多賫金游允明甚洽。舉鄉薦，從春官試，下第。是時海内漸熟允明名，索其文及書者接踵。或輦金幣至門，允明輒以疾辭不見。然允明多醉伎館中，掩之雖累紙可得。而家故給，以不問僮奴作業，又捐業蓄古法書名籍，售者或故昂直欺之，弗算。至或留客，計無所出酒，窘甚，以所蓄易置，得初值什一二耳。當其窘時，黠者持少錢米，乞文及手書輒與。已小饒，更自貴也。嘗遺黑貂裘甚美，欲市之，或曰：「青女至矣，何故市之？」允明曰：「昨蒼頭言始識，不市而忘敝之篋，何益？」後拜廣中邑令，歸，所請受槖中裝可千金。歸，日張酒呼故狎游宴，歌呼爲壽，不兩年都盡矣。允明好負逋責，出則群萃而訶誶者至接踵，竟弗顧去。

藝苑巵言卷五　明萬曆十七年武林樵雲書舍刻本

祝京兆書

王澍

他人書，千紙一同，惟祝京兆紙各異態，字各異勢，平生無有同者。僕推京兆書爲有明第一，爲此也。然往往縱逸處多，肅括處少，不免爲沿門擲黑者開先路，此則京兆之病。此卷圓美中有肅括意，縱横馳騁而不失繩墨，乃京兆書之絶矜鍊者，中亦有一二漫筆，不免帶本來習氣，要之自是京兆合作。余見京兆書以百數，此故當爲甲觀也。

竹雲題跋卷四　清海山仙館叢書本

書林藻鑑

馬宗霍

祝允明，字希哲，長洲人。明史文苑傳：五歲作徑尺大字，長工書法，名動海内。名山藏：允明書出入晉魏，晚益奇縱，爲國朝第一。顧璘云：希哲書學精工，自急就以逮虞、趙，上下數千年變體，罔不得其結構。若羲、獻真行，懷素狂草，尤臻筆妙。文徵明云：枝山（允明號）早歲楷筆精謹，實師婦翁（李應禎）；而草法奔放，出於外大父（徐有貞），蓋兼二父之美，而自成一家者也。周天球云：京兆書法當時無輩，而或者評其不出正鋒，蓋謂此老目視短，不能懸筆運肘耳。嘗見其草書月賦刻本，細驗於點畫間，皆正鋒也。王寵云：京兆書落筆輒好，十九首帖尤爲精絶，翩翩然與大令抗衡矣。張鳳翼云：京兆晚年所書小楷黄庭經，不必點畫惟肖，而結構疏密，轉運遒逸，神韻具足，要非得書家三昧者不能。第令右軍復起，且當頷之矣，豈獨追縱趙文敏哉？王穉登云：古今臨黄庭經者，不下數十家，然皆泥於點畫形似，鈎環戈磔之間而已，昔賢所以有脱塹之譏也。枝指公獨能於榘矱繩度中而具豪縱犇逸意氣，如豐肌妃子，著霓裳羽衣，在翠盤中舞，而驚鴻遊龍，徊翔自若，信是書家絶技也。藝苑卮言：京兆楷法自元常、二王、永師、秘監、率更、河南、吴興，行草則大令、永師、河南、狂素、顛旭、北海、眉山、豫章、襄陽，靡不臨寫工絶，晚節變化出入，不可端倪，風骨爛熳，天真縱逸，真足上配吴興，他所不論也。又云：祝書成趣園記，頗出趙吴興。然吴興遒而媚，京兆遒而古，似更勝之。書王文恪公墓誌銘，方於晉而不疏，圓於歐而不局，開卷時，古雅之氣照人眉睫間，是祝金石中第一。手書味泉賦，二十行外，隸分溢出，古雅有餘，雖大得蘭臺道因筆，不作寒儉態。若鈎剔之際，少加含蓄，便是大家。董其昌云：枝指山人書如綿裹鐵，如印印泥。豐道生云：枝山顛草精於山谷，鋒勢雄强。莫雲卿云：京兆師法極古，博習諸家。楷書骨不勝肉，行草應酬，縱橫散亂，精而察之，時時失筆，當其合作，遒爽絶倫。邢侗云：京兆資才邁世，第隤然自放，不無野狐。項穆云：希哲、存理，資學相等，初範晉唐，晚歸怪俗，競爲惡態，駭諸凡夫，所謂居夏而變夷，棄陳而學許者也。然令後學知宗晉唐，其功豈少補邪？謝肇淛云：希哲出，始存晉唐法度，然勁而稍偏。婁堅云：京兆草書，筆力非不矯矯，求之伯高、藏真，尚多乖少合，況於晉人之遠韻乎？錢允治云：祝先生天資卓越，臨池之工，指與心應，腕與筆應。故其所學罔不逼真，即草草數行，亦必動符軌則。藝舟雙楫：京兆如戎人呀布，不知麻性。

書林藻鑑卷十一　商務印書館一九三五年版

永瑢等

四庫全書總目

蘇材小纂六卷（卷六十一）

明祝允明撰。允明字希哲，長洲人。弘治壬子舉人，官至應天府通判。明史文苑傳附見徐禎卿傳中。是書記天順以後蘇州人物，前有自序，稱弘治改元，詔中外諸司撰集事迹，上史館爲實録，簡允明等數弟子員司其事，因私纂記爲此書。第一曰簪纓，纂徐有貞以下十九人；第二曰丘壑，纂杜瓊以下五人；第三曰孝德，纂朱灝一人；第四曰女憲，纂王妙鳳以下三人；

第五曰方術，纂張豫等二人。大約本之碑志傳狀，而稍爲考據異同，注於本文之下。其敍徐有貞事，頗有諱飾。蓋允明爲有貞外孫，親串之私，不能無所假借云。

祝子罪知録七卷（卷一百二十四）

明祝允明撰。允明有蘇材小纂，已著録。是編乃論古之言，其舉例有五，曰舉，曰刺，曰説，曰演，曰系。舉曰是是，刺曰非非，説曰原是非之故，演曰布反復之情，系曰述古作以證斯文。一卷至三卷皆論人，四卷論詩文，五卷、六卷論佛老，七卷論神鬼妖怪。其説好爲創解，如謂湯、武非聖人，伊尹爲不臣，孟子非賢人，武庚爲孝子，管、蔡爲忠臣，莊周爲亞孔子，人，嚴光爲姦鄙，時苗、羊續爲姦貪，謝安爲大雅君子，終弈折屐非矯情，鄧攸爲子不孝、爲父不慈，人之獸也，王珪、魏徵爲不臣，徐敬業爲忠孝，李白百俊千英，萬夫之望，种放爲鄙夫，韓愈、陸贄、王旦、歐陽修、趙鼎、趙汝愚爲匿非。論文則謂韓、柳、歐、蘇不得稱四大家，論詩則謂詩死於宋，論佛老爲不可滅。皆剿襲前人之説而變本加厲。王宏撰山志曰：「祝枝山，狂士也。著祝子罪知録，其舉刺予奪，言人之所不敢言。刻而戾，僻而肆，蓋學禪之弊，乃知屠隆、李贄之徒，其議論亦有所自，非一日矣。聖人在上，火其書可也。」其説當矣。千頃堂書目載祝子罪知録十卷，此本僅七卷，而佚去八、九、十三卷。卷爲一册，惟第五卷并入四卷之後。藏書者未經繙閲，以爲缺第五卷，乃改七卷「七」字爲「五」字，攙入六卷之前，不知五、六兩卷皆論佛老，安得參以七卷之神鬼妖怪也？殆坊肆賈人無知者之所爲歟？然如是之書，不完亦不足惜也。

浮物一卷（卷一百二十四）

明祝允明撰。是編取韓愈「文浮物也，氣猶水也」之義命名，皆務爲新奇之論，甚至以詩三百篇、春秋二萬言爲聖人之煩，則放言無忌可知矣。蓋允明平生以晉人放誕自負，故持論矯激，未能悉軌於正云。

讀書筆記一卷（卷一百二十四）

明祝允明撰。凡三十四條，言頗近理，不似其他書之狂誕。前有自識，稱於乙巳居憂時偶有所得，隨筆箋記，就有道而正之。乙巳者，成化之二十一年。蓋其少時所作，猶未蕩然禮法之外也。

野記四卷（卷一百四十三）

明祝允明撰。允明有蘇材小纂，已著録。是書所記多委巷之談，如記張太后遺詔復建文年號一事，張朝瑞忠節記已辨之。至謂永樂大典修輯未成而罷，則他事失實可知。朱孟震河上楮談亦稱允明所撰志怪及此書，可信者百中無一云。

前聞記一卷（卷一百四十三）

明祝允明撰。是書雜載前明事實，散無統紀，大抵於所爲野記中别撮爲一書，而小史其次第。如野記載洪武三年二月命制四方平定巾，二十四年又諭禮部侍郎張智申明巾義，其下注云：「舊傳太祖召楊維楨問以所戴巾，對曰四方平定巾。」而是書則取野記之小注爲正文，後附以洪武三年、二十四年事，則辭義全複也。又如野記載太祖聞危素履聲，笑曰：「我只道是文天祥。」是書則曰：「我只道伯夷、叔齊來。」或云文天祥。蓋仍是一條，而小變其語耳。明人欲誇著述之富，每以所著一書，分爲數種，往往似此，不足詰也。

志怪録五卷（卷一百四十四）

明祝允明撰。允明有蘇材小纂，已著録。是編所載皆怪誕不經之事，觀所著野記諸書，記人事尚多不實，則説鬼者可知矣。朱孟震河上楮談謂允明所作志怪凡數百卷，疑無此事，「卷」字殆「條」字之誤歟？

懷星堂集三十卷（卷一百七十一）

明祝允明撰。允明有蘇材小纂，已著録。明史藝文志載祝氏集略三十卷、懷星堂集三十卷、小集七卷。本傳稱其詩文集六十卷。朱彝尊静志居詩話載祝氏集略外，又有金縷、醉紅、窺簾、暢哉、擲果、拂弦、玉期等集。今行於世者唯祝氏集略及此集，凡詩八卷、雜文二十二卷。允明與同郡唐寅并以任誕爲世指目。寅以畫名，允明以書名，文章均其餘事。寅詩頹唐淺率，老益潦倒。袁袠所輯六如居士集，王世貞藝苑巵言以「乞兒唱蓮花落」詆之。顧璘國寶新編稱允明學務師古，吐詞命意，迥絶俗界。效齊梁月露之體，高者凌徐、庾，下者亦不失皮、陸。其推挹誠爲過當。然允明詩取材頗富，造語頗妍，下擷晚唐，上薄六代，往往得其一體。其文瀟灑自如，不甚倚門傍户。雖無江山萬里之鉅觀，而一丘一壑，時復有致。才人之作，亦不妨存備一格矣。

四庫全書總目　清乾隆武英殿刻本

圖書在版編目(CIP)數據

祝允明集:上下册/張明晶點校. —上海:復旦大學出版社, 2023. 10
(明人别集叢編/鄭利華,陳廣宏,錢振民主編)
ISBN 978-7-309-16229-5

Ⅰ.①祝… Ⅱ.①張… Ⅲ.①祝允明(1460-1526)-文集 Ⅳ.①I214.82

中國版本圖書館 CIP 數據核字(2022)第 101443 號

祝允明集:上下册
張明晶 點校
責任編輯/杜怡順
特約編輯/袁樂瓊
裝幀設計/路 静

復旦大學出版社有限公司出版發行
上海市國權路 579 號 郵編:200433
網址:fupnet@fudanpress.com http://www.fudanpress.com
門市零售:86-21-65102580 團體訂購:86-21-65104505
出版部電話:86-21-65642845
江陰市機關印刷服務有限公司

開本 890 毫米×1240 毫米 1/32 印張 36.625 字數 615 千字
2023 年 10 月第 1 版
2023 年 10 月第 1 版第 1 次印刷

ISBN 978-7-309-16229-5/I · 1317
定價:178.00 元